BASTEI
LÜBBE
TASCHENBUCH

Weiterer Titel der Autorin:

Totwasser

Über die Autorin:

Julia Hofelich studierte zunächst Germanistik und Komparatistik, bevor sie zu Jura wechselte. Nach ihrem Referendariat arbeitete sie als Rechtsanwältin und absolvierte ein Fernstudium zur Drehbuchautorin. Julia Hofelich ist verheiratet und hat zwei Kinder.
www.juliahofelich.de

JULIA HOFELICH

NEBELJAGD

KRIMINALROMAN

BASTEI LÜBBE TASCHENBUCH

BASTEI LÜBBE TASCHENBUCH
Band 17911

MIX
Papier aus verantwortungsvollen Quellen
FSC
www.fsc.org
FSC® C083411

Dieser Titel ist auch als E-Book erschienen

Originalausgabe

Titelillustration: © Shutova Elena/shutterstock
Umschlaggestaltung: Manuela Städele – Monverde
Satz: hanseatenSatz-bremen, Bremen
Gesetzt aus der Adobe Garamond Pro
Druck und Verarbeitung: CPI books GmbH, Leck – Germany
ISBN 978-3-404-17911-4

2 4 5 3 1

Sie finden uns im Internet unter
www.luebbe.de
Bitte beachten Sie auch: www.lesejury.de

Prolog

Die Toten konnten nicht zurückkommen. Das, was dort über dem Tal aufstieg, war nur Nebel. Der Pfarrer hatte ihr das erklärt. Die Toten waren nämlich sehr glücklich da, wo sie waren. Jeder gute Christ wollte eines Tages nach Hause zurückkehren, zum Herrn. Die Frau erschauderte und lief ein bisschen schneller. Unter ihren Schritten raschelten die letzten braunen Blätter, die den Weg bedeckten. Vertrocknete Disteln reckten gespenstisch ihre stacheligen Köpfe in den düsteren Himmel. Die Toten konnten nicht zurückkommen. Mit zitternden Händen zog die Frau ihre Jacke enger um sich. Sie hätte gerne geglaubt, was der Pfarrer gesagt hatte. Vielleicht stimmte es ja auch für die Toten, die nach einem erfüllten Leben friedlich in ihren Betten einschliefen. Aber für jemanden wie Momo stimmte es nicht. Momo war nicht friedlich in seinem Bett eingeschlafen, und er hatte garantiert nicht heimgewollt zum Herrn. Er hatte sich gewehrt. Ein dumpfes, verzweifeltes Geräusch. Ihr Atem beschleunigte sich, wie eine Erstickende sog sie die Luft ein, die nach vergorenen Äpfeln und Rauch roch. Sie musste sich beeilen. Die Dämmerung wich unaufhaltsam der Nacht, und der Nebel wurde immer dichter, hinten beim Heitzhof verschluckte er schon den Weg. Noch verbargen sich die Schattenhände und Fratzen der verlorenen Seelen in dem undurchdringlichen Dunst. Aber bald würden sie hervorkriechen. Mit lautem Krächzen stob ein Rabe auf, und die Frau zuckte zusammen. Einen Moment lang war sie abgelenkt. Als sie wieder nach vorne sah, hatte der feuchte Unterweltnebel sie erreicht. Er hüllte sie rasend schnell ein, war überall, schien auf ihre Brust und ihr Gesicht zu drücken. Wie ein tonnenschweres Kissen. Sie keuchte und stolperte noch ein paar Schritte, bevor sie auf die Knie sank. Wenn die Toten zurückkamen, dann im Herbst. Dann waren die Grenzen zum Jenseits durchlässig. Etwas Feuchtes berührte sie, und ein Wimmern entrang sich ihrer Kehle. Er war da. Vor Angst bebend blickte sie in Momos blasses, fast durchscheinendes Gesicht. Seine toten Augen starrten sie anklagend an. »Du bist ein böser Mensch«, sagten die Augen. »Ich werde kommen und dich holen. Bald schon.«

1

Draußen wurde es langsam dämmrig, und es hatte angefangen zu schneien. Dicke Flocken schwebten auf die Straße vor der Kanzlei. Rechtsanwältin Linn Geller beendete das Telefonat mit einer Mandantin und sah auf die Uhr am Bildschirmrand ihres Laptops. Es war kurz vor fünf. Heute würde sie endlich einmal früher Feierabend machen. Sie würde in die Innenstadt fahren, ein wenig über den Weihnachtsmarkt schlendern, ein Nikolausgeschenkchen für ihren Kanzleipartner Götz kaufen und eine dieser köstlichen Zimtwaffeln essen, die es an einem der Stände zu kaufen gab. Und danach würde sie sich mit einem Krimi und einer Tasse Tee auf ihr Sofa setzen. Der perfekte Abend, von dem sie seit Tagen träumte. Sie hängte mehrere Akten zurück in den Aktenschrank hinter ihrem Schreibtisch, fuhr den Computer herunter und brachte ihre leere Kaffeetasse in die kleine Küche. Während sie die Tasse und die Kanne ausspülte und abtrocknete, betrachtete sie die beiden Schnappschüsse, die seit gestern an einem der weißen Hängeschränke klebten und die Götz und sie beim Renovieren ihrer Kanzlei zeigten. Götz, in einem schreiend bunten Hemd, das über seinem Bauch spannte, grinste freundlich von einer Leiter. Sie selbst stand mit zwei Pinseln vor einer frisch gestrichenen Wand und lachte. Sie trug einen Malerkittel, der über ihrer schlanken Figur schlabberte, und hielt ihre Hände ins Bild, die so voller Farbspritzer waren, dass man kaum noch ihre hellbraune Haut erkennen konnte. Auch ihre schwarzen Haare hatten einiges abbekommen. Sie berührte das Bild mit dem Zeigefinger und zwang sich zu einem Lächeln. Es war eindeutig ein Fortschritt. Noch vor einem Jahr wäre es undenkbar gewesen. Niemand hätte Fotos von ihr machen oder gar aufhängen dürfen. Und auch jetzt noch, obwohl sie auf dem Bild den Kopf leicht drehte und man die Narbe auf ihrer rechten Wange kaum und ihr kaputtes, leicht zur Seite abstehendes Bein in der weiten Hose überhaupt nicht erkennen konnte, verspürte sie einen winzigen Stich im Bauch. Musste für eine Sekunde an den Unfall denken. Als ihr ganzes Leben zusammengestürzt war wie eine baufällige Mauer. Sie wandte sich ab, stellte die Tasse zurück in den Schrank und humpelte zur Garderobe. Sie würde sich bestimmt nicht die Weihnachtsmarktstimmung verderben lassen. Sie tauschte ihre eleganten Schuhe gegen die warmen Stiefeletten, mit denen sie am Morgen in die Kanzlei gekommen war und die ebenfalls gut zu ihrem schwarzen Hosenanzug passten. Als sie gerade ihren Mantel anzog, hörte sie schwere Schritte auf der Treppe vor dem Kanzleieingang, kurz darauf öffnete sich die Tür.

»Linn? Zum Glück erwische ich dich noch.« Ihr Kanzleipartner Götz kam mit rotgefrorenem Gesicht und außer Atem herein, in der Hand eine Akte, die er ihr entgegenstreckte. »Das haben die mir gerade bei der Staatsanwaltschaft für dich mitgegeben. Du hast wieder die Pflichtverteidigung in einer Mordsache bekommen?«

Sie runzelte die Stirn und nahm die Akte. »Ich habe ehrlich gesagt keine Ahnung, wovon du redest. Was für ein Mord soll das sein? Die einzigen Strafrechtsfälle, die ich im Moment bearbeite, sind eine kleine Drogendealerin und …« Sie schlug die Akte auf. Johann Haug. Es dauerte eine Sekunde, bis sie den Namen des Beschuldigten einordnen konnte, ein Mann, der vor ein paar Tagen bei ihr angerufen und um einen Termin gebeten hatte. Er hatte aufgeregt von einer Diabetikerin im Unterzucker erzählt. Das Ganze hatte sich am Telefon wenn überhaupt nach unterlassener Hilfeleistung angehört. Da Haug zu dem Beratungstermin am nächsten Tag nicht erschienen war, hatte sie die Sache eigentlich schon abgehakt gehabt.

»Sie haben deinen Mandanten heute Mittag verhaftet, weil er seine ehemalige Pflegemutter ermordet haben soll. Die Polizei will ihn jetzt vernehmen. Hier«, Götz gab ihr ein Post-it und strich sich durch seine kurzgeschnittenen, graumelierten Haare, »habe ich dir die Adresse aufgeschrieben, Polizeirevier Ochsenwang. Ein Polizeioberkommissar Rösch. Ich habe da sofort angerufen und darauf bestanden, dass sie mit der Vernehmung warten, bis du da bist. Ich hoffe, das war in deinem Sinne? Wenn du jetzt einen anderen Termin hast, könnte ich für dich hingehen.«

»Nein, nein, danke, ich habe Zeit, ich wollte nur auf den Weihnachtsmarkt.« Sie zog die Augenbrauen hoch. »Wenn du nicht zufällig bei der Staatsanwaltschaft gewesen wärst, hätten die diesen Haug bestimmt ohne Anwalt vernommen, was meinst du?«

»Es ist immer einfacher, ohne einen Verteidiger ein Geständnis zu bekommen.« Götz' Stimme klang resigniert. »Ich rege mich über so was seit Jahren nicht mehr auf. Doch, ich rege mich auf, aber ich habe kapiert, dass ich wenig machen kann. Egal. Jetzt wissen wir ja alles. Soll ich dich hinfahren? Mit den Öffentlichen bist du ewig unterwegs. Sofern du heute überhaupt noch hinkommst.« Er lächelte sie an.

Sie berührte ihn an der Schulter. »Das kann ich fast nicht annehmen.«

»Ich mache es gerne. Eine gute Ausrede, um dem inneren Schweinehund nachzugeben und bei dem eisigen Wetter nicht mehr zum Fußballtraining zu gehen.«

Sie nickte dankbar und mit einem schlechten Gewissen Götz gegenüber. Hoffentlich konnte sie sich bald wieder ein eigenes Auto leisten. Ihr Kanzleipartner hielt ihr die Tür auf. Mit leisem Bedauern dachte sie an die Zimtwaffel und den in weite Ferne gerückten Feierabend und steckte sich vor dem Hinausgehen noch zwei von Götz selbstgebackenen Mini-Lebkuchen in den Mund, die er dort auf einem Teller für wartende Mandanten hingestellt hatte.

Der Berufsverkehr verstopfte die zu engen Stuttgarter Straßen. Selbst Götz, den Linn als ausgesprochen friedliebend kannte, schlug mehrfach mit der Faust aufs Lenkrad und knurrte Verwünschungen. Auf dem Beifahrersitz seines Autos, die Füße zwischen ein Sixpack Bier und ihre Tasche gequetscht, angepustet vom Luftstrom der verbrannt riechenden Heizung, ging Linn mit ihrer Handytaschenlampe die neue Akte durch. Ihr Blick blieb an einem der Tatortfotos hängen, und der letzte Rest ihrer Vorweihnachtsstimmung verschwand. Die Abbildung zeigte eine tote alte Frau, die auf einem zerwühlten Doppelbett lag. Ihr Mund schien vor Entsetzen aufgerissen. Die Augen starrten leer an die Decke, der bleiche Körper war seltsam verdreht, die Hände mit den bläulich angelaufenen Nägeln krallten sich an etwas fest, das wie eine Stoffkatze aussah. Der Rock der Toten war, vielleicht im Todeskampf, hochgerutscht und gab den Blick auf mit Krampfadern durchzogene Beine und abgetragene Unterwäsche frei. Am Boden vor dem Bett sah man einen Brandfleck, auf dem die Reste eines verkohlten Adventskranzes lagen. Das Feuer war zum Bett hochgezüngelt, hatte einen Teil des Kissens und die Haare und Kopfhaut der Toten versengt.

Die Frau wirkte so einsam, verletzlich und gequält, dass Linns Kehle vor Mitleid ganz eng wurde. Auch Götz, der an einer roten Ampel zu ihr hinüberschaute, schien der Anblick ziemlich mitzunehmen. Mit einer hilflosen Bewegung fuhr er sich mehrfach über die Haare.

»Die Staatsanwaltschaft geht davon aus, dass mein Mandant seiner Pflegemutter eine Überdosis Insulin gespritzt und dann abgewartet hat, bis sie gestorben ist«, sagte Linn. »Ines Schneider, so heißt die Pflegemutter, muss sich verzweifelt gewehrt haben, es gab entsprechende Kampfspuren im Schlafzimmer. Als das Insulin seine Wirkung entfaltet hatte, bekam sie Krampfanfälle und Bewusstseinsstörungen, bis sie schließlich ins Koma gefallen und gestorben ist. Mein Mandant soll bis zu ihrem Tod im Zimmer geblieben sein und aufgepasst haben, dass sie nicht den Notarzt oder ihren Mann anruft. Am Ende soll er den Adventskranz angezündet und hinuntergestoßen haben, vermutlich, um das Haus abzubrennen und seine Spuren zu verwischen. Aber das Feuer ging von selbst aus. Er hat dann noch den Hochzeitsschmuck und Geld geklaut.« Angespannt stieß sie Luft durch die Lippen. »Den Insulinpen, also dieses Gerät, mit dem sich das Opfer das Insulin normalerweise gespritzt hat, haben sie vollständig entleert bei ihm zu Hause gefunden. Die Staatsanwaltschaft hält meinen Mandanten für einen Mörder, der heimtückisch und aus Habgier gemordet hat.« Linn starrte die furchtbaren Fotos an, die vor ihr lagen. Schließlich klappte sie die Akte zu und schaltete die Taschenlampe aus. »Haug hingegen hat mir am Telefon erzählt, dass es seiner Pflegemutter gut gegangen sei, als er ihr Haus verlassen habe. Er hat behauptet, er sei unschuldig und die Polizei wolle ihm etwas anhängen.«

»Hat er auch gesagt, warum die Polizei so was tun sollte?«

»Er meinte, ganz Ochsenwang würde schon seit Jahrzehnten eine Art Hexenjagd gegen ihn veranstalten, auch die Polizei. Mehr wollte er nicht dazu sagen.«

»Das ist immerhin eine Erklärung, die ich noch von keinem meiner Mandanten gehört habe«, bemerkte Götz.

Eine Zeitlang schwiegen sie beide, während das Auto durch das Schneetreiben kroch. Das Flockengestöber war mittlerweile so dicht, dass man die roten Bremslichter der Fahrzeuge vor ihnen nur noch durch einen Vorhang wahrnahm. Die Scheibenwischer quietschten auf Hochtouren.

»Dieses Dorf ist weit oben auf der Alb«, sagte Götz, als sie endlich die Autobahn erreichten, auf der ebenfalls Schrittgeschwindigkeit gefahren wurde. »Hoffentlich kommen wir da bei dem Wetter überhaupt hin. Ich habe zwar Winterreifen, aber …«

»Und hoffentlich kommen wir nachher wieder zurück«, fügte sie hinzu.

Götz sah sie von der Seite her an und grinste, und für eine Sekunde hatte sie das Gefühl, dass er die Vorstellung gar nicht schlecht fand, mit ihr irgendwo in einem Kaff auf der schwäbischen Alb vom Schnee eingeschlossen zu sein. Das verunsicherte sie ein wenig, und sie wandte den Kopf ab und schaute aus dem Fenster.

Es dauerte fast drei Stunden statt eigentlich vierzig Minuten, bis sie bei der Polizeidienststelle ankamen. Immerhin hatte Linn die ganze Akte durchgelesen. Es war mittlerweile stockdunkel, nur zwei fahle Straßenlaternen beleuchteten den kleinen Parkplatz, auf dem Götz das Auto abstellte. Ihr Magen knurrte. Der Schneefall hatte zum Glück nachgelassen, aber als sie ausstiegen, wehte ein eisiger Wind. Die Luft war so kalt, dass sie in der Kehle brannte.

Sie warteten eine halbe Stunde am Empfangsschalter, bis Polizeioberkommisar Rösch sie abholte. Er war ein stämmiger Mann um die sechzig, der ein dünnes Lederband um den Hals trug und bei der Begrüßung keinen Hehl daraus machte, dass er nichts von Anwälten hielt, die die Arbeit der Ermittlungsbehörden nur »behinderten«, und von Anwältinnen erst recht nichts.

»Clever, dass Sie einen männlichen Kollegen als Verstärkung mitgebracht haben«, sagte Rösch zu Linn, als sie endlich nebeneinander einen schmalen Flur entlanggingen. Er starrte unentwegt auf die Narbe in ihrem Gesicht. »Sie sehen noch so jung aus. Haben Sie überhaupt schon ausreichend Erfahrung für so einen Fall?«

Sie begnügte sich damit, den Mann böse anzuschauen, während Götz »Sie ist seit Jahren Anwältin und die beste, die ich kenne« knurrte.

Rösch lachte herzhaft. »Soso, ja dann«, sagte er schließlich in einem Tonfall, als glaube er Götz kein Wort. »Wie auch immer. Hier brauchen Sie nicht viel zu können. Hier ist ein schnelles Geständnis angesagt. Dahingehend habe ich Ihren Mandanten schon beraten.« Er blieb vor einer Tür stehen.

»Sie haben meinen Mandanten überhaupt nicht zu *beraten*«, erwiderte Linn scharf. »Wurde er ordnungsgemäß über seine Rechte belehrt? Warum haben Sie mich nicht sofort informiert, als Sie ihn verhaftet haben?«

»Rechte, Rechte, ich höre immer nur Rechte. Was ist denn mit den Opfern? Denken Sie auch mal an die?« Der Polizist machte eine wegwerfende Handbewegung. »Aber um Ihre Frage zu beantworten, ja, natürlich, wir haben ihn so oft belehrt, dass ihm die Belehrungen aus den Ohren rauskommen müssten. Vom ersten Moment an, als wir diesen Gestörten aus seinem Versteck in einer Höhle gezerrt haben, wo er in zwei Daunenschlafsäcke gewickelt gesessen hat. Ich finde, man sollte viel weniger belehren. Damit nicht jeder Kriminelle weiß, was er darf und was nicht.«

»Ich muss gestehen, Ihre persönliche Meinung interessiert mich nicht«, entgegnete sie. »Ich wollte nur wissen, ob die Rechte meines Mandanten …«

»Ihr Mandant hat eine Frau umgebracht«, schnappte Rösch.

»Sie meinen, Sie *beschuldigen* ihn, eine Frau umgebracht zu haben.«

»Nein, ich meine, er *hat* sie umgebracht. Und er tut sowas auch nicht zum ersten Mal.«

»Was wollen Sie damit andeuten? Er wurde bisher noch nie wegen eines Tötungsdelikts verurteilt, ich habe gerade sein Vorstrafenregister gelesen.«

»Nichts, gar nichts will ich damit andeuten. Aber Sie können Ihren Mandanten ja mal fragen, warum jedes Mal, wenn er nach Ochsenwang kommt, jemand stirbt.«

»Wie soll ich das verstehen?«

Der Polizist lächelte sie an, es war kein freundliches Lächeln. »Ich sag Ihnen jetzt mal was, ganz im Vertrauen. Ich lebe seit dreiundsechzig Jahren hier. Wir verhaften Johann nicht das erste Mal. Der war schon als Kind nicht normal. Kam aus einer völlig verkorksten Familie. Ines hat ihn bei sich aufgenommen und versucht, ihm zu helfen. Aber der hatte nur Dreck im Hirn. Und jetzt dankt er es Ines so. Indem er sie zu Tode spritzt und genüsslich dabei zuschaut. So einer gehört eigentlich auf den elektrischen Stuhl.«

»Zum Glück haben Sie das nicht zu entscheiden«, sagte Götz.

Rösch bedachte ihn mit einem kalten Blick und wandte sich wieder Linn zu. »Wenn Sie sich hier ein bisschen umhören, bei den Alteingesessenen, werden Sie ganz schnell feststellen, dass ich nicht der Einzige bin, der so denkt«, sagte er. »Johann hat Tod und Unglück über das Dorf gebracht. Wie können Sie den guten Gewissens verteidigen? Wenn ich nur daran denke, was er Christian damals angetan hat, das war mehr, als ein Mensch …«

»Hey, guten Abend, sind Sie die Anwältin aus Stuttgart?« Ein jüngerer, freundlich aussehender Polizist kam hinter einer Biegung des Flurs hervor und streckte ihr die Hand entgegen. Sie schüttelte sie. »Linn Geller, und das ist mein Kollege Götz Nowak.«

»Markus Grabe. Götz kenne ich von diversen Gerichtsverhandlungen«, antwortete der junge Polizist, und Götz und er gaben sich ebenfalls die Hand. »Ist das die Anwältin, mit der du dich vor Kurzem selbständig gemacht hast?« Er machte eine Kopfbewegung in Linns Richtung, und Götz nickte.

»Habt ihr nicht neulich dieses Topmodel vertreten? Ich meine, ich habe da was im Fernsehen über eure Kanzlei gesehen.« Grabe grinste und deutete Linn gegenüber eine Verbeugung an. »Dann wollen wir euch Prominenz mal nicht länger warten lassen und anfangen.«

»Ich würde gerne vorher alleine mit meinem Mandanten sprechen«, sagte sie.

»Selbstverständlich, das dachte ich mir schon.« Grabe schloss die Tür auf, vor der sie standen. Bevor er die Klinke herunterdrückte, bemerkte er leise: »Es ist sicher alles richtig, was mein Kollege Rösch da über Johann Haug sagt. Aber ganz ehrlich: Von den meisten ›Alteingesessenen‹ im Dorf wurde Johann Haug immer wie Abfall behandelt. Und seine Pflegemutter hat nichts dagegen unternommen. Sie hat lächelnd zugeschaut, als sie ihn damals aus dem Dorf geprügelt haben. Er ist fast dabei gestorben. Es wundert mich, dass Ihr Mandant überhaupt noch einmal hierher zurückgekommen ist.«

»Er wollte Ines umbringen, deshalb war er hier«, schnaubte Rösch im Hintergrund.

Grabe öffnete mit ungerührter Miene die Tür und bedeutete Linn mit einer Handbewegung einzutreten.

2

Johann Haug saß zusammengekrümmt auf seinem Stuhl. Sein rechtes Knie wippte ständig auf und ab. Linn schätzte ihn etwa zehn Jahre älter als sich, ungefähr Mitte vierzig. Sein stämmiger Körper steckte in einem grünen Trainingsanzug. Er hatte einen Dreitagebart und kurze blonde Haare, die struppig vom Kopf abstanden. Ein erleichtertes Lächeln überzog sein Gesicht, als sie ihm die Hand gab und sich mühsam zu ihm an den Tisch setzte. Er schaute keine Sekunde auf die Narbe auf ihrer Wange oder ihr verkrümmtes Bein.

»Es tut mir leid, dass es so spät geworden ist, aber der Schnee …«, setzte sie an.

»Ich war's nicht. Bitte, das müssen Sie mir glauben. Ich habe Ines nichts getan«, unterbrach er sie, noch bevor Grabe das Zimmer verlassen hatte. Sein Atem roch nach Bier und altem Zigarettenrauch. »Aber die werden das alle behaupten. Das ganze Scheißdorf wird das behaupten. Sobald da jemand stirbt, bin ich schuld. Das war schon immer so. Wissen Sie, manchmal wünsche ich mir, mein Vater hätte mich auch …« Er brach ab, kaute am Nagel seines Daumens herum. Seine vom Nikotin verfärbten Finger zitterten auf eine Art, die Linn von Süchtigen auf Entzug kannte. Nach der Besprechung musste sie umgehend dafür sorgen, dass sich ein Arzt um ihren Mandanten kümmerte, auch deshalb, damit er nicht in der Hoffnung auf Alkohol oder was er sonst so einwarf, der Polizei Dinge erzählte, die sich negativ auf seine Verteidigung auswirken konnten.

Sie holte einige Blätter und einen Kuli aus ihrer Aktentasche. »Sie haben ja vor ein paar Tagen bei mir in der Kanzlei angerufen«, begann sie. »Da hat sich der Tod ihrer Pflegemutter für mich allerdings nicht angehört wie ein Mord. Wäre es möglich, Herr Haug, dass Sie mir alles noch einmal erzählen, von Anfang an?«

»Von Anfang an.« Haug lehnte sich zurück. Sein Knie zuckte. »Von da, als ich als Baby zu Ines und Hans in die Pflegefamilie gekommen bin? Weil mein echter Vater meine Mutter mit dem Küchenmesser ...« Er schaute auf den Tisch, knibbelte mit dem Daumen am abgekauten Zeigefinger seiner rechten Hand herum. Die Haut war wund und fing an zu bluten. Ihr Mandant sah schutzlos aus und ein wenig so, als würde er gleich in Tränen ausbrechen. Er tat ihr leid, auch wenn die Möglichkeit bestand, dass er ein Mörder war.

»Die vom Jugendamt waren jedes Mal begeistert, wenn sie zu mir in die Pflegefamilie gekommen sind, wissen Sie?«, fuhr Haug fort. Er sprach zu schnell, auf eine seltsame Art, als sei er es nicht gewohnt, viel zu reden. »Gemüse aus dem eigenen Garten, eine Kinderkrankenschwester als Pflegemutter.« Er schüttelte den Kopf, schien einen Augenblick nachzudenken. Schließlich fuhr er fort: »Ganz ehrlich, es war nicht einfach, Ines als Mutter zu haben. Sie ... Manchmal habe ich mir gewünscht, sie hätte mich einfach in den Arm genommen. Stattdessen hat sie ... sie war ... Das ist lange her.« Er ballte seine Hände zu Fäusten. »Ich habe sie trotzdem nicht getötet. Warum auch«, sagte er schließlich, den Blick starr auf den Tisch gerichtet. Seine Stimme wurde lauter, aufgeregter. »Ines war nicht tot, als ich weg bin, sie hat mich zur Tür gebracht. Sie war auch nicht krank. Die schieben mir das in die Schuhe. Weil die wollen, dass ich für immer in den Knast komme.«

»Warum sollte jemand das wollen?«

»Das können Sie sich doch denken bei meinen Familienverhältnissen. Jemand wie ich kann nicht normal sein. Die haben Angst vor mir.« Haug lachte freudlos auf.

Linn verstand nicht ganz. »Meinen Sie mit ›Familienverhältnissen‹, dass Ihr leiblicher Vater Ihre Mutter mit dem Küchenmesser angegriffen hat? Da können Sie doch nichts dafür.«

»Sie reden ja wie ein Seelenklempner.« Haug machte ein schnaubendes Geräusch. »Angegriffen«, sagte er und pulte wieder an seinem Finger herum. Ein blutiger Hautfetzen fiel auf den Tisch. »Er hat sie nicht *angegriffen*, er hat sie erstochen. Mein Babybettchen muss durchtränkt gewesen sein von ihrem Blut, so wurde es mir jedenfalls erzählt.«

»Oh Gott, das ist furchtbar.« Erneut verspürte sie eine Woge des Mitleids für ihren Mandanten.

»Mein richtiger Vater ist nicht der einzige Gewalttäter, mit dem ich blutsverwandt bin. Fast alle aus meiner leiblichen Familie sind so. Hasserfüllt. Böse. Über dem Heitzhof liegt ein Fluch, sagt man.« Er schluckte. »Wir tragen ein Verbrechergen in uns. Alle im Dorf haben gehofft, dass die Assos vom Heitzhof mit meinem Vater aussterben. Leider hat er es geschafft, sich noch zu vermehren, bevor er lebenslang eingefahren ist. Das stolze Ergebnis bin ich. Mit zwölf habe ich das erste Mal ein Auto mit dem Baseballschläger zerstört. Von da an ging es stetig abwärts. Aber steil.« Er schaute aus dem Fenster. »Ich werde der Letzte sein«, fügte er leise hinzu. »Das habe ich mir geschworen. Nach mir wird es keinen Heitzhofsippler mehr geben.« Kurz war nur das Klacken seines auf und ab wippenden Schuhs zu hören. »Jetzt denken Sie es auch, oder?«, fragte er. »Dass jemand wie ich nicht normal werden kann? Ich mache Ihnen keinen Vorwurf. Ich denke es ja selbst.«

»Nein«, widersprach sie, während sie versuchte, das Gehörte zu verdauen. »Nein, das denke ich nicht. Ich glaube nicht an Verbrechergene. Und nur, weil jemand ein paar Vorstrafen hat oder als Jugendlicher viel Unsinn gemacht hat, heißt das nicht, dass er oder sie ein böser Mensch ist. Ich war früher auch keine Heilige.«

»Ach wirklich? Und was stellt eine wie Sie an? Sind Sie mal schwarz mit dem Bus gefahren?«

Sie machte eine wegwerfende Handbewegung. Sie hätte nicht mit dem Thema anfangen sollen.

Haugs Lippen verzogen sich zu einem traurigen Lächeln. »Ich habe eine Menge Scheiß gebaut in meinem Leben, da stehe ich dazu. Aber ich habe noch nie jemanden getötet.« Er sprach zu schnell, verhaspelte sich fast und gestikulierte fahrig mit den Händen.

»Wieso sind Sie an dem Tag überhaupt zu Ihrer Pflegemutter gefahren?«, fragte Linn.

Haug zögerte. »Ich wollte mit ihr reden«, sagte er schließlich.

»Worüber denn?«, hakte sie nach.

Ihr Mandant wand sich. »Über dies und das, was es so Neues im Dorf gab«, antwortete er nach einer Weile. »Nichts Bestimmtes.«

»Einer der Polizisten hat erzählt, Sie seien in Ochsenwang wie Dreck behandelt worden. Man hätte Sie gar aus dem Dorf geprügelt. Und Ihre Pflegemutter hätte da mitgemacht. Sie selbst sagen, dass die Leute hier Sie am liebsten für immer wegsperren wollen. Dass sie Angst vor Ihnen haben und Sie für einen Asso halten. Und dann fahren Sie einfach so ohne Grund hierher, um mit Ihrer Pflegemutter darüber zu reden, was es Neues im Dorf gibt?«

Haug zuckte mit den Schultern. »Ich hatte einfach Lust, mit Ines zu quatschen. War Jahre her. Vielleicht haben wir uns nicht super verstanden, aber sie ist die einzige Mutter, die ich habe, verstehen Sie?«

Linn betrachtete ihren Mandanten. Er sah nicht so aus, als habe er Lust gehabt, mit seiner »einzigen Mutter« über den Dorfklatsch zu »quatschen«. Ganz und gar nicht. Es musste einen anderen Grund gegeben haben, warum er zu ihr gefahren war. Sie strich über die Narbe auf ihrer Wange. »Haben Sie

Geld gebraucht? Waren Sie vielleicht deshalb dort?«, fragte sie. Sie wusste aus den Unterlagen, dass Haugs finanzielle Situation angespannt war.

»Schwachsinn. Nein, ich habe mein eigenes Geld.« Haug knibbelte an seinem Daumen.

Linn sagte: »In der Akte habe ich gelesen, dass Schmuck und Geld aus Ines Schneiders Wohnung …«

»Wenn ich jemanden abziehe, dann bestimmt nicht Ines. Die hat nur Schrott im Haus.«

Sie gab sich vorerst geschlagen. »Lassen wir den Grund einmal beiseite. Nachdem Sie in Ochsenwang waren, was ist dann passiert?«

»Ich habe hinter der Hecke gewartet, bis Hans, mein Pflegevater, aus dem Haus gegangen ist, weil ich wusste, dass er mich nie im Leben reinlassen würde. Es war arschkalt, ich bin fast erfroren. Ich habe geklingelt. Ines und ich haben Kaffee getrunken, geredet, und ich bin wieder gegangen. Sie war nicht krank. Sie war nicht tot. Ende der Geschichte.« Er schaute Linn nicht mehr an, leckte Blut von seinem Daumen. Sein Knie wippte auf und ab.

»Worüber haben Sie beim Kaffeetrinken geredet?«

»Das Wetter und dies und das, wie ich schon gesagt habe.«

»Was haben Sie in Ines Schneiders Schlafzimmer gemacht?«

Haug antwortete zuerst nicht, schaute zum Fenster, dann wieder zu ihr. »Ich wollte mir mal wieder das Haus anschauen. Wo ich aufgewachsen bin.«

»Die Spuren deuten darauf hin, dass im Schlafzimmer ein Kampf stattgefunden hat.«

»Ach so, das.« Ihr Mandant setzte ein Lächeln auf, es wirkte unecht. »Ines ist einfach auf mich losgegangen. Sie war so. Manchmal hat sie gesponnen. Es war nichts als eine harmlose Kabbelei. Der einzige Schaden war ein abgerissener Hemdknopf, wie ich später bemerkt habe. Wir haben kurz danach weiter Kaffee getrunken.«

»Eine harmlose Kabbelei?« So richtig konnte Linn die Geschichte ihres Mandanten nicht glauben. Das Schlafzimmer hatte auf den Fotos in der Akte ausgesehen wie ein Schlachtfeld.

Haug nickte.

»Wussten Sie, dass Ihre Pflegemutter Diabetes hatte?«, fragte sie.

»Klar. Klar, das wusste ich.«

»Und was für Medikamente musste sie dagegen nehmen?«

Haug starrte auf den Tisch. »I…Insulin natürlich. Die hatte immer so ein D…Ding dabei, um sich das zu spritzen. So ein schwarzes. Manchmal war es auch weiß. Wie so ein Stift sieht das aus. Es heißt ›Pen‹.«

»Wissen Sie, wie dieser Insulinpen funktioniert und welche Dosis Ihre Pflegemutter normalerweise gebraucht hat?«

»Nein, keine Ahnung. Ich habe sie Jahre nicht gesehen, wie gesagt.« Er richtete sich auf. Seine Hände zitterten unkontrolliert.

»In der Akte habe ich gelesen, dass man bei Ihnen zu Hause einen vor Kurzem benutzten und vollkommen entleerten Insulinpen gefunden hat, der vier Dosen Insulin enthalten hatte«, sagte Linn. »Und Ihre Pflegemutter hat die vierfache Dosis bekommen.«

Haugs Augen weiteten sich, und seine zitternden Hände klopften mehrfach auf den Tisch. Sein Gesicht war rot. »U… und?«

»Wie ist der Pen in Ihre Wohnung gekommen?«

Ihr Mandant sah aus wie ein Tier in der Falle. »Woher soll ich das wissen? Vielleicht haben die Bullen ihn in meine Tasche gelegt? Ich fand es sowieso komisch, dass sie ihn bei der Hausdurchsuchung sofort gefunden haben. Sie kamen in meinen Flur und sind direkt auf die Tasche zu, in der der Pen drin war. Ich hatte das Ding vorher noch nie gesehen. Das schwöre ich Ihnen.« Ihr Mandant schaute sie nicht an. »Ganz ehrlich, wenn ich Ines getötet hätte, hätte ich den Pen entsorgt.« Seine Kieferknochen mahlten unter seiner Haut, sein Körper bebte vor Anspannung.

Eine Weile sprach keiner. Haug starrte auf sein wippendes Knie und ballte die Fäuste. Öffnete sie wieder, ballte sie erneut, öffnete sie.

Linn holte die Akte aus ihrer Tasche und suchte den Bericht zu dem Insulinpen heraus. Die Mordwaffe war mit Desinfektionslösung abgewischt worden. Man hatte unter anderem Staub aus Ines Schneiders Schlafzimmer darauf gefunden. Aber keine Fingerabdrücke. Das war seltsam, denn warum hätte Haug den Pen zwar abwischen, ihn dann aber mit nach Hause nehmen sollen, wo ihn die Polizei mit Sicherheit finden würde? War das versehentlich passiert, in der Aufregung nach der Tat?

Denn dass die Polizei ihrem Mandanten die Tatwaffe untergeschoben hatte, hielt Linn für nahezu unmöglich. Natürlich würde sie dem zur Sicherheit nachgehen, auch deshalb, weil sie diesen Rösch vorhin so voreingenommen und unsympathisch gefunden hatte. Aber die Wohnung ihres Mandanten lag in einem Stuttgarter Vorort, und ein Polizist von der Polizei in Ochsenwang hatte nichts mit einer Hausdurchsuchung in Stuttgart zu tun. Sie klappte den Bericht zu. Auch wenn es eine kleine Ungereimtheit geben mochte, hörte sich die Geschichte ihres Mandanten insgesamt nicht richtig glaubwürdig an.

»Gut«, sagte sie, »ich denke, wir sind fürs Erste fertig. Wenn wir gleich mit den Leuten von der Kripo reden, schweigen Sie bitte einfach.« Sie packte ihre Sachen zusammen. »Ach, eine Frage hätte ich noch. Herr Rösch hat vorhin angedeutet, dass *jedes Mal*, wenn Sie nach Ochsenwang kommen, jemand stirbt. Was meint er damit?«

Haugs Gesicht wurde totenblass. Seine zitternden Finger rissen an einem Häutchen seines Daumens. Dann sprang er mit einer plötzlichen Bewegung auf. »Verdammt noch mal!« Sein Stuhl kippte krachend nach hinten.

Sie zuckte zusammen, versuchte, sich von ihrem Stuhl hochzustemmen, kam versehentlich mit ihrem versehrten Bein falsch auf und fiel wieder zurück. Was, wenn er sie angriff? Sie war nicht die erste Verteidigerin, die von einem Mandanten angegriffen wurde, nur weil sie zu viele Fragen stellte. Aber Haug kam nicht auf sie zu, er ging zur Wand neben der Tür, schlug mit der rechten Faust dagegen, immer und immer wieder. Er schien es offenbar nur auf sich selbst abgesehen zu haben. Seine Faust war schon ganz aufgeschrammt.

»Herr Haug, würden Sie bitte damit aufhören und sich wieder setzen?«, bat sie ihn.

Er schlug noch zwei Mal zu, nahm dann seine verletzte Hand in die andere. Drehte sich um. Eine Träne lief über sein Gesicht. Schnell wischte er mit dem Ärmel darüber. Sein Brustkorb hob und senkte sich. »Tut mir leid«, murmelte er, ging auf seinen Platz zurück und setzte sich schwerfällig hin. »Tut mir wirklich leid. Ich wollte nicht … Aber dass Sie jetzt auch noch mit dem Dorfklatsch anfangen …«

»Was für Dorfklatsch?«

Haug ging nicht darauf ein. »Wissen Sie, was ich witzig finde?«, sagte er leise. »Seit ich ungefähr achtzehn bin, führe ich ein gesetzestreues Leben. Gut, es gab vor ein paar Jahren ein paar kleine Diebstähle, aber sonst …« Er machte eine abwinkende Handbewegung. »Ich habe einen guten Job bei einer Firma in Stuttgart. Ich bin Automechaniker, wissen Sie? Seit Kurzem habe ich sogar eine Freundin. Niemand von meinen Bekannten weiß, woher ich komme und was für Gerüchte es über mich gibt. Ich war glücklich. Und ausgerechnet jetzt schaffen die Leute von diesem Kaff es doch. Endlich bin ich das Monster, das sie immer in mir gesehen haben. Warum eigentlich noch die Gerichtsverhandlung? Egal, was die Wahrheit ist, am Ende werden die mich in den Knast stecken.«

»Das werden sie nur, wenn Sie schuldig sind.«

Haug drehte langsam den Kopf und schaute ihr in die Augen. »Glauben Sie wirklich an so einen Schwachsinn?«

Sie nickte. »Und ich beschränke mich nicht aufs Glauben. Ich werde tun, was ich kann, um Ihnen zu helfen. Das ist mein Job. Selbst wenn Sie …«

»Sie können mir nicht helfen. Sie scheinen ein netter Mensch zu sein. Das hier wird kein fairer Prozess. Machen Sie es wie mein letzter Anwalt. Rennen Sie weg, solange Sie noch können.« Sie hörte tiefe Verzweiflung in Haugs Stimme. In seinen Augen waren ein solcher Schmerz und eine solche Enttäuschung, dass Linn sich für eine Sekunde fragte, ob seine dünne Geschichte wahr war und hier eine Hexenjagd stattfand.

»Jetzt geben Sie nicht schon auf, bevor wir überhaupt angefangen haben!«, sagte sie. »Die Unschuldsvermutung …«

Haug lachte heißer auf. »Die Unschuldsvermutung«, sagte er, »die gibt es hier in Ochsenwang nicht. Das werden Sie ganz schnell merken.«

3

Nachdem Linn spät in der Nacht nach Hause zurückgekommen war, hatte sie alle Heizungen voll aufgedreht, aber es war immer noch kalt in ihrer kleinen Wohnung im Dachgeschoss eines Altbaus. Ein eisiger, abgasgeschwängerter Lufthauch drang durch die Ritzen in den Fensterrahmen und unter den Türen. Es war weit nach Mitternacht, und sie lag unter der dicken Daunendecke ihres Bettes, konnte aber nicht einschlafen. Das Gespräch mit ihrem neuen Mandanten ging ihr nicht aus dem Kopf. Außerdem horchte sie ständig auf die Geräusche in ihrer Wohnung, auf das Stöhnen des Windes, das Pochen des Eisregens auf ihren Scheiben und das Knarren der alten Dachbalken. Gegen halb vier stand sie schließlich auf und kochte sich einen Tee. Sie machte überall Licht und im Wohnzimmer Musik an, damit sie die Geräusche des Windes und das Knarren nicht mehr hören musste, und setzte sich eingehüllt in ihre Bettdecke mit der Akte Haug auf ihr Sofa.

Als Erstes nahm sie sich den Bericht über den Tatort vor. Ines Schneider war im Schlafzimmer getötet worden. Auf dem Bett, wo auch ihre Leiche gelegen hatte.

Spuren ihres Mandanten hatte man überall in diesem Zimmer gefunden: Seine DNA am Bett und an der Leiche. Dreck, der einer Analyse zufolge von seinen Schuhen stammen musste, und Fasern seiner Kleider. Zwei Haare von ihm in einem Sessel. Fingerabdrücke. Auf dem Bettschränkchen seine leere Kaffeetasse. Am belastendsten aber war ein Knopf im Bett, der den Spuren zufolge von Haugs Hemd abgerissen worden sein musste. Auch eine Abschürfung an einer Hand der Toten konnte darauf hindeuten, dass Ines Schneider verzweifelt versucht hatte, sich zu wehren. Einige Gegenstände wie die Bettlampe waren umgefallen und kaputtgegangen. Das sah definitiv nicht nach einer harmlosen Kabbelei aus.

Nach Ansicht der Polizei hatte Haug seine Pflegemutter zuerst aufs Bett gezwungen und dann in Tötungsabsicht niedergerungen. Im Todeskampf hatte sie den Knopf zu fassen bekommen und abgerissen. Haug hatte ihr das Insulin gespritzt, sie eine Weile auf dem Bett festgehalten und dann mit einer Tasse Kaffee in der Hand im Schlafzimmer darauf gewartet, bis sie gestorben war. Die Tatsache, dass das Opfer bis auf einen Espresso noch nichts gefrühstückt gehabt hatte, als ihr das Insulin gegeben worden war, hatte den Tod beschleunigt. Haug hatte den Pen nach der Tat abgewischt und eingesteckt, vermutlich den Schmuck aus dem Bad geholt, den Geldbeutel des Opfers geleert, Feuer gelegt, das Haus verlassen und auf der Wegfahrt noch sein kaputtes Hemd in einem nahegelegenen Mülleimer entsorgt, wo es kurz nach der Tat gefunden worden war. Das Diebesgut hatte man hingegen bislang noch nicht finden können. Trotzdem ging die Polizei davon aus, dass es sich aller Wahrscheinlichkeit nach um einen Raubmord gehandelt hatte, auch eine familiäre Streitigkeit wurde als mögliches Motiv angegeben.

Linn hatte das Gefühl, dass Haug seine Pflegemutter nicht sonderlich gemocht hatte. Aber er wohnte schon lange nicht mehr dort und hatte sie offenbar viele Jahre nicht gesehen. Warum hätte er sie ausgerechnet jetzt töten sollen? Und wo war das Diebesgut? Denn es erschien doch seltsam, dass Haug zwar die Mordwaffe mit nach Hause genommen, das Diebesgut aber irgendwo versteckt hatte. Linn drehte eine Haarsträhne über ihren Zeigefinger. Trotzdem. Die Version der Polizei klang plausibel.

Eisregen wurde gegen die Dachfenster gepeitscht. Der Sturmwind rüttelte an den morschen Rollläden, und Linn lief ein Schauer über den Rücken. Sie machte einen Rundgang durch die Wohnung, kontrollierte, ob das Sicherheitsschloss an ihrer

Tür verriegelt war und, obwohl ihr das peinlich war, ob sich niemand in ihrem Kleiderschrank versteckte. Schließlich setzte sie sich wieder aufs Sofa und suchte den Autopsiebericht heraus. Lange schaute sie das Foto mit der winzigen, blutunterlaufenen Einstichstelle hinten am Rücken zwischen den Schulterblättern der Toten an. Der Insulinpen musste Haugs Pflegemutter, so erläuterte die Rechtsmedizinerin, mit Gewalt in den Rücken gerammt worden sein, daher der Bluterguss.

Die frische Einstichstelle an einer so ungewöhnlichen Stelle, der Bluterguss, die extrem hohe Insulindosis, die Tatsache, dass der Einstich durch die Bluse hindurch erfolgt war und vor allem der abgewischte Insulinpen in Haugs Wohnung waren die Hauptgründe, warum die Polizei davon ausging, dass Ines Schneider von Haug getötet worden war. Der Pen war den Spuren zufolge auch eindeutig die Mordwaffe gewesen, man hatte unter anderem frisches Blut der Toten sowie Fasern der durchstochenen Bluse daran gefunden.

Linn dachte nach, blätterte durch die Akte, las Untersuchungsergebnisse. Haug hatte gesagt, er sei unschuldig. Zwei alternative Tathergänge waren in diesem Fall möglich: Entweder, ein anderer Täter war zufällig am gleichen Tag in der Wohnung der Pflegemutter gewesen und hatte sie getötet. Nur warum hatte ihr Mandant dann den benutzten Insulinpen zu Hause gehabt? Ein möglicher anderer Täter hätte gewusst haben müssen, dass Haug bei Ines Schneider gewesen war, er hätte ihr das Insulin verabreichen und dann sofort von Ochsenwang nach Stuttgart losfahren müssen, um den Pen noch vor Haugs Ankunft unbemerkt in dessen Wohnung deponieren zu können. Haug war nämlich von seiner Pflegemutter recht schnell nach Hause gefahren. Linn sah eine Weile zum Dachfenster, auf das es jetzt herunterschneite. Ein alternativer Täter war ziemlich unwahrscheinlich.

Die zweite Möglichkeit war, dass Ines Schneider sich die Überdosis Insulin selbst verabreicht hatte, absichtlich oder versehentlich. Dafür, dass der Fall diesbezüglich jedenfalls nicht eindeutig war, konnte sprechen, dass die Polizei nach dem Auffinden der Leiche nicht sofort von einem Tötungsdelikt ausgegangen war, sondern zunächst von einem unklaren Todesfall, der auch ein Unfall hätte sein können. Offenbar war angenommen worden, die »Kampfspuren« hätten auch durch das Opfer selbst verursacht worden sein können, vielleicht, weil Ines Schneider im Delirium durch das Zimmer getorkelt war. Und selbst nach dem Auffinden des Pens in seiner Wohnung war Haug noch nicht gleich verhaftet worden. Erst die Untersuchung des entleerten Pens und die gerichtsmedizinische Untersuchung hatten das Pendel in Richtung Tötungsdelikt ausschlagen lassen, auch sie hatten allerdings lediglich »starke Hinweise« auf eine Gewalttat ergeben. Die Rechtsmedizinerin führte dazu aus, dass im Falle eines Selbstmords oder eines Unfalls der Insulinpen mit ziemlicher Sicherheit nicht so brutal durch die Bluse in den Rücken gerammt worden wäre, sondern das Opfer sich das Insulin wie sonst auch in die Bauchdecke gespritzt hätte. Abgesehen davon war Ines Schneider recht alt gewesen und hatte zusätzlich seit Jahren an einer Bewegungseinschränkung ihres rechten Armes gelitten. In der Akte wurde zwar nicht ausgeschlossen, aber angezweifelt, dass Haugs Pflegemutter beweglich genug gewesen wäre, um sich den Pen an einer so merkwürdigen Stelle so weit hinten am Rücken selbst zu spritzen. Und dann waren da natürlich noch all die Spuren von Haug im Schlafzimmer und an der Leiche. Auch ein Selbstmord oder Unfall war also ziemlich unwahrscheinlich.

Linn trank ihre Teetasse leer und goss sich eine neue ein. Egal, wie man es drehte und wendete, es sah so aus, als habe ihr Mandant seine Pflegemutter getötet. Sie würde das alles noch einmal nachprüfen, aber man musste sicherlich bald über ein Geständnis nachdenken. Wahrscheinlich würde das kein sonderlich langer Gerichtsprozess werden.

Linn war todmüde von der durchwachten Nacht und halb erfroren, als sie einige Stunden später nach einer nervtötenden U-Bahnfahrt und einem halbstündigen Fußmarsch die Tür ihrer Kanzlei aufschloss. Sie war noch bei der Polizei vorbeigegangen, und jetzt hatte sie die Gewissheit, dass ihr Mandant sie, jedenfalls was den Insulinpen anging, angelogen hatte. Er und nur er hatte die Mordwaffe in seine Wohnung gebracht. Eine freundliche Polizistin hatte Linn einen Film gezeigt, wie er in letzter Zeit von jeder polizeilichen Maßnahme angefertigt wurde. Auf dem Film war eine vollkommen ordnungsgemäße Wohnungsdurchsuchung durch die Stuttgarter Kripo bei Haug dokumentiert. Es war eindeutig zu erkennen, dass der Pen bereits in der Tasche gewesen und nicht von einem Polizisten dort platziert worden war. Außerdem hatte Linn die Videoaufzeichnungen eines Ladengeschäfts neben Haugs Wohnungstür im Erdgeschoss seines Hauses angeschaut. Sie hatte einige Tage dieser Aufzeichnung im Schnelldurchlauf durchgesehen. Nur sieben Mal war außer der Polizei jemand in den Tagen und Stunden vor und kurz nach Ines Schneiders Tod in Haugs Wohnung gegangen, und das war jedes Mal Haug selbst gewesen. Beim letzten Mal hatte er die Tasche dabeigehabt, in der man später den Pen gefunden hatte. Die Fenster von Haugs Wohnung waren vergittert, so dass auch niemand auf diesem Weg den Pen in die Wohnung hätte schmuggeln können.

Die Mordwaffe war ihrem Mandanten nicht untergeschoben worden.

Sie ärgerte sich ein bisschen darüber, dass Haug versucht hatte, sie für dumm zu verkaufen. Ihrer Laune war zusätzlich abträglich, dass sie vorhin trotz des eisigen Morgens und der nachtschlafenden Uhrzeit, zu der sie aufgebrochen war, mal wieder einen riesigen Umweg über eine dunkle Nebenstraße gewählt hatte, um zur U-Bahn zu kommen. Ihr Unfall war lange her, aber obwohl sie Jahre der Therapie hinter sich hatte, schaffte sie es oft immer noch nicht, die kurze Strecke an der Hauptstraße entlangzugehen, ohne wackelige Knie und Atemnot zu bekommen. Die Wahrscheinlichkeit, dass sie noch einmal von einem Auto angefahren wurde, war winzig, das war völlig klar, und es war sicherlich ungefährlicher, an der Hauptstraße entlangzugehen als in der winzigen Straße, an der so früh nur menschenleere Geschäftshäuser aufragten, nur ... Sie hängte ihre Jacke wütend an den Haken und pfefferte ihren Schal hinterher. Heute hatte sie sich zur Abwechslung mal wieder eingebildet, Schritte hinter sich zu hören. Aber da war niemand gewesen. Natürlich nicht. Es war müßig, darüber nachzudenken. Irgendwann. Vielleicht. Würde sie wieder ein normales Leben führen. Sie ging in die Küche und brühte einen starken Espresso an.

Während sie die Akte Haug kopierte, ging sie im Geiste noch einmal durch, was sie bislang über den Fall wusste, und stockte plötzlich, weil ihr einfiel, wie ihr Mandant ausgerastet war, als sie den »Dorfklatsch« angesprochen hatte. Ihr Mandant verheimlichte ihr etwas, so viel war klar. Und es war doch auch komisch, dass dieser Ochsenwanger Polizist, dieser Rösch, ständig merkwürdige Andeutungen gemacht hatte und dass er Haug so sehr zu hassen schien.

Linn steckte die Originalakte in ihre Tasche. Sie würde sie persönlich bei der Staatsanwaltschaft zurückgeben. Und bei der Gelegenheit würde sie herausfinden, was es war, worüber weder ihr Mandant noch die Polizei hatten sprechen wollen.

4

Nach einer Mandantenbesprechung und einem schnellen Mittagessen an einem Maultaschenstand fuhr Linn zur Staatsanwaltschaft.

Oberstaatsanwalt Dr. Faber stieß gerade eine Gabel in eine Plastikschale welken Ackersalats mit Käsestreifen, als sie durch die offene Tür seines Büros schaute. Er sah alles andere als erfreut aus, bat sie aber mit einer Handbewegung herein und knallte den Deckel seines Salates zu. Der Deckel stieß auf die Gabel und schnellte wieder hoch. Einige Tropfen Salatsoße spritzten auf eine Akte.

»Mit der Mordsache Haug haben Sie sich aber ein richtig nettes Mandat an Land gezogen«, bellte er und wischte mit einer Papierserviette die Spritzer weg. »Glauben Sie mir, den Typen holen nicht mal Sie wieder raus. Und das ist auch gut so.«

Obwohl er ihr keinen Sitzplatz angeboten hatte, räumte sie einige Akten von einem Stuhl, zog ihre Jacke aus und setzte sich gegenüber von Fabers Schreibtisch. »Ich gehe bis zum Beweis der Schuld von der Unschuld meines Mandanten aus.«

»Natürlich.« Fabers rechter Mundwinkel zuckte nach oben. »Ich fürchte nur, da sind Sie die Einzige. Die meisten Leute, die Ihren Mandanten kennen, sind anderer Ansicht. Auch sein Pflegevater.«

»Herr Haug hat angedeutet, dass in diesem Dorf eine Art Hexenjagd gegen ihn veranstaltet wird, weil er aus ziemlich schwierigen Familienverhältnissen kommt.«

»Hexenjagd, natürlich.« Faber lachte herablassend und fuhr sich mit der Hand durch seine schütteren eisgrauen Haare. »Ich befürchte, ganz so einfach ist es nicht. An den Vorwürfen ist etwas dran.«

»An der Unschuldsvermutung auch. Wenn ich einem der Polizisten aus Ochsenwang so zuhöre, dann erscheint mir das mit der Hexenjagd gar nicht so abwegig.«

Faber schnaubte. »Spielen Sie auf POK Rösch an? Ich gebe zu, dass er vielleicht ein bisschen eifrig ist, was die Verfolgung von Haug angeht, aber er ermittelt in dieser Sache überhaupt nicht. Keiner aus dem Dorf. Da gibt es eine Soko aus Stuttgart. Und diese vollkommen unabhängigen Ermittler, alles erfahrene Kripobeamten, sind überzeugt davon, dass Ihr Mandant ein sehr gefährlicher Mann ist.« Er zeigte mit der linken Hand auf seine Brust. »Abgesehen davon leite *ich* die Ermittlungen, und Sie können mir eins glauben, *ich* führe keine Hexenjagd gegen Ihren Mandanten. Mir ist es völlig egal, wen wir am Ende überführen, solange es der Richtige ist.« Fabers Stimme klang weniger angespannt, als er fortfuhr. »Verstehen Sie, Frau Dr. Geller, es mag ja noch ein böser Zufall sein, wenn jemand *einmal* unschuldig in eine Mordermittlung gerät. Aber *zweimal*? Bei völlig unterschiedlichen Ermittlungsteams? Das halte ich für sehr unwahrscheinlich.«

Sie musste erst mal schlucken. *Zwei* Mordermittlungen? War das das Geheimnis, über das keiner sprechen wollte? Bevor sie nachfragen konnte, fuhr Faber fort: »Glauben Sie, der gesamte Polizeiapparat hat sich gegen Ihren Mandanten verschworen? Die hätten ihm ja sämtliche Beweise unterschieben müssen, damals und heute. Wie soll das denn abgelaufen sein?« Er schob seine strenge, randlose Brille nach oben. »Ich weiß natürlich, dass Sie Verschwörungstheorien mögen, nur …«

Es gelang ihr, lediglich »haha« zu sagen, obwohl sie am liebsten aufgestanden und gegangen wäre. Verdammter Faber. Er wusste von den riesigen Fehlern, die sie bei den Ermittlungen zu ihrem eigenen Unfall gemacht hatte. Sie war damals so sicher gewesen, dass sie recht gehabt hatte – und sie hatte sich getäuscht.

Sie räusperte sich und sagte dann: »Es gibt also noch eine weitere Mordermittlung gegen meinen Mandanten?«

Faber nickte. »Wir sind ernsthaft um die Sicherheit von Herrn Haug besorgt, daher halten wir uns in dieser Sache im Moment noch bedeckt. Eine Menge Leute haben damals deutlich gemacht, dass sie ihn lynchen wollen, sollte sich herausstellen, dass er wirklich der Täter ist. Und ich hatte den Eindruck, an dieser allgemeinen Stimmung hat sich bis heute wenig geändert.«

»Was ist das für ein Mordfall? Wer ist das Opfer?«

»Vanessa Beckmann.«

In ihr regte sich eine Erinnerung, aber sie kam nicht darauf, wo sie den Namen schon einmal gehört hatte. Sie schaute Faber fragend an.

»Ich war damals noch Zivilrichter, aber natürlich habe ich von der Sache gehört, und so etwas vergisst man nie wieder. Ein furchtbarer Fall. Das arme Mädchen. Und der arme Vater.« Faber stellte seinen Salat beiseite, zog einen Aktenordner unter einem Stapel Blätter hervor und schlug eine Seite auf. »Vanessa Beckmann wurde vor über zwanzig Jahren, im Herbst 1995, tot im Randecker Maar aufgefunden. Das ist ganz in der Nähe von Ochsenwang. Sie wurde mit einem Hammer erschlagen. Ausgeweidet und aufgebahrt wie ein Stück Wild. Sie war gerade mal neunzehn. Riesiges Medieninteresse damals. Der Mörder wurde nie überführt, aber Ihr Mandant … Sagen wir es mal so: Er stand im Fokus der Ermittlungen. Der Fall wurde vor einigen Monaten wieder aufgenommen. Die Tatwaffe wurde gefunden, als Probegrabungen für den Bau eines Freibads durchgeführt wurden. Zum Glück konnten wir die Medien bisher aus der Sache heraushalten.« Faber hustete. »Die Presse hat den Täter damals den ›Schlächter vom Maar‹ genannt. Und es gibt einige ziemlich gute Gründe für die Annahme, dass Ihr Mandant dieser Schlächter ist. Auch wenn er sich immer als Justizopfer dargestellt hat.« Fabers Mundwinkel zuckten nun beide. »Ich dachte, Sie wüssten das und hätten das Mandat deshalb übernommen.

Sie haben doch ein Herz für Justizopfer. War diese Kaufhausdiebin neulich, die gleich nach ihrer Entlassung aus der U-Haft drei Brüche gemacht hat, nicht auch eine von Ihren Schützlingen? Eine Unschuldige?« Er lachte, es klang nicht echt.

Sie verkniff sich eine Antwort und lächelte Faber an. Solange er nicht auf ihren Unfall anspielte, langweilten sie seine Versuche, sie zu ärgern.

Der Oberstaatsanwalt wurde wieder ernst. »Es besteht die Möglichkeit, dass der Mord an Herrn Haugs Pflegemutter nicht primär ein Mord aus Habgier war, sondern mit dem Mord an Vanessa in direktem Zusammenhang steht«, sagte er. »Die Pflegemutter könnte etwas gewusst haben, das für Ihren Mandanten hätte gefährlich werden können. Vermutlich etwas über die gefundene Tatwaffe. Und das wollte sie jetzt der Polizei erzählen, und da hat er sie zum Schweigen gebracht. Frau Schneider hat Herrn Haug von Anfang an für den Mörder von Vanessa gehalten, und das will doch etwas heißen, oder? Wenn die eigene Pflegemutter dich für schuldig hält?«

»Wenn solche merkwürdigen Ansichten die Grundlage Ihrer Beweisführung sind, dann werde ich Haug in ein paar Tagen wieder draußen haben.« Sie lehnte sich zurück und schlug ihre Beine übereinander. »Wusste Herr Haug überhaupt von der Wiederaufnahme?«

Faber nickte. »Wir haben gleich zu Anfang noch einmal mit ihm gesprochen. Er hat sich auf sein Recht zu schweigen berufen. Ganz anders als die Pflegemutter. Die hat in einem fort auf Ihren Mandanten geschimpft, wir mussten die Vernehmung unterbrechen.«

»Aber das Ganze ergibt doch überhaupt keinen Sinn. Sie sagten doch gerade, der Fall Vanessa sei vor Monaten wiederaufgenommen worden. Warum sollte Herr Haug seine Pflegemutter erst jetzt zum Schweigen gebracht haben? Sie hätte ja ewig Zeit gehabt zu reden.«

Faber hob die Hände, seine Handflächen zeigten in einer Geste des Nichtwissens zu ihr. »Er wird seine Gründe gehabt haben.«

»Ich bin schon gespannt auf Ihre Ausführungen.«

Faber schüttelte mit einem Gesichtsausdruck den Kopf, als sei sie ein kleines Kind, das nicht akzeptieren wollte, dass der Himmel blau war. »Das Warum dieses Mordes ist für mich im Moment zweitrangig, genauso wie das Warum des Mordes an Vanessa«, knurrte er. »Im Moment zählen für mich vor allem die forensischen Beweise, und die deuten alle auf Ihren Mandanten als Täter hin. In beiden Fällen. Wenn es Sie interessiert, warum er seine Pflegemutter getötet hat oder warum er es erst jetzt getan hat, fragen Sie ihn doch einfach. Er wird es wissen.«

Kurzzeitig schwiegen sie beide.

»Warum stand mein Mandant 1995 im Fokus der Ermittlungen?«

»Nun, er hatte ein Motiv und die Gelegenheit«, antwortete Faber. »Es war allgemein bekannt, dass er seit Jahren für Vanessa geschwärmt hat und dass sie ihm die kalte Schulter gezeigt hat. Er wurde mehrfach dabei erwischt, wie er nachts vor ihrem Fenster gestanden und heimlich Fotos gemacht hat. Er hat auch schon versucht, sie zu vergewaltigen. Ihr Mandant wurde zudem gesehen, wie er am Mordabend in Richtung des Tatorts im Randecker Maar gegangen ist. Herr Haug hatte einen grauen Trainingsanzug an, der seit diesem Abend merkwürdigerweise unauffindbar ist. Sie können sich ausmalen, wenn man jemand mit einem Hammer erschlägt, ihn später ausweidet und dann auf Tannenzweige legt, dass das mehr als ein paar Spritzer verursacht. Die Kleider können Sie wegschmeißen.« Er räusperte sich. »Seit wir die Tatwaffe haben, wissen wir auch mit Sicherheit, dass es ein Hammer der Marke Siegle war. Siegle-Werkzeug befand sich in der Werkstatt, in der Haug damals gejobbt hat.« Faber fuhr sich erneut durchs Haar. Er sah plötzlich erschöpft aus. »Und dann war da natürlich noch Herr Haugs Interesse am Töten und an der Jagd. Wissen Sie, aufgrund seiner Vorstrafen konnte er damals den Jagdschein nicht machen, aber er hat es mehrfach versucht. Er muss jedes Buch über das Ausweiden von Tieren zu Hause gehabt haben, das man sich vorstellen kann. Er hat sogar mal ein Praktikum in einem Schlachthof gemacht.«

Linn faltete die Hände, legte sie locker auf Fabers Schreibtisch. »Wenn die Beweislage damals so erdrückend war, wie Sie mir das gerade verkaufen wollen, warum wurde er 1995 nicht angeklagt und verurteilt?«

Faber schwieg eine Weile, bevor er weitersprach: »Was die Ermittler seinerzeit hatten, hat am Ende nicht ausgereicht. Die DNA-Analyse war noch nicht so weit wie heute, und es hatte die halbe Tatnacht lang immer wieder geregnet, so dass viele Spuren an der Leiche nicht …« Er fuhr sich mit der Hand über den Mund. »Als dann auch noch seine leibliche Oma Luise Heitz behauptet hat, Haug sei die ganze Nacht bei ihr gewesen, mussten sie ihn laufen lassen.«

Linn setzte sich aufrecht hin. »Mein Mandant hat ein Alibi?«

»Es ist falsch.«

»Warum?«

»Seine Oma war an dem Abend gar nicht die ganze Zeit zu Hause, wie sich jetzt herausgestellt hat. Und es gibt weitere Anhaltspunkte.« Faber schob erneut seine Brille nach oben, die über den Nasenrücken nach unten gerutscht war. »Nach der Wiederaufnahme des Falls wurden zum Beispiel die Kleider, die Vanessa in der Tatnacht getragen hat, noch einmal genau untersucht. Es stellte sich heraus, dass sich auf dem Ärmel ihres Pullis Nasensekret befand, das mit einer sehr hohen Wahrscheinlichkeit von Haug stammt. Er hat damals aber behauptet, er habe Vanessa schon seit zwei Jahren nicht mehr gesehen. Glauben Sie, das Mädchen hat den Pulli zwei Jahre nicht gewaschen? Wenn sie ihn überhaupt schon zwei Jahre besessen hat, er sah ziemlich neu aus. An Haugs Geschichte kann etwas nicht stimmen, meinen Sie nicht?«

»Vielleicht hat mein Mandant nur darüber die Unwahrheit gesagt, wie lange er Vanessa schon nicht mehr gesehen hat?«

»Möglich, natürlich wäre das möglich.« Fabers Stimme triefte vor Sarkasmus.

»Ich denke, ich werde mit dieser Frau Heitz sprechen«, sagte Linn.

Die Mundwinkel des Staatsanwalts zuckten. »Da müssen Sie auf den Friedhof gehen. Luise Heitz ist seit zwei Jahren tot. Gestorben im Übrigen ganz kurz, nachdem ihr Mandant bei ihr war. Die Leute haben gemunkelt, da könnte Gift im Spiel gewesen sein, aber ihr wurde von der Rechtsmedizin ein natürlicher Tod bescheinigt. Sie war ziemlich alt. Hoffen wir, dass das auch gestimmt hat, denn die Leiche wurde eingeäschert.«

Linn dachte fieberhaft nach. Das hörte sich alles andere als gut an.

Faber schaute sie durch seine Brillengläser an. »Ihr Mandant hat in den letzten 22 Jahren drei Mal das Dorf besucht, in dem er aufgewachsen ist, und jedes Mal ist danach jemand tot. Finden Sie das nicht auffällig?«

Sie sagte nichts dazu.

»Und wissen Sie, was ich noch auffällig finde? Kurz vor dem Mord an Vanessa hat Ihr Mandant das erste Mal in seinem Leben Kontakt zu seinem leiblichen Vater Andi Heitz gesucht, der, wie Sie vielleicht wissen, ebenfalls wegen Mordes einsaß. Wegen Mordes an Karin Haug, der Mutter Ihres Mandanten, wohlgemerkt. Warum hätte Haug mit dem Mörder seiner eigenen Mutter sprechen sollen, den er nach eigenen Worten ›hasst und verachtet‹, wenn er nicht ein paar Tipps wollte, wie man jemanden umlegt?«

»Haben Sie mit dem Vater gesprochen? Oder sind das nur Vermutungen?«

»Wir haben es versucht«, erwiderte Faber. »Er war nicht sonderlich gesprächig. Wenn er was gesagt hat, waren es Dinge wie ›Arschfresse‹, und das waren noch die netteren Titel, mit denen er mich bedacht hat. Er ist nach dem Mord an der Mutter Ihres Mandanten, das kann ich noch anfügen, bis heute nicht aus der Haft entlassen worden, obwohl er anfänglich ganz gute Chancen gehabt haben soll. Hat sich selbst verlängert, sozusagen. Ein Sozialarbeiter wollte mit ihm über seine Aggressionen reden, dafür hat er ihn mit dem Kopf gegen die Wand geschlagen. Der Sozialarbeiter ist zwei Tage später gestorben. Aber das nur am Rande.« Faber räusperte sich. »Der leibliche Vater Ihres Mandanten ist ein Täter, den ich verstehe. Er verstellt sich nicht. Er wird schnell aggressiv, und dann schlägt er zu, so einfach ist das. Aber Ihr Mandant …« Faber machte eine kurze Pause, ehe er fortfuhr. »Frau Dr. Geller, wenn Ihr Mandant der Schlächter vom Maar ist und mit so einer abartigen Tat wie dem Mord an Vanessa über zwanzig Jahre lang ein nach außen hin vollkommen normales, unauffälliges Leben führen konnte, dann ist er einer der gefährlichsten Mörder, die wir hier je hatten.«

»Oder vollkommen unschuldig«, zwang sie sich einzuwerfen, obwohl ihr mittlerweile mulmig war.

Faber schüttelte den Kopf. Als er wieder sprach, klang seine Stimme belegt. »Haug hat lange im Ausland gelebt, und wir denken, es gibt noch weitere Opfer, von denen wir bislang nichts wissen. Was ich damit sagen will: Fürchten Sie sich vor ihm. Lassen Sie Ihren Idealismus und die Unschuldsvermutung mal kurz beiseite, wenn Sie eine Besprechung mit ihm haben. Und seien Sie vorsichtig mit juristischen Tricks. Wenn Sie ihn rausholen und er noch eine Frau umbringt …«

Und obwohl er schnarrend anfügte: »Auch wenn ich nicht denke, dass Tricks hier helfen, der Fall ist bombenfest«, wurde Linn plötzlich klar, dass Faber Angst hatte, und das hatte sie bei ihm noch nie erlebt. Es beunruhigte sie mehr als alles andere, was sie heute gehört hatte.

5

Es war kurz vor fünf, als Linn in die Kanzlei zurückkehrte. Sie hatte mit Faber ausgemacht, am Freitag noch einmal vorbeizukommen, um die Akte Vanessa Beckmann einzusehen, die offenbar einen ganzen Kellerraum im Gebäude der Staatsanwaltschaft füllte. Am Freitag stand außerdem die 3-D-Visualisierung des Schlächter-Falls an, und Faber hatte ihr angeboten dabei zu sein. Sie hatte keine Ahnung, was sie erwartete, aber natürlich hatte sie zugesagt.

Sie klopfte an Götz' Tür und öffnete sie schwungvoll. Ein Geruch nach Zitronentee kam ihr entgegen. Götz saß hinter seinem Schreibtisch, eine gegnerische Klageschrift, eine Tasse und einen dicken Zivilrechtskommentar vor sich. Er strahlte sie an. »Komm rein und nimm dir auch einen Tee, wenn du magst. Gibt es was Neues in deinem Mordfall?«

»Es wäre möglich, dass Ines Schneider nicht das einzige Opfer meines Mandanten ist.« Sie setzte sich in einen von Götz' Mandantenstühlen. Ihr war im Moment nicht nach Zitronentee zumute.

Götz' Augen weiteten sich.

»Hast du schon mal vom Fall Vanessa Beckmann gehört? Sie wurde 1995 in der Nähe von Ochsenwang auf ziemlich brutale Art ermordet«, fuhr sie fort.

»Großer Gott«, sagte Götz. »Das … das ist nicht dein Ernst. Haug soll der Schlächter vom Maar sein? An den Fall kann ich mich erinnern. Es gab damals Gerüchte, dass die junge Frau aufgeschnitten wurde. Dass der Täter ihre Gedärme gegessen hat oder so. Sie haben der Presse vermutlich nichts Genaues gesagt, denn es gibt verschiedene Versionen, aber alle gehen in die gleiche Richtung. Erst neulich habe ich eine Reportage über Kannibalismus gesehen. Und dieser Fall wurde als ein Beispiel gebracht. Das … Linn, das ist vielleicht eine Nummer zu groß für unsere Kanzlei.«

»Kannibalismus?«, brachte sie heraus. Das hatte Faber nicht erwähnt. Schon wieder wurde ihr mulmig.

Götz nickte. »So wurde es in der Reportage jedenfalls behauptet.«

Eine Zeitlang war es still. Sie betrachtete das neue, halbleere Regal in Götz' Büro, in dem sich Akten, eine kleine Kaktee mit weichen weißen Stacheln und ein paar Whiskeyflaschen befanden.

»Es darf keine Rolle spielen, was er gegebenenfalls getan hat. Jeder hat das Recht auf bestmögliche Verteidigung«, sagte sie schließlich. Ihre Stimme klang nicht ganz so entschlossen, wie sie sich das vorgestellt hatte.

»Das ist natürlich richtig.« Götz lächelte nachdenklich. »Aber weißt du, vor ein paar Jahren habe ich mal einen Typen verteidigt, dem sie vorgeworfen haben, ein pädophiler Sexualstraftäter zu sein. Vier Kinder. Eines noch ein Kleinkind. Ich musste das Mandat irgendwann niederlegen. Das war noch blöder für den Mandanten, als wenn ich es erst gar nicht angenommen hätte, aber … Es ging einfach nicht.« Er hob die Hände, eine Geste des Aufgebens. »Das war nicht gerade die Sternstunde meiner Verteidigerkarriere, das weiß ich, aber ich habe einfach eine Grenze, die ich nicht überschreiten kann.«

»Das verstehe ich vollkommen. Ich könnte auch keinen pädophilen Sexualstraftäter vertreten.«

»Aber jemanden, der eine junge Frau ausgeweidet und ihre Gedärme gegessen hat, schon?«

»Jemand muss ihn verteidigen. Gerade bei so einer Anklage braucht er einen Anwalt, da sind wir uns doch einig, oder? Abgesehen davon besteht die Möglichkeit, dass er nicht schuldig ist. Er hat die Tat immer abgestritten und wurde damals nicht einmal angeklagt. Er hat mir ins Gesicht gesagt, dass er noch nie jemanden getötet hat. Soweit ich das bisher überblicke, war er sein ganzes Leben ein unbeliebter Außenseiter, dem man in diesem Dorf alles zugetraut hat. Ist es da nicht logisch, dass er in so einem Mordfall der Hauptverdächtige wird?«

»In *zwei* Mordfällen.« Götz spielte mit dem Henkel der Teetasse. »Ich bin der Letzte, der die Unschuldsvermutung untergraben will, aber ganz ehrlich, wie viele Leute geraten *zweimal* grundlos unter Mordverdacht?«

»Das hat Faber auch gesagt. Nur …« Sie brach ab.

Götz trank einen Schluck Tee. »Der Fall Vanessa war nicht nur einfach ein Mord, das war … Wenn er wirklich die Innereien gegessen hat … Geh mal vom schlimmsten Fall aus. Stell dir vor, er ist schuldig. Willst du ihn dann auch verteidigen? Ganz ehrlich?«

Sie nickte. Sie war sich doch auch nicht hundertprozentig sicher.

»Und es ist nicht nur deshalb, weil du glauben willst, dass er unschuldig ist?«, hakte Götz nach.

Sie nickte wieder, diesmal bestimmter.

Götz drehte die Tasse auf seinem Schreibtisch. Er schien eine Weile nachzudenken. Schließlich sagte er: »Verdammt, ich weiß, dass du recht hast. Dass es zu den größten Errungenschaften der modernen Rechtsordnung gehört, dass auch Schuldige, egal, was sie getan haben, das Recht auf einen Anwalt haben. Aber der Typ könnte richtig gefährlich sein, auch für dich.« Er brach ab und zog sein braunblaues Hemd zurecht, das über seinem Bauch spannte. Im Nebenzimmer schaltete sich mit leisem Rattern das Faxgerät an.

»Das mit Vanessa Beckmann ist noch nicht alles. Faber hat angedeutet, dass sie gerade alle ungelösten Mordfälle prüfen, im Inland und im Ausland, und dass es möglicherweise noch weitere Taten gibt, von denen wir bisher nichts wissen«, fügte sie hinzu.

Götz stieß angespannt Luft durch die Lippen.

»Haug hat in jungen Jahren offenbar auch einige Zeit in England gelebt«, gab sie wieder, was Faber ihr am Ende des Gesprächs mitgeteilt hatte. »Faber wollte wissen, ob ich noch Kontakt zu Harris habe.«

Marc Harris war Detective Chief Inspector bei der englischen Polizei, und sie hatte ihn bei ihrem letzten großen Fall kennengelernt.

Götz, der gerade seine Teetasse an die Lippen gesetzt hatte, verschluckte sich und hustete. Als er wieder sprechen konnte, fragte er in einem Ton, der offenbar beiläufig klingen sollte: »Und, hast du?«

»Gelegentlich.« Genauer gesagt bedauerlicherweise fast gar nicht, obwohl sie immer noch bis über beide Ohren in den Polizisten verliebt war.

»Wirst du Harris wegen Haug anrufen?«, fragte Götz.

»Vielleicht.« Ein leichtes Kribbeln setzte in ihrem Bauch ein.

Ihr Kanzleipartner lächelte seltsam. »Ich denke, ihn anzurufen würde nichts bringen«, sagte er. »Ich meine, es ist ja nicht deine Aufgabe, weitere Taten deines Mandanten ans Tageslicht zu bringen. Das soll Faber mal schön alleine machen.«

Sie nickte bestätigend, in Gedanken jetzt ganz bei Harris, und stemmte sich aus Götz' Besucherstuhl hoch. »Ich lass dich dann mal wieder arbeiten. Ich muss selber noch zwei Fristsachen erledigen.«

»Dann bist du auch noch eine Weile hier? Wenn du willst, könnten wir uns nachher was zu essen kommen lassen. Ich müsste dich eine Kleinigkeit zu einem meiner Fälle fragen, da geht es um eine ziemlich komplizierte Vollstreckungsabwehrklage, also wenn du noch Zeit hättest …« Götz nestelte an einem seiner Hemdknöpfe am Ärmel herum.

Sie zog ihren Blazer zurecht und nickte zustimmend.

Linn und Götz bestellten sich Pizza ins Büro und aßen gemeinsam in der kleinen Küche Abendbrot. Es wurde ein netter Abend, fast hätten sie die Flasche Wein aufgemacht, die sie neulich von einer Mandantin geschenkt bekommen hatten. Aber Götz wurde zum Strafverteidigernotdienst gerufen, ein Oberstudienrat, der den Kleinwagen seiner ehemaligen Lebensgefährtin in Brand gesetzt hatte.

Linn ging zurück in ihr Büro und ließ sich in ihren Schreibtischstuhl fallen. Sie hatte jede Menge zu tun, es war noch zu früh für Feierabend. Trotzdem saß sie lange einfach nur da, schaute auf den unerledigten Aktenberg neben ihrem Drucker und trank in kleinen Schlucken ein Glas Grapefruitsaft aus. Sie mochte Götz unheimlich gerne, er war in der kurzen Zeit, in der sie jetzt zusammen selbständig waren, so was wie ihr bester Freund geworden, auch wenn sie privat fast nichts über ihn wusste. Meistens redeten sie über Fälle. Dennoch war eine tiefe Vertrautheit zwischen ihnen. Ganz anders als bei ihr und Harris. Da stimmte etwas ganz und gar nicht, das war ihr bei jedem der wenigen Telefonate klar geworden, die sie bislang geführt hatten. Sie hatte keine Ahnung, ob Harris sie mochte oder nicht. Sie wusste nur, dass sie ihn liebte. Warum konnte es nicht einfacher sein? Sie schüttelte den Kopf. Götz war zum Beispiel ein richtig netter Mensch, warum verliebte sie sich eigentlich nicht einfach mal in einen richtig netten Menschen? In einen, bei dem wenigstens der Hauch einer Chance bestand, dass eine glückliche Beziehung daraus wurde? Warum mussten es bei ihr immer so komplizierte Geschichten wie die mit Harris sein? Zum Scheitern verurteilt, bevor sie angefangen hatten? Sie schaltete ihren Computer an. Müßig, darüber nachzudenken. Es war, wie es war. Und nach dem Unfall war es noch viel schwieriger geworden. Sie strich über die Narbe auf ihrer Wange und gab *Vanessa Beckmann* in die Internetsuchmaschine ein.

Eine Weile betrachtete sie ein Foto von Vanessa Beckmann

in einem alten Zeitungsartikel, auf dem diese locker eingehakt mit einem Mann, der Bildunterschrift zufolge ihrem Vater, an einem See stand. Die zwei lachten über irgendetwas. Vanessa war ein hübsches Mädchen mit langen kastanienbraunen Haaren gewesen, ein wenig kindlich noch, nicht schlank, aber mit einer Figur, die viele Männer sicherlich sinnlich und anziehend gefunden hatten.

Der nächste Beitrag, den Linn anklickte, war der Film über Kannibalismus, von dem Götz ihr berichtet hatte. Lautstark zählte ein Ethnologe von einer kleinen Uni verschiedene Gründe für den Verzehr von Menschenfleisch auf. In manchen frühen Kulturen war Kannibalismus religiös oder mythisch motiviert gewesen, aber er war auch praktiziert worden, um Feinde zu vernichten oder weil man glaubte, ihre Stärken gingen so auf einen selbst über. Manchmal war es die pure Not, warum Menschen andere Menschen aßen. Aber es gab auch eine kleine und sehr gefährliche Gruppe, denen diese Tätigkeit Spaß bereitete. Die durch das Zerstückeln und den Verzehr von Menschenfleisch erregt wurden. Eine perverse Form von sexuellem Fetischismus. Der Beitrag war reich bebildert. Linn kam fast die Pizza wieder hoch. Der Ethnologe war so begeistert von seinem Sujet und ging so ins Detail, dass es sie fast verwunderte, dass er nicht noch Kochrezepte für Menschenfleisch lieferte. Nach einer Weile trat ein kahlköpfiger Psychiater ins Bild, der ungewöhnliche Fälle von Kannibalismus vorstellte, unter anderem den Fall Vanessa Beckmann. Besonders bemerkenswert, ja geradezu einzigartig an diesem Fall sei es, so führte der Psychiater aus, dass der Täter oder die Täterin ausschließlich die Leber und das Herz seines Opfers gegessen habe. Vermutlich roh und eindeutig zur sexuellen Stimulation. Wie der Psychiater auf diese Schlussfolgerungen kam, erschloss sich Linn nicht, aber es schien mit irgendeiner mittelalterlichen schwäbischen Sage zu tun zu haben, bei der ein Einsiedler im wahrsten Sinne des Wortes Appetit auf junge Frauen verspürt hatte. Sie schaltete den Beitrag ab. Hoffentlich war das nicht die Realität, sondern nur die abgefahrene Spekulation eines Fernsehproduzenten, der auf Einschaltquoten hoffte.

Sie ging im Kopf durch, was sie bisher an Fakten hatte. Vanessas Leiche sei »ausgeweidet und aufgebahrt worden«, hatte Faber gesagt. »Wie ein Stück Wild.« Das ging in die gleiche Richtung wie der Fernsehbericht. Hatte der Täter – vielleicht ihr eigener, jagdbegeisterter Mandant? – sich tatsächlich als Jäger und sein Opfer, jedenfalls dessen Gedärme, als essbare Jagdbeute angesehen? Denn Jäger, so las sie im Internet, legten ihr totes Wild auf Tannenzweigen aus und schmückten es, um ihm die letzte Ehre zu erweisen. Das sogenannte Legen der Strecke. *Wild*, so erfuhr sie in einer Online-Jägerzeitung, sei eben *ein besonderes Nahrungsmittel, das einen besonders würdevollen Umgang erfordere*. War Vanessa das für ihren Mörder auch gewesen? Ein besonderes Nahrungsmittel? War ihr Mandant in der Lage, so etwas zu tun? Und ihr dann ungerührt ins Gesicht zu lügen und zu behaupten, er habe noch nie getötet? Kurzzeitig war sie sich überhaupt nicht mehr sicher, ob sie Haug vertreten wollte, Rechtsstaat und gewissenhafte Erfüllung der Verteidigerpflichten hin oder her. Aber dann sagte sie sich, dass fast alles, was sie bislang über den Schlächter vom Maar erfahren hatte, nur wilde Spekulationen waren. Dass ihr Mandant beteuert hatte, er habe noch nie jemanden umgebracht. Natürlich würde sie weitermachen. Jedenfalls, bis sie mehr wusste. Vor allem musste sie zunächst einmal die Akte Vanessa Beckmann gründlich studieren, die sie im Moment noch nicht einmal vorliegen hatte. Sie musste auch all die Spuren überprüfen, die nicht weiter verfolgt worden waren, unter denen sich aber vielleicht Hinweise auf alternative Täter fanden. Es konnte zum Beispiel nicht schaden, die damaligen Jäger aus Ochsenwang und Umgebung noch einmal genauer unter die Lupe zu nehmen.

6

Auch wenn ihr die Reportage über Kannibalismus und Fabers Erzählungen zu Vanessa Beckmanns grausigem Tod ständig im Hinterkopf herumspukten, konzentrierte Linn ihre Aufmerksamkeit am nächsten Morgen wieder auf den Fall der ermordeten Pflegemutter. Nur wegen dieses Falls saß ihr Mandant im Moment in Untersuchungshaft. Auch war es wichtig, beide Morde getrennt voneinander zu untersuchen. Sich bei jedem einzelnen Fall zu fragen, ob Haug ihn wirklich begangen hatte. Denn beide Morde waren von der Vorgehensweise sehr verschieden.

Das Verhältnis ihres Mandanten zu seiner Pflegefamilie war offenbar immer schwierig gewesen. Es hatte Streit gegeben und Handgreiflichkeiten. Mit 16 war Haug *auf Wunsch der Pflegeeltern* schließlich ins Heim gekommen, warum, war in den Unterlagen nicht ausgeführt. Linn drehte einen Kuli zwischen ihren Fingern. Es war wohl nicht aus der Luft gegriffen, dass bei Ines Schneiders Tod eine alte familiäre Streitigkeit eskaliert sein konnte.

Linn war gerade dabei zu überprüfen, wann Ines und Hans Schneider geheiratet hatten, ob der Ehemann der Alleinerbe der Toten war und ob dies für ihn ein mögliches Mordmotiv gewesen sein könnte, als sie plötzlich stockte. Heirat. Der gestohlene Hochzeitsschmuck. Linn suchte sich hastig den Durchsuchungs- und Beschlagnahmebeschluss aus der Akte heraus. Ihrem Mandanten war zwar der Insulinpen nicht untergeschoben worden, aber die Polizei hatte doch verdammt schnell nach Ines Schneiders Tod seine Wohnung durchsucht. Zumal zu diesem Zeitpunkt noch kein dringender Verdacht auf ein Tötungsdelikt bestanden hatte.

In dem Durchsuchungs- und Beschlagnahmebeschluss waren die Schmuckstücke, die Haug gestohlen haben sollte, einzeln aufgeführt, ein goldenes Armband mit einem eingefassten Türkis, eine dazu passende Kette und ein Ring sowic zwei weitere Ketten mit silbernen Kreuzanhängern. Es war gezielt nach diesen Schmuckstücken gesucht worden. Eine Stunde nach der Entdeckung der Leiche. Wie waren die so schnell darauf gekommen, dass genau diese Stücke fehlten? Hatte der Mann der Toten etwa sofort festgestellt, dass der Hochzeitsschmuck seiner Frau nicht mehr im Bad lag und jemand den Geldbeutel geleert hatte? Dass die Sachen gestohlen worden sein mussten? Hatte man nach dem Tod seiner Ehefrau nicht eigentlich anderes im Sinn als den Diebstahl von Wertsachen? Linn war sich nicht sicher, die Reaktionen der Menschen auf einen schmerzhaften Verlust waren vielfältig. Und vielleicht war der Verlust seiner Frau für den Ehemann gar nicht so schmerzhaft gewesen? Weil er möglicherweise selbst Hand angelegt hatte? Sie schüttelte den Kopf. Dafür gab es bisher keinen Hinweis. Wahrscheinlich war die Erklärung für die schnelle Durchsuchung ganz simpel. Wahrscheinlich hatte der Schmuck einfach an einer auffälligen Stelle gelegen, so dass sein Verschwinden sofort aufgefallen war. So musste es gewesen sein. Sie legte den Beschluss zurück in die Akte und begann mit der Rekonstruktion des letzten Tages von Ines Schneider. Ines Schneider war den Aussagen ihres Mannes zufolge gegen 8.20 Uhr aufgestanden. Sie hatte gebadet wie jeden Morgen und sich angekleidet. Gegen 8.50 Uhr war Hans Schneider aus dem Haus gegangen, er hatte seiner Frau noch das Frühstück gerichtet, das sie aber bis auf einen Espresso nicht angerührt hatte. Ein Nachbar, der in dem zusammenfassenden Bericht nicht namentlich genannt wurde, hatte beobachtet, wie Haug gegen 9.00 Uhr in Ines Schneiders Haus gegangen war. Zwischen 9.00 Uhr und 10.30 Uhr war Ines Schneider dann gestorben. Wer war dieser Nachbar gewesen? Linn blätterte die gesamte Akte durch. Sein Name war nicht darin enthalten. Warum nicht? Und wo waren die Aussagen der anderen Nachbarn von Ines Schneider und der Leute, die in der Nähe gewohnt hatten? Denn die Polizei hatte sie sicherlich befragt. Linn machte sich eine Notiz. Sie musste Faber fragen.

Sie gab die Adresse der Schneiders bei Google Earth ein und schaute sich die Satellitenansicht von Ochsenwang an. Ein kleiner Ort, umgeben von Wiesen, Feldern, Obstbäumen und der rauen, teils felsigen Landschaft der Schwäbischen Alb. Sie scrollte näher heran. In der Sackgasse, in der die Pflegemutter gewohnt hatte, gab es nur fünf Häuser, alle mit großen Gärten. Ein Fachwerkhaus, das unverkennbar das Haus der Schneiders von den Tatortfotos war, ein Neubau, ein altes Bauernhaus, ein Flachbau und am Anfang der Straße eine mit viel Glas und Metallstreben ausgebaute Scheune.

Sie suchte lange im Internet, fand aber nur die Namen und Telefonnummern von zwei der Anwohner der Sackgasse heraus: Die Scheune gehörte offenbar einem Architekten, der auf die Umwandlung von bäuerlichen Wirtschaftsgebäuden in Wohnhäuser spezialisiert war und Nicolaas de Groot hieß. Der Flachbau direkt neben Ines Schneiders Haus hingegen gehörte einem Christian Beckmann. Linn runzelte die Stirn. War das etwa ein Verwandter der toten Vanessa Beckmann?

Sie rief zunächst im Büro des Architekten an, und der Mann erklärte sich bereit, sich mit ihr am Abend zu treffen, er habe, so erzählte er mit aufgekratzter Stimme, »möglicherweise sachdienliche Informationen«, die er aber nicht am Telefon weitergeben wollte, sosehr sie auch darauf drängte.

Nachdem sie aufgelegt hatte, rief sie den Bewohner des Flachbaus an.

»Christian Beckmann.« Die Stimme, die sich meldete, klang brüchig und alt.

Sie erklärte, wer sie war.

Noch bevor sie geendet hatte, unterbrach Christian Beckmann sie. »Sie sind ein widerliches Stück Dreck«, stieß er hervor. »Wie können Sie in den Spiegel schauen, wenn Sie Ihr Geld damit verdienen, Monstern wie Johann zu helfen? Lassen Sie sich bloß nie in Ochsenwang blicken, sonst lege ich Sie eigenhändig um, das garantiere ich Ihnen. Und Ihren Mandanten gleich mit. Wir hätten die ganze Heitzhofsippe schon vor Jahren erschlagen sollen. Das hätten wir, bei Gott. Ich war Polizist in dem Dorf und habe jahrelang nur zugeschaut, wie …

Der abgrundtiefe Hass in der Stimme des Mannes ließ sie innerlich erzittern. Sie drückte die Auflegentaste und wählte die Nummer der Staatsanwaltschaft.

»Christian Beckmann?«, sagte ein angespannter Faber auf ihre Nachfrage. »Das ist Vanessas Vater. Warum wollen Sie das wissen?«

Linn erzählte dem Oberstaatsanwalt von dem Telefonat und fügte an: »Ich verstehe ja durchaus, dass Christian Beckmann nicht mit der Anwältin reden will, die den mutmaßlichen Mörder seiner Tochter vertritt, aber meinem Mandanten und mir gleich mit dem Tod zu drohen, das finde ich trotzdem unangemessen.«

»Was wollen Sie jetzt tun? Anzeige erstatten? Gegen einen alten Mann, den der Schmerz von Innen heraus auffrisst und dem die Worte ausgerutscht sind?«

»Das habe ich im Moment noch nicht vor, nein«, sagte sie gegen ihre Überzeugung. »Stimmt es, dass Beckmann Polizist war?«

Faber knurrte ein »ja«. Ein Rascheln war zu hören, als sei etwas heruntergefallen, dann fuhr der Oberstaatsanwalt fort: »Beckmann hat allerdings an dem Tag den Dienst quittiert, an dem der Fall seiner Tochter vorläufig zu den Akten gelegt wurde. Da hat er seinen Glauben an die Gerechtigkeit verloren. Er hat den Rest seines Lebens damit verbracht, den Mord an Vanessa aufzuklären und Haug zu überführen, was ihm bislang leider noch nicht gelungen ist.«

»Und er hat meinen Mandanten all die Jahre für den Täter gehalten? Hatte er nie eine andere Spur?«

»Niemals.«

»Was nichts zu bedeuten haben muss.«

»Ich glaube, es gibt niemanden, der den Fall besser kennt als er.«

Linn lehnte sich in ihren Bürostuhl zurück. Ihr versehrtes Bein schmerzte, und sie massierte es mit einer Hand.

»Finden Sie es nicht seltsam, dass der Vater der toten Vanessa Beckmann direkt neben der Pflegefamilie des Mannes wohnt, den er für den Mörder seiner Tochter hält?«, fragte sie. »Ich meine, wenn ich an Beckmanns Stelle gewesen wäre, ich hätte mit den Schneiders nichts mehr zu tun haben wollen, wäre weit weggezogen und hätte mich gefragt, ob sie nicht einen Teil der Schuld …?«

Faber schnaubte. »Nein, das ist überhaupt nicht seltsam, das werden Sie sehen, wenn Sie die Akten im Mordfall Vanessa Beckmann eingesehen haben. Ines Schneider und Christian Beckmann sind seit Kindertagen befreundet. Diese Freundschaft war so stark, dass sie auch die schwierige Situation um Vanessas Tod überdauert hat. Ines Schneider hat Christian Beckmann immer unterstützt. Sie hat keinen Hehl daraus gemacht, dass sie ihren Pflegesohn für den Mörder von Vanessa hält und ihn ihm Knast sehen will. Sie war schon damals Haugs schärfste Anklägerin überhaupt, wenn man den Leuten aus dem Dorf glaubt.« Faber räusperte sich. »Das Grundstück neben Ines Schneiders Haus hat früher ihrem Vater gehört und stand lange leer. Nach Vanessas Tod hat Christian Beckmann sein altes Zuhause nicht mehr ertragen, weil ihn alles an seine Tochter erinnert hat, und da hat Ines Schneider ihm das Grundstück für einen Appel und ein Ei verkauft. Beckmann war verwitwet, seine Frau ist bei Vanessas

Geburt gestorben, und nach Vanessas Tod hatte er niemanden mehr. Da ist Frau Schneider eingesprungen. Auf dem Land passt man eben aufeinander auf und hilft sich.«

Beckmann war sogar erst nach dem Tod seiner Tochter neben die Schneiders gezogen, die ihm das Haus billig überlassen hatten. Das war irgendwie noch merkwürdiger.

»Apropos aufpassen und sich helfen«, fuhr Faber fort. »Für uns war es ein echter Glücksfall, dass ausgerechnet Christian Beckmann neben den Schneiders wohnt. Er ist nämlich ein sehr aufmerksamer Nachbar. Wenn er am Morgen von Ines Schneiders Todestag gegen 9.00 Uhr nicht aus seinem Küchenfenster geschaut und Ihren Mandanten in das Haus der Pflegemutter hätte gehen sehen, hätten wir Haug nicht so schnell geschnappt.«

Linn fiel fast der Kuli aus der Hand. »Christian Beckmann ist der Zeuge, der meinen Mandanten am Tattag in Ines Schneiders Haus hat gehen sehen? Aber …«

»Wir schicken Ihnen seine Aussage bald.« Faber räusperte sich erneut. »Beckmann ist im Übrigen auch derjenige, der Ines Schneider um die Mittagszeit ihres Todestages besuchen wollte. Als sie nicht auf sein Klingeln reagiert hat, obwohl die Haustür offenstand und das Licht brannte, hat er den Ehemann angerufen. Hans Schneider kam und hat die Tote gefunden.«

»Das heißt, Christian Beckmann hat meinen Mandanten sowohl am Morgen ins Haus gehen sehen, als auch am Mittag dafür gesorgt, dass die Tote aufgefunden wird?« Vor Aufregung sprach sie lauter. »Finden Sie es nicht ein bisschen merkwürdig, dass ausgerechnet er meinen Mandanten belastet? Mein Mandant ist der Hauptverdächtige im Mordfall seiner Tochter! Beckmann ist sicherlich nicht sonderlich gut auf ihn zu sprechen, er könnte erfunden haben, dass mein Mandant zu Ines Schneider …«

»Mir ist vollkommen klar, worauf Sie hinauswollen«, bellte Faber. »Tatsächlich bin ich auch schon auf diesen Gedanken gekommen. Beckmann macht keinen Hehl daraus, dass er Johann Haug hasst und für den Mörder seiner Tochter hält. Aber Beckmann hat die Geschichte nicht erfunden. Ihr Mandant hat doch sofort zugegeben, dass er an besagtem Morgen zwischen neun und zehn bei seiner Pflegemutter gewesen ist. Strittig zwischen Haug und uns ist nur noch, ob er seine Pflegemutter auch getötet hat.« Der Oberstaatsanwalt lachte angespannt.

»Mein Mandant ist der Ansicht, dass ihm der Mord an Ines Schneider angehängt wird«, erwiderte Linn. »Wäre es nicht möglich, dass Christian Beckmann, um meinen Mandanten endlich hinter Gitter zu bringen, etwas mit dem Mord an Ines Schneider zu tun hatte?«

»Selbstverständlich haben wir überprüft, ob Christian Beckmann in irgendeiner Form selbst in die Tötung von Ines Schneider verwickelt war. Auch wir fanden es auffällig, dass ausgerechnet er Ihren Mandanten gesehen haben will und ihn belastet. Das hier ist nicht unser erster Mordfall«, schnaubte Faber. »Aber Christian Beckmann hat ein Alibi, er war den ganzen Vormittag zu Hause, vor allem in der relevanten Zeit, in der Ines Schneider das Insulin bekommen haben muss und gestorben ist. Seine Großnichte war bei ihm. Die Plätzchen, die er Ines Schneider später bringen wollte, hat sie gebacken.« Faber machte eine kurze Pause. »Beckmann leidet außerdem an Parkinson, und seine Feinmotorik ist stark eingeschränkt, er hätte den Pen nicht richtig bedienen können. Die gesamte Spurenlage im Haus spricht ebenfalls dafür, dass Beckmann *nicht* der Täter war. Die Vorstellung ist sowieso abwegig, dass er Ines Schneider nur deshalb umgebracht haben könnte, um den Mord Ihrem Mandanten in die Schuhe zu schieben, und ein anderes Motiv wäre weit und breit nicht ersichtlich. Ines Schneider war seine beste Freundin, das sagen alle. Beckmann hat sie als Rettungsengel bezeichnet, die ihm in den dunkelsten Stunden seines Lebens beigestanden hat. Warum hätte er ausgerechnet sie töten sollen?

Glauben Sie nicht, dass er, wenn er schon jemanden umbringen will, eher Ihren Mandanten töten würde?«

Das klang überzeugend. »Eigentlich wollte ich auch gar nicht unbedingt darauf hinaus, dass Beckmann Ines Schneider selbst umgebracht haben könnte«, wandte sie ein. »Vielleicht hat er die Situation nur ausgenutzt. Was, wenn Ines Schneider eines natürlichen Todes gestorben wäre und Beckmann zum Beispiel die Leiche oder den Tatort manipuliert hätte? Er war Polizist und dürfte wissen, wie das geht. Und die Haustür stand offen.«

»Sie meinen, Beckmann war zufällig bei Ines Schneider, als sie gestorben ist? Und anstatt einen Notarzt anzurufen, wartet er, bis sie tot ist und manipuliert dann die Leiche? Weil zufällig an dem Tag auch noch Ihr Mandant bei Ines Schneider zu Besuch gewesen ist? Das halte ich für Unsinn.« Fabers Stimme wurde schärfer. »Ich denke, wir können Beckmann komplett ausschließen. Der Tatort war nicht manipuliert, das ist ziemlich eindeutig, und die Leiche auch nicht. Die Einblutungen an der Einstichstelle sprechen dafür, dass Frau Schneider der Pen in den Rücken gerammt wurde, als sie noch gelebt hat. Tote bluten nicht mehr. Außerdem hätte sich bei einer Insulingabe nach dem Tod das Insulin nicht mehr im Körper verteilt, und rund um die Einstichstelle hätte man eine hohe Konzentration finden müssen.« Blätter raschelten, dann merkte Faber noch an: »Wir haben auch im ganzen Schlafzimmer keine einzige Spur von Beckmann gefunden, was beweist, dass er noch nie dort gewesen ist. Ines Schneider ist aber dort gestorben.«

Linn nickte, obwohl Faber das durchs Telefon nicht sehen konnte. Offenbar war es tatsächlich nur ein seltsamer Zufall, dass der Zeuge, der ihren Mandanten ins Haus von Ines Schneider hatte gehen sehen, der Vater der toten Vanessa Beckmann war.

»Wenn Christian Beckmann Johann Haug für den Mörder seiner Tochter gehalten hat, also für einen ziemlich gefährlichen

Menschen, warum hat er dann nicht schon am Morgen den Ehemann oder die Polizei angerufen? Als er Haug ins Haus hat gehen sehen? Ich meine, es war ja wohl nicht so, dass mein Mandant seine Pflegemutter regelmäßig besucht hätte«, fragte sie.

»Keine Ahnung. Vermutlich hat er die Situation als harmlos eingeschätzt.«

»Vielleicht war ja tatsächlich alles in Ordnung«, warf Linn ein.

Faber knurrte missbilligend. »Wer sollte die Frau denn sonst umgebracht haben? Ich sehe außer Ihrem Mandanten niemanden, der die Gelegenheit und gleichzeitig ein Motiv gehabt haben könnte.«

»Oft sind es doch die engsten Bezugspersonen, die jemanden ermorden«, gab sie zurück. »Was ist eigentlich mit Ines Schneiders Ehemann? Er ist Arzt. Er hätte das mit dem Insulin am besten gekonnt.«

»Haben wir als Erstes überprüft. Hans Schneider hat für den Tatzeitpunkt genau wie Christian Beckmann ein Alibi. Er hat an einer Veranstaltung seines Parteiortsverbandes teilgenommen. Es gibt unzählige Zeugen, die das bestätigen können. Herr Schneider hatte außerdem kein Motiv, seiner Frau etwas anzutun. Er ist wohlhabend und braucht das winzige Erbe nicht. Abgesehen davon muss er von ihrem Tod erschüttert gewesen sein.« Faber klang wütend. »Keine Sorge, Frau Dr. Geller. Wir machen unsere Arbeit. Keine *Hexenjagd*, verstehen Sie?«

7

Direkt im Anschluss rief Linn im Untersuchungsgefängnis an. Haugs Stimme klang belegt, so, als bräche er gleich in Tränen aus.

»Herr Haug, was ist los?«, erkundigte sie sich.

»Meine Freundin Nora hat mich verlassen«, antwortete er nach einer Weile. Wieder sprach er so schnell, dass sie Mühe hatte, ihm zu folgen. »Die Bullen haben mit ihr gesprochen, wegen meiner Pflegemutter und wegen … wegen damals.« Er schluckte. Seine Stimme klang verzweifelt. »Nora war hier im Knast und ich … Sie hatte Angst vor mir. Meine eigene Freundin hatte Angst vor mir, können Sie sich das vorstellen? Sie hat gesagt, sie will die ganze Geschichte von mir persönlich hören, aber sie hat mir kein Wort geglaubt, als ich ihr gesagt habe, dass ich unschuldig bin. Ich habe es in ihren Augen gesehen. Wir waren fast ein Jahr zusammen. Ein Jahr! Sie ist glaube ich der einzige Mensch, der mich jemals bedingungslos geliebt hat. Das Beste, was mir in meinem ganzen Leben passiert ist. Jetzt denkt sie auch, dass ich ein Monster bin. Wir hatten eigentlich vor zusammenzuziehen. Wir hatten sogar schon damit begonnen, Wohnungen zu suchen. Ich hätte alles für sie getan. Alles. Aber jetzt … Wieso dürfen die das tun? Wieso dürfen die Nora so was über mich erzählen? Und Sie unternehmen nichts dagegen. Wofür hat man denn eine Anwältin? Das ist mal wieder typisch, wie immer eben. Scheiß Anwälte.« Er legte auf.

Linn warf ihren Stift auf den Schreibtisch und rief noch einmal im Gefängnis an.

»Warum haben Sie mir eigentlich nicht gesagt, dass Sie 1995 verdächtigt wurden, Vanessa Beckmann getötet …«

»Ich ertrage es nicht, wenn jemand ihren Namen sagt. Wenn

Sie damit weitermachen, lege ich auf. Ich kann im Moment nicht … Ich … kann nicht! Nicht jetzt! Lassen Sie mich in Ruhe damit. Dieses beschissene Dorf. Ich brauche Bier. Mir fehlt das Bier.«

»Aber wir müssen uns über den Fall Beckmann …«

Es tutete. Ihr Mandant hatte schon wieder aufgelegt. Langsam wurde Linn sauer. Sie versuchte es drei Mal im Gefängnis, bevor sie ihn erneut an der Strippe hatte.

»Also gut, reden wir zuerst über Ihre Pflegemutter.« Sie schluckte ihren Ärger hinunter und bemühte sich um eine professionelle Stimmlage. »Ein Zeuge hat Sie am Tattag in Ines Schneiders Haus gehen sehen.«

»Dieser gottverdammte Christian, es muss eine tiefe Befriedigung für ihn gewesen sein, dass er mich mal wieder wegen irgendeiner Sache beschuldigen kann«, knurrte ihr Mandant. Immerhin legte er nicht auf. »Ines und der Arsch haben ihr ganzes Leben zusammen geklüngelt, wissen Sie? Ines stand immer bedingungslos auf Christians Seite. Egal, gegen wen, und egal, um was es ging.« Er verstummte.

Sie wartete eine Weile, und als er nicht weitersprach, fragte sie: »Hat Sie das verletzt?«

»Was glauben Sie denn? Natürlich. Aber wenn ich meine Pflegemutter deswegen hätte ermorden wollen, hätte ich das bereits vor zweiundzwanzig Jahren getan, als sie im ganzen Dorf verkündet hat, dass ich der Mörder von Vanessa bin. Oder noch viel früher.«

»Wenn Sie es nicht waren, wer könnte Ihre Pflegemutter dann umgebracht haben?«, fragte sie. Haug antwortete zunächst nicht, und wenn Linn nicht die keuchenden Atemzüge gehört hätte, hätte sie gedacht, er hätte schon wieder aufgelegt. Schließlich sagte er: »Ich habe lange darüber nachgedacht, wer überhaupt die Gelegenheit dazu gehabt hätte. Und da bin ich eigentlich nur auf Hans gekommen, aber der war's mit Sicherheit nicht. Mein Pflegevater hätte Ines niemals etwas getan.« Haugs Stimme wurde lauter, aufgeregter, noch schneller. »Hans hat immer gemacht, was Ines gesagt hat, es war, als hätte er seinen freien Willen bei der Hochzeit abgegeben. Ines hat zum Beispiel schon lange vor … vor der Sache mit Vani behauptet, dass ich eines Tages mal jemanden umbringen werde, genau wie mein Erzeuger. ›Der Apfel fällt nicht weit vom Stamm.‹ Und Hans hat ihr nachgeplappert.« Haug brüllte jetzt, so dass sie den Hörer ein Stück von ihrem Ohr weghalten musste. »Hans war Ines hörig, das ist das richtige Wort. *Hörig*. Er hat sogar Christian als Nachbarn ertragen, obwohl er immer vermutet hat, dass Ines und Christian eine Affäre hatten.«

»Christian Beckmann und Ines Schneider hatten eine Affäre?«, fragte Linn.

Haug schnaubte. »Ach, Schwachsinn. Ines hatte keine Affären. Mit dem Finger auf andere zeigen und Menschen zerstören, das konnte sie, aber für Liebe war sie zu kalt. Und Liebe gehört zu einer Affäre dazu, oder nicht? Außerdem hätte das nicht in das Bild gepasst, das sie von sich selbst hatte. Oder nein, ich muss es genauer formulieren: das Bild, von dem sie wollte, dass der Pfarrer es von ihr hat.« In jedem seiner Worte waren Wut und tiefe Abscheu zu hören.

»Abgesehen von Ihrem Pflegevater, wer könnte sonst noch in Frage kommen?«, fragte sie.

Haug brummte verächtlich, aber seine Stimme nahm wieder eine normale Lautstärke an. »Weiß ich nicht, aber bestimmt ist sie in all den Jahren einigen Leuten auf die Nerven gegangen. Sie hat geglaubt, dass niemand ihre falsche Art durchschaut, aber das stimmt nicht. Außerhalb unseres kleinen Familienkreises hat meine Pflegemutter nämlich alles darangelegt, eine Art Heilige zu sein, eine Märtyrerin, die sich um kranke Alte und gestörte Kinder gekümmert hat. In der Rolle hat sie sich gefallen. Aber nur, wenn jemand in der Nähe war, der das auch ausreichend gewürdigt hat.« Er lachte gehässig auf. »In Wirklichkeit wollte Ines niemandem helfen außer sich selbst. Sie hat Menschen um sich gebraucht, die schwächer waren als sie. Damit niemandem aufgefallen ist, wie leer und schwach sie selbst in Wirklichkeit ist.« Haug räusperte sich. »Was meinen Sie: Ob Ines am Ende akzeptiert hat, was für ein schrecklicher Mensch sie war? Kurz vor ihrem Tod?«

»Das weiß ich nicht. Was glauben Sie denn?«

»Woher soll ich das wissen?«

»Sind Sie der Ansicht, dass Ihre Pflegemutter den Tod verdient hat?« Die Frage war Linn herausgerutscht, ehe sie darüber nachdenken konnte, ob es für sie als Verteidigerin überhaupt sinnvoll war, das zu wissen.

Haug protestierte nicht. »Darüber denke ich auch oft nach, wissen Sie?«, sagte er, seine Stimme wurde leiser und ruhig. »Ich kann die Frage nicht beantworten. Nicht mehr. Als sie noch gelebt hat, habe ich ihr so oft den Tod gewünscht, nur jetzt, wo sie wirklich …« Er flüsterte fast. »Es ändert nichts, wissen Sie? Das ist das Komische. Man müsste doch denken, dass ich erleichtert oder froh bin. Ein Mensch, der mich wie einen Aussätzigen behandelt hat und den ich gehasst habe, wurde ermordet. Aber ich bin es nicht. Ihr Tod konnte ihre Schuld nicht tilgen, er hat es viel eher schlimmer … Ach, Scheiße.« Er brach ab. »Verzeihung. Mir fehlt der Alkohol hier.« Er hustete. »Als ich an dem Tag bei ihr war, habe ich das erste Mal verstanden, wie böse sie wirklich ist. Dass es nicht Dummheit oder Nichtwissen ist. Sie wusste genau, was sie all die Jahre getan hat. Sie wollte es. Sie wollte mich zerstören. Einfach so. Und als ich das verstanden habe …« Er verstummte, und bevor sie noch etwas fragen konnte, hatte er die Verbindung unterbrochen. Linn zog die dunkelblaue Wolljacke, die sie im Winter oft statt eines Blazers über ihrer Bluse trug, wenn keine Mandanten in der Kanzlei waren, enger um ihren Oberkörper. Sie hatte ein ungutes Gefühl im Bauch. Hatte Haug gerade kurz davor gestanden, ihr den Mord an Ines Schneider zu gestehen? Sie war fast froh, dass er nicht weitergesprochen hatte. Ungewissheit erleichterte ihre Arbeit irgendwie.

8 Es wurde bereits dämmrig, als Linn aus dem Bus stieg. Ochsenwang sah aus wie ein Ort auf einer Weihnachtskarte. Eine dicke Schneeschicht bedeckte Bäume und Häuser. An einigen Fenstern hingen Weihnachtssterne, und brennende Lichterketten waren um perfekt gestutzte Vorgartenbüsche gewunden. Der Wind war schneidend. Linn warf noch einen Blick auf die Ortskarte auf ihrem Handy, in die sie die Adresse des Architekten, mit dem sie gleich verabredet war, eingespeichert hatte, und ging die enge Hauptstraße hinunter. Immer wieder schaute sie sich nervös um. Obwohl sie Christian Beckmanns Todesdrohung nicht wirklich ernst nehmen wollte, war ihr nicht ganz wohl.

Es dauerte etwa fünfzehn Minuten, bis Linn die Sackgasse erreichte, in der Ines Schneider gelebt hatte. Die Gasse wirkte noch kürzer als auf der Satellitenansicht im Internet, man konnte das Ende mit der Wendeplatte bereits von der Hauptstraße aus sehen. Zwei Häuser auf der linken Seite der Straße, zwei Häuser auf der rechten, und hinten an der Wendeplatte stand noch der Neubau.

Die als Wohnhaus umgebaute futuristische Scheune am Anfang der Straße auf der linken Seite wirkte ein wenig fehl am Platz zwischen den ansonsten heruntergekommenen Gebäuden. Ein Blick auf den Briefkasten bestätigte ihr, dass de Groot dort wohnte. Sie war ziemlich neugierig, was für »möglicherweise sachdienliche Informationen« ihr der ehemalige Nachbar von Ines Schneider geben würde.

Direkt gegenüber auf der anderen Straßenseite erkannte sie den tristen grauen Flachbau, den sie schon im Internet gesehen hatte und der Christian Beckmann gehören musste. Linns ungutes Gefühl wurde stärker, aber sie zwang sich, es zu ignorieren.

Da sie zwanzig Minuten zu früh für das Gespräch mit dem Architekten war, ging sie in die Gasse hinein. Vielleicht konnte sie kurz mit einem der anderen Anwohner sprechen, deren Namen sie nicht im Internet gefunden hatte. Außerdem wollte sie einen Blick auf das Haus der Schneiders werfen.

Mittlerweile war es dunkel, nur drei orangefarbene Straßenlaternen verbreiteten einen düsteren Schein. Linns Hände und ihr Gesicht brannten vor Kälte. Sie zog ihre Mütze tiefer in die Stirn und kuschelte sich so gut es ging mit dem Kinn in ihren Schal. Trotzdem bibberte sie, als sie das Haus der Schneiders erreichte, vor dem sie kurz stehen blieb. Das Fachwerkhaus, in dem die Pflegemutter ihres Mandanten zu Tode gekommen war, war umgeben von einem großen Garten, der nach vorne zur Straße und zu Beckmanns Grundstück hin mit einem niedrigen Holzzaun umgeben war, nach hinten und zur anderen Seite hin jedoch von einer schwarzen, hohen Hecke eingegrenzt wurde, die sich gespenstisch im Wind bewegte. Es knackte und raschelte, wie winzige Hände reckten sich die Äste in die Nacht. Im Untergeschoss des Hauses brannte Licht, aber die hellblauen Vorhänge waren zugezogen. Flackernde Kerzen oder ein Kaminfeuer erhellten ein weiteres Fenster im Obergeschoss, auf dessen Scheibe ein schwarzes Kreuz befestigt war.

Auf der anderen Seite der kleinen Straße, schräg gegenüber vom Haus der Schneiders, befand sich ein in die Jahre gekommenes Bauernhaus, umgeben von einem hohen Zaun mit Stacheldraht. Linn überquerte die Straße und suchte neben dem Gartentor nach einem Klingelschild mit einem Namen, fand keines und betrat schließlich den Garten. Auch an der Haustür gab es keine Klingel, aber einen altmodischen Türklopfer aus Metall, mit dem sie klopfte. Es hallte unnatürlich laut. Mehrere Hunde knurrten und bellten hinter der verschlossenen Tür. Linn biss sich auf die Lippe. Hoffentlich kamen sie nicht gleich herausgeschossen, sprangen an ihr hoch und leckten sie vielleicht ab. Sie mochte keine Hunde, seit sie als Kind einmal von einem gejagt worden war. Trotzdem betätigte sie den Türklopfer erneut. Sie vermeinte, eine Stimme hinter der Tür zu hören, aber niemand öffnete. Sie wartete kurz, drehte sich um und kehrte zum Gartentor zurück. Als sie die Hand an der Klinke hatte, hörte sie hinter sich ein klackendes, keifendes Geräusch. Sie drehte sich um. Sah zwei große braune Jagdhunde, die auf sie zustürmten. Jetzt bellten sie, laut und tief. Sie schaffte es gerade noch auf die Straße, knallte das Gartentor zu. Die Hunde stellten sich knurrend daran auf. Ein kleiner Terrier kam jetzt ebenfalls aus dem Haus gerannt und versuchte kläffend, durch eine Lücke in den Gitterstäben auf die Straße zu gelangen. Linns Herzschlag ging schneller. Die Haustür stand halb offen, sie erkannte Räder und die Beinstützen eines Rollstuhls.

»Hallo?«, rief sie durch das Gebell. Ihre Stimme klang nicht ganz fest. »Ich bin Linn Geller. Ich würde gerne kurz mit Ihnen sprechen.«

Die Haustür öffnete sich ganz. Ein verhutzelter Mann mit einer Pfeife im Mund starrte sie aus zusammengekniffenen Augen an. »Aus!«, befahl er den Hunden.

Die Hunde machten keine Anstalten, vom Tor wegzugehen. Aber sie hörten auf zu bellen.

»Ich bin Anwältin und ich …«

Der Mann murmelte etwas. Sein schwäbischer Akzent war so stark, dass sie ihn kaum verstand. Aber das, was er murmelte, hörte sich alles andere als freundlich an.

»Ich bin hier wegen Ines Schneiders Tod«, setzte sie noch einmal an.

»Ich weiß. Verschwinden Sie, hässliche Schlampe.« Diesmal verstand sie die Worte laut und deutlich.

»Ich suche Zeugen, die vielleicht …«

»Verschwinden Sie. Oder ich hetze die Hunde auf Sie.«

»Ich …«

»Ich mache jetzt das Gartentor auf.« Der Mann rollte mit dem Rollstuhl aus dem Haus, den ordentlich geschippten Gartenweg entlang. Er sah aus, als sei er entschlossen, die geifernden und wieder bellenden Hunde zu ihr auf die Straße zu lassen.

Linn entfernte sich rückwärts vom Garten, die Hunde fest im Blick, die Handflächen beschwichtigend erhoben. »Ich bin schon weg.« Das Blut rauschte in ihren Ohren.

»Kommen Sie nie wieder«, keifte der Alte. »Wir stehen geschlossen hinter Christian und Hans und achten ihre Verluste. Wir werden es nicht zulassen, dass sie dem Mörderbalg helfen.«

Der Mann stoppte am Gartentor, die Hunde standen neben ihm. Acht kalte Augenpaare, die ihr nachstarrten. So schnell es ging, humpelte sie weg von dem Bauernhaus in Richtung der Wendeplatte. Sie spürte die Blicke der Tiere immer noch im Rücken, als sie sich umgedreht hatte und wieder vorwärtsging, hörte sie keuchen und bellen. Würde der verrückte Alte die Hunde auf sie hetzen, wenn sie an der Tür des Neubaus klingelte? Weil er nicht wollte, dass sie mit jemandem über die Toten sprach? Sie schaute sich um. Der Alte wendete gerade den Rollstuhl. Offenbar wollte er zum Haus zurückfahren. Alles war also nur eine leere Drohung gewesen, sie lebten schließlich in der Zivilisation. Entschlossen betrat Linn den Garten des Neubaus, in dem unzählige bunte Lichterketten brannten. Ihre Schultern waren angespannt. Ein großer, beleuchteter Elch stand neben einer Schaukel. Kinderspielzeug lag auf dem Schnee, ein Schneemann grinste sie unter seiner Mütze hervor aus Steinaugen an. An der Hauswand hing ein buntes Schild. *Hier wohnen Alex, Manon, Sophie, Luca.* Linn klingelte. Ein kleines Mädchen in einer geringelten Wollstrumpfhose öffnete die Tür. Hinter ihr erschien eine Frau etwa in Linns Alter. Sie war zierlich und hatte ein hübsches Gesicht, das von langen silbrig blonden Haaren eingerahmt wurde. Sie wirkte scheu, auch wenn sie lächelte, und schaute Linn fragend an. Ihr Blick streifte Linns Narbe, dann schaute sie irgendwo in die Luft über Linn.

»Hi.« Linn machte einen Schritt auf die Tür zu, streckte der Frau die Hand entgegen. »Bitte entschuldigen Sie die Störung, ich bin Linn Geller. Ich bin Anwältin und …«

»Warum sieht dein Gesicht so komisch aus, und warum hast du so ein krummes Bein?«, fragte das Mädchen. Es hatte eine große Zahnlücke.

Die Frau wurde knallrot. »Verzeihung«, sagte sie zu Linn. »Sophie, Schatz, lauf doch mal rein und schau nach dem Baby, ja?«

»Aber …«

»Kein Aber, Schatz.«

Das Mädchen rannte in die Wohnung hinein, winkte Linn kurz zu, sie grüßte halbherzig mit der Hand zurück.

»Entschuldigung. Also, wer waren Sie noch mal?«, erkundigte sich die Frau.

»Mein Name ist Linn Geller. Ich bin Anwältin und ich bin wegen Ihrer Nachbarin hier. Ines Schneider.«

»Über diese Sache wissen wir nichts. Wir waren im Urlaub auf Fuerteventura, als sie gestorben ist, und diese hässlichen Gerüchte mag ich nicht glauben.« Sie machte einen Schritt zurück ins Haus.

»Welche hässlichen Gerüchte?«

Die Frau zögerte, aber dann beugte sie sich zu Linn vor. »Na, dass es kein Unfall gewesen sein soll.« Sie wirkte jetzt unsicher. »Die Leute reden halt, dass es mit diesem Pflegekind da zu tun hat. Ines und Hans konnten keine Kinder kriegen, wissen Sie, da haben sie ein Pflegekind aufgenommen, vor langer Zeit. Der Junge soll ein Serienmörder geworden sein.«

»Aber Sie glauben das nicht?«

Die Frau schüttelte den Kopf. »Frau Schneider war … Man soll nicht schlecht über die Toten reden, aber Frau Schneider war … irgendwie nicht wie andere Leute. Nicht ständig, aber manchmal. Sie hat dann angefangen, von Dämonen, Geistern und Wiedergängern zu reden und solches Zeug. Sie war in solchen Momenten vollkommen abwesend und hat meinen Kindern eine Heidenangst eingejagt. Ich weiß ja nicht, wie sie gestorben ist, aber es würde mich nicht wundern, wenn sie sich in so einem Zustand versehentlich verletzt hätte oder die Treppe hinuntergefallen wäre, verstehen Sie? Aber ich muss jetzt wirklich rein.«

»Vielen Dank für die Auskunft«, sagte Linn, aber die Tür hatte sich bereits geschlossen.

Die Informationen, die sie gerade erhalten hatten, waren ziemlich interessant, denn sie konnten einen Teil der Geschichte ihres Mandanten bestätigen. »Ines ist einfach auf mich losgegangen. Manchmal hat sie gesponnen«, hatte er gesagt. »Der einzige Schaden war ein abgerissener Hemdknopf.«

Als Linn wieder auf dem Gehweg stand, erkannte sie aus den Augenwinkeln, dass in einem der dunklen Fenster im oberen Stock jemand stand und zu ihr hinunterschaute. Sie sah genauer hin, aber die geisterhafte Gestalt war verschwunden. Eine leichte Gänsehaut breitete sich auf ihren Armen aus, auch wenn sie sich sagte, dass es bestimmt nur das Mädchen mit der Zahnlücke gewesen war. Schnell ging sie zurück in Richtung Hauptstraße. Sie musste sich sowieso beeilen, wenn sie noch pünktlich zu ihrem Treffen mit dem Architekten kommen wollte. Hoffentlich war dieser Alte nicht immer noch mit seinen Hunden im Garten. Als sie auf das Bauernhaus zuging, lag der Vorgarten jedoch dunkel und leer da. Erst als sie beinahe direkt vor dem Gartentor angekommen war, erkannte sie, dass es geöffnet war. Hatte der Mann seine Jagdhunde etwa auf die Straße gelassen?

9

Linn hatte de Groots Haus ziemlich außer Atem, aber zum Glück ohne den Hunden begegnet zu sein, erreicht.

Die ausgebaute Scheune sah im Innern aus wie einer *Schöner-Wohnen-*Zeitschrift entsprungen. Helle, offene Räume, viel Glas, Metall, Holz, Pflanzen. Mit Sicherheit waren selbst die zerknüllt aufs Sofa geworfenen Decken und das im Regal umgefallene Buch genau so gewollt.

Linn saß mit einem Becher heißen Zimtpunsch an einem überdimensionierten Esstisch aus grobem Holz und sah sich neugierig um, während ihr Gegenüber sie anstrahlte. Nicolaas de Groot sah ähnlich perfekt aus wie die Wohnung, ein braungebrannter, etwa fünfzigjähriger Mann mit einer Designerbrille, einem schwarzen Anzug und einem kaum hörbaren niederländischen Akzent. »Ochsenwang ist unglaublich jung und weltoffen«, schwärmte er gerade, er redete seit bestimmt zehn Minuten. »Wenn Antje jetzt da wäre, meine Frau, würde sie sagen, ein Paradies für Künstler. Wir sind zwar keine Künstler, eher künstlerische Handwerker«, er lachte, »aber auch wir wurden hier phantastisch aufgenommen. Wir kamen aus Bergen op Zoom und konnten nicht mal richtig Deutsch.« Er lachte wieder. »Acht Jahre sind wir jetzt hier, haben keine Minute bereut. Hier wohnen geerdete Leute. Interessante Leute. Natürlich kann ich Ihnen da eine Menge erzählen.«

»Dann fangen wir doch mal bei Ines und Hans Schneider an«, warf Linn ein, als de Groot eine Atempause machte.

De Groot lächelte. »Hans ist der geradlinige Typ. Arzt. Naturwissenschaftler. Sternzeichen Jungfrau. Ines … Bei Ines konnte ich das Sternzeichen nicht einschätzen. Das passiert mir sonst nie. Sie war sehr in sich gekehrt. Einsam ist vielleicht das richtige Wort. Sie hat immer in der Kirche mitgeholfen und bei Basaren, verstehen Sie, und dann stand sie da unter so vielen Leuten, und auf den ersten Blick sah es so aus, als führe sie ein angeregtes Gespräch, aber sie war nicht wirklich da. Sie war bei sich, irgendwo auf einem weit entfernten Planeten. Ich glaube, sie liebte die Stille. Wir haben sie oft alleine bei der Ruine gesehen. Malerischer Ort. Sie saß einfach da, auf einem Stein. Ich fahre manchmal mit ein paar Jungens aus dem Dorf da rauf. Sind meine Jägerkumpel. Hartmut zum Beispiel. Hartmut Rösch. Ein Polizist. Mit dem sollten Sie mal reden, der kennt jeden hier. Und ein totes Tier aufbrechen und ausweiden, das kann der wie kein Zweiter. Da kann ich viel lernen. Ich habe seit Kurzem auch einen Jagdschein.« De Groot wirkte stolz. »Wer Tiere essen will, muss sie auch töten können, das ist meine ganz persönliche Meinung.«

Linn runzelte die Stirn. Hartmut Rösch, der ihren Mandanten unbedingt ins Gefängnis bringen wollte, weil er ihn für böse hielt, war also auch ein Jäger und konnte Tiere ausweiden wie kein Zweiter. Das war ausgesprochen interessant. Sie machte sich eine Notiz.

»Kennen Sie die Ruine eigentlich? Die Todsünderkapelle? Sind Sie von hier?«, fragte de Groot.

Linn schüttelte den Kopf. Nippte an ihrem Punsch. Wenn der Mann so ausschweifend weitermachte, würde sie den vorletzten Bestellbus verpassen und wahrscheinlich vor drei Uhr nachts nicht mehr nach Stuttgart zurückkommen. Wahrscheinlich würde sie auch nicht mehr nüchtern sein, denn dieses Zimtgebräu hatte es in sich. Es wärmte großartig, das musste man zu seiner Verteidigung sagen, und der Rückweg würde verdammt kalt werden, deshalb … Sie nippte erneut an ihrem Getränk.

De Groot beugte sich nach vorne, Begeisterung strahlte aus seinen Augen. »Die wundervollen Geschichten, die hier an jeder Ecke lauern, sind einer der Gründe, warum ich die Alb so liebe. Und dann diese Landschaft … Aber wir hatten es von der Todsünderkapelle.« Er trank zwei große Schlucke Punsch, ehe er fortfuhr. »Der Sage nach hauste im Mittelalter ein Einsiedler gar nicht weit von hier am Rande des Schopflocher Moors. Er war wild und unkultiviert, und es ging das Gerücht, dass er nachts gelegentlich die umliegenden Bauernhöfe heimsuchte. Anscheinend trank er nichts lieber als das Blut neugeborener Lämmer. Mehrfach wurde versucht, ihn zu fangen und festzusetzen, aber nie kam einer der ausgesandten Ritter wieder zurück. Der Wald um das Moor wurde zum Sperrgebiet erklärt, und gelegentlich brachte man dem Einsiedler ein Lamm oder ein Kalb an den Waldrand, um ihn zu besänftigen und von den anderen Tieren fernzuhalten.« De Groot leerte sein Glas. »Aber der Wilde aus dem Moorwald wurde immer gieriger. Er ließ sich nicht mehr besänftigen, begann irgendwann, Jungfrauen zu fangen und deren Herzen aufzuessen. Schließlich wurde ein junger Mönch, Heimerich, in den Wald geschickt, um mit dem Wilden zu verhandeln. Er kam mit der Botschaft zurück, der Einsiedler wünsche sich eine Ehefrau, die sich ihm freiwillig und ohne Zwang anschlösse. Wenn man ihm diesen Wunsch erfülle, würde er den Wald verlassen und nie mehr zurückkommen.« De Groot stand auf, goss sich ein neues Glas Punsch ein und füllte auch Linns Becher auf. »Nun standen die Frauen natürlich nicht gerade Schlange für diesen Job. Heimerich kam auf die glorreiche Idee, eine sowieso verlorene Seele wegzuschicken. Aber auch im Kerker stieß seine Idee nicht auf Gegenliebe. Heimerich suchte weiter, und schließlich stieß er auf die wegen Ehebruchs und Mordes zum Tode verurteilte junge Ursel. Ursel trat dem Mönch ›ohne die gebotene Demut mit erhobenem, unbedecktem Kopf‹, wie es heißt, entgegen. Sie sagte ihm, sie werde freiwillig in den Wald gehen, aber sie habe eine Bedingung. Am Waldrand, an genau der Stelle, an der sie zwischen den Bäumen verschwinden würde, solle eine Kapelle errichtet werden. Eine Kapelle, und das finde ich so großartig, nur für *Tod*sünder. Ursel verlangte, dass jedem, der eine gravierende Sünde begangen habe und der dort hinginge, beichte, bereue und bereit sei, Buße zu tun, vergeben werden solle. Auch ihr. Heimerich ging notgedrungen auf die Bedingung ein, sprach Ursel von ihren Sünden los und ließ die Kapelle errichten. Ursel aber ging in den Wald, und sie und der wilde Mann wurden nie wieder gesehen. Tatsächlich wurden danach einige Ehebrecher, Mörder und Totschläger, die sich in die Kapelle begaben, durch die Kirche von ihren Sünden losgesprochen. Das, so geht die Sage, gefiel wiederum dem Teufel nicht. Deshalb hat er die Kapelle 1456 in einem Feuersturm zerstört. Aber es heißt, die Steine seien immer noch heilig und zögen Sünder magisch an.« De Groot lächelte. Seine Wangen waren rot vom Alkohol. »Die meisten hier im Dorf finden es ziemlich auffällig, dass Ines da so oft hingegangen ist. Verstehen Sie, was ich meine?«

Linn, die den Alkohol mittlerweile ziemlich spürte, war plötzlich wieder hellwach. »Was für Sünden soll sie denn begangen haben?«, fragte sie.

De Groot zuckte mit den Schultern. »Keine Ahnung. Da verkrampfen die Leute ein bisschen, wenn einer, der nicht hier geboren ist, so was fragt.« Er grinste. »Vielleicht weiß es auch keiner genau. Scheint auf jeden Fall lange her zu sein.« De Groot nahm einen weiteren Schluck Punsch. Seine Zunge wurde langsam schwer. »Es kann nichts Schlimmes gewesen sein. Ines lebte zwar zurückgezogen, aber sie war eine Seele von einem Menschen. Das merke ich sofort. Die hat noch nie jemandem was getan. Hat immer für andere gesorgt, hat als junge Frau sogar ein psychisch krankes Pflegekind aufgezogen und so. Die saß bestimmt nur bei der Kapelle, weil sie ihre Ruhe haben wollte. Introvertierte Menschen sind so. Die brauchen das. Ich bin auch ein bisschen so. Das sehen Sie ja. Sie glauben doch nicht etwa, dass so eine alte Geschichte was mit Ines' Tod zu tun hat? Wie ist Ines denn eigentlich gestorben? Da war viel Polizei hier die letzten Tage. Hans redet nicht darüber, aber im Laden erzählen sie, Ines sei mit einem Hammer erschlagen worden. Genau wie Christians Tochter. Christian Beckmanns Tochter wurde vor vielen Jahren erschlagen, wussten Sie das? Ein komischer Zufall, finden Sie nicht? Dass Ines jetzt auch mit einem Hammer erschlagen wurde?« Er schüttelte den Kopf, trank ein paar Schlucke Punsch. »Stimmt das? Wurde Ines erschlagen? Sie vertreten aber nicht etwa ihren Mörder, oder? Für welche Kanzlei arbeiten Sie noch gleich?«

»Geller und Nowak. Sie meinten am Telefon doch, Sie könnten mir etwas für den Fall Relevantes mitteilen. Waren Sie zufällig an dem Tag zu Hause, als Ines Schneider gestorben ist?« Sie nahm einen großen Schluck Punsch. Das Zeug schmeckte zu gut, sie hätte fast vergessen nach der Information zu fragen, wegen der sie eigentlich gekommen war.

»Genau, ich war hier.« De Groot nickte. »Da hatte ich einen Fotografen von *Countrystyle and more* da. Er hat den neuen Fengshui-Wintergarten abgelichtet.« Er zeigte mit einer ausladenden Bewegung auf den riesigen Wintergarten, der durch eine Glaswand vom Wohnzimmer abgetrennt war. »Erde, Metall, Wasser, Holz und Feuer. Ich züchte Wüstenpflanzen neben heimischen Wachholdersträuchern und Magerrasen. Der Magerrasen ist das Wichtigste.« Er lehnte sich zurück und sah plötzlich ernst aus. »Ich habe ihn weglaufen sehen. Wahrscheinlich.«

Linn verschluckte sich fast und setzte sich aufrecht hin. »Wen haben Sie weglaufen sehen?«

»Den Mann. Den Mann, der Ines ... also der sie erschlagen hat.« Er brach ab. »Die Polizei meinte, eine offizielle Aussage sei im Moment nicht notwendig. Sie hätten den Täter schon.«

Linn trank noch einen kräftigen Schluck. Sie brauchte eine

kleine Stärkung. De Groot würde jetzt Haug beschreiben und damit eine spätere Verurteilung ihres Mandanten wegen Mordes noch wahrscheinlicher machen.

»Wie sah er aus. Der Mann, meine ich, der weggelaufen ist?«, fragte sie.

De Groot stand auf und holte eine von Blättern überquellende Zeichenmappe, die er vor sich auf den Tisch legte, als er sich wieder setzte. »Das ist schon ein paar Tage her. Ich … ich habe eine Zeichnung gemacht. Er war groß, ziemlich groß. Dunkle Haare.« Der Architekt kramte in der Mappe. »Er trug einen Wollpullover. Das habe ich auch der Polizei erzählt. Einen gestreiften Wollpullover mit einem Reißverschluss, glaube ich. Der Mann ist gerannt. Er war vollkommen am Ende, das hat man gemerkt.« De Groot schwieg eine Weile. »Mehr weiß ich leider auch nicht. Gott, mein Personengedächtnis. Ich kann mir Leute, die ich vorher noch nie gesehen habe, so schlecht merken. Aber die Polizei hat den Mann ja schon. Die meinten, dass sie auf mich zurückkommen würden, wenn sie meine Aussage bräuchten. Sie wollten auch die Telefonnummer vom *Countrystyle*-Magazin. Warum, weiß ich nicht.« Endlich schien der Architekt das richtige Blatt in der Mappe gefunden zu haben und legte es vor Linn hin. Es zeigte ein ziemlich professionell mit Bleistift gezeichnetes Gesicht, das entfernt an irgendeinen Schauspieler erinnerte, auf dessen Namen sie nicht kam. Linn brauchte eine Sekunde, bis die Information in ihrem vom Alkohol benebelten Gehirn richtig ankam, aber dann jagte ein Arenalinstoß durch ihren Körper. De Groot hatte auf keinen Fall ihren Mandanten gezeichnet! Das war ein vollkommen anderes Gesicht. Was waren das für schäbige Ermittlungen? Und Johann Haug war blond, und er hatte ein Hemd mit einem abgerissenen Knopf getragen, als er von Ines Schneiders Haus weggegangen war. Und de Groot hatte »dunkle Haare« gesagt und »Wollpullover«.

Was, wenn ihr Mandant tatsächlich unschuldig war, wie er behauptete, und dieser de Groot am Tattag den echten Mörder von Ines Schneiders Haus hatte weglaufen sehen?

10

Am nächsten Morgen erwachte Linn mit einem Kater, aber voller Elan. Das war ein mehr als erfolgreicher Tag gewesen gestern. Sie stand lange unter der warmen Dusche, zog schließlich eine neue weiße Bluse und einen teuren dunkelgrauen Hosenanzug an, der noch aus ihrer Großkanzleizeit stammte, und schminkte sich sorgfältig. Sie würde nachher direkt zur Staatsanwaltschaft fahren, und Oberstaatsanwalt Faber würde ihr einige Fragen beantworten müssen. Von wegen keine Hexenjagd. Da gab es einen Zeugen, der jemand anders vom Tatort hatte abhauen sehen, und die Staatsanwaltschaft hielt es nicht einmal für nötig, ihr das zu sagen. Sie bürstete sich die Haare, legte sie so über ihre Wange, dass die Narbe darunter verdeckt wurde. Lächelte ihr Spiegelbild kampfbereit an. Was verheimlichten die ihr noch? Vielleicht den Grund, warum Ines Schneider immer zu dieser Todsünderkapelle gegangen war? Lag das Motiv des Mordes in der Vergangenheit der Pflegemutter und hatte mit ihrem Mandanten nicht das Geringste zu tun? Es war die Aufgabe der Staatsanwaltschaft, nicht nur die belastenden, sondern auch die entlastenden Dinge herauszufinden! Aber die Ermittlungsbehörden hatten sich den ewigen Sündenbock ausgesucht und ihn beschuldigt. Bestimmt hatte der wahre Täter gewusst, dass Haug an dem Tag bei seiner Pflegemutter gewesen war und die Gelegenheit ergriffen. Haug gab den perfekten Verdächtigen ab. Die Polizei würde Haug verfolgen, genauso, wie es auch passiert war, und den wahren Täter gar nicht erst suchen.

Faber war bei einem Gerichtstermin, aber eine junge Staatsanwältin mit einem altmodischen Dutt, die sich als Christin Kirchhoff vorstellte und ebenfalls bei den Kapitalverbrechen arbeitete, erklärte sich bereit, kurz mit Linn zu sprechen. Kaum hatten sie in dem aufgeräumten Büro Platz genommen, fragte Linn sie mit ihrer härtesten Anwaltsstimme nach de Groot.

»Selbstverständlich haben wir die Aussage dieses Niederländers ernst genommen«, gab die Staatsanwältin mit mindestens genauso harter Stimme zurück. Eine Weile suchte sie schweigend etwas in ihrem Computer. Die vielen Ringe, die sie an ihren Fingern trug, machten ein metallisches Geräusch auf der Tastatur. »Sie müssten als Anwältin doch eigentlich wissen, dass das, was Sie zum Tötungsdelikt ›Ines Schneider‹ neulich bekommen haben, nur ein vorläufiger und nicht vollständiger Aktenauszug war, hm?« Als Linn darauf nicht einging, fuhr Kirchhoff fort: »Wir sind ja noch mitten in den Ermittlungen. Hier, hier ist es.« Sie drehte ihren Bildschirm so, dass Linn die Zeugenbefragung lesen konnte.

»Dieser de Groot hat nicht besonders viel gesehen«, fuhr Kirchhoff fort. »Seine Beschreibungen von Haug sind ungenau. Zum Beispiel, was die Haarfarbe angeht.«

»Genau darauf will ich hinaus. Offenbar hat er gar nicht meinen Mandanten beobachtet, sondern einen möglichen anderen Täter weglaufen sehen.« Sie legte de Groots Zeichnung auf den Tisch.

Kirchhoff schüttelte den Kopf und klickte eine Seite in einer digitalen Akte weiter. »Sie wissen doch, wie unzuverlässig Augenzeugenaussagen sind. De Groot hat sich getäuscht.«

»Aber …«

»Wir wissen in diesem Fall sicher, dass er mit seiner Beschreibung falschliegt, denn in genau der Sekunde, in der er jemanden aus Ines Schneiders Haus hat rennen sehen, war ein Fotograf bei ihm. Von einem Magazin. *Style und Country*, nein, *Contrystyle and more*. Der Fotograf hat das Gewächshaus fotografiert und dabei zufällig auch den Weglaufenden geknipst, den de Groot gesehen hat. Das hätten wir dem Gericht auf jeden Fall vorgelegt, keine Sorge.«

Das Foto auf dem Bildschirm der Staatsanwältin zeigte jetzt eine Gewächshauswand aus Glas. Und durch die Wand sah man, ein wenig undeutlich, eine Gestalt aus Ines Schneiders Haus kommen. Bevor sie etwas einwenden konnte, griff Kirchhoff wieder zur Computermaus.

»Wir haben es natürlich vergrößern lassen.« Die Frau klickte noch eine Seite weiter. »Hier. Das ist Ihr Mandant, oder? Sie müssen es nicht sagen, natürlich nicht, aber er ist es. Das ist eindeutig Johann Haug. Der Fotograf hat Ihren Mandanten bei der Flucht aufgenommen.« Linn starrte auf das Bild.

Kirchhoff zurrte eine Haarsträhne fest, die aus ihrem Dutt gerutscht war. Dann deutete sie mit dem Zeigefinger auf das Foto: »Haug hat während der Hausdurchsuchung gegenüber einem unserer Leute behauptet, das Opfer sei gesund gewesen und hätte ihn zur Tür gebracht. Ich sehe hier zwar die geöffnete Tür. Aber das Opfer, das sehe ich weit und breit nirgends. Und Ihr Mandant sieht ziemlich angespannt aus, finden Sie nicht?«

Linn konnte die Augen nicht von dem Bild abwenden. Das war zweifellos Johann Haug. Und er sah nicht nur angespannt aus, er sah aus, als schaute er sich in Panik um, ob er alleine war und niemand ihn gesehen hatte. Er sah schuldig aus. Sehr schuldig. Linns Elan vom frühen Morgen verflog.

»Woher weiß ich, dass das Foto auch am Tattag aufgenommen wurde?«, fragte sie.

»Zum einen war der Fotograf genau zur Tatzeit und auch nur zur Tatzeit dort, das haben wir überprüft. Und hier können Sie sogar das Datum sehen.« Die Staatsanwältin klickte zurück. Auf der Aufnahme waren oben eine digitale Uhrzeit und ein Datum eingeblendet. *23.11.17, 9.56 Uhr.* Sie drehte den Bildschirm von Linn weg und erhob sich von ihrem Schreibtischstuhl, offenbar war die Besprechung beendet. Linn stand ebenfalls auf, bedankte sich und ging zur Tür. Die Staatsanwältin blieb neben ihrem Schreibtisch stehen. Bevor Linn in den Flur trat, fragte

Kirchhoff: »Was hatten Sie da gestern Abend eigentlich zu suchen? In Ochsenwang, meine ich?«

Linn drehte sich um und schaute sie erstaunt an.

»Befragungen sollte die Polizei durchführen«, merkte die Staatsanwältin an. »Wenn Leute das machen, die keine Ahnung davon haben, besteht die Möglichkeit, dass Zeugen beeinflusst werden und später falsche Erinnerungen entwickeln.«

»Ich beeinflusse selbstverständlich niemanden und bin Ihnen auch keine Rechenschaft über mein Tun schuldig«, entgegnete Linn scharf. »Ich denke, wir brauchen nicht darüber zu diskutieren, dass ich das Recht habe, eigene Ermittlungen anzustellen. Wozu selbstverständlich auch gehört, dass ich mit Zeugen sprechen darf. Als erfahrene Anwältin ...«

»Im Wirtschaftsrecht, Frau Dr. Geller, als erfahrene Anwältin *im Wirtschaftsrecht*. Das hier sind strafrechtliche Ermittlungen.« Kirchhoff nahm einen Zettel von ihrem Schreibtisch, auf dem neben einer handschriftlichen Notiz ein dickes, hingekritzeltes Strichmännchen prangte. »Daran«, sie kam näher und hielt Linn den Zettel vors Gesicht, »daran sieht man nämlich Ihre ›Erfahrung‹ im Strafrecht, Frau Dr. Geller.«

»Was ist das?«

»Eine Anzeige gegen Sie. Kam gestern Abend rein. Polizeirevier Ochsenwang. Sie haben bei ihren ›Ermittlungen‹ widerrechtlich das Grundstück eines Herrn Benno Arnold betreten, eines an den Rollstuhl gefesselten alten Herrn. Wollen Sie das abstreiten?«

»Hausfriedensbruch? Du?« Götz grinste bis über beide Ohren.

Linn lehnte sich in einen seiner Mandantenstühle zurück. »Das ist nicht lustig.« Aber auch sie musste ein bisschen grinsen. »Ich meine, ist das überhaupt Hausfriedensbruch? Da war zwar ein Zaun, aber keine Klingel, muss er dann nicht damit rechnen, dass jemand seinen Garten betritt?«

Götz' Gesicht wurde ernst. Mit seinen freundlichen Augen, in denen immer noch Belustigung funkelte, sah er sie an. »Mach dir keine Sorgen. Ich kümmere mich darum. Das wird sowieso eingestellt. Kirchhoff blickt noch nicht durch. Sie ist erst seit ein paar Wochen bei der Staatsanwaltschaft, und ihre Unsicherheit versucht sie dadurch zu verstecken, dass sie jeden angreift.«

»Danke.« Linns angespannte Schultern lockerten sich ein wenig. »Du bist ein echter Freund.«

Götz machte eine abwinkende Handbewegung.

Am Abend ging Linn auf dem Heimweg bei einem Weinhändler vorbei und kaufte als Dankeschön eine teure Flasche Bordeaux und handgebackene Knabberstangen für ihren Kanzleipartner.

Später kochte sie sich in ihrer kleinen Küche Tortellini mit Schinken-Sahne-Soße, die sie mit dem Rotwein, den sie für sich selbst mitgebracht hatte, großzügig abschmeckte. Sie trank ein Glas zum Essen und dachte lange über Johann Haug nach. Wenn man alles zusammennahm, sah es im Moment nach wie vor so aus, als habe ihr Mandant mit ziemlicher Sicherheit seine Pflegemutter umgebracht. Was nicht heißen musste, dass er Vanessa Beckmann ebenfalls getötet und ausgeweidet hatte. Aber es machte es auch nicht unwahrscheinlicher. Die Staatsanwaltschaft hielt ihn auch in dem alten Fall für schuldig, und die machten ihren Job bisher gründlich, das musste man fairerweise wohl sagen.

Nach dem Essen schenkte sich Linn ein weiteres Glas Wein ein, holte sich das Telefon und zog in ihr kleines Wohnzimmer um. In ihren bequemen Jeans und eingehüllt in eine warme Wolljacke machte sie es sich mit einem Aktenauszug auf dem Sofa gemütlich. Vielleicht sollte sie doch nachforschen, ob es noch weitere Opfer ihres Mandanten gab? Ein erster Schritt wäre es, mit Harris über Haugs Zeit in England zu reden. Auch wenn das aus verteidigungstaktischer Sicht Unsinn war, da hatte

Götz vollkommen recht. Außerdem ließ es sich schwerlich mit ihrer Schweigepflicht in Einklang bringen, wenn sie mit einem englischen Polizisten den Fall ihres Mandanten diskutierte. Sie trank einen großen Schluck Wein. Und noch einen. Plötzlich dachte sie gar nicht mehr an ihren Mandanten oder den Fall, sondern nur noch an Harris. Sie konnte Harris natürlich auch ganz privat anrufen. Wie sie es seit Tagen tun wollte. Sie sah ihn plötzlich vor sich, diesen unglaublich gutaussehenden englischen Detective Chief Inspektor mit den grünen Augen und den strubbeligen braunen Haaren. Halb unbewusst strich sie über die Narbe auf ihrer Wange und trank fast das ganze Weinglas aus, bevor sie sich getraute, seine Nummer zu wählen. In ihrem Bauch begann es zu kribbeln.

»Hello«, meldete sich Harris' freundliche, tiefe Stimme.

»Hi Marc«, sagte sie, so cool sie konnte. »How are you?«

»Hey, schön, dass du anrufst. How's it going?« Harris freute sich wirklich, das konnte sie hören.

Ein paar Minuten plauderten sie über das englische Wetter und lustige cornische und deutsche Weihnachtsbräuche. Sie sprachen nicht über den Riccardi-Fall, durch den sie sich kennengelernt hatten, und auch nicht darüber, wie sie auseinandergegangen waren, sie, wie versteinert dastehend, enttäuscht über etwas, das Harris gesagt hatte, und Harris mit nacktem Oberkörper, sein zusammengeknülltes Hemd in der Hand, ohne sich noch einmal umzudrehen. Das war noch nicht lange her, fühlte sich aber an wie eine kleine Ewigkeit. Sie hatten seither höchstens dreimal telefoniert, und die seltsame Befangenheit zwischen ihnen wollte nicht weggehen.

»Ich habe gehört, du hast einen neuen, großen Mordfall?« Harris' Stimme nahm plötzlich einen dienstlichen Tonfall an.

»Ich darf nicht darüber … Woher weißt du das?«

»Euer geschätzter Staatsanwalt Faber hat mich angerufen.« Sie hörte einen ironischen Unterton in seiner Stimme. »Er war ausgesprochen höflich. Wollte, dass ich ihm unter der Hand ein paar Informationen gebe, weil das viel schneller ginge als eine offizielle Anfrage bei den zuständigen Stellen.« Harris lachte leise. »Nur weil du auch beteiligt bist, habe ich nach dem Telefonat mal einen Blick in die ungeklärten Mordfälle geworfen.«

»Das ist nett. Und?« Sie hielt die Luft an.

»Es gibt in der Zeit, in der euer Verdächtiger in London war, kein ungeklärtes Tötungsdelikt.«

»Zum Glück«, sagte Linn erleichtert.

»Allerdings sind da noch die Vermisstenfälle«, fügte Harris hinzu, und ihre Erleichterung wich einem leichten Grummeln im Magen.

»Es gibt vier Frauen, die in besagtem Zeitraum unter merkwürdigen Umständen spurlos verschwunden sind«, fuhr Harris fort. »Das muss nichts heißen, es verschwinden ständig Leute, und auch wenn sie über einen längeren Zeitraum verschwunden bleiben, heißt das noch lange nicht, dass sie tot sind, you know? Wir werden der Sache trotzdem nachgehen, und falls wider Erwarten eine Beteiligung deines Mandanten besteht, dann gebe ich dir sofort Bescheid.«

»Danke, great.« Sie trank einen Schluck. »Ich könnte dich auch besuchen, und wir schauen uns die Fälle zusammen an«, platzte es aus ihr heraus. Was für ein unsinniger Vorwand, natürlich konnte sie nicht einfach so in englischen Fallakten herumstöbern. Aber jeder Vorwand war besser als keiner. »Ende Dezember hätte ich Zeit und könnte mit der Fähre rüber nach Dover kommen«, machte sie trotzdem weiter. »Und wir müssen ja auch gar nicht über den Fall … Wir können uns doch auch einfach so … Wir können in einem Hotel Silvester … zum Beispiel in Dover. Wenn du Zeit und Lust hast, nur dann natürlich.« Sie verstummte. Nicht die lustig-lockere Formulierung, die ihr in ihren Träumen vorgeschwebt war. Aber sie hatte sich nach Wochen immerhin endlich getraut zu fragen.

Am anderen Ende der Leitung war es totenstill. Harris schien nachzudenken. Ziemlich lange. Es war vielleicht ein plötzlicher Vorschlag, und wahrscheinlich war es Quatsch, eine Beziehung zu beginnen, wenn zwischen den Partnern eine so weite Entfernung wie die zwischen Cornwall und Stuttgart lag, aber das war doch trotzdem kein Grund, so lange darüber nachzudenken, ob man jemanden wiedertreffen wollte. Sie füllte ihr Glas nach. Harris schwieg immer noch. Enttäuschung kroch heiß und beißend ihre Kehle hoch.

»New Year's Eve in Dover? White cliffs and ferry terminals?«, fragte Harris nach einer Weile. »Ich kann mir wenig Romantischeres vorstellen.« Er klang überhaupt nicht begeistert, und sie spürte, wie ihr fast die Tränen kamen. Aber jetzt wusste sie wenigstens endlich, woran sie bei Harris war. Lieber ein Ende mit Schrecken als ein Schrecken ohne …

»Warum so lange warten? Ich hatte eher an das Wochenende vor Weihnachten gedacht. Falls das für dich passen würde, natürlich nur«, fügte Harris hinzu. »Ich würde wahnsinnig gerne mal den Stuttgarter Weihnachtsmarkt sehen.«

Für einen Moment war sie sprachlos. Dann überzog ein breites Lächeln ihr Gesicht.

11

Das Randecker Maar war ein ehemaliger Vulkankrater, ein sanft geschwungenes Tal in der kargen Alblandschaft. Markante Felsbrocken und vereinzelte Bäume ragten aus dem gelblichen Magerrasen, der einen Großteil des Bodens bedeckte. Lediglich auf dem Grund des Kraters schien die Wiese grüner und kräftiger zu wachsen. An einigen Stellen des Maars gab es fast undurchdringliche Busch- und Waldflächen. Alles war in ein düsteres Halbdunkel getaucht, das die herbstlichen Farben nur noch erahnen ließ. Die gesichtslose Gestalt mit dem Hammer in der Hand bewegte sich ohne den geringsten Laut durch den Wald am Kraterrand und über die Wiese, immer schneller glitt sie auf die zwei großen Felsbrocken zu, die von einer Seite von einem dichten Schlehen- und Brombeergestrüpp überwachsen waren. Auf einem der Felsbrocken saß eine junge Frau mit einem Rucksack neben sich. Die gesichtslose Gestalt kam auf die Frau zu, blieb vor ihr stehen, den Hammer hinter dem Rücken.

»Vanessa Beckmann hat nicht versucht zu fliehen«, sagte der Leiter der Soko, der die 3-D-Visualisierung in den Räumen der Staatsanwaltschaft leitete. »Und es gab auch keine Abwehrverletzungen. Sie muss von dem Angriff vollkommen überrascht worden sein. Sie können hier jedoch sehen«, der Film nahm nun die Perspektive der auf dem Stein sitzenden Vanessa ein, »dass das Opfer den Täter eine Weile vor dem Angriff gesehen haben muss. Offenbar hatte sie keine Angst vor ihm. Vermutlich hat sie ihn gekannt. Sie scheint auf ihn gewartet zu haben, möglicherweise haben die zwei sich zunächst unterhalten.«

Die gesichtslose Gestalt in der sehr realistischen Computeranimation hob den Hammer. Man sah den Täter nun wieder aus der Sicht eines Beobachters, der ein paar Schritte neben dem Geschehen stand.

»Der erste Schlag wurde von vorne oben geführt, der Täter muss vor dem sitzenden Opfer gestanden haben.«

Der Hammer prallte mit Wucht auf Vanessas Schädeldecke, spaltete sie. Blut spritzte aus der Wunde. Erneut hob der Täter den Hammer. Ein weiterer Schlag. Vanessa Beckmann sank zur Seite, der Täter schlug noch siebenmal auf den Kopf der jungen Frau ein. Blut und Gehirnmasse rannen über die Felsbrocken, tropften ins Gras. Vanessa regte sich nicht mehr. Der Täter legte den Hammer auf einen der Felsbrocken. Drehte die junge Frau auf den Rücken. Schob ihren Pullover und die dünne Jacke nach oben. Zerrte ihre Hose und den Slip bis zu den Knien herunter. Hatte plötzlich ein Jagdmesser in der Hand.

Linn biss sich auf die Lippen, um nicht zu stöhnen. Ihr war jetzt schon schlecht. Alles in ihr wollte sich abwenden. Wollte nicht auch noch sehen, was weiter geschah. Sie zwang sich, die Augen nach vorne zu richten, als der Täter über dem Schambein zum Schnitt ansetzte. Ohne zu zögern, führte er das Messer bis zum Brustbein des Opfers. Riss die Bauchdecke auf. Entfernte die inneren Organe.

»Der Täter hat sehr kontrolliert gehandelt. Und er wusste genau, was er da tat. So brechen erfahrene Jäger erlegtes Wild auf. Es gibt keine Versuchsschnitte, kein Zögern, und die Eingeweide wurden extrem sauber entfernt«, führte der Sokoleiter aus. Eine Gänsehaut breitete sich auf Linns Armen aus, ihr Magen schmerzte.

»Bislang konnte der Verbleib der Innereien nicht geklärt werden«, fuhr der Sokoleiter fort. »Es besteht die Möglichkeit, dass der Täter sie auf den Boden geworfen hat und sie von einem damals im Maar lebenden Luchs oder von einem der Füchse gefressen wurden. Vielleicht hat der Täter sie auch vergraben, allerdings wurde damals ein Umkreis von fünf Quadratkilometern abgesucht, und es konnten keine Grabungsaktivitäten festgestellt werden.« Der Mann räusperte sich. »Am wahrscheinlichsten ist es, dass der Täter Vanessas Eingeweide mitgenommen hat. Hier …«, das Bild zoomte zu einer dichten Hecke, etwas entfernt von der toten Vanessa, »wurde der abgerissene, blutige Henkel einer Plastiktüte gefunden. Die Spurenlage deutet darauf hin, dass der Täter alles, was er aus Vanessas Bauchhöhle geholt hat, in dieser Plastiktüte mitgenommen hat. Wir haben keine Vorstellung, warum er das getan haben könnte. Vielleicht wollte er die Innereien an einer anderen Stelle vergraben. Im eigenen Vorgarten oder so. Oder er hat sie als Erinnerung aufgehoben. Sie vielleicht eingefroren.«

Wie krank war das denn? Linn spürte, wie ihr der Kaffee, den sie am Morgen getrunken hatte, sauer die Kehle heraufstieg. Sie schluckte krampfhaft.

»Vielleicht hat der Täter die inneren Organe auch mitgenommen, um sie aufzuessen. Im Moment können wir nichts ausschließen.« Der Leiter der Soko schwieg einen Moment. »Die Psychiaterin, mit der wir zusammenarbeiten, meint, sie habe noch nie von einem Fall gehört, in dem der Täter sämtliche Eingeweide als Fetisch mitgenommen habe, aber auch ein solches Verhalten sei denkbar. Genauso wie eben Kannibalismus, Satanismus oder das Ausweiden als sexuelle Stimulation. Der Täter könne natürlich auch einen völlig anderen kranken Grund gehabt haben, warum er die Leiche ausgeweidet hat.« Erneut pausierte der Sokoleiter. Oberstaatsanwalt Faber, der neben Linn saß, stieß mit einem scharfen, pfeifenden Geräusch Luft aus. Linn wischte sich den Schweiß von der Stirn, schwarze Sternchen tanzten vor ihren Augen. Die Luft im Vorführraum war stickig und viel zu warm. Sie versuchte, ruhig durchzuatmen. Einatmen, ausatmen. Sie durfte jetzt nicht ohnmächtig werden, nicht ohnmächtig werden. Für einen Moment schob sie die 3-D-Brille auf die Stirn, die Animation wurde zu einem verschwommenen Bild. Großer Gott. Sie würde dieses Mandat niederlegen. Gleich nachher.

»In der Nacht hat es geregnet, jedenfalls eine Zeitlang«, sagte der Sokoleiter. »Das Schlimmste für die Ermittler war, dass damals am Tatort keine relevanten Spuren vom Täter gefunden werden konnten. Der Schlächter vom Maar ist zweiundzwanzig Jahre lang ungestraft und brandgefährlich da draußen herumgelaufen. Glücklicherweise sitzt er jetzt endlich in U-Haft, was unserem großartigen Team zu verdanken ist.«

Linn wies den Sokoleiter nicht darauf hin, dass Johann Haug bis zum Beweis der Schuld unschuldig war.

»Machen wir weiter, damit wir es hinter uns haben«, knurrte Faber.

Sie setzte ihre 3-D-Brille wieder auf. Erneut erschien die ausgeweidete Vanessa klar auf ihrer Netzhaut. Der gesichtslose Täter wandte sich dem nahegelegenen Wald zu. Hackte mit seinem Messer Tannenzweige ab. Schleifte sie zu einer kleinen Senke, die hinter den von dieser Seite mit Schlehen bewachsenen Felsbrocken und einem großen Hagebuttenstrauch fast verschwand. In der Mitte der Senke erhob sich ein länglicher Stein ein paar Zentimeter aus dem Boden. Der Täter legte die Tannenzweige darauf, als bereitete er ein Lager. Ging zur Leiche zurück, packte sie an den Füßen und zog sie zu den Tannenzweigen. Hob sie an und legte sie darauf. Nahm dann einen stabilen Zweig von einem jungen, kahlen Baum in der Nähe, schnitt ihn zurecht und spreizte die Bauchhöhle der Toten damit auf. In Großaufnahme. Linn biss sich auf das Zahnfleisch ihrer Wange, Magensäure brannte in ihrem Hals. Sie wollte raus hier, weg.

»Das Aufspreizen der Leiche«, erklärte der Sokoleiter, »ist etwas, das den Täter zusätzlich Zeit gekostet hat. Es hat ihn daran gehindert, sofort abzuhauen. Warum hat er es trotzdem getan? Die Psychiaterin vermutet, dass er versucht hat sich einzureden, er habe nur ein Stück Wild erlegt. Seine Art, Entschuldigung zu sagen. Denn professionelle Jäger spreizen …«

»Vielleicht war es auch eine letzte Demütigung des Opfers?«, bellte Faber. »Indem er es vollständig zur Jagdbeute degradiert hat?«

»Wir denken, das Gegenteil ist der Fall. Durch die ›Entmenschlichung‹ des Opfers konnte er möglicherweise besser mit der Tat umgehen. Er hat ein ›Tier‹ erlegt und sich fachmännisch darum gekümmert.«

Faber fauchte.

»Sie müssen das Ganze im Zusammenhang sehen«, fuhr der Sokoleiter ungerührt fort. »Dass er den Hammer dabeigehabt hat, spricht für einen planenden Täter. In dem Moment, in dem er sie erschlagen hat, hat er allerdings ein wenig überreagiert. Der erste Schlag war bereits tödlich, trotzdem schlägt er noch achtmal auf ihren Kopf und ihr Gesicht ein. Das ist der einzige Moment, in dem er so etwas wie einen Kontrollverlust erfährt. Das spricht für die Psychiaterin dafür, dass er Vanessa gekannt hat und sehr wütend auf sie war. Er wollte sie vernichten, ihr Gesicht auslöschen. Nachdem er sie jedoch getötet hat, handelt er wieder absolut kontrolliert. Er weidet Vanessa aus, packt die Eingeweide vermutlich in eine Plastiktüte, um sie mitzunehmen. Legt die Tannenzweige aus. Bettet Vanessa darauf, und bekommt nun doch so etwas wie ein schlechtes Gewissen. Daher entmenschlicht er sie.« Der Film hüpfte noch einmal zurück zu der Stelle, an der Vanessa auf die Tannenzweige gelegt worden war. Einige Zeit sprach keiner, schließlich ergriff der Sokoleiter wieder das Wort. »Wir gehen im Moment davon aus, dass der Täter nach der Tat zu Fuß geflüchtet ist, aber …«

»Warum? Etwa weil Sie unterstellen, dass es mein Mandant gewesen sein muss? Weil der Hof seiner Großmutter in der Nähe des Maars liegt? Die anderen Häuser des Dorfs liegen ebenfalls in Laufnähe zum Maar, nur auf der anderen Seite des Kraters.

Und es gibt zwei Straßen, die …«, warf Linn ein. Ihre Stimme war nicht ganz fest.

»*Aber*, das wollte ich gerade hinzufügen, aber natürlich wäre auch ein Auto oder ein anderes Fahrzeug denkbar. Wir haben nur keine Spuren davon gefunden, und niemand hat etwas beobachtet. Viele Leute waren allerdings nicht unterwegs, es war eine kalte, windige und später regnerische Nacht. Wenn er sich die richtige Stelle zum Parken ausgesucht hätte, wären keine Reifenspuren zu finden gewesen. Hier zum Beispiel hätte er auf einem betonierten Zufahrtsweg parken können. Natürlich haben wir all das bedacht, was Sie einwenden, Frau Dr. Geller!« Der Sokoleiter hustete. »Wir haben versucht, den Bewuchs des Maars so zu rekonstruieren, wie er sich vor zweiundzwanzig Jahren dargestellt haben muss. Damals war hier überall ein dichter Wald.« Der Film zoomte zu einem der Hänge des ehemaligen Vulkankraters.

Den Rest des Films sahen sie sich schweigend an. Die blutbesudelte, gesichtslose Gestalt nahm mehrere mögliche Wege von der Leiche weg zu den Stellen, an denen der Täter mutmaßlich sein Auto geparkt haben oder zu Fuß geflüchtet sein könnte. Die Gestalt trug nun Vanessas Rucksack und eine blutige Plastiktüte, in der auch der Hammer und das Jagdmesser steckten. Schließlich löste sich der Täter auf. Ein leichter Nieselregen setzte ein, das Maar verschwamm. Linn zog die 3-D-Brille von ihrem Gesicht. Ihre Bluse hatte dunkle Schweißflecken. Sie atmete ein paarmal tief durch. Auch Faber sah blass aus, als er seine 3-D-Brille abnahm und die eigene Brille wieder aufsetzte. Er fuhr sich durch die schütteren Haare.

»Gut«, sagte er. »Dann hätten wir das auch gesehen.« Seine Mundwinkel zuckten. »Was mir nicht aus dem Kopf will: Was hat Vanessa eigentlich im Maar gemacht? Um die nachtschlafende Uhrzeit und bei dem Wetter?«

12

Eine halbe Stunde nach der 3-D-Rekonstruktion saßen Linn und Faber in dessen Büro. Er hatte ihr das erste Mal, seit sie sich kannten, einen Kaffee angeboten. Er sah mitgenommen aus, ähnlich wie sie selbst. Eine Weile sprachen sie nicht und nippten an dem heißen, faden Getränk.

»Sind Sie immer noch sicher, dass Sie ihn vertreten wollen?«, brach Faber schließlich die Stille. Er klang nicht herablassend oder angriffslustig. Es war nur eine Frage, deren Antwort ihn interessierte, das merkte sie.

Sie nickte, auch wenn sie überhaupt nicht sicher war.

»In solchen Momenten bin ich froh, dass ich der Staatsanwalt bin. Dass ich solche Arschlöcher hinter Gitter bringen kann.«

»Wir wissen noch nicht, ob er es war«, entgegnete Linn müde.

Faber zog eine große Mappe unter zwei Aktenordnern auf seinem Schreibtisch hervor, öffnete sie und nahm ein paar Farbfotos heraus. Er breitete sie vor Linn aus. Nahaufnahmen der toten Vanessa Beckmann. »Wenn Sie dachten, die Computeranimation war schlimm, dann sollten Sie sich mal die Originale anschauen.«

Sie schaute die unerträglichen Fotos an, schmeckte erneut aufsteigende Magensäure auf ihrer Zunge und wandte sich ab. Einen Augenblick später sammelte Faber die Fotos wieder ein, legte sie in die Mappe zurück. Er tippte etwas auf die Tastatur auf seinem Schreibtisch und drehte den Bildschirm seines Rechners so, dass Linn ihn anschauen konnte. Auf dem Bildschirm waren Fotos zu sehen, die Vanessa Beckmann zeigten, die sich gerade umzog. Von außen durch ein Fenster aufgenommen.

»Nach Ines Schneiders Tod haben wir den Rechner Ihres

Mandanten beschlagnahmt und sind auf das hier gestoßen. Das sind Fotos, die Haug heimlich nachts von Vanessa Beckmann gemacht hat. Der letzte Beweis dafür, dass er sie belästigt hat. Haug hatte die Fotos eingescannt und immer noch auf seiner Festplatte. Wir haben mit einigen aus dem Dorf gesprochen, Ihr Mandant hat das Mädchen verfolgt, belästigt und fast vergewaltigt. Er hat sie im wahrsten Sinne des Wortes ›gejagt‹, und ich halte es nur für konsequent, dass er sie eines Tages auch erlegt hat.« Fabers rechter Mundwinkel zuckte so stark, dass er kurz innehalten musste. Er strich mit dem Zeigefinger mehrfach über seine Lippen. »In Haugs Wohnung war weiteres Material, das wir im Moment noch auswerten«, sagte er schließlich. »Ihr Mandant hat offenbar jeden Zeitungsartikel gesammelt, den es zum Schlächter vom Maar gab und alles, was es zum Thema Tod durch Erschlagen zu wissen gibt. Er besaß auch eine alte Karte vom Maar, in der er den genauen Auffindeort von Vanessa eingezeichnet hat, der, das muss ich dazu sagen, allerdings nicht geheim war. Natürlich könnte sein Interesse an dem Fall rein wissenschaftlicher Natur gewesen sein, aber ich glaube das nicht. Ich glaube, das ist eine Art Trophäensammlung, genau wie die Fotos von Vanessa.«

Linn dachte kurz nach. Das hörte sich alles überzeugend an, nur … »Eine Sache finde ich merkwürdig«, erwiderte sie. »Bei der Visualisierung wurde doch gesagt, dass Vanessa ihren Mörder schon eine Zeitlang vor dem Angriff gesehen haben muss. Sie hatte aber offenbar keine Angst vor ihm, sondern ist sitzen geblieben. Wenn Haug sie aber ständig verfolgt und fast vergewaltigt hat, wie kann es sein, dass sie im dunklen, einsamen Maar ganz entspannt auf ihn wartet?«

In Fabers Augen blitzte etwas auf, das sie nicht deuten konnte. Beunruhigung? Eine Sekunde später war der seltsame Ausdruck verschwunden, und Faber nickte. »Darüber haben wir hier auch schon ausführlich diskutiert. Dass sie den Täter gesehen haben könnte, ist nur eine Vermutung. Es ist ohne Weiteres möglich, dass Vanessa zum Beispiel auf dem Stein sitzend eingenickt ist und die Gefahr zu spät oder gar nicht erkannt hat. Und es ist auch möglich, dass wir den Bewuchs des Maars doch nicht so perfekt rekonstruiert haben, wie unser Sokoleiter glaubt. Vielleicht gab es einen Busch oder einen Holzstapel oder etwas Ähnliches, das ihrer Sicht im Weg war und von dem wir einfach nichts wissen. Die Tat wurde vor zweiundzwanzig Jahren begangen. Die Landschaft, die wir bei der Rekonstruktion gesehen haben, ist das Ergebnis von Berechnungen, von Drohnenaufnahmen, von Befragungen und von sieben 1995 zufällig im Maar geschossenen angeschimmelten Dias von Wanderern, die aber bei Weitem nicht jeden Winkel erfassen.«

Das hörte sich schlüssig an, nur warum hatte Faber dann eben so beunruhigt ausgesehen?

»Wieso wurde das bei der Rekonstruktion dann nicht genau so gesagt?«, hakte sie nach.

Faber zuckte auf eine lässige Art die Schultern, aber erneut glaubte sie, kurz den angespannten Ausdruck in seinen Augen zu erkennen. »Wir stecken mitten in laufenden Ermittlungen. Im Moment sind einige unserer Erkenntnisse noch nicht vollständig gesichert.«

Der Oberstaatsanwalt wandte sich wieder seinem Bildschirm zu und rief zwei weitere Fotos auf seinem Rechner auf. Eines zeigte eine Fellmütze, das andere ein T-Shirt mit einem kleinen Blutfleck am unteren Rand. »Die Mütze, die Sie hier sehen, ist die Mütze, die Vanessa am Abend ihres Todes aller Wahrscheinlichkeit nach getragen hat. Auch sie haben wir neulich bei Ihrem Mandanten gefunden. In der gleichen Kiste wie die Zeitungsartikel. Und das hier«, er tippte auf das Foto des T-Shirts auf seinem Bildschirm, »das lag in der Asservatenkammer. 1995 war der Blutfleck zu klein, um ein DNA-Ergebnis erzielen zu können, aber man hat das T-Shirt ordnungsgemäß eingelagert.

Es gehörte Ihrem Mandanten. Er hat es in der Tatnacht getragen. Das Blut wurde nun analysiert, und es stammt eindeutig von Vanessa.« Faber lehnte sich zurück und schob seine strenge, randlose Brille, die auf der Nase nach unten gerutscht war, wieder nach oben. »Für mich gibt es in diesem Fall keine Zweifel, genauso wenig wie bei Ines Schneider. Ich frage mich nur, wie viele weitere Opfer noch auf das Konto dieses Mannes gehen. Denn jemand, der Spaß daran hat, Leichen auszuweiden, tut das bestimmt öfter, meinen Sie nicht?«

Linn rieb über die Narbe auf ihrer Wange. Ihr Gesicht war immer noch schweißfeucht. War ihr Mandant wirklich jemand, der Spaß daran hatte, Leichen auszuweiden? Konnte es sein, dass sie dem Mann gegenübergesessen und das nicht bemerkt hatte?

Sie zeigte auf das T-Shirt. »Wie ist es möglich, dass der Blutfleck nur so klein ist? Ich meine, wir haben vorhin den Film gesehen, müsste das T-Shirt nicht eigentlich blutüberströmt gewesen sein? Wäre es nicht wahrscheinlicher, dass Vanessa Beckmanns Blut bei einer anderen Gelegenheit auf das T-Shirt meines Mandanten geraten ist?«

Faber schaute sie durchdringend an. Sein rechter Mundwinkel zuckte. »Dieser Blutfleck hat die Form eines sogenannten Durchweichungsabdrucks«, erklärte er. »Wir gehen davon aus, dass Ihr Mandant an besagtem Abend einen grauen, wasserabweisenden Trainingsanzug getragen hat. An der Stelle«, Faber beugte sich nach vorne und berührte den Blutfleck auf dem T-Shirt-Foto mit seinem Zeigefinger, »muss aber so viel Blut auf den Trainingsanzug gekommen sein, dass trotz des wasserabweisenden Materials ein wenig auf das T-Shirt durchgesickert ist.«

Linns Schultern verkrampften sich vor Anspannung. »Warum sollte er den Trainingsanzug vernichten, das T-Shirt aber behalten?«

»Möglicherweise hat er den kleinen Fleck einfach übersehen?

Haug war ziemlich arm damals. Vielleicht hatte er nicht so viele T-Shirts?«

»Was war mit seinen Schuhen?«

»Bevor es in der Nacht anfing zu regnen, war die Erde ausgetrocknet. Kein gutes Pflaster für Abdrücke. Es wurde allerdings ein blutiger Gummistiefelabdruck im Wald entdeckt, der vom mutmaßlichen Täter stammen könnte, aber wir haben die dazupassenden Stiefel nie gefunden. Haug hat behauptet, er habe keine Gummistiefel besessen, wir konnten ihm bislang nichts Gegenteiliges nachweisen. Wir haben keine Ahnung, welche Schuhe er am Tatabend getragen hat. Wir gehen davon aus, dass er sie vernichtet hat, genau wie den Trainingsanzug. Denn dass er barfuß nach Hause gekommen ist, wissen wir.«

»Woher wollen Sie das denn wissen?« Linn runzelte die Stirn und schlug ihr gesundes Bein über das andere.

»Haug hatte sich an einem Metallstück verletzt, das auf dem Hof herumlag. Zunächst hat er alles abgestritten, hat behauptet, er sei in der Küche in eine Glasscherbe getreten. Aber es war keinerlei Blut in der Küche, das Metallstück auf dem Hof war ein Zinken aus einer Egge, und die Wunde hatte genau diese Form. Damit konfrontiert, hat Ihr Mandant damals plötzlich behauptet, er habe sich tatsächlich auf dem Hof verletzt, aber erst am nächsten Morgen, als er den Müll nach draußen getragen habe. Bei der Kälte, die in den Tagen geherrscht hat, barfuß den Müll rauszubringen, das ist doch schon merkwürdig, finden Sie nicht?«

Linn zuckte scheinbar ungerührt mit den Schultern. »Merkwürdig vielleicht, aber keine Straftat.«

»Vanessas Leiche wurde am Vormittag des nächsten Tages gefunden«, fuhr der Oberstaatsanwalt fort. »Am Mittag dieses Tages sind die Kollegen zu Ihrem Mandanten gefahren, er war auf dem Hof seiner Großmutter. Als die Polizei kam, hat er panisch versucht zu fliehen.«

»Wie ist die Polizei eigentlich auf Haug gekommen?«

»Nun, er wurde am Tatabend von einem Zeugen gesehen, ganz in der Nähe des Randecker Maars. Um den mutmaßlichen Tatzeitpunkt herum.«

»Wer war der Zeuge?«

Faber schien sich plötzlich zu winden. »Vanessas Vater«, antwortete er schließlich. »Christian Beckmann.«

»Wie bitte?« Linn beugte sich nach vorne über den Schreibtisch. Wieder Beckmann. »Das ist … Das kann ja gar nicht sein! Ich …«

»Ja, ich weiß, was Sie sagen wollen«, unterbrach Faber sie. »Ich finde auch, dass es ein unfassbarer Zufall ist, dass ausgerechnet Beckmann Ihren Mandanten sowohl vor dem Tod seiner Tochter als auch vor Ines Schneiders Tod in der Nähe der jeweiligen Tatorte gesehen haben will. Aber es gibt merkwürdige Zufälle. Wir haben auch beim Schlächter-Fall keinen Hinweis darauf, dass Beckmann gelogen haben könnte. Denn dass er beim Tod seiner Tochter *fälschlicherweise* behauptet haben sollte, er habe Ihren Mandanten gesehen, halte ich für ausgeschlossen. Beckmann hat den Verlust seiner Tochter niemals überwunden, es hat ihn vollkommen zerstört, das merkt man bei jedem Gespräch mit ihm. Ich bin mir hundertprozentig sicher, dass er wollte, dass der *echte* Mörder seiner Tochter ins Gefängnis geht. Er hätte die Tat garantiert niemandem *untergeschoben*.«

Es sei denn, Beckmann hätte selbst etwas zu verbergen gehabt. Linns Herzschlag beschleunigte sich. Es war eigentlich unvorstellbar, dass ein Vater seiner Tochter so etwas antat. Aber das hier waren ein paar Zufälle zu viel.

»Was hat Christian Beckmann an dem Abend beim Maar gemacht?« fragte sie.

Faber schlug mit der Hand auf den Tisch. »Das ist nicht Ihr Ernst, oder?«

»Ich stelle nur eine Frage.«

»Er war gerade auf dem Heimweg von einer Fortbildung. Er fuhr auf der Landstraße, die am Maar entlangführt, und sah Haug im Licht einer Straßenlaterne.«

»Das heißt, auch Beckmann war um den Tatzeitpunkt herum in der Nähe des Maars.«

Faber schlug erneut auf den Tisch. »Ich bitte Sie, Frau Dr. Geller. Sie wollen Herrn Beckmann jetzt aber nicht unterstellen, dass er seine eigene Tochter mit einem Hammer erschlagen und danach ausgeweidet hat?«

»Wurde gegen Christian Beckmann genauso ermittelt wie gegen meinen Mandanten? Obwohl er ein Polizistenkollege und Vanessas Vater war?«

»Selbstverständlich. Es wurden aber kein Motiv und keine Hinweise darauf gefunden, dass er der Täter sein könnte. Bei Ines Schneider nicht, und bei seiner Tochter erst recht nicht.«

War da ein winziges Zögern in Fabers Stimme gewesen? Oder bildete sie sich das ein?

13

Nach dem Gespräch mit Faber war Linn von einem Staatsanwalt mit schütterem Haar, der sich als Tobi Klein vorgestellt hatte und ihr sofort sympathisch gewesen war, in einen Kellerraum der Staatsanwaltschaft geführt worden. In der Mitte des Raums befanden sich ein länglicher Tisch, der an ein überdimensioniertes Schulpult erinnerte, und drei Stühle. Die Regale an den Wänden waren bis oben hin voll mit Aktenordnern und Kartons. Sämtliche Ermittlungsergebnisse und viele Asservaten im Fall Vanessa Beckmann waren hier gelagert, außerdem die Akten, in denen Spuren enthalten waren, die sich als nicht relevant herausgestellt hatten.

Tobi Klein hatte ihr am Anfang geholfen, die wichtigsten Ermittlungsergebnisse schnell zu finden und zu kopieren. Seit zwei Stunden saß er ihr nun an dem Tisch gegenüber, über einen Strafrechtskommentar und einen seiner Fälle gebeugt. Die Luft roch nach herbem Männerduschbad und ihrem Parfüm von Hugo Boss.

Vor Linn türmten sich Aktenordner. Auch der Kopienstapel, den sie nachher in mehreren Jutetaschen nach Hause würde tragen müssen, war mittlerweile zu einem Berg angewachsen. Sie hatte beim Kopieren mit der Analyse des Tatorts im Maar und dem Bericht des damaligen Rechtsmediziners begonnen und sich dann alles herausgesucht, was sie über Christian Beckmann finden konnte.

Beckmann war am Todesabend seiner Tochter gegen 21.00 Uhr bei einer Fortbildung in Ulm losgefahren und gegen 22.00 Uhr am Rande des Maars vorbeigekommen, wo er Haug gesehen haben wollte. Er war ohne anzuhalten weiter nach Hause gefahren, wo eine Nachbarin ihn gegen 22.20 Uhr gesehen hatte. Beckmann hatte die neunzehnjährige Vanessa, die damals noch bei ihm gewohnt hatte, nach eigenen Angaben nicht angetroffen und gedacht, sie verbringe die Nacht bei einer Freundin. Den Rest des Abends war er anscheinend alleine zu Hause gewesen und hatte gelesen. Gegen 23.30 war er seiner Aussage zufolge ins Bett gegangen.

Linn schaute auf. Vanessa Beckmanns Todeszeitpunkt war auf die Zeit zwischen 21.00 Uhr und 1.00 Uhr geschätzt worden. Beckmann hatte ab spätestens 22.20 Uhr kein Alibi.

Trotzdem. Sie hatte keinen Hinweis auf ein Motiv gefunden. Und als Beckmann die Todesnachricht erhalten hatte, war er zusammengebrochen und hatte in ein Krankenhaus gebracht werden müssen.

Linn suchte sich die Liste heraus, auf der die Namen der damaligen Jäger aus Ochsenwang und Umgebung aufgeführt waren und auch aller anderen Leute, die ein Tier ausweiden konnten oder sich mit Anatomie auskannten.

An erster Stelle stand ihr Mandant. Aber auch seine Pflegeeltern, Hans Schneider als Arzt und Ines Schneider als Krankenschwester, waren aufgeführt. Vanessa Beckmanns Vater stand nicht auf der Liste, was bedeuten musste, dass er nicht in der Lage gewesen war, ein Tier oder einen Menschen professionell auszuweiden.

Am Tatort im Maar waren, soweit Linn das nach ihren bisherigen Recherchen beurteilen konnte, ebenfalls keine Spuren gefunden worden, die auf Beckmann als Täter hindeuteten. Eine Vielzahl von Leuten aus dem Umfeld der Toten hatten Vanessas Verhältnis zu ihrem Vater zudem als liebevoll und harmonisch geschildert. Beckmann sei ein zurückhaltender, gelassener Mensch gewesen, der Gewalt in jeder Form verurteile.

Nur ein einziger Zeuge, ein gewisser Alex Brunner, hatte in seiner Aussage wie ein Rohrspatz über Beckmann geschimpft. *Dem traue ich alles zu*, stand da unter anderem. *Jeder weiß doch, was das für einer ist.* Nachdem Linn die mehrseitige Aussage zu Ende gelesen hatte, stellte sie jedoch fest, dass der Grund, warum dieser Brunner so über Beckmann geschimpft hatte, nichts mit dem Mord zu tun hatte: Beckmann hatte Brunner mit ein paar Ecstasy-Pillen erwischt und angezeigt. Deshalb war Brunner offensichtlich sauer auf Beckmann gewesen. Linn seufzte. Eine Zeitlang schaute sie aus dem Fenster, das direkt auf den Bürgersteig hinausging, und beobachtete die vorbeieilenden Beine. Es blieb ein verdammt seltsamer Zufall, dass Beckmann ihren Mandanten in der Nähe der Tatorte zweier Morde gesehen haben wollte, aber sie hatte nicht den geringsten Anhaltspunkt dafür entdeckt, dass Beckmann den Mord an seiner Tochter begangen hatte. Und nach allem, was sie bisher wusste, war er auch nicht der Mörder von Ines Schneider.

Alle Spuren deuteten vielmehr darauf hin, dass ihr eigener Mandant ein grausamer, gewissenloser Mörder war, der zum Spaß mindestens eine junge Frau ermordet und ausgeweidet hatte und später seine Pflegemutter zu Tode gespritzt hatte. Ein Psychopath, der ihr Theater vorspielte, der so tat, als könne er nicht mal den Namen von Vanessa Beckmann hören, weil ihn das so sehr schockte. Dabei hatte er wahrscheinlich ihre Innereien gegessen.

Sein T-Shirt mit Vanessas Blut, die Trophäensammlung mit den heimlichen Fotos von Vanessa, sein Nasensekret an ihrem Pullover, die Tatsache, dass er sie verfolgt und fast vergewaltigt hatte. Sein Trainingsanzug und seine Gummistiefel waren seltsamerweise verschwunden. Er hatte in einer Werkstatt gejobbt, in der Siegle-Werkzeug verwendet worden war. Er hatte sich mit dem Ausweiden von Tieren ausgekannt. Er war an beziehungsweise in der Nähe von beiden Tatorten gewesen. Ines Schneider hatte einen Knopf von seinem Hemd abgerissen, seine Spuren waren in ihrem Schlafzimmer, ein abgewischter Insulinpen war in seiner Tasche in seiner Wohnung gefunden worden. Linn fuhr über die Narbe auf ihrer Wange, immer und immer wieder.

Schließlich stand sie auf und machte humpelnd einen kleinen Spaziergang zu einem der Kaffeeautomaten im Treppenhaus. Sie brachte dem jungen Staatsanwalt einen Kaffee mit, der immer häufiger hinter vorgehaltener Hand gähnte, während er nun wie wild einen Text in seinen Laptop hackte. Die Sonne stand bereits tief. Sie würde heute nicht alle Akten durchschauen können, sie musste mit Sicherheit noch ein paarmal herkommen. Eine Sache wollte sie allerdings heute noch klären: Bislang hatte sie lediglich Ermittlungsunterlagen aus dem Jahr 1995 anschauen können, aber es war unerlässlich zu wissen, ob es in dem aktuellen Wiederaufnahmeverfahren neue wichtige Erkenntnisse gab.

»Herr Klein?«, wandte sie sich an den Staatsanwalt, der seinen Text beendet hatte und sichtlich unruhig geworden war. Vermutlich hatte er noch dreihundert unerledigte Fälle auf seinem Schreibtisch liegen, und sie hielt ihn davon ab. Aber es war ja nicht ihre Schuld und außerdem sehr ungewöhnlich, dass ein Anwalt bei seiner Aktenarbeit überwacht wurde. Faber hatte das mit der besonderen Brisanz des Falls begründet.

Der Staatsanwalt sah auf und bedachte sie mit einem warmen Lächeln.

»Besteht die Möglichkeit, dass ich die Akten des Wiederaufnahmeverfahrens im Fall Vanessa Beckmann einsehen kann?«, fragte sie.

»Bedauerlicherweise nicht«, antwortete Klein. Er schien ihm wirklich leidzutun. »Im Moment laufen die Ermittlungen noch, und ich will Ihnen mit Sicherheit nichts unterstellen, aber der Untersuchungszweck könnte gefährdet werden, wenn Sie und damit vermutlich auch Ihr Mandant vom Inhalt dieser Akten erfahren.« Er zeigte auf fünf brandneue Aktenordner auf einem fahrbaren Wägelchen neben der Tür, die Linn bisher gar nicht aufgefallen waren, und bedachte sie erneut mit seinem Lächeln. Aber seine Augen lachten diesmal nicht mit.

»Ohne Akteneinsicht kann ich meinen Mandanten nicht ordnungsgemäß verteidigen. Er sitzt in Untersuchungshaft, und Sie kennen ja die Rechtsprechung in Bezug auf die Waffengleichheit zwischen Staatsanwaltschaft und Verteidigung«, gab sie zurück, obwohl sie wusste, was der Staatsanwalt gleich antworten würde.

»Herr Haug sitzt im Moment nur wegen des Mordes an seiner Pflegemutter in U-Haft. Nicht wegen des Mordes an Vanessa Beckmann«, kam es auch prompt zurück.

Was bedeutete, dass im Fall Vanessa Beckmann noch kein *dringender* Tatverdacht gegen ihren Mandanten bestand, der den Erlass eines Haftbefehls gerechtfertigt hätte.

»Aber Sie werden ja wohl zugeben, dass mein Mandant auch in der Sache Beckmann der Hauptverdächtige ist«, erwiderte sie.

Der Staatsanwalt nickte. »Für mich persönlich gibt es keinen vernünftigen Zweifel an seiner Schuld. Und ich bin niemand, der vorschnell urteilt. Seit wir im Zusammenhang mit dem Tod von Frau Schneider die Wohnung Ihres Mandanten durchsucht und zufällig noch weitere Beweise im Fall Vanessa gefunden haben …« Er zuckte mit den Schultern.

»Der Mord an Vanessa ist vor zweiundzwanzig Jahren passiert. Mein Mandant sitzt in U-Haft und kann keine Beweismittel verschwinden lassen und keine Zeugen beeinflussen, oder was Sie sonst befürchten. Aus welchem Grund sollte der Untersuchungszweck gefährdet werden, wenn ich die neuen Akten sehe?« Sie bekam ein wenig schlechte Laune. »Und diese von Ihnen behauptete Gefährdung der Ermittlungen wird ja wohl sowieso nicht die ganze Akte betreffen. Dann möchte ich eben die anderen Teile sehen.«

Der Staatsanwalt schien eine Weile nachzudenken. Schließlich ging er vor die Tür, seine Schritte entfernten sich, kurze

Zeit später kamen sie wieder zurück. Vermutlich hatte er Faber oder einen der anderen leitenden Staatsanwälte gefragt. Als er wieder in den Raum kam, zog er drei der fünf Ordner aus dem Wägelchen und legte sie ihr hin. »Die können Sie sich kopieren, wenn Sie möchten. Die anderen enthalten sehr heikles Material.«

»Dann wäre es ja umso wichtiger, dass ich es kenne.«

»Zu gegebener Zeit«, sagte der Staatsanwalt. »Ich verstehe Sie, Frau Dr. Geller, aber ich kann leider nichts tun.« Er klang jetzt wie ein Vater, der ein ungezogenes Kind streng zurechtwies, und ihre Laune sank weiter, vor allem, weil sie wusste, dass sie gegen die Verweigerung der Akteneinsicht im Moment wenig Erfolgversprechendes unternehmen konnte.

Sie gingen gemeinsam vor die Tür, wo das Kopiergerät stand. Während der Staatsanwalt an die Flurwand gelehnt irgendwelche Nachrichten in sein Handy tippte, packte sie genervt einen Papierstapel nach dem anderen in den Einzug des Kopierers.

Es war zwanzig nach fünf, als das Handy des Staatsanwalts mit einem wilden E-Gitarrenkonzert klingelte. Linn war gerade dabei, sich eine Liste der Beweisstücke zu machen, die sie sich in den nächsten Tagen gerne im Original ansehen wollte, etwa Vanessas Mütze und das T-Shirt, aber vor allem den gefundenen Hammer, und sie zuckte bei der plötzlichen lauten Musik zusammen. Der Staatsanwalt nahm den Anruf an und verließ den Raum. Sie hörte sein Murmeln durch die verschlossene Tür und stemmte sich von ihrem Stuhl hoch. Eigentlich hatte sie noch einmal eine der Beweismittellisten aus einer der Kisten holen wollen, aber sie machte ein paar Schritte in Richtung der zwei verbotenen Wiederaufnahmeakten. Darüber sollte sie nicht mal nachdenken. Sie durfte das nicht tun. Es würde wahrscheinlich dazu führen, dass sie nie wieder eine Akte in die Kanzlei geschickt bekam, verstieß vermutlich gegen jeden beruflichen Kodex, den sie sich vorstellen konnte, und vielleicht sogar gegen irgendwelche Gesetze. Sie machte einen weiteren Schritt auf den Wagen zu. Und Tobi Klein, der wegen ihr Überstunden machte, würde sie auch in Schwierigkeiten bringen. Jetzt stand sie direkt vor dem Wagen und lauschte auf das Gespräch draußen. Auf der anderen Seite würde sie nur einen winzigen Blick in die Ordner werfen, sich das »heikle Material« anschauen, im Zweifel würde niemand das je erfahren. Ihr Mandant saß in Untersuchungshaft, und sie musste als Verteidigerin wissen, was die Staatsanwaltschaft tat. Das Gemurmel vor der Tür entfernte sich. Linn konnte den ersten Aktenordner fast berühren, sie musste nur die Hand ausstrecken. Das, was sie in diesen Akten finden würde, war das Risiko nicht wert. Niemals. Warum sollte sie ihre Karriere für einen gestörten Mehrfachmörder riskieren? Sie nahm den ersten Ordner aus dem Wagen. Blätterte ihn schnell durch, mit einem Ohr immer bei den Geräuschen vor der Tür. Die Fotos der Verletzungen von Vanessa wurden von einem neuen Rechtsmediziner begutachtet. Sie überflog den Bericht, konnte ihn jedoch nicht durchlesen, er war viel zu lang. Die Ergebnisse dieser Untersuchung waren bestimmt sowieso bereits in die 3-D-Computeranimation eingeflossen. Und selbst wenn nicht, würde sie all diese Dinge in Kürze auf legalem Weg erfahren, wenn die Ermittlungen abgeschlossen waren und die Staatsanwaltschaft ihr auch in die restlichen Ordner Akteneinsicht gewähren musste. Sie sollte aufhören. Sofort. Sie ging den Ordner weiter durch. An einem vergilbten Blatt war ein neues gelbes Klebezettelchen mit einem roten Ausrufezeichen angebracht. Das musste etwas Wichtiges sein. Sie betrachtete das Blatt. Eine Blutuntersuchung von Vanessa, dem Datum nach kurz nach ihrem Tod durchgeführt und kaum noch leserlich. Linn ging die einzelnen Blutwerte durch, die ihr aus dem Stegreif nichts sagten. War etwa ein Gift oder ein Betäubungsmittel gefunden worden, das mit Vanessas Tod zu tun hatte? Auf den ersten Blick sah es nicht danach aus. Keine Ahnung, warum diese Untersuchung mit einem Ausrufezeichen gekennzeichnet worden war. Sie trug den Ordner zum Tisch, machte mit ihrem Handy ein Foto von dem Blatt und den folgenden, damit zusammenhängenden Blättern und stellte den Ordner zurück. Nahm den anderen hervor, öffnete ihn aber nicht. Es war einfach nicht richtig. Sie wog den Ordner in ihrer Hand, sie würde ihn ungeöffnet zurückstellen, oder sollte sie doch …? Sie hörte draußen ein klapperndes Geräusch, zuckte zusammen und schlug sich den Ellenbogen an einer Regalkante an. Stechender Schmerz durchfuhr ihren Arm. Der Ordner knallte auf den Boden, platzte auf. Blätter rutschten heraus. Ihr Herzschlag setzte für eine Sekunde aus. Das Gemurmel vor der Tür wurde lauter, der Staatsanwalt kam offenbar wieder näher. Hatte er den Knall gehört? So schnell sie konnte, ließ sie sich mit ihrem versehrten Bein auf den Boden nieder, raffte die Blätter zusammen und versuchte, sie einzusortieren. Blut rauschte in ihren Ohren. Falls der Staatsanwalt hereinkam, würde sie behaupten, sie hätte versehentlich den falschen Ordner genommen. Niemand würde ihr das glauben. Das, was sie hier tat, war einfach unverantwortlich und kindisch. Eine saublöde Idee. Und jetzt musste sie die Konsequenzen … Noch lachte und quasselte es draußen. Der Staatsanwalt schien allerdings mittlerweile wieder direkt vor der Tür zu stehen. Vielleicht hatte er vor, einen Blick zu ihr ins Zimmer zu werfen? Um genau das zu verhindern, was sie gerade tat? Sie sortierte fieberhaft weiter. Untersuchungsergebnisse zur mutmaßlichen Tatwaffe. Jede Menge Zeugenaussagen, eine von Ines Schneider, die offenbar kurz nach dem Auffinden des Hammers vor ein paar Monaten aufgenommen worden war. Linn überflog sie. Nur haltlose Beschuldigungen, kein einziger sachdienlicher Hinweis. Was sie erschütterte, war der unfassbare Hass auf ihren Mandanten, der ihr aus jedem Wort der Pflegemutter entgegenschrie. Ein Murmeln und Lachen vor der Tür, es hörte sich so an, als käme der Staatsanwalt langsam zum Ende seines Gesprächs. Der Boden sah immer noch aus wie ein Schlachtfeld. Linn schob so schnell es ging Blätter zusammen, stapelte sie, heftete sie hoffentlich nicht in gänzlich falscher Reihenfolge in den Aktenordner ab. Ihr Herz pochte so heftig in ihrem Hals, dass sie kaum noch Luft bekam. Ein von Hand beschriebenes Blatt, ein rosafarbener Telefonnotizzettel, erregte zwischen all den gedruckten Seiten ihre Aufmerksamkeit. Sie nahm den Zettel hoch. *Telefonat vom 24.11.17* stand dort. Der 24.11. war der Tag nach Ines Schneiders Todestag. Wahrscheinlich ein Zufall, denn das hier war ja die Akte Vanessa Beckmann. Neugierig versuchte Linn trotzdem, die kritzelige Schrift zu lesen, während sie weiter in Windeseile Blätter einordnete. Offenbar stammte die Anmerkung zu dem Telefongespräch von Staatsanwältin Kirchhoff, den fetten Strichmännchen nach zu urteilen, die das Blatt zierten. *Erneutes telefonisches Gespräch mit Seibold,* stand dort. *Betr: Durchsuchung der Wohnung des Verdächtigen J.Haug am Mittag des 23.11.17.* Linn legte die Stirn in Falten. Offenbar ging es bei der Anmerkung tatsächlich um den Mordfall Ines Schneider. Genauer gesagt um die Hausdurchsuchung, bei der nach Ines Schneiders Hochzeitsschmuck gesucht worden war. War das hier in die falsche Akte geraten? Oder hatte es etwas mit den gleichzeitig gemachten Zufallsfunden in der Sache Vanessa Beckmann zu tun? Sie entzifferte den weiteren Text, und ihr stockte der Atem. Sie brauchte eine Sekunde, bis ihr vollkommen klar wurde, was sie da entdeckt hatte. Mit vor Aufregung zitternden Händen stemmte sie sich hoch, ging zu ihrer Tasche, kramte erneut ihr Handy hervor. Draußen verabschiedete sich der Staatsanwalt mit lautstarkem Lachen und Geschäker von seinem Telefonpartner. Noch immer lagen verstreute Blätter auf den Boden, aber das war ihr jetzt egal. Sie ließ sich mitten in das Chaos sinken und machte ein paar Fotos von dem rosafarbenen Zettel, steckte das Handy in ihre Hosentasche, durchwühlte die restlichen Zettel. Wer konnte wissen, was hier noch alles in diesem Ordner verborgen war? Sie sah aus den Augenwinkeln, dass sich die Tür des Raumes öffnete und der junge Staatsanwalt zurückkam, der die Situation zunächst offenbar nicht überblickte. Aber dann veränderte sich sein Gesichtsausdruck, wurde unfreundlich und wütend. Er stürzte auf sie zu, sie packte den rosafarbenen Zettel und versuchte gleichzeitig, sich vom Boden hochzustemmen, in der Eile gelang es ihr mit ihrem versehrten Bein nicht. Sie sank wieder zurück. Tobi Klein riss den Aktenordner vom Boden, fegte die restlichen Blätter zusammen. Seine Hand griff nach dem rosafarbenen Blatt, das sie immer noch festhielt, er schien es ihr aus den Fingern reißen zu wollen.

»Das glaube ich einfach nicht! Dafür werden wir Sie …«, setzte er an. Seine Stimme hatte einen brutalen Klang.

»Ich will sofort Oberstaatsanwalt Faber sprechen«, gab sie genauso hart zurück. »Sofort.«

»Das können Sie haben. Aber ich fürchte, das Gespräch wird nicht so verlaufen, wie Sie sich das vorstellen.« Der junge Mann wurde laut. »Her mit dem Blatt. Ansonsten werde ich persönlich ein Strafverfahren gegen Sie einleiten!«

»Das denke ich nicht. Weswegen auch? Und wenn ein Gericht erfährt, was der wahre Grund ist, warum die Staatsanwaltschaft mir diese Akte nicht zeigen wollte, dann …«

»Der wahre Grund, was soll das, so ein bodenloser Unsinn! Und jetzt geben Sie mir dieses Blatt. Sie haben kein Recht, unerlaubt unsere Akten anzuschauen, schon gar nicht inoffizielle Telefonnotizen. Das wird Folgen haben, das garantiere ich Ihnen.« Er bückte sich zu ihr hinunter, streckte ihr den Arm entgegen.

Sie drückte das Blatt an sich. Wenn er es ihr wegnehmen wollte, würde er es mit Gewalt tun müssen.

Offenbar unschlüssig, was er jetzt tun sollte, verharrte der Staatsanwalt vor ihr. »Was ist das, was Sie da haben? Was steht da drauf?«, fragte er schließlich.

Sie streckte ihm das Blatt nun doch entgegen. Er nahm und überflog es, während sein Gesicht alle Farbe verlor.

14

Sie war immer noch völlig durcheinander, als sie wieder in der Kanzlei in ihrem Büro saß. Ihr Handy lag vor ihr auf ihrem großen Schreibtisch, der unter Akten und Kopien fast zusammenbrach. Wieder und wieder schaute sie sich das Foto des rosafarbenen Zettels an, das sie vorhin im Keller der Staatsanwaltschaft mit ihrem Handy geknipst hatte, und den gegen Haug ergangenen Haftbefehl. Zwischendurch lauschte sie ungeduldig in Richtung Götz' Büro, aber immer noch drang das Gemurmel seiner Mandantenbesprechung durch die Wand.

Kein Anfangsverdacht wg. Tötungsdelikt, Diebstahl oder sonstiger Straftat gg. Haug zum Ztpkt. des Erlass des Durchsuchungsbeschlusses?, stand auf der rosa Telefonnotiz von Kirchhoff. *Würden zur Not Diebstahlvorstrafen für Durchsuchung und Beschlagnahme ausreichen? Nachprüfen! Von absichtlicher Suche nach Zufallsfunden im Fall Beckmann wird trotz Seibolds Behauptungen derzeit nicht ausgegangen.*

Nach Rücksprache mit POK Rösch: Diebstahlsverdacht gg. Haug bestand selbstverständlich von Anfang an, Sache sollte aber auf keinen Fall problematisiert werden, um aufgefundene wichtige Beweise nicht zu gefährden!!! Die gefundenen Beweise begründen dringenden Tatverdacht im Fall Schneider!!

Linn strich sich eine Haarsträhne aus dem Gesicht. Ihre Hände waren vor Aufregung feucht.

Um eine Wohnung legal durchsuchen zu können, brauchten die Ermittlungsbehörden zumindest den Anfangsverdacht, dass eine Straftat begangen worden war. Und zwar, *bevor* sie die Wohnung durchsuchen wollten. Zum Zeitpunkt, als der Durchsuchungsbeschluss ergangen war, hatte es allerdings noch keine Anhaltspunkte dafür gegeben, dass Ines Schneider eines gewaltsamen Todes gestorben war, zunächst war man von einem Unfall ausgegangen. Anhaltspunkte für ein Tötungsdelikt hatten sich erst nach der Autopsie kurze Zeit später ergeben. Der Mord konnte daher kein Grund für die Durchsuchung gewesen sein, und er war es auch nicht gewesen. Sondern der Diebstahl von Ines Schneiders Wertsachen. Linn war bisher davon ausgegangen, dass die Polizei von Anfang an Anhaltspunkte dafür gehabt hatte, dass Haug seine Pflegemutter bestohlen hatte. In dem Durchsuchungsbeschluss war ja auch angegeben worden, dass ihr Mandant den Hochzeitsschmuck und das Geld entwendet hatte.

Wenn das jedoch nicht stimmte, wie die Telefonnotiz befürchten ließ, wenn es zu dem Zeitpunkt überhaupt keinen Verdacht gegen Haug gegeben hatte, dann hätte Haugs Wohnung nicht durchsucht werden dürfen. Erst recht nicht, wenn die Polizei die Durchsuchung nur deshalb durchgeführt hatte, um »zufällig« neue Beweise im wiederaufgenommenen Fall Vanessa Beckmann zu finden.

Linn zupfte mit der Hand an ihrem Kinn. Eine Rechtswidrigkeit der Durchsuchung, jedenfalls dann, wenn die Ermittler vorsätzlich gehandelt hatten, würde zur Folge haben, dass man die bei der Durchsuchung gefundenen Beweise nicht verwenden durfte. Das wiederum würde dazu führen, dass Haug aller Voraussicht nach aus der U-Haft entlassen werden müsste, und zwar unabhängig davon, ob er schuldig war oder nicht. Denn der dringende Tatverdacht wegen Mordes im Haftbefehl wurde im Wesentlichen auf ein Beweisstück gestützt, das bei der Durchsuchung in Haugs Wohnung gefunden worden war: der vollständig entleerte und abgewischte Insulinpen.

Sie massierte ihr versehrtes Bein und lehnte sich angespannt in ihren Bürostuhl zurück. Die hässlichen Strichmännchen auf der Notiz glotzten sie gleichgültig an. Selbst wenn Haug den Mord begangen hatte: Wenn die Durchsuchung rechtswidrig gewesen war, konnte sie als Verteidigerin auf keinen Fall tatenlos zusehen. Die Sache mit dem Schmuck und dem Geld war ihr doch sofort verdächtig vorgekommen, weil so schnell nach der Entdeckung der Leiche klar gewesen war, dass genau diese Gegenstände verschwunden waren! Und es war nach wie vor seltsam, dass man das anscheinende Diebesgut nie gefunden hatte. Noch hatte sie natürlich keine Beweise, aber das hier war ziemlich auffällig.

Sie tippte mit dem Zeigefinger auf ihr Handy, dessen Display dunkel wurde. *Erneutes Telefonat mit Seibold*, hatte Kirchhoff geschrieben. Sie musste unbedingt herausfinden, wer dieser Seibold war, der offenbar all die Vorwürfe erhoben hatte. Sie musste mit ihm reden.

Nebenan in Götz' Büro ging die Tür auf, Schritte waren zu hören. Endlich war seine Mandantenbesprechung zu Ende.

Sie ging hinaus auf den Flur, wo Götz sich mit einem Mann, der offensichtlich kein Wort Deutsch konnte, auf Französisch unterhielt. Götz sprach richtig gut Französisch und offenbar auch ein paar Brocken Arabisch, das hatte sie gar nicht gewusst. Er prahlte eigentlich nie mit Dingen, die er gut konnte. Einmal mehr dachte sie, wie anders Götz war als ihre früheren Kollegen aus der Großkanzlei und wie gerne sie ihn mochte.

Sie grüßte den Mandanten und ging ein wenig ungeduldig an den beiden vorbei in die Küche, fing an, die Arbeitsplatte und den Tisch abzuwischen und Kekse auf einen Teller zu geben, nur um sich abzulenken. Zwanzig Minuten und mehrere Dankesreden des Mandanten später hörte sie die Kanzleitür endlich ins Schloss fallen, und Götz kam zu ihr in die Küche. Linn legte den Spülschwamm weg, mit dem sie gerade die Kaffeekanne gespült hatte, und wusch sich die Hände.

»Wie war die Computerdarstellung vom Vanessa-Beckmann-Fall?«, erkundigte sich Götz, bevor sie ihm von der Telefonnotiz erzählen konnte.

»Grauenhaft und sehr realistisch«, sagte sie. Ihr Magen schien sich mit Eis zu füllen, als sie an die gesichtslose Gestalt mit dem Hammer dachte. »Nach der Visualisierung habe ich noch mit Faber geredet und angefangen, die Akten durchzuschauen. Im Moment sieht es so aus, als ob Haug schuldig ist. Ich denke, in beiden Fällen.«

»Das habe ich befürchtet.«

»Das Problem ist … Es könnte sein, dass die Durchsuchung seiner Wohnung und seine Verhaftung vielleicht nicht rechtmäßig waren. Und dass man einige der wichtigsten Beweise gar nicht gegen ihn verwenden kann. Kannst du mal kurz mit in mein Büro kommen?«

Sie zeigte Götz den fotografierten Zettel auf ihrem Handy. Götz Gesicht nahm einen erstaunten Ausdruck an. »Das fasse ich nicht«, murmelte er. Eine Sekunde später entspannten sich seine Gesichtszüge wieder. »Ich bin mir sicher, dass Kirchhoff der Sache gründlich nachgegangen ist. Es muss sich herausgestellt haben, dass dieser Zeuge nicht die Wahrheit gesagt hat. Sonst hätte sie doch etwas unternommen.«

»Ich finde, der versteckte Zettel deutet auf das Gegenteil hin. Zumal du doch neulich gesagt hast, dass Kirchhoff noch ziemlich unerfahren ist. Ich kapiere zwar nicht, warum sie die Notiz nicht in den Aktenvernichter gesteckt hat, wenn sie alles vertuschen wollte, aber … Sag mal, du hast doch so viele Freunde bei der Polizei. Meinst du, du könntest vielleicht vor Montag herausfinden, wer dieser Seibold ist? Ich will mit ihm reden, bevor die Staatsanwaltschaft es tut.«

»Ich kann es versuchen. Klar. Gerne.« Götz lächelte sie an.

Linn setzte sich langsam auf ihren Schreibtischstuhl. »Wenn der Haftbefehl wirklich rechtswidrig ist, habe ich nur zwei Möglichkeiten: Als anständige Verteidigerin muss ich versuchen, Haug aus dem Knast rauszuholen, auch wenn er ein gefährlicher Mörder sein könnte. Oder ich muss das Mandat niederlegen und das Gericht bitten, mich von der Pflichtverteidigung zu entbinden.«

Götz' Gesicht wurde ernst. »Das sehe ich genauso.«

»Und wenn ich ihn aus der U-Haft raushole, besteht die Möglichkeit, dass er wieder jemanden tötet.«

Götz ließ sich auf einem ihrer Besucherstühle nieder. »*Wenn*, und ich sage nur *wenn* er Vanessa und seine Pflegemutter umgebracht *hätte*, denn das wissen wir ja nicht endgültig, *wäre* er natürlich potenziell gefährlich. Aber er hat doch viele Jahre hindurch niemanden getötet. Warum sollte er ausgerechnet in der kurzen Zeit, bis die wieder was gegen ihn finden, um ihn erneut in den Knast zu stecken, jemanden umbringen? Es wäre doch ziemlich doof von ihm, wenn er das jetzt machen würde, wo er so unter Beobachtung steht.« Götz brach ab. Er war ein schlechter Lügner. Er hielt Haug ohne Zweifel für schuldig. Und wenn Haug schuldig war, dann war es möglich, dass er wieder zuschlug. Auch wenn Götz natürlich recht damit hatte, dass Haug viele Jahre lang niemanden getötet … *Vermutlich* recht hatte, korrigierte sie sich mit leichtem Schaudern und dachte an die Vermisstenfälle, von denen Harris ihr erzählt hatte. Und wer wusste schon, was es in Deutschland noch für ungelöste Fälle gab, bei denen die Ermittlungsbehörden im Moment vermuteten, dass sie von Haug begangen worden sein könnten?

»Aber was, wenn die neben den unverwertbaren Beweisen nichts Ausreichendes mehr gegen ihn finden? Und das Ganze nicht nur dazu führt, dass er aus der U-Haft entlassen werden muss, sondern dazu, dass er endgültig davonkommt? Mit zwei Morden?«, fragte sie. Die Frage war mehr an sie selbst gerichtet.

»Ganz ehrlich«, sagte Götz leise, »ich an deiner Stelle würde das Mandat niederlegen.«

Als ihr Kanzleipartner zurück in sein Büro gegangen war, schaute Linn die Unterlagen durch, die sie von der Staatsanwaltschaft mitgebracht hatte. Es war möglich, dass sie mit der Telefonnotiz auf etwas gestoßen war, mit dem sie einen schuldigen Mörder aus dem Knast holen konnte. Aber war es nicht genauso gut möglich, dass Haug unschuldig war? Die hatten offenbar rechtswidrig bei ihm durchsucht, war es nicht vorstellbar, dass noch mehr rechtswidrige Dinge in diesem Verfahren gelaufen waren? Dass alles vielleicht doch eine Hexenjagd war, wie ihr Mandant am Anfang behauptet hatte? Denn dass ausgerechnet Christian Beckmann zweimal Zeuge gewesen war, war auffällig, und dieser Rösch hasste Haug offensichtlich. Was, wenn Ines Schneiders Tod doch ein Unfall gewesen war? Es wäre leicht gewesen, das Schlafzimmer ein wenig zu verwüsten und Spuren dort zu platzieren, die auf Haug … Nein, das mit dem Unfall war unmöglich, dann hätte sich die Rechtsmedizinerin täuschen oder an einem Betrug mitarbeiten müssen, und das glaubte Linn nicht. Sie kannte die Frau. Und warum wäre der Insulinpen dann in Haugs Wohnung gewesen? Das ergab keinen Sinn. Abgesehen davon waren da ja noch all die Anhaltspunkte im Fall der toten Vanessa Beckmann, die auf ihren Mandanten hindeuteten. Wie wahrscheinlich war es, dass Beweise an zwei Tatorten gefälscht oder missdeutet worden waren und niemand etwas davon mitbekommen hatte? Götz hatte recht, sie sollte ernsthaft darüber nachdenken, ob sie Haug noch vertreten wollte. Sie blätterte weiter ihre Kopien durch, in der schwachen Hoffnung, handfeste Hinweise auf die Unschuld ihres Mandanten zu finden. Vergeblich. Sie las und las, ging schließlich sogar die Hintergrundrecherchen zu Johann Haugs Kindheit, Jugend und Entwicklung durch.

Aus den Jugendamtsberichten über Haug erfuhr Linn, dass ihr Mandant bereits in jungen Jahren mehr als fünfundzwanzig Straftaten begangen hatte. Die meisten waren eher harmlose Delikte wie kleinere Ladendiebstähle oder Sachbeschädigungen gewesen. Aber es gab auch drei Körperverletzungen, eine davon gefährlich, eine Teilnahme an einer Schlägerei und eine Brandstiftung. Außerdem hatte Haug offenbar seine Pflegeeltern mehrfach bedroht, einmal sogar mit einer Axt in der Hand. Diese Taten waren nicht strafrechtlich verfolgt worden, weil Haug zu dem Zeitpunkt noch nicht strafmündig gewesen war. Als Erwachsener hatte Haug noch ein paar Ladendiebstähle begangen, und es hatte drei Verurteilungen wegen Hehlerei gegeben, alle Taten lagen einige Zeit zurück.

Inmitten der Kopien stieß Linn auf einen Bericht, in dem aufgeführt wurde, dass ihr Mandant als Jugendlicher unbefugt in den Garten von Christian Beckmann eingedrungen war, einmal wohl auch in der Absicht, Vanessa Beckmann sexuell zu missbrauchen. Die versuchte Vergewaltigung, von der Faber gesprochen hatte, war offenbar nicht die einzige Tat dieser Art gewesen.

Johann Haug hat die wahnhafte Vorstellung, eine Beziehung mit Vanessa zu führen, las Linn in dem Bericht. *Eine solche konnte durch Nachfrage bei dem Mädchen allerdings nicht bestätigt werden. Vanessa ist zum jetzigen Zeitpunkt dreizehn Jahre alt, Johann sechzehn. Beide Kinder wohnen nicht weit voneinander entfernt in Ochsenwang.*

In der Grundschule, in der Vanessa und Johann ein Jahr gemeinsam beschult wurden, Johann in der vierten, Vanessa in der ersten Klasse, ist einer Lehrerin aufgefallen, dass Johann Vanessa häufig sein Vesper angeboten hat. Die beiden spielten wohl gelegentlich auch zusammen.

Nach der Grundschulzeit, so gab Vanessas Vater Herr Beckmann an, habe Vanessa jedoch andere Freunde und vor allem Freundinnen gehabt. Sie habe Johann nicht mehr sehen wollen. Mehr als einmal, so gab der Vater weiter an, habe sich Johann im Gebüsch versteckt und das Mädchen erschreckt, das jedes Mal schreiend ins Haus gerannt sei. Johanns Verhalten sei sexualisiert gewesen. Vanessa habe regelrecht Panik vor ihm gehabt. Sie habe Albträume entwickelt, dass ein schwarzer Mann nachts in ihr Zimmer komme. Ihre schulischen Leistungen hätten nachgelassen.

Der Vater war zutiefst besorgt und suchte den Dialog mit Ines Schneider, Johanns Pflegemutter, die alles ihr Mögliche unternommen hat, um Johann den Kontakt zu Vanessa zu verbieten. Johann lässt sich jedoch nicht davon abhalten, immer wieder im Garten der Beckmanns zu erscheinen, auch bei Nacht. Seine erheblichen Probleme beim Einhalten von Regeln sind hinlänglich bekannt. Die Pflegeeltern haben das Jugendamt um Hilfe nachgesucht, als Johann in einer Nacht versuchte, in Vanessas Zimmer einzudringen und das Mädchen sexuell zu missbrauchen. Nach mehreren Gesprächen hielten alle Beteiligten es für angebracht, Johann im Sankt-Agnes-Heim unterzubringen, wo er engmaschig überwacht und therapiert werden kann.

Bei Johann kam es gegenüber einem Jugendamtsmitarbeiter zu einer aggressiven Entgleisung, als der Mitarbeiter ihm erläuterte, dass er zu seinem Besten nun ins Heim komme. Johann versteht den Grund dafür nicht. Psychologisch überprüfungswürdig erscheint dem Jugendamt auch die Aussage Johanns, dass »seine gestörten Pflegeeltern gemeinsame Sache mit Christian [Hr. Beckmann, Vanessas Vater] machen würden«, um »ihn daran zu hindern, seine Freundin zu sehen«, da dies auf eine wahnhafte Störung oder gar paranoide Schizophrenie hindeuten könnte.

Der Bericht endete mit den Worten: *Die Ansicht der Pflegeeltern erscheint plausibel, dass eine genetische Vorbelastung aus Johanns Ursprungsfamilie besteht, was den Hang zu Gewalttätigkeiten angeht.*

Linn sah auf, schüttelte den Kopf und holte sich den nächsten Kopienstapel. Bericht über Bericht ging sie durch. Ihr Mandant wurde als *überdurchschnittliche intelligente, dissoziale Persönlichkeit* bezeichnet, der *Grenzen anderer Menschen nicht akzeptieren könne und sämtliche soziale Regeln und Normen brechen wolle*. Weiterhin wurden bei ihm anscheinend *Anzeichen von Pädophilie und weiteren Störungen der Sexualpräferenz* festgestellt. Auch eine *Entwicklungsstörung* und *psychopathische Tendenzen* tauchten plötzlich in einem der Berichte auf. Wie all diese Diagnosen zustande gekommen waren, erschloss sich Linn nicht. Über eine Stunde durchsuchte sie die Unterlagen, bis sie sicher war: Eine psychologische oder psychiatrische Begutachtung oder Betreuung ihres Mandanten hatte nie stattgefunden. Alles, was in dieser Akte stand, beruhte auf Ines und Hans Schneiders Aussagen sowie auf den Vermutungen von Jugendamtsmitarbeitern, Heimbetreuern, Sozialarbeitern und Bewährungshelfern. Die sogenannten Diagnosen, die überhaupt nicht gesichert waren, weil kein Arzt sie erstellt hatte, hatten dennoch Eingang in einige der gerichtlichen Verfahren gefunden, die gegen Haug geführt worden waren. Insbesondere im Rahmen der Ermittlungen zu Vanessa Beckmanns Tod war auf die *psychischen Besonderheiten Haugs* Bezug genommen worden. Haug passe mit seinem *Krankheitsbild* gut in das *Profil des Mörders*. Wie konnte es sein, dass sich nie jemand die Mühe gemacht hatte, all die Behauptungen einmal von einem Fachmann überprüfen zu lassen? Linn runzelte die Stirn. Die möglicherweise rechtswidrige Durchsuchung vor ein paar Tagen war offenbar wirklich nicht der einzige Fehler gewesen, der in einem Ermittlungsverfahren gegen Haug gemacht worden war. Sie bekam plötzlich ein schlechtes Gewissen. Sie machte es doch nicht besser. Auch sie dachte doch die meiste Zeit nur, Haug sei ein gefährlicher Mörder. Und sie war seine Verteidigerin. Was, wenn Haug nur deshalb der Hauptverdächtige war, weil alle glaubten, einer wie er sei ohne Weiteres in der Lage, eine Neunzehnjährige auszuweiden? Sie massierte ihr versehrtes Bein und schüttelte den Kopf. So einfach war es nicht. Es gab jede Menge objektiver Spuren und Beweise, die auf ihren Mandanten als Täter hindeuteten. Trotzdem. Es war zum Beispiel möglich, dass all diese vermutlich falschen »Diagnosen« die Ermittlungen beeinflusst hatten, denn war es nicht manchmal so, dass man nur das fand, was man zu finden erwartete? Dass man Spuren, die in eine andere Richtung deuteten, übersah oder als unwichtig einstufte, weil man unbewusst oder bewusst nicht objektiv war? Und auch die Wut, die in diesem Dorf gegen Haug gehegt wurde, konnte Einfluss auf die Ermittlungen genommen haben. Ehemalige Mitschüler und Nachbarn von Haug hatten, auch das ergab sich aus der Akte, lange vor Vanessa Beckmanns Tod ziemlich einhellig angegeben, von diesem *Heitzhöfler* hielte man sich besser fern, der bringe *nichts als Ärger*. Eine Dorfbewohnerin hatte sogar behauptet, man müsse Haug nur ins Gesicht schauen, dann wisse man schon, dass er böse sei.

Draußen war es dunkel. Lange schaute Linn aus dem Fenster, betrachtete die funkelnde Weihnachtsbeleuchtung, die gerade in einem der Nachbarhäuser angebracht wurde. Ein Schneemann, der in regelmäßigen Abständen seine Farbe wechselte.

Auf einmal wusste sie, dass sie das Mandat nicht niederlegen würde. Sie war Strafverteidigerin. Und genau das wollte sie sein, mit allen Konsequenzen. Das bedeutete nicht, dass sie Haug blind vertrauen musste oder keine Angst vor ihm haben durfte oder dass sie ihn zwingend für unschuldig hielt. Und es bedeutete schon gar nicht, dass er unschuldig war. Aber es bedeutete, dass sie ihm zu einem fairen Verfahren verhalf und seine Version der Geschichte wenigstens noch einmal überprüfte. Ohne Vorurteile und gründlich überprüfte. Und eben genau das nicht tat, was sie in den letzten Tagen ständig getan hatte: nämlich nur zu überlegen, ob Haug schuldig war und ob sie so jemand vertreten wollte. Es war ihre Aufgabe, dafür zu sorgen, dass niemand dem Angeklagten nur ins Gesicht schaute, um zu erkennen, ob er böse war. Sie musste überwachen, dass alle Vorschriften zum Schutze des Angeklagten eingehalten wurden. Vorschriften, die ein faires Urteil ermöglichten. Ihr Blick fiel auf ihr Handy mit der fotografierten Notiz. Aber was, wenn diese Vorschriften dazu führten, dass ein schuldiger Mörder freikam? Sie zögerte kurz. Der Schneemann änderte seine Farbe von lila zu pink und wieder zu gelb. Dann würde sie einen schuldigen Mörder rausholen müssen, ob ihr das gefiel oder nicht. Auch das gehörte zu einem Rechtsstaat. Ein Frösteln überlief ihre Arme. Sie fuhr ihren Computer herunter und machte sich auf den Heimweg.

15

Am Samstagmorgen ging Linn als Erstes in den Supermarkt und deckte sich mit Chinakohl, einer Ananas, Äpfeln, Schupfnudeln und einem Baguette für das Wochenende ein. Nachdem sie ihre Einkäufe in ihrer Wohnung verstaut, zwei Hosenanzüge von der Reinigung abgeholt und Blusen gebügelt hatte, war es halb elf, und sie beschloss, für ein paar Stunden ins Büro zu gehen. Sie hatte jede Menge zu tun. Vielleicht konnte sie zudem Götz helfen, der diese Woche mit ihrer neu eingeführten Samstagssprechstunde für berufstätige Mandanten dran war.

Insgeheim hoffte sie, dass ihr Kanzleipartner bereits herausgefunden hatte, wer dieser Seibold war. Dass sie mit dem Zeugen reden und er ihr sagen würde, er habe sich getäuscht, natürlich habe Haug den Schmuck gestohlen und die Durchsuchung und Verhaftung sei vollkommen rechtmäßig gewesen. So viel zu ihrer glanzvollen Strafverteidigerüberzeugung vom Vortag. Sie schüttelte den Kopf und musste grinsen, schlüpfte in ihre Jacke, die nach Heizungsrauch und Winter roch, und humpelte die steilen Treppen in ihrem Mehrfamilienaltbau nach unten. Die Kälte, die ihr auf der Straße entgegenschlug, raubte ihr fast den Atem. Es war ein klarer Tag, nur hin und wieder zog eine große weiße Wolke an der Sonne vorbei. Sie holte ihre schwarzen Handschuhe aus ihren Jackentaschen und zog sie an, während ihre Gedanken wieder um den Fall kreisten.

Es hatte nie geklärt werden können, was Vanessa in ihrer Todesnacht vorgehabt hatte und ob sie freiwillig ins Maar gegangen war. Sie hatte kaum Freunde gehabt und offenbar mit niemandem über ihre Absichten gesprochen. Klar war nur, dass sie in den Tagen vor ihrem Tod die Berufsschule geschwänzt hatte. Linn überquerte eine kleine Straße, an der ein stufiges, in den Hang hinein gebautes Altersheim lag. Ein riesiger Tannenbaum mit Elektrokerzen flackerte vor dem Eingangstor. Vanessa hatte ihren Rucksack dabeigehabt, man hatte damals einige Fasern davon gefunden. Hatte Vanessa also von zu Hause abhauen wollen? Aber warum hätte sie das mitten in der Nacht tun sollen? Um es vor ihrem Vater zu verheimlichen? Und Christian Beckmann war so wütend darüber gewesen, dass seine erwachsene Tochter weggegangen war, dass er sie verfolgt und … Linn schüttelte den Kopf. Unwahrscheinlich, zumal sie gestern auch keine Spur gefunden hatte, die auf Beckmann hingedeutet hätte. Er hätte Vanessa auch nicht so professionell ausweiden können, weil er kein Jäger war. Abgesehen davon war Christian Beckmann den ganzen Tag bei einer Fortbildung gewesen. Vanessa hätte also mehr als genug Zeit gehabt, ungehindert am helllichten Tag den Bus zu nehmen, wenn sie hätte fortgehen wollen. Stattdessen hatte sie sich mitten in der Nacht ins stockdunkle Maar begeben. War sie vielleicht mit jemandem dort verabredet gewesen? Hatte sie auf ihren Mörder gewartet? Vielleicht mit ihm gesprochen? War sie gar mit ihm zusammen ins Maar gegangen? Faber hatte diesen Punkt zwar heruntergespielt, aber wenn es tatsächlich stimmte, sprach das gegen ihren Mandanten als Täter. Denn wenn Haug Vanessa verfolgt und bereits mehrfach fast vergewaltigt hatte, hätte sie sicherlich Angst vor ihm gehabt und hätte versucht wegzulaufen.

Natürlich bestand die Möglichkeit, dass Vanessa vor ihrem Mörder ins Maar geflüchtet war. Aber das erschien Linn wenig wahrscheinlich, denn warum hätte Vanessa an einen einsamen, dunklen Ort flüchten sollen? Nein, es war wahrscheinlicher, dass Vanessa freiwillig ins Maar gegangen war. Aber warum?

Erneut überquerte Linn eine kleine Straße, betrat dann eine der bekannten Stäffele, lange Treppen, die es in Stuttgart aufgrund des hügeligen Stadtgebiets überall gab. Vielleicht war die wichtigste Frage auch nicht, was Vanessa in der Nacht im

Maar gemacht hatte, sondern warum der Mörder dort gewesen war. Zufällig war er bestimmt nicht da gewesen. War er Vanessa heimlich gefolgt? Hatte er sie gekannt oder war sie ein zufälliges Opfer gewesen? Oder hatte der Mörder irgendetwas Illegales im Maar angestellt, bei dem ihn niemand hatte sehen dürfen, und Vanessa hatte ihn gestört? Aber was machte man mitten in der Nacht in einem ehemaligen Vulkankrater?

Als Linn in der Kanzlei ankam, hörte sie Götz reden, er schien einen Mandanten in einem wilden Nachbarschaftsstreit zu beruhigen, wie sie aus seinen Worten schlussfolgerte. Sie winkte ihm zu, als sie an seiner geöffneten Bürotür vorbei in Richtung Küche ging, und musste lachen. Götz hatte den Telefonhörer ans Ohr geklemmt und seine Füße in dicken roten Wollsocken auf den Schreibtisch gelegt. Mit einem Bleistift kritzelte er etwas auf ein Blöckchen, das auf seinen Oberschenkeln lag. Er winkte mit dem Stift zurück und machte eine Geste, die wohl bedeuten sollte, dass er gleich zu ihr rüberkommen würde.

Sie knöpfte ihren schwarzen Blazer auf und holte sich ein Glas eisgekühlten Grapefruitsaft aus dem Kühlschrank. Sie trank es direkt in der Küche, genoss den fruchtigen, leicht bitteren Geschmack ihres Lieblingssafts. In seinem Zimmer verabschiedete Götz seinen Telefonpartner und kam ebenfalls in die Küche.

»Wir sollten diese Samstagssprechstunde nicht mehr anbieten. Die Fälle machen einen fertig«, sagte er. »Vor allem die Telefonberatungen. Der Typ, mit dem ich gerade geredet habe, will, dass ich sofort eine Klage einreiche. Wegen ›anstößiger Handlungen‹ einer Nachbarin, die, so habe ich das verstanden, darin bestehen, dass sie am Abend den Rollladen ihres Bads nicht schließt, wenn sie duscht. Ich habe ihm gesagt, dass das Unsinn ist, aber er lässt sich nicht belehren. Und weil er gut bezahlt und wir das Geld dringend brauchen, werde ich irgendein Anwaltsschreiben für ihn raushauen, obwohl ich todmüde bin. Prostitution ist das doch.« Er schüttelte den Kopf. »Ich habe letzte Nacht kaum geschlafen.« Er holte das Kaffeepulver aus dem Schrank. »Ich habe mir zuerst zwei Reportagen über den Schlächter vom Maar angeschaut, was eigentlich schon gereicht hätte, und als ich mich dann mit einem kleinen Joint am offenen Fenster runterbringen wollte …« Er strich mit der Hand über sein etwas ausgeleiertes braunes Kordjakett, das überhaupt nicht zu seinem grün-gelben Hemd und den roten Wollsocken passte. Sein Blick wirkte besorgt. »Ich weiß nicht, ob ich einfach zu alt fürs Kiffen werde und Halluzinationen hatte, aber ich hatte den Eindruck, unten an der Straße hinter der Hecke steht ein vermummter Mann und beobachtet mich.«

Ihr wurde flau im Magen. »Als ich vor ein paar Tagen früh morgens in die Kanzlei gegangen bin, hatte ich auch das Gefühl, dass ich Schritte höre. Aber ich dachte … Also seit meinem Unfall denke ich manchmal, dass jemand mich verfolgt, obwohl das nicht stimmt und daher … Ich habe es nicht weiter ernst genommen.«

Götz' Augen nahmen einen noch besorgteren Ausdruck an. »Vom zeitlichen Zusammenhang her halte ich es für möglich, dass das mit der Haug-Sache zusammenhängt. In Ochsenwang dürfte es sich rumgesprochen haben, dass wir den mutmaßlichen Schlächter vom Maar vertreten, und unter den Alteingesessenen gibt es bestimmt eine Menge Leute, die das nicht gut finden.« Götz schüttete einen Berg Kaffee in die kleine French-Press, füllte den Wasserkocher und stellte ihn an. »Weißt du, Linn, ich … Ich grüble schon den ganzen Vormittag darüber nach, dass ich gar nicht weiß, was ich mir wünschen soll: dass du einen Unschuldigen verteidigst, was bedeuten würde, dass der echte Mörder noch draußen herumläuft und uns vielleicht beobachtet und verfolgt, oder dass du gelegentlich mit einem unfassbar grausamen Mörder in einem engen Besprechungskämmerchen sitzt, den du mit deinem Können und deiner Hartnäckigkeit eventuell bald aus dem Gefängnis holst.« Das Wasser begann zu brodeln. »Trotzdem glaube ich mittlerweile, dass du vollkommen recht hast, dass jeder es verdient hat, einen fairen Prozess zu bekommen«, fuhr Götz fort. »Du solltest weitermachen. Vergiss, was ich die letzten Tage zu diesem Thema gesagt habe.«

Sie nickte und lehnte sich an die Spüle. »Ich weiß.« Sie hatte ein ungutes Gefühl im Bauch. »Aber wenn es dazu führt, dass du verfolgt wirst …«

Götz machte eine abwinkende Handbewegung. »Um mich geht es gar nicht. Aber du, du musst echt vorsichtig sein. Am besten du gehst bei Dunkelheit nicht mehr raus. Oder du rufst mich an.«

Sie war gerührt über seine Fürsorge.

Der Wasserkocher schaltete sich mit einem Klicken ab. Götz brühte das Pulver auf, ließ es kurz ziehen, drückte es auf den Kannenboden und füllte zwei große Tassen mit Kaffee und Milch. Auf die Untertassen legte er zwei seiner perfekten Miniaturzimtsterne und zwei Vanillekipferl, die köstlich dufteten.

»Ach«, sagte Götz. »Ich habe gestern Abend im digitalen Zeitungsarchiv in so einem Schmierblatt noch was gefunden, das du dir unbedingt anschauen musst.« Er verließ die Küche, holte ein ausgedrucktes Blatt aus seinem Büro und legte es auf den kleinen Küchentisch. Sie setzte sich hin. Es war ein ausgedruckter Artikel aus einer Zeitschrift, die sich *Ochsenwanger Wochennews* nannte und im Dezember 1995 erschienen war, ein paar Wochen nach Vanessa Beckmanns Tod. Über dem Artikel befand sich ein großes Foto. Es zeigte einen deutlich jüngeren Johann Haug, trotz des dünnen schwarzen Balkens über den Augen klar erkennbar. Linn betrachtete es und vertiefte sich dann in den Text, der mit *Die Herkunft eines Mörders* betitelt war. Es ging um die Heitz-Familie, die Familie von Johann Haugs leiblichem Vater.

Der als N.N. bezeichnete Journalist war sich sicher, dass bei der Heitz-Familie jedem Sprössling *Verbrechen und Verderbtheit* bereits *in die Wiege gelegt* wurde, was er mehrfach das *Mysterium des Heitzhofs* nannte. Schon einer der leiblichen Urgroßväter von Johann Haug, ein gewisser Wilhelm Heitz, sei ein *Frauenheld, Zechpreller und Totschläger* gewesen, der zwei eheliche und fünf uneheliche Kinder in die Welt gesetzt hatte und jung zum Tode durch den Strang verurteilt und hingerichtet worden war. Drei seiner Söhne waren fanatische Nationalsozialisten geworden, hatten jüdisches Eigentum zerstört und später bei Erschießungskommandos mitgewirkt. Die einzige Tochter Frieda Heitz, eine Prostituierte *von minderer Intelligenz und ohne Empathie*, wie der Journalist aus dem Urteil zitierte, war Anfang des Zweiten Weltkriegs wegen Schwarzmarkthandels zu mehreren Jahren Zuchthaus verurteilt worden. Sie überlebte die dortigen Entbehrungen und die tägliche harte Arbeit in einem Steinbruch nur ein halbes Jahr.

Erwin Heitz, Haugs Großvater und Erbe des Heitzhofs, war früh in die Fußstapfen seines Vaters Wilhelm getreten, was das Trinken und die Schlägereien anging. Erwin Heitz heiratete die achtzehnjährige und damit deutlich jüngere Luise Dieterle, Haugs Großmutter, die, so erinnerten sich Zeitzeugen, *bald schlechter als manches Vieh* leben musste. Erwin Heitz prügelte seine Frau und seinen kurz nach der Hochzeit geborenen einzigen Sohn Andi Heitz, Haugs Vater, mit jedem nur erdenklichen Gegenstand. Zwei Jahre nach der Geburt verschwand Luise Heitz mit Andi in einer Nacht- und Nebelaktion vom Hof. Der Zustand des Hofs sei in diesem heißen Sommer des Jahres 1953 *unerträglich* geworden, verdurstende Tiere hätten jämmerlich in ihren verdreckten Verschlägen geschrien, und Verwesungsgestank sei vom Hof her aufgestiegen. Ein Wanderer habe Erwin Heitz dabei beobachtet, wie der seinen Hund totgeprügelt habe. Haugs Großvater habe nicht aufgehört, seine Frau und sein Kind zu suchen, zunächst erfolglos.

Luise Heitz war zu ihren Eltern nach Heilbronn und von dort weiter zu einer entfernten Cousine nach Freiburg geflüchtet, wo sie eine Ausbildung zur Hebamme gemacht und ihr Kind so gut es ging alleine durchgebracht hatte. Als Andi sieben Jahre alt gewesen war, hatte Erwin Heitz plötzlich vor der Wohnung der kleinen Familie gestanden. Er hatte seine Frau so verprügelt, dass ihr der Kiefer brach, den Kleinen ins Auto geschleppt und es Luise Heitz freigestellt, ob sie ihrem Kind, dem *rechtmäßigen Stammhalter des Heitzhofs* folgen wolle oder nicht. Luise Heitz war mitgegangen. Erwin Heitz hatte *Vorkehrungen* getroffen, dass seine Frau nicht erneut abhauen konnte, und das Martyrium der beiden war noch ein Jahr weitergegangen, bis Erwin Heitz sturzbetrunken und unter merkwürdigen Umständen unter die Räder seines Traktors geraten war. Am Ende war das Ganze als Unfall behandelt worden, und Haugs leibliche Großmutter Luise Heitz hatte den Hof übernommen. Langsam hatte sie das Vertrauen der Dorfbewohner gewonnen, als erste Bewohnerin des Heitzhofs überhaupt, und als Hebamme gearbeitet. Auch der Sohn Andi Heitz schien sich gut zu entwickeln. Der Fluch des Heitzhofs, so wurde im Dorf gemunkelt, sei nun gebrochen. Bis Haugs Vater an seinem siebzehnten Geburtstag das erste Mal betrunken in eine Wirtshausschlägerei geriet und den Bruder des Bürgermeisters fast umbrachte. Danach war es schnell bergab gegangen mit Andi Heitz, mehrere Gewalttaten und Gefängnisaufenthalte folgten.

1973 lernte Andi Heitz Haugs leibliche Mutter Karin Haug kennen. Karin Haug wurde von ihm schwanger, Johann Haug wurde geboren. 1974, kurz nach der Geburt, kam es zur *grausigsten aller Tragödien*: Andi Heitz erstach Johann Haugs Mutter nach einem Streit im Kinderzimmer, weil Karin Haug es anscheinend gewagt hatte, ihn einen *dreckigen, faulen Säufer* zu nennen. Andi Heitz landete im Gefängnis, wo er bis heute saß. Johann Haug war zu Ines und Hans Schneider gekommen, einem Ehepaar, das *vom Wunsch beseelt* gewesen sei, Pflegeeltern zu werden und anderen Kindern zu helfen. Haug sei dort *trotz liebevoller Fürsorge* und einer *normalen, glücklichen Kindheit* zum Kriminellen und *wahnsinnigen Mörder* geworden.

Neben dem Artikel war der als *Kommentar* bezeichnete Text eines *aus Sicherheitsgründen* nicht namentlich benannten *führenden Kriminologen* abgedruckt. Der Mann machte keinen Hehl daraus, dass er Haug für schuldig hielt, Vanessa Beckmann umgebracht zu haben. Unter dem scheinbar verständnisvollen Deckmäntelchen, manche Mörder *könnten ja nichts für ihre Taten*, sprach der Mann von *angeborener Sozialschädlichkeit*, von *Verbrecher- und Mördergenen, die sich über Generationen fortpflanzten*, und vom *in den Genen verankerten Bauplan des Schädlings. Oder haben Sie schon einmal von einer Bettwanze gehört, die etwas anderes als eine Bettwanze geworden ist?*

»Wow«, sagte Linn betroffen, als sie fertiggelesen hatte. »Das ist heftig. Meinst du, Haug hat die Zeitung verklagt?«

Götz stand an der Spüle und schenkte sich Kaffee nach. »Ich glaube nicht, nein. Ich habe nichts dazu gefunden. Mich hat das nämlich auch interessiert.« Er trank einen Schluck und schüttelte den Kopf. »Ich mag mir gar nicht vorstellen, wie es für einen Menschen sein muss, wenn ihn alle für böse halten, nur weil einige seiner leiblichen Verwandten Kriminelle sind.«

»Die haben Haug schon als Kind ausgegrenzt und grässlich behandelt«, fügte Linn hinzu. »Das hatte am Anfang gar nichts mit Vanessa Beckmanns Ermordung zu tun.« Sie wischte ein paar Krümel von ihrer dunkelblauen Bluse und nahm sich noch ein Vanillekipferl von dem Plätzchenteller, den Götz auf den Küchentisch gestellt hatte.

»Es ist aber doch schon auffällig, wie viele Straftäter es in dieser Heitzfamilie gibt. Glaubst du, dass der Hang zum Bösen vererbt werden kann? Also grundsätzlich?«, fragte Götz.

»Vielleicht gibt es gewisse Veranlagungen für Gewalt, aber

ich denke, das reicht nicht aus. Ob jemand wirklich gewalttätig oder kriminell wird, hängt bestimmt von vielen Faktoren ab«, sagte sie. Für eine Sekunde ertappte sie sich bei dem Gedanken an ihren Vater, den sie nie kennengelernt hatte und den sie normalerweise vollkommen aus ihren Gedanken verdrängte. Was für Veranlagungen sie wohl vom ihm geerbt hatte? »Ich glaube auf keinen Fall, dass nur, weil dein Vater oder deine Mutter ein böser Mensch war, du selber zwangsläufig auch ein böser Mensch werden musst«, fügte sie hinzu.

»Ich halte es ehrlich gesagt für kompletten Quatsch, diese Vererbungsgeschichte«, bemerkte Götz und trank einen großen Schluck Kaffee. »Ich glaube, es ist nur das soziale Umfeld, das jemanden zum Mörder werden lässt.« Er grinste. »Aber ich habe vor meinem Jurastudium ein paar Semester Sozialpädagogik studiert, vielleicht bin ich nicht objektiv.«

Ein lauter Klingelton ertönte von der Eingangstür her, und Götz zuckte zusammen.

»Oh Gott, das ist eine Mandantin, kannst du kurz aufmachen«, sagte er und sprintete zur Garderobe. Als Linn durch den Flur zur Gegensprechanlage humpelte, sah sie aus den Augenwinkeln, dass er schnell seine Wollsocken auszog, in ein Schränkchen stopfte und schwarze, glänzende Schuhe anzog. Sie drückte grinsend den Türöffner.

In ihrem Büro ging Linn eine Liste mit Kurzbeschreibungen der Bücher durch, die man bei ihrem Mandanten nach dessen Festnahme 1995 gefunden hatte. Mehrere Anleitungen für das Jagen oder Schlachten und Ausnehmen von Tieren. Bücher über die Anatomie des Menschen, ein Gerichtsmedizinbuch mit, so stand es in der Zusammenfassung, *umfangreichem Bildmaterial, an dem teilweise Merkzettel befestigt waren.* Zwei Autobiographien von Serienmördern aus den USA. Ein Buch über Waffen. Außerdem hatte ihr Mandant ein Video besessen, in dem echte

Todesfälle, die zufällig jemand gefilmt hatte, gezeigt wurden, ein Film mit dem Namen *Momentaufnahmen des Grauens*. Dieses Video war nicht offiziell zu erwerben gewesen.

Linn gab den Titel im Internet ein und stieß nach einiger Suche auf *Momentaufnahmen des Grauens*, das als *Scary Classic* von irgendeinem Spinner ins Netz gestellt worden war. Ein paar Minuten klickte sie sich durch grisselige Filmaufnahmen von Motorradunfällen und Fallschirmabstürzen und einem aus nächster Nähe gefilmten Bauarbeiter, der von einem Gerüst gestürzt und von einer im Boden steckenden Metallstange gepfählt worden war, schließlich schloss sie die Seite, weil sie den Anblick nicht mehr ertrug.

Ob schuldig oder unschuldig, Haug hatte seltsame Vorlieben.

Sie starrte aus dem Fenster. Im Grunde spielte es doch überhaupt keine Rolle, *warum* jemand Verbrecher wurde. Ob es die Gene, eine Anomalie im Gehirn oder das soziale Umfeld waren. Relevant war einzig und alleine das Ergebnis, *dass* jemand ein Verbrecher geworden war. Dafür gab es keine Entschuldigung. Sie warf die Kopien auf den Tisch, die wild auseinanderfielen. Ausgedruckte Fotos vom Tatort und aus dem ehemaligen Haus der Beckmanns vermischten sich mit Zeugenaussagen, die auf einem anderen Kopienstapel gelegen hatten, der nun umstürzte und sich ebenfalls über den übervollen Schreibtisch ergoss. Eine Weile saß Linn einfach vor diesem Chaos, den Kopf in die Hände gestützt. Dann stand sie auf, sortierte die Blätter wieder und fing an, die ausgedruckten Fotos durchzuschauen, die sie bislang noch nicht vollständig durchgesehen hatte. Ihr Blick wurde von einer Aufnahme angezogen, die den Flur vor Vanessa Beckmanns Zimmer zeigte. Linn richtete sich auf, ihr Atem beschleunigte sich. Dort, an der Wand in diesem Flur, hingen zwei große Fotos. Und auf einem dieser Fotos stand ein Mann und grinste in die Kamera. Mit einer Lupe überprüfte sie das Foto. Auch wenn es recht klein war, gab es keine Zweifel: Das war eindeutig ein Foto von Christian Beckmann. Christian Beckmann, wie er mit erhobenem Jagdgewehr vor einer Gruppe erlegter, aufgespreizter Wildsauen posierte. Mit zitternden Fingern suchte sie die polizeiliche Liste der ehemaligen Jäger von Ochsenwang und Umgebung heraus und ging sie zur Sicherheit noch einmal langsam durch. Die Liste erfasste laut Unterüberschrift *Alle Bewohner von Ochsenwang und Umgebung, die in der Lage sind, die Gedärme und Innereien eines Tieres oder eines Menschen professionell zu entfernen.*

Christian Beckmann stand eindeutig nicht auf der Liste.

Linn rief de Groot an, den Architekten aus Ochsenwang.

»Christian?«, fragte der, nachdem sie ihr Anliegen erläutert hatte. »Selbstverständlich ist der ein Jäger, und selbstverständlich kann der ein Tier ausweiden, auch wenn ihm in den letzten Jahren die Hände ein wenig zittern. Das unbarmherzige Alter. Aber er ist immer noch ein Bombentyp. Ex-Polizist, wussten Sie das? Kennt sich mit Waffen aus wie kein Zweiter. Und mit guten Jagdrevieren. Er hat mir erzählt, dass er, bevor seine Tochter geboren war, gelegentlich in Namibia Springböcke und Zebras gejagt hat, und einmal hat er sogar einen Leoparden erlegt.«

»Danke«, sagte sie und beendete das Gespräch, nachdem de Groot ihr noch ausführlich davon erzählt hatte, wie »fantastisch« der »Zusammenhalt unter Jägerkumpeln« war, die »eine eigene, verschworene Gemeinschaft« bildeten, welche Trophäen in Christian Beckmanns Jagdzimmer hingen und was für einen »Wahnsinnsschuss« Beckmann noch vor ein paar Jahren auf »fliegendes Federwild« gehabt hatte, wenn sie an einem Waldteich »angesessen« hatten.

Sie humpelte im Zimmer auf und ab. Das Ganze musste nichts zu sagen haben. Es konnte sein, dass Beckmann der größte Jäger von allen gewesen war und seine Tochter trotzdem nicht getötet hatte. Aber eines war klar: Dass er nicht auf der Liste stand, konnte kein Versehen sein. Jeder in Ochsenwang musste gewusst haben, dass Beckmann ein Jäger war. Dass er seine Tochter hätte ausweiden können. Aber man hatte nicht richtig gegen ihn ermittelt, hatte ihm so eine Tat nicht zugetraut, weil er Polizist und Vater des Opfers war. Beckmann hatte kein Alibi und gleichzeitig die Gelegenheit gehabt, seine Tochter zu töten, und dem war bislang niemand ernsthaft nachgegangen. Alle hatten sich stattdessen auf den »bösen Heitzhöfler« Johann Haug gestürzt.

16

Linn war gerade dabei, Beckmanns Aussagen in den beiden Mordfällen noch einmal Wort für Wort durchzugehen, als Götz seinen Kopf durch ihre angelehnte Tür streckte. Sie lud ihn mit einer ausladenden Bewegung dazu ein, auf einem ihrer dunkelgrauen Mandantenstühle Platz zu nehmen. Er ließ sich ein wenig schwerfällig nieder. Strahlte bis über beide Ohren. »Ich habe ihn gefunden«, verkündete er.

»Wen?«, fragte sie irritiert.

Götz lachte. »Na diesen Seibold, nach dem du mich gefragt hast. Der behauptet hat, bei der Durchsuchung ...«

»Aaah, klar, ich war gerade mit den Gedanken woanders. Wer ist es?«, fragte sie gespannt.

»Ich konnte leider nur seine Adresse ausfindig machen, nicht seine Telefonnummer. Aber er wohnt nicht weit weg von hier. Devin Seibold ist Staatsanwältin Kirchhoffs derzeitiger Rechtsreferendar. Seine Eltern kommen aus Dettingen, das ist ganz in der Nähe von Ochsenwang, und deshalb war er zu Lehrzwecken einen Tag bei der Ochsenwanger Polizei und zufällig dabei, als die zu den Schneiders gerufen wurde. Na, was sagst du?«

»Du bist echt Klasse! Vielen Dank. Wie hast du das so schnell rausgefunden?«

»Kontakte.« Götz lachte erneut.

»Deine Kontakte sind legendär«. Sie musste lächeln. »Ich werde diesem Herrn gleich nachher mal einen Besuch abstatten.«

»Gute Idee. Bin gespannt, was er zu sagen hat.« Götz erhob sich wieder. Er schaute sie an, schien noch etwas sagen zu wollen und es sich dann doch anders zu überlegen. Er nickte ihr nur zu und ging so hastig nach draußen, dass er sich die Hüfte am

Türrahmen anstieß. Ein wenig erstaunt sah sie ihm nach, dann beugte sie sich wieder über ihre Arbeit.

Seibold wohnte direkt an der Hauptstätter Straße, einer der Stuttgarter Hauptverkehrsadern, die in alten Zeiten zum Richtplatz hingeführt hatte. Die Fassaden der Häuser waren von einem dreckigen Grauschwarz, und das düstere Licht des bewölkten Wintermittags ließ die Straße noch hässlicher und dreckiger erscheinen, als sie sowieso schon war. Linn hatte einmal gehört, dass hier früher die Häupter der Geköpften an Stangen ausgestellt worden waren, und viel heimeliger war die Straße bis heute nicht geworden. Der Verkehrslärm war ohrenbetäubend. Auto nach Auto fuhr mit überhöhter Geschwindigkeit an ihr vorbei, und ihre Knie waren ganz weich, während sie Seibolds Klingelknopf an einem alten Mehrfamilienhaus mit verwittertem Stuck an der Tür suchte. Was, wenn eines dieser Autos von der Straße abkam und sie erfasste? All das Blut und die Knochensplitter … Und was war denn das für ein komischer Typ mit einem Schal vor dem Mund, warum ging er so dicht an ihr vorbei und wurde immer langsamer? Götz hatte doch etwas von einem vermummten Mann erzählt. Oder sah sie Gespenster? Es war verdammt kalt, jeder hüllte sich warm ein. Trotzdem fand sie den Kerl bedrohlich. Endlich hatte sie den Klingelknopf gefunden. Drückte ihn und war erleichtert, als das surrende Geräusch des Türöffners ertönte. Mit einem Klicken machte sie die Haustür auf, trat eilig in den düsteren, engen Flur und schloss die Türe hinter sich. Schimmelgeruch und Stille umfing sie.

Der Referendar war ein magerer Typ mit Bartstoppeln, einer schwarzumrandeten Brille, kurzgeschorenen Haaren und einem Hemd unter dem grauen Pulli mit V-Ausschnitt. Er bat sie nicht herein, nachdem sie sich vorgestellt und ihm ihren Anwaltsausweis gezeigt hatte, aber er blieb in der geöffneten Tür stehen, offenbar bereit, mit ihr zu reden. Seine Augen schienen ihr Gesicht abzuscannen, sein Blick blieb kurz an ihrer Narbe hängen und wanderte dann schnell weiter.

»Waren Sie am 23. November dabei, als die Polizei zum Todesfall Ines Schneider gerufen wurde?«, fragte Linn.

Der Mann lehnte sich an den Türrahmen an. »Korrekt.« Er näselte.

»Haben Sie sich danach mit Frau Staatsanwältin Kirchhoff in Verbindung gesetzt?«

Das Gesicht des jungen Mannes nahm einen wachsamen Ausdruck an. »Korrekt. Sie ist meine Ausbilderin.« Er verschränkte die Arme.

»Und bei dem Gespräch mit Frau Kirchhoff ging es um die Durchsuchung, die bei Herrn Haug stattfinden sollte?«

»Korrekt. Aber ich darf nicht darüber sprechen.«

»Sie haben erhebliche Beschuldigungen gegen die Polizei erhoben, und daher …«

»Sehen Sie, Frau … Gellar?«

»Geller.«

»Frau Geller, genau das ist das Problem. Die Polizei macht keine Fehler. Nicht solche. Das hat mir Frau Kirchhoff vollkommen klargemacht. Ich muss mir dieses Gespräch zwischen Herrn Polizeioberkommisar Rösch und dem halbsenilen Nachbarn der Toten eingebildet haben.«

Linns Atem ging schneller. »Welches Gespräch?«

Der Referendar zuckte mit den Schultern. »Je länger ich darüber nachdenke, desto weniger weiß ich.« Seine Stimme klang leise und schuldbewusst.

»Was soll das heißen?«

»Ich kann es mir von den Noten her nicht leisten, mich mit der Staatsanwaltschaft anzulegen.« Er senkte den Kopf. »Mein Vater ist Richter am Oberlandesgericht, und als ich ihm von der Sache erzählt habe, hat er gemeint, ich hätte schon immer zu viel Fantasie gehabt. Das sähe man ja an meinen Klausuren. Ich sollte mehr auswendig lernen und weniger denken, dann würde ich vielleicht ab und zu auch mal bestehen. Außerdem wissen Sie doch selbst, was bei uns Juristen mit Nestbeschmutzern passiert.«

Für eine Sekunde fragte sie sich, ob er ihre Vorgeschichte kannte, ob er wusste, was damals alles nach ihrem Unfall passiert war. Aber der Referendar schien das ganz allgemein gemeint zu haben.

»Wenn Sie Hinweise darauf haben, dass die Polizei im Vorfeld der Durchsuchung bei meinem Mandanten rechtswidrig gehandelt hat, dann ...«

Er rieb sich mit der Hand übers Gesicht. »Ich habe Frau Kirchhoff extra gefragt, und sie hat mir versichert, dass die Durchsuchung bei Ihrem Mandanten von neutralen Bullen durchgeführt wurde, nicht von diesem Rösch. Alles korrekt also. All die Dinge, die sie bei Ihrem Mandanten gefunden haben, hatte der Typ wirklich in seiner Wohnung.«

»Trotzdem ...«

»Der Typ ist ein Mörder, Frau Geller. Ich habe diese arme, tote Frau gesehen. Das war ...«, unterbrach Seibold sie. »Ich werde es nie wieder vergessen, verstehen Sie? Dieser Ausdruck in ihrem Gesicht. Der Ehemann der Toten ist zusammengebrochen. Er muss sie sehr geliebt haben, das hat man gesehen. Unerträglich.« Er schluckte schwer. »Ich will eigentlich nicht die Verantwortung dafür tragen, dass Beweise vielleicht nicht vor Gericht verwertet werden dürfen.«

»Ich verstehe Sie. Aber sind wir nicht deshalb Juristen geworden, weil wir an Recht und Gerechtigkeit glauben?«

»Wenn der Typ wegen der Sache wieder rauskommt, glauben Sie, dass das für den Ehemann Gerechtigkeit ist?«

»Vielleicht nicht. Aber Sie hätten mich vorhin gleich wieder wegschicken können, als ich Ihnen gesagt habe, wer ich bin. Sie haben es jedoch nicht getan. Weil Sie ganz genau wissen, dass das, was dort in Frau Schneiders Haus passiert ist, auch nichts mit Gerechtigkeit zu tun hat. Und mit Rechtsstaatlichkeit schon gar nicht.«

Eine Weile schwiegen beide.

»Vielleicht haben Sie recht«, sagte Seibold schließlich leise.

»Also, was war das für ein Gespräch, das Sie gehört haben?«, fragte Linn.

»Der halbsenile Nachbar der Toten hat zu Polizeioberkommisar Rösch gemeint, dass sie mal Kollegen waren und dass der Typ, bei dem durchsucht werden sollte, jemand wäre, bei dem es nicht schaden könnte, wenn man da mal nachschaut und so. Man könnte ja behaupten, er hätte was geklaut, das sei bei dem nicht abwegig«, erzählte Seibold zögerlich. »Polizeioberkommisar Rösch fand die Idee ziemlich gut und hat gleich einen Durchsuchungsbeschluss beantragt.«

»So ist das abgelaufen?« Linn war schockiert. Mit dem »halbsenilen Nachbarn« musste Christian Beckmann gemeint sein. Er hatte Rösch also gebeten, bei Haug zu durchsuchen.

»Ich werde Sie als Zeuge benennen müssen«, fuhr Linn fort.

Der Referendar sah unglücklich aus. »Ich weiß nicht, ob ich … also ob ich das kann«, sagte er. Dann machte er ein paar Schritte in seine Wohnung hinein und knallte die Tür zu.

Am Montagmorgen führte sie ihr erster Weg zur Staatsanwaltschaft. Da sich Oberstaatsanwalt Faber in einer Gerichtsverhandlung befand, beschloss Linn, zunächst mit Staatsanwältin Kirchhoff selbst zu sprechen, die in Kürze eintreffen sollte.

Linn wartete auf dem Gehweg vor der Staatsanwaltschaft in der nebeligen Luft. Die Kälte kroch schnell unter ihren zu dünnen Mantel, aber ihre Daunenwinterjacke hatte einfach nicht zu ihrem dunkelgrauen Hosenanzug gepasst. Ihr Make-up schien auf ihrem Gesicht festzufrieren. Nach nur fünf Minuten verfluchte sie ihre Idee, Kirchhoff noch vor dem Gebäude abzupassen, um den Überraschungseffekt auszunutzen. Wahrscheinlich würde das sowieso nicht funktionieren, und sie hatte sich umsonst alles abgefroren. Ihr Bein begann zu schmerzen, lange stehen, und dann noch bei dieser Kälte, war keine gute Idee. Die Autos krochen durch die aufgestaute Straße. Es stank nach Abgasen und seltsamerweise nach Waschmittel. Linn bibberte. Sie konnte kaum noch ihre Zehen spüren. Zweimal ging sie in die Staatsanwaltschaft hinein, um sich aufzuwärmen.

Zwanzig Minuten später kam Kirchhoff, in einen eleganten Mantel gehüllt, die Haare wie immer zu einem strengen Dutt zusammengesteckt. Ihre hochhackigen Schuhe klapperten laut und schnell auf dem Asphalt.

»Frau Kirchhoff?« Linn stellte sich direkt vor die Eingangstür.

Die Staatsanwältin blieb abrupt stehen. Als sie Linn erkannte, verzog sie das Gesicht. »Ich habe gleich einen Termin.«

»Wir brauchen nicht lange. Ich hatte ein sehr aufschlussreiches Gespräch mit Herrn Seibold.«

Kirchhoff schien sich um eine genervt-gelangweilte Miene zu bemühen, aber ihre Augen sahen panisch aus. Sie sagte nichts, sondern wollte an Linn vorbei in die Staatsanwaltschaft hineinlaufen.

Linn blockierte ihr den Weg.

»Lassen Sie mich sofort vorbei. Aber sofort«, fauchte Kirchhoff.

»Warum haben Sie nichts dagegen unternommen, dass mein Mandant rechtswidrig in Untersuchungshaft gekommen ist?«

»Frau Dr. Geller, hören Sie auf mit diesen Cowboymethoden. Lassen Sie mich vorbei. Ich sage es zum letzten Mal.«

Linn trat ein wenig zur Seite. Sie konnte Kirchhoff nicht zwingen, mit ihr zu reden.

Die Staatsanwältin stürmte an ihr vorbei ins Gebäude. Linn

folgte ihr. Kirchhoff ging direkt auf die Aufzüge zu und drückte energisch den Knopf.

»Ich nehme das hier als Bestätigung, dass bei den Ermittlungen gegen meinen Mandanten rechtsstaatliche Grundsätze eklatant missachtet wurden«, fuhr Linn ungerührt fort. »Ich werde einen Antrag bei Gericht stellen, um …«

»Tun Sie das. Und lassen Sie mich in Ruhe.« Die Aufzugtür öffnete sich. Kirchhoff trat hinein. In der geöffneten Tür drehte sie sich noch einmal um. »Dieser gottverdammte Seibold.«

»Seibold kann da nichts dafür.«

Die Staatsanwältin schüttelte den Kopf. Mit der Hand hinderte sie die Türen am Schließen. »Ist das ein Spiel für Sie, Frau Dr. Geller? Oder sind Sie so wirklichkeitsfremd, dass Sie glauben, Ihr Mandant sei unschuldig? Er ist es nicht, das mal ganz unter uns. Egal, was bei dieser Durchsuchung abgelaufen ist: Es gibt jede Menge anderer, vollkommen legaler Beweise, die eindeutig belegen, dass Ihr Mandant mindestens zwei Frauen getötet hat. Ich bin das mehrfach durchgegangen, das können Sie mir glauben.« Kirchhoff verschränkte die Arme. »Im Moment sind wir an einer Sache dran, die ist so furchtbar …« Sie stockte. »Ich finde es einfach nur gewissenlos, dass Sie möchten, dass so ein Mörder wieder zurück in die Freiheit gelangt! Selbst wenn es nur für kurze Zeit wäre. Können Sie nicht einen anderen Weg finden, um ihr Anwältinnenego zu streicheln?« Die Staatsanwältin trat zurück, und die Aufzugtüren schlossen sich.

17

Am Abend hatte Linn einen Termin mit ihrem Mandanten. Johann Haugs Gesicht sah aufgedunsen aus, und seine Finger mit den gelben Nikotinflecken zitterten, als Linn ihm im Besprechungsraum des Untersuchungsgefängnisses die Hand zur Begrüßung schüttelte. Sie setzten sich an einen Tisch, und Linn streckte ihr versehrtes Bein unter die zu niedrige Platte. Haug saß ihr gebückt gegenüber.

»Vanessa Beckmann«, begann sie entschlossen. »Wir müssen endlich über sie reden.«

Ihr Mandant schaute genauso entschlossen auf den Tisch, kaute an seinem Daumennagel und schwieg.

»Ich kann mir vorstellen, dass das schwierig ist.«

»Wirklich?« Ihr Mandant hatte so leise gesprochen, dass sie zuerst nicht sicher war, ob er überhaupt etwas gesagt hatte. Aber dann murmelte Haug: »Ich glaube nicht, dass sie wissen, wie es ist, zweiundzwanzig Jahre lang unschuldig für einen kannibalischen Mörder gehalten zu werden. Oder ein Außenseiter zu sein, der aus einer Verbrecherfamilie kommt und sich in die Tochter eines Polizisten verliebt.«

»Dann erzählen Sie mir alles, damit ich es verstehe«, sagte sie. »Die Wiederaufnahme des Falls hat nämlich auch ihr Gutes. Dadurch haben Sie die Möglichkeit, sich zu wehren. Die Vorwürfe ein für alle Mal auszuräumen, wenn Sie unschuldig sind.«

»Die Vorwürfe ausräumen, Sie sind ja witzig. Egal, was ich sage, es wird mich tiefer in die Scheiße reinreiten. Haben Sie immer noch nicht kapiert, wie das läuft?«

»Ich weiß nur, dass es jede Menge objektiver Beweise gibt, die dafür sprechen, dass Sie zwei Menschen umgebracht haben.

Wenn wir die entkräften wollen, müssen Sie mir schon helfen. Es bringt nichts, wenn Sie nur schmollen. Vielleicht versuchen Sie erstmal, mir alles zu erklären, bevor Sie mir unterstellen, ich hätte nicht kapiert, wie Ihr Verfahren läuft?«

Haug sah ruckartig auf, ihr Ton schien ihn erstaunt und vielleicht auch verärgert zu haben.

Sie klickte mit ihrem Kuli und sah ihren Mandanten herausfordernd an. Haug knibbelte an seinem Zeigefinger herum. Er war der Erste, der den Blick senkte.

»Vanessa und ich waren Freunde«, stieß er schließlich hervor. Er schaute trotzig, als erwarte er, sie würde widersprechen. »Später waren wir sogar zusammen. Das weiß nur keiner, verstehen Sie? Wir haben es geheim gehalten. Ich hätte ihr nie was getan. Sie war damals der einzige Mensch, der mich genauso gemocht hat, wie ich war.« Er verstummte. Sein Knie wippte auf und ab.

Linn fragte sich, ob Haug sich die Freundschaft nur eingebildet hatte, wie in der Akte vermutet wurde, oder ob er die Wahrheit sagte. Und wenn er die Wahrheit sagte, ob das für ihn sprach oder eher gegen ihn, weil es vielleicht die Erklärung dafür war, warum Vanessa Beckmann im dunklen Maar nicht weggelaufen war, als sie ihn gesehen hatte.

»All die dreckigen Geschichten, dass ich Vani verfolgt hätte und so, das ist nicht wahr. Ich habe mir eine Beziehung auch nicht nur eingebildet, das war alles real«, sprach ihre Mandant jetzt weiter, als hätte er ihre Gedanken erraten. »Vanis Vater hat Märchen über mich erfunden. Weil er nicht glauben konnte, dass seine Tochter mit dem Asso vom Heitzhof freiwillig … Christian Beckmann war sehr streng. Und ich …« Haug stockte, schaute kurz zum Fenster und schien zu überlegen, ob er weitersprechen sollte oder nicht. Schließlich sagte er: »Christian hat mich mal dabei erwischt, wie ich spät abends versucht habe, vom Garten aus in ihr Zimmer zu klettern. Vani hatte mich eingeladen. Das hatte sie wirklich, dass müssen Sie mir glauben.« Er riss sich ein Häutchen an seinem wunden Daumen ab. »Als mich Christian vom Haus weggezerrt hat, hat er mich geohrfeigt und damit gedroht, er schlägt mich tot. Wegen der Geschichte bin ich im Heim gelandet. Ines hat geschrien, dass sie einen Kinderschänder nicht bei sich behalten will, dass ich sie anekle. Auch der Typ vom Jugendamt hat mit einem einzigen Blick auf mich erkannt, dass ich ›übergriffig‹ sei. Dabei hatte ich doch gar nicht vor, Vani was zu tun. Nie im Leben. Aber wer glaubt schon einem sechzehnjährigen Kleinkriminellen, wenn das Wort eines Polizisten und einer Kinderkrankenschwester dagegenstehen?«

»Vanessa war zu diesem Zeitpunkt erst dreizehn«, gab Linn zu Bedenken. »War es nicht verständlich, dass ihr Vater nicht wollte, dass jemand nachts in ihr Zimmer einsteigt?«

Haug wurde knallrot. »Wir … Um Himmels willen, wir haben nichts weiter getan, als Händchen gehalten, gequatscht und Gesellschaftsspiele gespielt. Wir mochten uns. Wir beide gegen den Rest der Welt.«

»Was ist mit den Fotos, die Sie heimlich von Vanessa gemacht haben? Bei Nacht durch ihr Fenster?« Linn lehnte sich in ihren unbequemen Stuhl zurück.

»Das war viel später. Sie war … Da war Vani schon siebzehn oder achtzehn. Sie … sie wollte das. Sie stand darauf. Wirklich, das stimmt. Es hat sie angemacht, wenn sie wusste, dass ich da irgendwo draußen in der Dunkelheit war. Sie hat sich die Fotos später angeschaut.« Haug sprach zu schnell und nestelte an seinem ausgeleierten Pullover.

»Vanessa Beckmann war also damit einverstanden, dass Sie sie heimlich beim Umziehen fotografieren?«

»V…Vani war ziemlich ungewöhnlich.« Er verhaspelte sich. »Außerdem habe ich sie nur ein paarmal fotografiert. Ich war Anfang zwanzig, verflucht. Da macht man so was.« Er war immer noch knallrot und schaute ihr nicht in die Augen.

Linn wusste nicht so recht, was sie glauben sollte. Es gab bestimmt Frauen, die darauf standen, nachts von Männern nackt fotografiert zu werden. Und es war natürlich selbst in so einem kleinen Dorf theoretisch möglich, dass Haug und Vanessa Beckmann jahrelang eine Beziehung gehabt hatten, von der niemand etwas wusste. Nur war das wahrscheinlich?

»Und die Fotos haben Sie bis heute behalten? Bei der Staatsanwaltschaft wurde mir gesagt, man hätte sie auf Ihrem Computer gefunden.«

Haug zuckte zurück, als habe sie ihn geschlagen, nickte aber.

»Warum haben Sie all die Zeitungsartikel über den Fall gesammelt?«

»Ich wollte wissen, wer meine Freundin getötet hat. Ich habe versucht, den Fall selbst aufzuklären. Ich musste einfach alles erfahren, was darüber gesagt oder geschrieben wurde. Verstehen Sie das nicht?«

Das war eine Erklärung, die sie nachvollziehen konnte. Ob sie stimmte, konnte sie allerdings nicht sagen.

»Hatten Sie Sex mit Vanessa?«, fragte sie.

»Nein, nie. Noch nicht«, stieß er hervor. »Warum denken das alle?«

»Wann haben Sie Vanessa das letzte Mal gesehen?«

Er zögerte lange. »U…ungefähr ein Jahr vor ihrem Tod.«

Linn war sich sicher, dass ihr Mandant jetzt log. »Auf dem T-Shirt, das Sie in der Tatnacht getragen haben, war ein Fleck von Vanessas Blut. Das war doch nicht ein Jahr alt, oder? Ihr Nasensekret, Herr Haug, ist auf dem Pullover, den Vanessa anhatte, als sie starb. Und die Mütze, die sie an ihrem Todestag getragen hat, wurde bei Ihnen …«

»Das kann nicht sein. Das erfinden die.« Haugs Stimme klang panisch.

»Herr Haug, ich habe Fotos von dem T-Shirt und der Mütze und von all den anderen Dingen gesehen. Es tut mir leid, aber

Ihre Geschichte hört sich für mich nicht überzeugend an. Und ein Gericht wird das auch nicht überzeugend finden. Es kommt da einiges zusammen. Zum Beispiel haben Sie damals jede Menge Bücher über das Ausweiden von Tieren besessen und einen Videofilm, in dem echte Sterbeszenen gezeigt wurden, und in einem Schlachthof haben Sie ...«

»Kapieren Sie das nicht?« Er wurde laut. »Mir wurde mein ganzes Leben lang eingeredet, ich würde ein Verbrechergen in mir tragen. Ich könnte gar nicht anders, als böse zu werden. Ich musste es doch wissen. Ich musste wissen, ob ich ... also ob ich tatsächlich wie mein leiblicher Vater und mein Großvater bin. Ein weiterer Krimineller vom Heitzhof. Ich wollte überprüfen, wie gefährlich ich bin, ob ich auch ... also ob ich in der Lage bin zu töten.« Er biss auf seinem Daumennagel herum.

Linn kam ein schrecklicher Gedanke. War es möglich, dass ihr Mandant Vanessa deshalb umgebracht hatte, weil er hatte ausprobieren wollen, ob er töten konnte?

»Das verstehe ich nicht ganz«, sagte sie.

»Das ist doch völlig klar. Ich hatte Angst, dass Vani durch mich in Gefahr ist. Deshalb habe ich die Jagdbücher gelesen und im Schlachthof gearbeitet.«

Sie war nicht überzeugt. »Und?«

»Das Töten der Tiere hat mir keinen Spaß gemacht, aber ich ... konnte es. Natürlich habe ich mir eingeredet, dass andere Leute auch Tiere jagen und schlachten und deshalb trotzdem keine Menschen umbringen. Aber jetzt habe ich kapiert ...« Ein Schweißtropfen rann über Haugs Wange. »Ich habe damals Kontakt mit meinem leiblichen Vater aufgenommen. Ich wollte ihm in die Augen schauen, wollte sehen, ob wir uns gleichen oder ob wir unterschiedlich sind. Ich habe ihn im Knast besucht, einmal, das war kurz vor Vanis Tod. Aber er hat ... er hat sich geweigert, mit mir zu sprechen.« Haug wischte sich Schweiß oberhalb der Oberlippe ab. »Ich habe mir geschworen, niemals

Kinder in die Welt zu setzen. Ich werde nicht dazu beitragen, dass unsere Sippe sich weitervermehrt. Es ist zu gefährlich.«

Die nach seinen Worten eintretende Stille lag schwer in der Luft.

»Warum zu gefährlich?«, fragte sie. »Sie sagen doch, dass Sie keinen der Morde begangen haben.«

Haug krümmte sich zusammen. »Ich dachte an andere Straftaten. Diebstähle und so.« Seine Stimme überschlug sich, so schnell sprach er. Er schluckte, schien noch etwas hinzufügen zu wollen, ließ es dann aber doch bleiben.

»Wo ist der Trainingsanzug, den Sie in der Nacht getragen haben, als Vanessa starb? Und Ihre Schuhe?«, fragte Linn weiter.

Haug erstarrte. Wie in Trance blickte er auf den Tisch, sein Knie wippte auf und ab. Eine Zeitlang war nur das Klappern seines mit dem Knie auf und ab wippenden Schuhs zu hören. Als er wieder sprach, war sein Gesicht totenblass. »Einer der Gründe, warum ich damals nach Vanis Tod nicht angeklagt wurde, war, weil der Richter mir geglaubt hat, dass ich seit Längerem überhaupt keinen Kontakt mehr zu ihr hatte und deshalb auch kein ersichtliches Motiv, sie umzubringen. Niemand konnte etwas Gegenteiliges nachweisen. Aber jetzt haben die die Fotos und das T-Shirt, und jeder weiß, dass ich sie …« Er ballte die Hände zu Fäusten. »Ich habe Vani am Mittag ihres Todestags zum letzten Mal gesehen. Ich denke, so sind all die Spuren entstanden, meinen Sie nicht?« Er schaute ihr nicht in die Augen. »Ich glaube, wenn Christian erfährt, dass ich bis zuletzt Kontakt mit ihr hatte, wird er es als endgültige Bestätigung dafür sehen, dass ich ihr Mörder bin, und mich umbringen. Er hat immer damit gedroht, dass er mich umlegt, wenn er den letzten Beweis hat.« Haug setzte sich aufrechter hin, schaute sie jetzt an. In seinen Augen war nichts als nackte Angst. »Christian hat mich schon einmal fast getötet, wissen Sie?« Seine Hände zitterten. Er schien sich erst einen Moment sammeln zu müssen, bevor er weitersprach. »Nach dieser Sache, als ich mit sechzehn versucht hatte, in der Nacht in Vanis Zimmer einzusteigen, haben Vani und ich uns ein paar Monate nicht gesehen. Ich war ins Heim nach Göppingen gekommen und hatte anfänglich wenig Ausgang. Aber als das gelockert wurde, haben wir uns wieder getroffen. Obwohl Christian es verboten hatte.« Er lächelte schief. »Vani und ich haben uns meistens im Wald und später im Elparadiso in Göppingen getroffen. Das war ein Riesenschuppen, jeden Abend voll, dunkel und verraucht. Da waren wir vor Christian sicher. Seine Tochter, die früher die örtliche Kinderkirche geleitet hat, würde nie in ein Etablissement wie das Elparadiso fahren.« Haug lachte bitter auf. »Er hat nichts über sie gewusst. Überhaupt nichts. Sie hat geklaut, Schminke und solche Dinge. Gekifft hat sie auch. Manchmal hat sie sogar gekokst. Christian war Polizist, aber er hat nichts davon gemerkt, wie blind kann man denn sein?« Haug schüttelte den Kopf. »Aber zwei Jahre vor Vanis Tod hat Christian dann doch spitzgekriegt, dass wir uns immer noch treffen. Vani war damals siebzehn, ich zwanzig.« Haugs Gesicht war so blass, dass es beinahe grünlich aussah. »Hartmut Rösch hat mich bei einer nächtlichen Streifefahrt erwischt, wie ich mal wieder vor Vanis Fenster stand und sie geknipst habe. Manchmal habe ich sie einfach so vermisst, dass ich es nicht ausgehalten habe. Hartmut hat mich wegen versuchter Vergewaltigung festgenommen, und am nächsten Tag haben er und Christian …« Er atmete schwer und brauchte eine Weile, bis er weitersprechen konnte. »Unten beim alten Friedhof gab es früher ein Krematorium. Es war schon damals nicht mehr in Betrieb, aber noch funktionstüchtig. Es stammt aus einer Zeit, in der die Leute abergläubischer waren als heute. Es gibt eine Sage, wonach die Seelen der Menschen, die vor ihrer Zeit gestorben sind, in einer Zwischenwelt umherirren. Manchmal gelingt es ihnen, sich als dichter Nebel zu materialisieren, der sich jedoch bald wieder auflöst. In den Raunächten am Jahresende aber fahren ihre Seelen wieder in ihre alten Körper, die nicht verwesen können, und die Toten steigen aus ihren Gräbern, um sich an den Lebenden grausam zu rächen. Der Raunachtreigen. Deshalb haben sie früher alle Leichen verbrannt, damit die Seelen keine Möglichkeit hatten …« Er macht eine abwinkende Handbewegung. »Meine Pflegemutter hat solche Geschichten geglaubt, daher kenne ich mich damit aus. Natürlich ist das Unsinn, auch wenn die Sage einen wahren Kern hat und es gar nicht blöd war, die Leichen zu verbrennen: Die Erde am alten Friedhof ist lehmig und nass und mangels Sauerstoff verwesen einige Leichen tatsächlich nicht oder nur sehr langsam. Heute wird der alte Friedhof nicht mehr benutzt, es gibt ja den neuen. Nur wenn jemand bei einem Angehörigen liegen will. Vani ist da begraben, weil Christian wollte, dass sie bei ihrer toten Mutter ist. Ich darf mir gar nicht vorstellen, dass ihr Körper vielleicht noch intakt …« Er schluckte. »Aber ich wollte eigentlich etwas anderes erzählen. Hartmut und Christian haben mich jedenfalls zum Krematorium gebracht. Sie haben Holz aufgeschichtet und mich dann in der Brennkammer eingesperrt.« Haug wankte, sein Gesicht sah aus wie das einer Leiche. »Ich glaube, wenn Rösch nicht gewesen wäre und mit Engelszungen auf ihn eingeredet hätte … Christian hätte den Holzstapel angezündet.«

»Großer Gott«, entfuhr es Linn. Das waren mehr als drastische Maßnahmen. Ob es stimmen konnte, dass zwei Polizisten so etwas getan hatten? Sie beobachtete Haug genau, wie er blass und stockend seine Geschichte erzählte. Sie glaubte ihm.

»Als sie mich nach mehreren Stunden rausgelassen haben, haben sie gesagt, wenn ich nicht endgültig aus Ochsenwang und aus Vanis Leben verschwinde, machen sie ernst. Aber ich Idiot habe mich erneut nicht daran gehalten. Ich konnte nicht, ich habe Vani gebraucht. Wir haben uns beide gebraucht. Bei jedem Treffen wurde unsere Angst größer, dass ihr Vater es erfahren könnte, und deshalb haben wir uns natürlich weiterhin nie in Ochsenwang getroffen, nur an dem Tag, an dem sie starb.« Haugs Pullover war mittlerweile unter den Armen und an der Brust durchgeschwitzt.

»Und warum sind Sie an dem Tag von der üblichen Routine abgewichen?«

»Dummheit. Überheblichkeit. Einfach die Gelegenheit, weil ich sowieso da war. Sie war mittlerweile neunzehn. Ich dachte, es geht niemanden mehr etwas an, mit wem sie abhängt. Wir haben nur ganz kurz geredet, auf einem Feldweg, etwas außerhalb von Ochsenwang. Zum Glück hat uns niemand gesehen.« Haug sackte in sich zusammen. »Ich hätte nicht kommen dürfen an dem Tag. Vielleicht wäre sie dann noch am Leben.«

»Wie meinen Sie das?«

»Nur so. Alles hat auf alles einen Einfluss, glauben Sie nicht?«

»Warum haben Sie sie getroffen?«

»Ich habe sie geliebt und wollte sie sehen. Mehr gibt es dazu nicht zu erzählen. Wir haben uns nach dem Treffen verabschiedet, und ich bin zu meiner Oma auf den Hof gegangen. Ende der Geschichte. Dort wurde ich am nächsten Tag verhaftet.«

»Wissen Sie, was Vanessa an dem Abend vorhatte? Sie soll einen Rucksack dabeigehabt haben, als sie ins Maar gegangen ist.«

»Nein, keine Ahnung«, antwortete Haug schnell. Die Art, wie er sie dabei anschaute, verursachte Linn Gänsehaut. Sie war sich sicher, dass er genau wusste, was Vanessa an ihrem letzten Abend hatte tun wollen.

»Denken Sie noch einmal darüber nach«, forderte sie ihn auf. »Es könnte sein, dass uns solche Details zu ihrem Mörder führen. Sie könnte ihn gekannt haben.«

Haug schlug mit der Faust auf den Tisch. Sie zuckte zurück. Er fuhr sich mehrfach übers Gesicht, sackte in sich zusammen. »Dass Vani einen Rucksack dabeihatte, hat nichts mit ihrem

Tod zu tun. Höchstens indirekt, also weil sie deshalb das Maar durchqueren musste.« Er zögerte. »Sie wollte abhauen an dem Abend. Wohin, weiß ich nicht.«

»Hatten Sie vor, ihr zu helfen?«

Haug schaute auf seine Hände, schließlich nickte er.

»War Sie auf dem Weg zu Ihnen? Zum Hof Ihrer Großmutter?«

Diesmal war sein Nicken nur angedeutet.

»Wusste jemand davon?«

»Nein, natürlich nicht, sonst hätten die mich schon lange gelyncht. Dass Einzige, was die wissen, ist, dass ich am Abend ihres Todes auf dem Hof meiner Oma war. Dass ich anscheinend in Richtung Maar gegangen bin.« Haug sah erschöpft aus. »Es war Christian Beckmann, der mich da gesehen hat. Sein Auto kam die Straße entlang, als ich auf der Weide war, um mir den Zaun mit der Taschenlampe anzuschauen. Meine Oma hatte damals ein paar Ziegen. Ich muss direkt unter der Straßenlaterne gestanden sein. Das mag zufällig in der Nähe des Tatorts gewesen sein, aber deshalb habe ich Vani trotzdem nicht umgebracht. Ich habe ein Alibi.« Er stieß mit einem pfeifenden Geräusch die Luft aus und schüttelte den Kopf.

Linn machte sich Notizen auf einem Blatt. Als sie fertiggeschrieben hatte, sagte sie: »Über Ihr Alibi wollte ich sowieso noch mit Ihnen sprechen. Die Staatsanwaltschaft glaubt nämlich, dass es nicht stimmt, weil Ihre Großmutter an dem Abend nicht die ganze Zeit zu Hause war. Und Sie sagen doch auch selbst, dass Sie alleine draußen auf der Weide waren und …«

Haug schlug erneut auf den Tisch, so stark, dass beinahe ihre Notizen auf den Boden fielen. »Ich …«, setzte er an, schüttelte den Kopf und machte dann eine Bewegung mit den Händen, als gebe er auf.

Linn spürte, dass Faber recht hatte und Haugs Alibi für den Abend nicht stimmte.

»Ich habe Vani nicht getötet, klar? Auch wenn jeder das denkt.« Haug kaute mit einem knackenden Geräusch an seinem kleinen Finger, bevor er fortfuhr. »Als ich damals aus der U-Haft wieder draußen war, hätte ich sofort verschwinden sollen, aber ich wollte meiner Oma noch Lebewohl sagen … Ein paar Jungens haben mich abgepasst. Die waren auch hundertprozentig sicher, dass ich Vanis Mörder bin. Sie glauben das auch, oder?« Seine Augen wirkten müde. Er schien keine Antwort zu erwarten, und sie gab keine.

»Dabei haben die mich getötet, mit jedem Jahr ein bisschen mehr. Sie haben mich aus dem Dorf geprügelt«, fuhr er fort, »und als ich aus dem Krankenhaus wieder draußen war, bin ich sofort nach London abgehauen. Ich war zehn Jahre weg, und als ich zurückkam und meine Ausbildung abgeschlossen habe, habe ich sogar überlegt, meinen Namen zu ändern, weil ich ständig Angst hatte, dass Christian oder sonst jemand aus dem Dorf eines Tages vor meiner Tür steht. Aber es ist nie passiert. Das hat mich immer gewundert.« Er stockte. »Noch komischer als das war eigentlich nur, dass sie mich nach Ines' Tod nicht umgelegt haben. Nach der Verhaftung hat Hartmut Rösch zwar rumgetönt, was für ein Monster ich bin, aber er hat mir nicht mal eine Ohrfeige gegeben. Und ich war einige Zeit alleine mit ihm auf der Polizei, bis dieser Grabe dazukam.« Haug zuckte mit den Schultern. »Es macht einen großen Unterschied, ob man jemanden wirklich tötet oder es nur ankündigt.« Er spuckte auf den Boden. »Jetzt schauen Sie mich nicht so misstrauisch an. Ich war es nicht, kapiert?«

Linn nickte langsam. »Wenn Sie es nicht waren, wer könnte Vanessa Beckmann umgebracht haben?«

Haug schaute eine Weile mit starrem Blick aus dem Fenster. »Ines muss irgendwas gewusst haben«, stieß er schließlich hervor.

Sie schaute erstaunt von ihrem Notizblatt auf, auf das sie

Schnecken gekritzelt hatte. »Ihre Pflegemutter? Warum das denn?«

Haug biss auf seinem Handballen herum. »Es ist ... nur so ein Gefühl.«

»Können Sie das konkretisieren?«

Ihr Mandant schüttelte den Kopf.

»Könnte Ihre Pflegemutter selbst die Mörderin gewesen sein?«

Haug schien kurz darüber nachzudenken, dann sagte er: »Das kann ich mir nicht vorstellen.«

»Und Christian Beckmann? Meinen Sie, es wäre möglich, dass er seine Tochter getötet hat?«

Haugs Augen weiteten sich. »Sie denken ...? Christian könnte Vani ...? Nein, nein, das halte ich für unmöglich. So sehr ich Christian hasse, aber er hat Vani geliebt, und er hätte ihr bestimmt niemals etwas getan.« Er sah sie unsicher an. »Oder haben Sie Hinweise gefunden? Dass dieses Schwein ...«

Linn schüttelte den Kopf. »Nichts Konkretes.« Sie erzählte ihm von dem Foto, auf dem Beckmann mit den Wildsauen posierte. »Es könnte sein, dass gegen ihn damals nicht richtig ermittelt wurde. Ich will einfach jeder Spur nachgehen.«

Ihr Mandant lächelte plötzlich schwach. »Danke«, murmelte er.

»Keine Ursache.« Sie fing an, ihre Blätter zusammenzupacken. »Wir sind fast fertig für heute. Aber eine wichtige Sache gibt es noch: Ich kann Ihnen nichts versprechen, aber es ist möglich, dass wir nachweisen können, dass die Durchsuchung bei Ihnen rechtswidrig war. Dass man die Beweismittel, die bei Ihnen in der Wohnung gefunden wurden, möglicherweise nicht verwenden kann. Ich kann versuchen, Sie zumindest aus der U-Haft rauszuholen. Das hat noch nichts mit dem richtigen Gerichtsverfahren zu tun, aber...«

Haug machte ein lautes, schnaubendes Geräusch und wandte

sich zum Fenster, saß lange einfach nur da. Zuerst war sie sich nicht sicher, ob er verstanden hatte, was sie gesagt hatte, aber dann sah sie, dass er weinte. Irgendwann griff er über den Tisch nach ihrer Hand und drückte sie.

18

Linn brachte nach dem Besuch im Gefängnis ihre Aktentasche zurück ins Büro und tauschte ihren Mantel gegen ihre warme Daunenjacke, die dort hing. Sie hätte Haug gerne geglaubt, dass er nicht der Schlächter vom Maar war, aber sie hatte immer noch das Gefühl, dass an seiner Aussage etwas nicht stimmte. Nur was? Hatte Vanessa sich an ihrem Todestag wirklich freiwillig mit ihm getroffen, hatte sie gewollt, dass er sie ständig heimlich filmte? Oder hatte er sich die Beziehung nur eingebildet, ein Stalker, dem am Ende der Kragen geplatzt war? Es war schon ein merkwürdiger Zufall, dass Vanessa gerade an dem Abend gestorben war, an dem Haug in ihrer Nähe gewesen war. Sein Alibi stimmte ziemlich sicher nicht. Und brauchte man wirklich mehrere Bücher über das Ausweiden von Tieren, ein Praktikum im Schlachthof und einen Film mit Todesszenen, um herauszufinden, ob man zum Mörder geboren war? Oder sprachen diese Dinge nicht viel eher dafür, dass man Spaß oder zumindest ein morbides Interesse am Töten hatte?

Linn schloss die Tür der Kanzlei mehrfach ab, bevor sie wieder in die eisige Dunkelheit hinaustrat. Christian Beckmann schien auf der anderen Seite aber auch ein ziemlich gestörtes Verhältnis zu seiner Tochter gehabt zu haben, jedenfalls, wenn Haugs Version der Geschichte stimmte. Und er hatte ihren Mandanten fast verbrannt. Das sprach dafür, dass Beckmann gewalttätig und möglicherweise durchaus in der Lage war zu töten.

In den erleuchteten Fenstern der umliegenden Häuser glitzerten bunte Weihnachtssterne und künstliche Kerzen und der Schneemann, der seine Farben wechselte. Eisiger Wind war aufgekommen. Weiße Atemwölkchen stiegen vor ihrer Nase auf, als sie den Gehweg entlanglief. Ein Rascheln ließ sie zusammenzucken, aber der Wind hatte nur eine leere Papiertüte in einen Vorgarten geweht, wo sie wie ein Geist herumzappelte und gegen den Zaun stieß. Entfernt konnte Linn einen Hubschrauber und das Rauschen der großen Straßen hören, das gelegentlich von einem Hupen unterbrochen wurde. Ihre Absätze klackten auf dem Asphalt. Sie tastete nach dem Tränengas in ihrer Jackentasche. Es war nicht da. Sie musste es in ihrem Mantel vergessen haben. Sie beschleunigte ihre Schritte. Sie hatte eigentlich vorgehabt, zu Fuß nach Hause zu laufen, aber ohne Tränengas und bei dem Wind … Sie schlug den Weg zurück Richtung U-Bahn ein. Sie würde die kurze Strecke nehmen, sogar wenn das bedeutete, dass sie an der großen Straße … Da war wieder dieses Rascheln, diesmal klang es nicht nach einer Papiertüte. Sie schaute sich schaudernd um. Nichts, da war … Oh Gott, da stand jemand, da stand eine dunkle, vermummte Gestalt. Linn fing an zu rennen, so schnell es mit ihrem versehrten Bein nur möglich war. Gleich würde sie vorne an der Hauptstraße sein und … Etwas packte sie an der Schulter, sie schrie auf. Panik schoss durch ihre Adern. Sie schlug mit beiden Fäusten um sich. Schrie und schlug. Kräftige Arme umschlangen sie von hinten, sie konnte sich nicht mehr bewegen. Die Gestalt flüsterte etwas, aber sie hörte nicht darauf, er musste sie loslassen, er musste … Sie schrie um Hilfe und trat um sich, traf mit ihrem kaputten Bein irgendetwas, Schmerz bahnte sich seinen Weg durch ihre Nervenfasern. Auch die Gestalt, die sie festhielt, stöhnte. Sie hatte ihn getroffen, sie würde gleich noch einmal treten. Der Mann legte ihr jetzt seine behandschuhte Hand auf den Mund und drückte zu. Er wollte sie ersticken, oh Gott, er wollte sie ersticken. Sie bekam keine Luft mehr. Wie wild trat sie um sich. Säuerlicher Gestank nach Zigarettenrauch und ranzigem Fett stieg von dem Handschuh auf und verursachte ihr Brechreiz. Sie wand sich verzweifelt, wie von einem Schraubstock wurde sie von hinten umklammert. Verdammt, was wollte dieser Typ von ihr? Erneut trat sie mit der Kraft der Verzweiflung nach hinten, sie traf nur Luft, stürzte fast, die Gestalt hielt sie aufrecht. »Bitte«, flehte sie in den unerbittlichen Handschuh, »bitte, lassen Sie mich gehen.« Es hörte sich an wie ein gedämpftes »Mmmmmmmmh«. Sie wand sich wie eine Katze, versuchte, unter den klammernden Armen durchzuschlüpfen. Keine Chance. Verzweiflung stieg in ihr auf. Der grobe Wollstoff, den die Gestalt über dem Gesicht trug, scheuerte an ihrem Ohr, so dicht war das Gesicht des Fremden jetzt an ihrem. Sie spürte seinen heißen Atem, spürte, wie er sich mit dem ganzen Körper von hinten an sie presste. »Hör mir gut zu, Mädchen: Johann Haug ist ein Mörder«, flüsterte der Unbekannte. Seine Stimme hatte den starken, schwäbischen Akzent, der in Ochsenwang gesprochen wurde. »Er ist gefährlich. Wie viele Bewohner unseres Dorfes sollen wir noch begraben, bevor Johann endlich in den Knast kommt?« Er riss sie an den Haaren schmerzhaft nach hinten. »Wir wollen endlich keine Angst mehr haben müssen. Wenn du ein kluges Mädchen bist, lässt du ihn verrotten und kümmerst dich nicht weiter um ihn. Hast du mich verstanden?«

Linn machte ein Geräusch, das dem Angreifer hoffentlich ihre Zustimmung signalisierte. Ihr Kopf wurde noch weiter in den Nacken gerissen. »Noch was«, flüsterte die Gestalt. »Komm bloß nicht auf die Idee, mit den Bullen über mich zu sprechen. Wir wollen doch nicht, dass ich noch mal zurückkommen muss?« Er presste sich noch dichter an sie. Sie wand sich verzweifelt, aber sein Griff war zu fest. »Die Bullen sind sowieso meine Freunde, merk dir das. Die helfen dir nicht«, flüsterte die Gestalt. »Die mögen es nämlich auch nicht, wenn Mörder frei rumlaufen.« Er stieß sie so unerwartet von sich, dass sie schwankte und gegen eine auf der Straße stehende Mülltonne fiel. Panisch rappelte sie sich hoch, schaffte es schließlich, wieder auf die Beine zu kommen und humpelte so schnell sie konnte in Richtung Hauptstraße davon. Die Gestalt hielt sie nicht auf. Als sie an der vielbefahrenen Straße ankam, bei einem Tatooladen, der noch geöffnet hatte, riskierte sie einen Blick nach hinten. Niemand mehr da. Mit zitternden Händen holte sie ihr Handy aus ihrer Tasche und wählte die Notrufnummer. Eine Sekunde später legte sie wieder auf. Der Fremde hatte ihr ziemlich deutlich gesagt, was passieren würde, wenn sie mit der Polizei redete. Vielleicht beobachtete er sie gerade. Und es war sogar möglich, dass der Typ von der Polizei geschickt worden war, wenn sie jetzt so darüber nachdachte. Von diesem Rösch vielleicht. Der hatte einiges zu verlieren, wenn sie beweisen konnte, dass er widerrechtlich eine Durchsuchung beantragt hatte. Und wenn er sogar bereit gewesen war, jemanden für seinen Kumpel Christian in ein Krematorium zu stecken, zu was war er sonst noch fähig?

Abgesehen davon war Rösch ein Jäger und konnte ein Tier ausweiden. Was, wenn er noch ganz andere Gründe hatte, warum er verhindern wollte, dass sie zu viel in dem Fall herumwühlte?

Linn betrat das Tatoostudio, wo sie mit ihrem eleganten Hosenanzug und der Daunenjacke ziemlich auffiel. Die beiden muskulösen Männer in Lederkluft sahen sich jedenfalls neugierig nach ihr um. »Hi«, sagte sie. »Darf ich hier drinnen kurz auf einen Freund warten? Ich … ich hatte das Gefühl, dass ich verfolgt werde.« Obwohl sie auf die Nachfrage der Männer hin ihre Geschichte ziemlich verharmloste, traten die beiden sofort an die Tür und schauten in die Nacht hinaus, um nach ihrem Verfolger Ausschau zu halten. Es war niemand mehr da.

Götz bestand darauf, sie abzuholen, nachdem sie ihn angerufen hatte, und als er ihr im Auto das Angebot machte, bei ihm zu Hause auf dem Sofa zu übernachten, lehnte sie nicht ab. Sie war immer noch ein wenig zittrig, als sie in Götz' kleiner Wohnung in der Einflugschneise des Stuttgarter Flughafens saß, einen heißen Kräutertee in der Hand, während ihr Kanzleipartner in der Küche eine Pizza belegte.

Sie hatte Götz überredet, auf dem Weg zu ihm nach Hause noch in der Kanzlei vorbeizufahren, weil sie unbedingt sofort hatte nachschauen müssen, ob Rösch ein Alibi für den Abend hatte, an dem Vanessa Beckmann gestorben war. Er hatte eines. Da er auf der Jägerliste stand, war er bereits damals überprüft worden. Er hatte den Abend und fast die ganze Nacht auf einem Junggesellenabschied in Köln verbracht, was von siebzehn Personen bestätigt worden war. Dieses Alibi durfte wohl als sicher angesehen werden. Wenn Rösch den Vermummten geschickt hatte, dann jedenfalls nicht deshalb, weil er selbst der Mörder von Vanessa Beckmann gewesen war.

Linn pustete auf ihren Tee, nippte daran und stellte ihn dann auf einen Umzugskarton. Überall in Götz' Wohnung standen Kisten herum. Ihr Kanzleipartner war seit Monaten am Umziehen, aber der Einzug in seine neue Mietwohnung verzögerte sich ständig. Trotzdem war es mit dem Adventskranz, dem kleinen Tannenbaum, den brennenden Kerzen und den Sternen am Fenster viel einladender und weihnachtlicher als bei ihr zu Hause. Dort erinnerte noch nichts an Weihnachten. Für eine Sekunde dachte sie an ihre Kindheit. Nicht, dass ihre alleinerziehende Mutter, die manchmal drei Jobs nebeneinander hatte stemmen müssen und selten daheim gewesen war, es nicht versucht hatte. Aber die gekauften, billigen Weihnachtsplätzchen, der Weihnachtsbaum aus Plastik, der immer auf den letzten Drücker noch geschmückt worden war, und das Wissen, dass auch in diesem Jahr fast alle Wünsche aus Geldmangel wieder unerfüllt bleiben würden, hatten dem ganzen ein wenig die Stimmung genommen.

»Geht's dir wieder besser? Du Ärmste. Diese Drecksäcke.« Götz' Gesicht war vor Ärger rot, als er aus der Küche kam und sich zu ihr setzte. »Wer könnte das gewesen sein? Wer tut so was?«

»Ich weiß es nicht. Er hat stark Schwäbisch gesprochen. Diesen Akzent von der Alb.« Sie nahm den Tee wieder hoch.

»Du musst das Mandat niederlegen.« Götz sprach eindringlich auf sie ein. Er hatte den Satz in der letzten Dreiviertelstunde mehrfach wiederholt.

»Nein«, widersprach sie. Das war das Einzige, bei dem sie sich sicher war.

»Aber warum willst du dir das antun? Haug ist ein Mörder!«

»Ich bin mir mittlerweile nicht mehr sicher, ob die Dinge wirklich so eindeutig sind, wie alle glauben.«

»Selbst wenn er kein Mörder ist: Du kennst den Typen doch kaum, also warum solltest du dich für ihn in Gefahr bringen? Er wurde immer schlecht behandelt, das ist schlimm, das sehe ich ein. Und ja, unwahrscheinlicherweise hängen die ihm jetzt zwei Morde an. Aber das ist die Scheiße, die in seinem Leben passiert, sein Krieg und nicht deiner, verdammt noch mal.«

Sie musste lächeln. »Ich bin seine Anwältin.«

Götz antwortete nicht, obwohl ihm ein Widerspruch auf der Zunge lag, das spürte sie genau.

»Ich könnte nicht mehr in den Spiegel schauen, wenn ich mich einfach der Meinung von irgendwelchen Idioten beugen würde, und dir würde es bestimmt genauso gehen an meiner Stelle«, fuhr sie fort. »Mir hat vorhin sicherlich keine ernsthafte Gefahr gedroht. Sonst wäre ich jetzt nicht hier. Ich denke, da hat nur jemand ein großes Maul und will ein bisschen drohen.« Das hoffte sie jedenfalls, denn ganz wohl war ihr bei der Sache nicht.

»Dann lass uns wenigstens zur Polizei gehen!«

»Morgen vielleicht. Also, wie glaubst du, könnten wir diesen Referendar dazu bringen, dass er seine Geschichte auch wirklich bei Gericht erzählt?«

Götz schüttelte den Kopf und verdrehte sie Augen. »Ich verstehe langsam, dass deine Gegner im Gerichtssaal oft so gereizt auf dich reagieren, du kannst ganz schön halsstarrig sein.« Ein schwaches Grinsen erschien auf seinen Lippen. »Komischerweise ist das einer der Gründe, warum ich dich so gut leiden kann.«

Götz hatte darauf bestanden, dass sie sein Bett nahm und er selbst auf dem Sofa schlief. Obwohl er alles frisch bezogen hatte, konnte sie seinen Geruch im Kissen und in dem T-Shirt, das er ihr zum Schlafen geliehen hatte, riechen, gemütlich und beruhigend zugleich. Sie fühlte sich wohl. Ihre Aufregung hatte sich gelegt, und ihre Augen fielen langsam zu.

Als sie im Halbschlaf war, klingelte ihr Handy, und todmüde tastete sie danach. »Ja?«, brachte sie heraus.

»Hey, how are you?«

»Hi.« Sie setzte sich auf, schlagartig war sie wieder hellwach. Ihr Herz begann wie wild zu pochen. Mit einem Anruf von Harris hatte sie jetzt nicht gerechnet, aber es freute sie ungemein.

»Ich hab's schon ein paarmal im Laufe des Abends bei dir zu Hause probiert, aber es ging keiner dran. Daher dachte ich, dass du wahrscheinlich noch nicht schläfst«, sagte er. Den Hintergrundgeräuschen zufolge war er im Auto unterwegs. »Bis du arbeiten?«

»Ja«, log sie, »aber ich bin auf dem Sprung.« Sie bewegte sich, so vorsichtig es ging, damit man das Rascheln der Bettdecke nicht hören konnte. Sie war niemandem Rechenschaft schuldig, aber sie hatte plötzlich ein schlechtes Gewissen Harris gegenüber, weil sie in Götz' Bett lag und das so gemütlich fand, und ein schlechtes Gewissen Götz gegenüber, weil sie bei ihm in der Wohnung mit Harris telefonierte. Ziemlich durchgeknallt war das.

»Ich wollte dir sagen, wann genau ich ankomme«, sagte Harris, und sie stieg aus dem Bett und suchte einen Zettel und einen Stift, konnte aber in einem der ausgeräumten Regale nur einen Kuli finden. Sie schrieb sich die Ankunftszeit auf die Hand.

»Und dann wollte ich dir noch Entwarnung geben«, fuhr Harris fort. »Was die Vermisstenfälle bei uns angeht. Wir haben alle Daten durchs System gejagt. In England hat dein Mandant jedenfalls niemanden ermordet.«

19

Nach einem köstlichen Frühstück mit von Götz selbstgebackenem Christstollen, Obstsalat, frischen Brötchen und mehreren Cappuccino fuhren Götz und Linn als Erstes zur Polizei, wo Linn Anzeige gegen den Angreifer erstattete, und dann gemeinsam in die Kanzlei.

Linn verfasste einen Haftprüfungsantrag in der Sache Haug. Sie druckte den Antrag aus und legte ihn in die Mappe für die ausgehende Post, faxte ihn aber noch nicht ans Gericht.

Den Mittag über hatte sie verschiedene Mandantenbesprechungen, und als sie sich schließlich wieder über die Akte Haug beugte, wurde es draußen bereits dunkel. Leichter Schneefall hatte eingesetzt. Auf ihrem Schreibtisch brannte eine von Götz' Kerzen mit Zimtgeruch.

Lange dachte Linn noch einmal über mögliche alternative Tatverdächtige nach und ging die Liste der Jäger und anderer Fachkundiger wie etwa Mediziner und Schlachter aus Ochsenwang und Umgebung und die damaligen Befragungen der Leute durch, es waren insgesamt zwanzig. Keiner außer Hans Schneider, der die ganze Nacht bei einer sterbenden Patientin verbracht hatte, was vier Leute bestätigten, und Hartmut Rösch, der bei dem Junggesellenabschied gewesen war, hatte ein richtiges Alibi. Da der geschätzte Tatzeitraum sich über Stunden erstreckte und vom Abend bis in die Nacht gedauert hatte, hatten alle einen Teil der Zeit einfach geschlafen. Linn schrieb sich zunächst die Leute heraus, deren Alibi ihr am unsichersten erschien, weil sie zum Beispiel die komplette Zeit alleine zu Hause gewesen waren. Am Ende standen auf ihrem Blatt sieben Namen.

Johann Haug an erster Stelle.

Auch Ines Schneider als Krankenschwester war aufgeführt,

sie hatte die Nacht anscheinend bei ihrer pflegebedürftigen Mutter verbracht, die Mutter war jedoch so verwirrt und krank gewesen, dass sie das Alibi nicht hatte bestätigen können.

Außerdem stand Benno Arnold auf der Liste, der Mann, der in Ochsenwang die Hunde auf sie gehetzt hatte. Er war damals Revierförster und den ganzen Abend alleine zu Hause gewesen. 1995 hatte er offenbar noch nicht im Rollstuhl gesessen, jedenfalls gab es keinen Vermerk dazu.

Und noch ein Name befand sich auf der Liste, den Linn schon kannte, von ihren Recherchen im Keller der Staatsanwaltschaft nämlich. Alex Brunner, ebenfalls Jäger, der über Beckmann geschimpft hatte, weil der ihn einmal mit ein paar Ecstasy-Pillen erwischt hatte. Brunner hatte angegeben, an dem Abend, an dem Vanessa Beckmann gestorben war, ferngesehen zu haben und früh schlafen gegangen zu sein.

Weiterhin stand eine Giorga Russo auf der Liste, Metzgerin, die auf der Heimfahrt von einer Freundin gewesen sein wollte, aber drei Stunden länger gebraucht hatte als geplant. Außerdem ein Chirurg, Dr. Carl Böhler, aus dem Krankenhaus in Kirchheim, und ein Wanderschäfer, Erwin Stängele, der auch schlachtete und der die Nacht bei seinen Schafen nur etwa zwei Kilometer vom Tatort entfernt verbracht hatte. Stängele war wegen Wilderei vorbestraft.

Mit Ausnahme des Wanderschäfers hatten alle auf der Liste angegeben, Vanessa Beckmann zumindest vom Sehen her gekannt zu haben.

Linn fügte Vanessas Vater Christian Beckmann zu ihrer Liste hinzu. Jäger. Gelegenheit zur Tat und große Nähe zum Opfer, aber kein Motiv. Trotzdem unterstrich sie seinen Namen.

Mit Ausnahme von Christian Beckmann war damals jeder auf der Jägerliste überprüft und mangels Hinweisen ausgeschlossen worden. Es gab keine einzige Spur, die einen der Leute mit dem Verbrechen verband.

Außer ihren Mandanten.

Linn legte die Jägerliste beiseite. Im Grunde war das alles ein Stochern im Nebel, sie war, wenn sie ehrlich war, noch keinen Schritt weiter als ganz am Anfang.

Eine Weile lauschte sie dem leisen Knistern der Kerze. Dann fiel ihr plötzlich etwas ein, und sie zog ihr Handy zu sich heran. Sie hatte doch im Keller der Staatsanwaltschaft auch in dieser anderen verbotenen Akte ein paar Seiten abfotografiert, die sie sich bisher noch nicht angeschaut hatte. Die Untersuchung von Vanessa Beckmanns Blut mit dem gelben Klebezettel.

Es gab keinen Hinweis auf Gift, Drogen oder K.-o.-Tropfen und keinen Hinweis auf eine Krankheit, wie handschriftlich unter der Untersuchung vermerkt war.

Linn ging die Blutwerte der Toten trotzdem einen nach dem anderen durch, gab diejenigen, die sie nicht kannte, im Internet ein. Die ersten Werte, die sie eingab, waren im Normbereich. Als sie zu »humanem Choriongonadotropin« kam, dachte sie kurz darüber nach, woher sie das Wort kannte, als es ihr nicht einfiel, gab sie es ebenfalls in die Suchmaschine ein. Ihr stockte der Atem. Humanes Choriongonadotropin war nichts anderes als hCG. Das Schwangerschaftshormon. Vanessa Beckmann war zum Zeitpunkt ihres Todes schwanger gewesen. Den Werten zufolge, so entnahm Linn dem Bericht auf der nächsten Seite, etwa im dritten Monat. Das war einfach grauenhaft. Und es musste eine Bedeutung für den Fall haben, eine Bedeutung, die die Staatsanwaltschaft bereits kannte. Die Untersuchung wäre sonst kaum in dem Ordner mit »heiklem Material« gewesen. Und man hätte sie auch nicht mit einem Ausrufezeichen versehen. Linn ging zum Fenster und ließ ein wenig der frostigen Luft ins Zimmer. Sie konnte nicht verhindern, dass sie nach dem vermummten Mann Ausschau hielt. Zum Glück war die kleine Straße vor der Kanzlei menschenleer. Wer war der Vater von Vanessas Baby? Ihr Mandant? Die Staatsanwaltschaft schien das zu vermuten oder zu wissen, die Untersuchung wäre sonst kaum bei den Ermittlungen gegen Haug abgeheftet. Haug hatte zwar gesagt, er habe niemals Sex mit Vanessa gehabt, aber vielleicht war das gelogen gewesen? Linn kehrte zu ihrem Stuhl zurück und blätterte hastig die weiteren Seiten durch, die sie abfotografiert hatte, fand aber keine Hinweise auf den Vater des Kindes. Möglicherweise hatte sie in der Hektik nicht von allen Seiten Fotos gemacht.

Sie trommelte mit den Fingern auf den Schreibtisch. Es war denkbar, dass die Schwangerschaft der Grund für Vanessas Tod gewesen war. Sie hätte zum Beispiel eine Affäre mit jemandem gehabt haben können, der diese Affäre um jeden Preis hatte geheim halten wollen. Ein verheirateter Mann vielleicht. Das wäre immerhin eine Spur, die für ihren ledigen Mandanten sprach. Oder auch nicht. Vielleicht hatte ihr Mandant es nicht ertragen, dass Vanessa von einem anderen ein Kind bekam, und hatte sie aus Eifersucht ermordet. Möglich war auch, dass Haug Vanessa vergewaltigt hatte. Und als sie mit der Polizei hatte reden wollen, hatte er sie erschlagen. Nur warum hätte er die Leiche ausweiden …? Linn schlug die Hand vor den Mund. Großer Gott. Das war die furchtbarste Idee, die ihr je gekommen war, aber … Es hatte bereits damals DNA-Tests gegeben. Ihr Mandant musste das gewusst haben, er hatte sich mit Tod und Verbrechen und auch mit Vererbung intensiv befasst, hatte Gerichtsmedizinbücher gelesen. Und ihm musste klar gewesen sein, dass er einer der Hauptverdächtigen bei dem Mord an Vanessa sein würde. Wenn er zusätzlich noch der Vater des Babys gewesen wäre, eines Babys, das bei einer Vergewaltigung gezeugt worden wäre … Hätte er dann nicht Angst haben müssen, dass ihm durch einen DNA-Vaterschaftstest an dem Fötus schlussendlich das Genick gebrochen worden wäre? Wenn das Ungeborene hingegen spurlos verschwunden wäre, zusammen mit den Innereien … Ein bitterer Geschmack stieg Linns Kehle hoch. War es möglich, dass das Ausweiden der Leiche einen ganz anderen Grund gehabt hatte, als bisher angenommen? Konnte es sein, dass ihr Mandant damit den Fötus hatte entfernen wollen, um einen Vaterschaftstest unmöglich zu machen?

Das musste Kirchhoff mit dem »Furchtbaren« gemeint haben. Je länger sie darüber nachdachte, desto logischer erschien ihr das. Haug hatte Vanessa Beckmann vergewaltigt und schließlich getötet und ausgeweidet, um das Ungeborene zu entfernen und seine Spuren zu beseitigen. So war das Blut auf sein T-Shirt und auf seinen Trainingsanzug und die Gummistiefel gekommen, die er anschließend vernichtet hatte. Er war barfuß und kaum bekleidet nach Hause gegangen, ein begnadeter Lügner, und seine Oma hatte ihm schließlich sogar noch ein Alibi gegeben, vielleicht hatte er ihr deutlich gemacht, dass Christian Beckmann und Hartmut Rösch ihn sonst töten würden. Haug hatte jeden belogen, auch sie, ohne mit der Wimper zu zucken und … Linn schwitzte, obwohl es mittlerweile bitterkalt im Zimmer war, und erneut humpelte sie zum offenen Fenster, atmete tief ein. Vielleicht hatten ihr Mandant und Vanessa auch tatsächlich eine Beziehung gehabt. Vanessa war ungewollt oder gewollt schwanger geworden. Aber jetzt hatte sie abhauen wollen, sie hatte einen Rucksack dabeigehabt. Sie hatte ohne Haug abhauen wollen. Das hatte ihn so wütend gemacht, dass er sie erschlagen hatte. Vielleicht hatte er die Tat danach bereut, hatte geweint, so konnte sein Nasensekret auf ihren Pulli gekommen sein. Auf die Idee mit dem Ausweiden war er erst nach ihrem Tod gekommen, weil er seine Spuren verwischen musste, hatte das aber so schlimm gefunden, dass er die Leiche später auf einem Bett aus Tannenzweigen aufgebahrt und entmenschlicht hatte. Sie knallte das Fenster zu und ging zu ihrem Schreibtisch zurück. Ihr Blick fiel auf die Postmappe, in der der noch nicht abgeschickte Antrag auf Haftprüfung lag.

Eine Weile blieb sie einfach stehen, schließlich schüttelte

sie den Kopf. Sie musste mal wieder runterkommen. Sachlich bleiben. Es galt die Unschuldsvermutung. Egal, was sich dort im Wald abgespielt hatte, es bedeutete nicht, dass ihr Mandant der Mörder von Vanessa Beckmann sein musste. Zumal noch nicht einmal seine Vaterschaft feststand. Sie durfte nicht schon wieder zulassen, dass die üblen Gerüchte über Haug ihre Wahrnehmung der Fakten beeinflussten! Abgesehen davon gab es im Moment noch nicht einmal sichere Anhaltspunkte dafür, dass die Schwangerschaft der Grund für das Ausweiden gewesen war. Denn jemanden auszuweiden war eine drastische, unglaublich grausame Maßnahme. Wenn es dem Mörder aber nur darum gegangen war, keine DNA-Spuren zu hinterlassen, dann hätte er sicherheitshalber doch eher versuchen müssen, Vanessas ganze Leiche verschwinden zu lassen, sie zum Beispiel irgendwo zu vergraben, wo sie nie gefunden wurde, statt nur den Fötus zu entfernen? Linn wiegte den Kopf hin und her. Oder hatte der Mörder die Tote vielleicht einfach nicht transportieren können oder wollen? Vielleicht, weil es ihm einen besonderen Kick gegeben hatte, die Leiche einer Schwangeren so zuzurichten und liegenzulassen?

Linns Zweifel kamen zurück. Unschuldsvermutung hin oder her, war es wirklich in Ordnung, jemanden, bei dem auch nur der leiseste Verdacht bestand, dass er so unvorstellbar grausam und kaltblütig gehandelt hatte, aus dem Gefängnis zu holen? Sie schlug mit der flachen Hand auf ihren Schreibtisch. Dieser Fall machte sie fertig.

In diesem Moment klingelte es an der Tür.

20

Linn humpelte in den Flur. Götz kam ebenfalls aus seinem Büro und fragte: »Hast du noch einen Termin?«

Sie schüttelte den Kopf, und gemeinsam schauten sie auf das Kamerabild der Gegensprechanlage. Es war Dr. Faber. Der Oberstaatsanwalt stand mit einer Aktentasche in der Hand unten vor dem Haus.

»Denen scheint ja wirklich der Arsch auf Grundeis zu gehen«, meinte Götz.

Sie bejahte und betätigte den Türöffner. Es war noch nie vorgekommen, dass der Oberstaatsanwalt oder ein anderer Staatsanwalt zu ihr ins Büro gekommen war. Jede Besprechung, die sie bislang in einem ihrer Fälle gehabt hatten, hatte in den Räumen der Staatsanwaltschaft stattgefunden. Das musste mit der Durchsuchung bei Haug zu tun haben.

»Schön haben Sie es hier«, sagte der Oberstaatsanwalt, nachdem er die Treppen hochgestiegen war, die Eingangstür der Kanzlei hinter sich geschlossen und sich umgeschaut hatte. Er versuchte etwas, das möglicherweise ein anbiederndes Lächeln sein sollte, das aber misslang.

Sie nickte nur. »Möchten Sie was trinken?«

»Am liebsten einen Schnaps«, sagte Faber und schälte sich schwerfällig aus seiner hellgrauen Jacke. »Aber bedauerlicherweise geht das im Moment nicht. Also nehme ich wohl Kaffee.«

Sie holte für Götz, der bei der Besprechung dabei sein wollte, und für den Staatsanwalt einen Kaffee und für sich ein Mineralwasser. Gemeinsam gingen sie in ihr Büro. Die Zimtkerze war beinahe heruntergebrannt und flackerte unruhig. Von draußen war das Brummen und Piepen eines rückwärtsfahrenden Lasters zu hören. Sie setzte sich in ihren Schreibtischstuhl, Götz und Faber auf die Mandantenstühle gegenüber. Schnell schob sie noch einige Aktenstapel und Notizen auf die Seite und schaute, dass kein Namensschild auf einer der Akten für den Staatsanwalt lesbar war, auch wenn die meisten Papiere auf dem Schreibtisch im Moment sowieso die Sache Haug betrafen.

»Wir haben ein ernstzunehmendes Problem.« Der Oberstaatsanwalt fixierte Linn mit stahlhartem Blick. »Es besteht der Verdacht, dass die Wohnung Ihres Mandanten unter Missachtung aller rechtsstaatlichen Grundsätze durchsucht wurde. Ich denke, darüber sind wir uns einig. Ich hoffe, Sie glauben mir, wenn ich Ihnen versichere, dass ich davon nichts gewusst habe.« Er trank einen zu großen Schluck Kaffee und verschluckte sich fast.

Götz zog die Augenbrauen hoch. Linn war sich nicht sicher, was sie glauben sollte.

»Frau Kirchhoff hat nach bestem Wissen und Gewissen gehandelt«, fügte Faber hinzu.

Götz schnaubte, und jetzt zog auch Linn die Augenbrauen hoch. »Das kann ich mir kaum vorstellen«, entgegnete sie.

»Frau Kirchhoff hat mir berichtet, dass sie den Befürchtungen von Herrn Seibold selbstverständlich nachgegangen ist. Sie konnte aber nicht aufklären, ob vor der Durchsuchung ein Diebstahlverdacht bestanden hat oder nicht. Frau Kirchhoff ist erst ein paar Wochen bei uns, und sie hatte den Durchsuchungsbeschluss beim Gericht beantragt und wusste nun nicht … Jedenfalls ist sie am Ende von einem legalen Ablauf der Durchsuchung ausgegangen, auch wenn ihr einiges fragwürdig hätte erscheinen müssen. Sie wollte nichts vertuschen, sonst hätte sie doch kaum den Zettel aufgehoben! Herr Rösch stellt seine Sicht der Dinge überzeugend dar. Er kann ziemlich einschüchternd sein. Frau Kirchhoff dachte, Seibold könnte sich nur wichtiggemacht haben.«

»Ich bitte Sie!« Linn schlug mit der flachen Hand leicht auf den Tisch. »Ich habe auch mit diesem Referendar gesprochen. Der wollte sich nicht wichtigmachen.«

Faber machte mit den Händen eine beschwichtigende Geste. »Ich habe ebenfalls mit ihm geredet, und ehrlich gesagt teile ich Ihre Meinung, Frau Dr. Geller, zumal nun auch Röschs Kollegin andeutet, dieser Referendar könnte recht haben. Wissen Sie, ich sehe die Situation so: Zunächst sah bei Frau Schneider alles nach einem unverdächtigen Todesfall aus, nach einem Unfall. Christian Beckmann hat Herrn Rösch und Herrn Schneider mitgeteilt, dass Ihr Mandant seine Pflegemutter am Morgen des Tages besucht hatte. Beckmann, der gut befreundet ist mit Rösch, hat dann den Vorschlag gemacht, dass man die Situation nutzen könnte, um bei Ihrem Mandanten mal nach Hinweisen im Mordfall seiner Tochter zu suchen. So *könnte* Rösch auf diese unsägliche Idee mit dem Schmuck gekommen sein. Er *könnte* ihn an sich genommen, später gegenüber Kirchhoff fälschlicherweise behauptet haben, Haug habe ihn gestohlen, und Kirchhoff so dazu gebracht haben, den falschen Durchsuchungsbeschluss zu beantragen. ›*Könnte*‹. So hat es seine Kollegin ausgedrückt.« Faber schüttelte missbilligend den Kopf. »Rösch hingegen streitet alles ab.« Seine Mundwinkel zuckten. »Die Polizisten aus Stuttgart, die die Durchsuchung bei Haug durchgeführt haben, wussten mit Sicherheit von nichts. Die Durchsuchung ist ganz normal und rechtsstaatlich abgelaufen. Die Kollegen haben alles zu Beweiszwecken gefilmt. Hätte es bei Ihrem Mandanten nicht tatsächlich etwas zu finden gegeben, das ihn in Verbindung mit zwei Morden bringt, hätten die auch nichts gefunden.«

»Trotzdem war die Durchsuchung rechtswidrig. Rösch hat *vorsätzlich* gehandelt. Da können Sie doch nicht von Rechtsstaatlichkeit sprechen«, knurrte Götz.

Faber ignorierte ihn und bedachte Linn mit einem entschlossenen Blick. »Das Ganze ist nicht glücklich gelaufen, da sind wir uns einig.«

»Nicht glücklich gelaufen? Mein Mandant sitzt vielleicht unschuldig in Haft«, sagte sie.

»Das wohl weniger.« Fabers Stimme bekam wieder ihren normalen, etwas herablassenden Tonfall. »*Aufgrund formeller Fehler* vielleicht. *Unschuldig* wohl nicht.«

»Das können wir nicht mit Sicherheit wissen.«

»Frau Dr. Geller, all die forensischen Beweise sind echt, auch wenn wir an einige auf, sagen wir, vielleicht etwas unlautere Weise drangekommen sind. Ich meine, ein paar Stunden später hätten wir sowieso rechtmäßig durchsuchen können. Dann hätten wir genau das Gleiche gefunden.«

Faber sagte die Wahrheit, das spürte sie.

»Schade, dass Sie es nicht getan haben.« Götz Stimme war hart.

»Verdammt, Herr Nowak, Frau Kirchhoff wollte nur einem erfahrenen Ermittler nicht ohne ausreichende Beweise ans Bein pinkeln, der die Chance ergriffen hat, einen Mörder endlich ins Gefängnis zu schicken.«

»Jetzt wird das Tun dieses ›erfahrenen Ermittlers‹ dazu führen, dass Haug wieder freikommt«, warf Linn ein. »Denn wir sind uns ja einig, dass keines der Beweismittel, das bei dieser Durchsuchung gefunden wurde, verwendet werden darf, oder? Also auch der Insulinpen nicht?«

Fabers Mundwinkel zuckten stärker. »Von Ihrer Warte aus, Frau Dr. Geller, ist es natürlich verständlich, dass Sie so was sagen. Und ich gebe Ihnen recht. Aber wollen Sie wirklich die Verantwortung dafür tragen, dass ein gefährlicher Psychopath …«

»Entschuldigen Sie bitte, aber die Verantwortung dafür trägt Herr Rösch, nicht ich! Und vielleicht ist mein Mandant überhaupt kein Psychopath! Was, wenn ihm von diesem Rösch noch mehr untergeschoben wurde? Welchen Beweismitteln kann man denn in diesem Verfahren überhaupt noch trauen?«

»Das ist doch Unsinn, Frau Dr. Geller.«

Linn schüttelte den Kopf, langsam machte Faber sie wütend. Sie bemühte sich, ruhig zu sprechen. »Das ist überhaupt kein Unsinn. Rösch und Schneider und Beckmann waren einige Zeit alleine in der Wohnung bei der Toten. Und jedenfalls Beckmann hasst meinen Mandanten. Ihm wäre jedes Mittel recht, ihn in den Knast zu bringen.«

Faber nickte. Sie erkannte, dass auch er sich zwang, ruhig und geduldig zu bleiben. »Wenn ich an Ihrer Stelle wäre, würde ich auch alles anzweifeln, aber es ist doch so: Neben den in Haugs Wohnung bei der Durchsuchung gefundenen Beweisen gibt es ja noch jede Menge andere Hinweise, an die wir vollkommen ordnungsgemäß gekommen sind und die ihren Mandanten genauso oder noch viel stärker belasten. Für mich sind alle bei den Tatortuntersuchungen und den Autopsien von Vanessa Beckmann und Ines Schneider gefundenen Spuren eindeutig. Da wurde nichts manipuliert, das wäre technisch gar nicht möglich gewesen, das hatten wir doch schon. Ich bin mir sicher, Sie sehen das im Grunde Ihres Herzens genauso.« Faber brach ab und trank einen weiteren, riesigen Schluck Kaffee aus seiner Tasse. Seine Bewegungen wirkten hektisch. »Und denken Sie doch auch an die Asservate im Fall der toten Vanessa, die wir jetzt erneut untersucht haben, und die alle auf Ihren Mandanten hinweisen. Rösch hatte mit diesen Asservaten nie etwas zu tun. Er war damals nicht an den Ermittlungen beteiligt. Er konnte sie Haug nicht untergeschoben haben. Niemand konnte das. Ihr Mandant ist schuldig. Frau Kirchhoff hätte die Sache mit Rösch niemals so schnell auf sich beruhen lassen, wenn wir nicht hundertprozentig sicher wären, dass Ihr Mandant ein Killer ist.« Faber nahm einen weiteren großen Schluck.

Götz knurrte.

»Sie hätte die Sache überhaupt nicht auf sich beruhen lassen dürfen.« Linns Stimme war vor Ärger rau.

»Von mir aus«, brummte Faber. »Aber die Frage ist doch,

wie wir mit dem Ganzen umgehen. Da ist *wahrscheinlich* etwas schiefgelaufen, richtig. Aber muss die Konsequenz daraus sein, dass nun etwas noch schiefer läuft? Dass wir einen Mörder freilassen?«

»Noch gilt die Unschuldsvermutung«, erwiderte Linn. »Und ich wüsste nicht, wie ich anders auf meinen Fund reagieren sollte, als dem Gericht die Sachlage genau so darzulegen, wie sie ist.«

»Sie haben widerrechtlich in unseren Akten gewühlt.«

»Zu Recht, wie sich herausgestellt hat. Sie wollten doch vor mir verbergen, dass einige Beweismittel gar nicht hätten verwendet werdet dürfen.«

»Nein, davon wusste ich nichts, wie schon gesagt.« Fabers Gesicht wirkte plötzlich grau und eingefallen. »Dass wir Ihnen die Akten jetzt noch nicht zeigen können, hat einen vollkommen anderen Grund.«

»Welchen? Dass Vanessa Beckmann im dritten Monat schwanger war? Dass der Mörder die Leiche vielleicht deshalb ausgeweidet hat, weil er das Ungeborene entfernen wollte?«

Sowohl Götz als auch Faber erstarrten. »Was?«, fragten sie beinahe gleichzeitig. Faber fügte noch ein »Woher wissen Sie das?« an, und ihr war klar, dass sie ins Schwarze getroffen hatte.

Kurzzeitig war es still. Mit einem leisen Rascheln fiel das welke Blatt eines Weihnachtssterns, den Linn seit ein paar Tagen in der Nähe des Fensters in ihrem Büro stehen hatte, zu Boden.

Schließlich fragte Linn den Oberstaatsanwalt: »Wer ist der Vater des Kindes?«

Faber schien eine Zeitlang nachzudenken. Dann sagte er: »Wir vermuten, dass es Ihr Mandant ist. Aber wissen tun wir es noch nicht.«

»Und Sie glauben, Haug hat die Mutter seines Babys und das Baby selbst ... Fast wie sein eigener Vater ...«, stammelte Götz.

Faber sprach weiter in Linns Richtung: »Ihrem Mandanten,

Frau Dr. Geller, wurde als Kind und Jugendlichem Schlimmes angetan. Das ist mir bei meinen bisherigen Nachforschungen mehr als deutlich geworden. Er ist in einer Pflegefamilie aufgewachsen, in der er nie Liebe und Anerkennung erfahren hat, nur harte Strafen und wüste Beschimpfungen, wenn er sich nicht so verhalten hat, wie das von ihm erwartet wurde. Ines Schneider hat ihn zum Beispiel einmal einen ganzen Tag lang ohne Essen und Trinken in einem Wandschrank eingesperrt, in dem er nicht einmal aufrecht sitzen konnte, weil er sein Zimmer nicht aufgeräumt hatte. Sein Hase, den er über alles liebte, wurde, als er sechs war, vor seinen Augen geschlachtet, damit er lernte, Tiere nicht zu küssen. Ihm wurde von klein auf beigebracht, dass er Verbrechen und Böses in sich trägt, dass er nichts wert ist. Irgendwann hat er die Erwartungen erfüllt und sich auch genauso benommen, hat lauter Unsinn gebaut. Als sie sich in der weiterführenden Schule in Biologie mit Mendel und der Vererbung und so was befasst haben, muss wohl eine Gruppe von Jungen aus seiner Klasse auf die Idee gekommen sein, in einer Pause einen ›Verbrecherstammbaum‹ an die Tafel zu malen. Der Lehrer hat versucht, die Sache zu retten, aber da war es schon zu spät. Das Ergebnis war, dass Haug versucht hat, sich die Pulsadern aufzuschneiden. Da war er fünfzehn. In seinem Abschiedsbrief steht, dass er lieber tot sein will, als weiterhin eine Gefahr für die Öffentlichkeit. Er hat nach diesem Vorfall mehrfach geäußert, dass er nie Kinder haben will, damit das Böse mit ihm ausstirbt. In was für einer Welt leben wir, in der ein Fünfzehnjähriger dazu gebracht wird, so etwas von sich zu glauben?« Fabers Mundwinkel zuckten, und er unterbrach sich kurz.

Linn fühlte Mitleid mit ihrem Mandanten, trotz allem. Wie schrecklich musste sich jemand fühlen, der sich lieber umbrachte, als »eine Gefahr für die Öffentlichkeit« darzustellen?

»Beinahe niemand im Dorf will über dieses Kapitel reden. Die meisten, die damals schon dort gelebt haben, behaupten,

Haug sei es immer gut gegangen, sie hätten nie etwas mitbekommen. Ines Schneider sei eine seltsame, aber nette Frau gewesen. Und Hans Schneider sei auch nett.« Faber strich sich über die Haare. »Über die Rolle des Pflegevaters bin ich mir sowieso nicht so ganz im Klaren. Er schien damals nicht wahrhaben zu wollen, wie seine Frau wirklich tickte, zumal sie sich die meiste Zeit wohl normal und angemessen verhielt. Er hat zunächst nur angedeutet, dass sie manchmal vielleicht ein wenig überfordert gewesen sei, aber Johann sei eben ein schwieriges Kind gewesen, habe ständig Aufmerksamkeit gefordert. Als wir in letzter Zeit etwas deutlicher mit ihm geredet haben, hat er eingestanden, dass es das Beste für seinen Pflegesohn gewesen sei, dass er schließlich aus der Familie genommen wurde und ins Heim gekommen sei. Auf der anderen Seite hat Schneider ständig seine Frau verteidigt, hat gebetsmühlenartig wiederholt, dass sie unglaublich liebevoll war. Die Sache mit dem Wandschrank … gut, das sei eine einmalige Ausnahmesituation gewesen, als er auf einer Fortbildung gewesen sei, man habe das geklärt, und es sei nie wieder vorgekommen.« Faber rieb sich über die Stirn. »Er hat uns das jedoch überhaupt nur erzählt, weil der Vorfall aktenkundig war. Es gab eine Nachbarin, die die Wandschranksache mitbekommen und das Jugendamt angerufen hatte. Als die Sozialpädagogin kam, hatte Ines Schneider Haug allerdings schon wieder freigelassen, und keine Ahnung, was seine Pflegemutter ihm eingetrichtert hat, aber der eingeschüchterte Junge hat die Geschichte ziemlich verharmlost. Erst Jahre später hat er dann erzählt, dass er einen ganzen Tag eingesperrt gewesen war. Es ist … Es gab wohl noch weitere Dinge, die diese Pflegemutter ihrem Pflegekind angetan hat. Nun, ich sage Ihnen das jetzt im Vertrauen und außerhalb meiner beruflichen Stellung als Staatsanwalt, aber ich kann in gewisser Weise verstehen, warum Ihr Mandant Ines Schneider umgebracht hat.« Bevor Linn etwas einwenden konnte, fügte er hinzu: »Sofern er es war, die

Unschuldsvermutung, ich weiß. Aber ich wollte eigentlich auf etwas anderes hinaus. Nämlich darauf, wie wir uns derzeit vorstellen, wie es zu dem Mord an Vanessa Beckmann gekommen sein könnte: Johann Haug also, der nur Ablehnung und Gewalt erfahren hat, sein ganzes Leben lang, konnte verständlicherweise nicht gut damit umgehen, wenn er von einem Mädchen, in das er verliebt war, abgewiesen wurde. Er wollte unbedingt Liebe, er ist Vanessa nachgelaufen, hat sie bedrängt, ihr Geschenke gemacht und sie nachts heimlich fotografiert, das wissen Sie ja bereits. Eines Tages hat er sie entweder vergewaltigt oder auf anderem Weg dazu gebracht, mit ihm zu schlafen. Davon wurde sie schwanger, was er erfahren haben muss. Und in diesem Moment hat er Panik bekommen. Er war offenbar immer noch zutiefst davon überzeugt, dass er böse ist und das Böse vererbt, verstehen Sie? Das musste er um jeden Preis verhindern.« Faber nahm seine Tasse hoch, trank aber nicht.

Linn wurde eiskalt. Ihr ging durch den Kopf, dass Haug ihr mehrfach erzählt hatte, er wolle nie Kinder haben, er wolle derjenige sein, mit dem die Heitzhofsippe aussterbe. Ihr Magen begann dumpf zu schmerzen. »Und Sie glauben, er musste sein Baby töten, damit das Böse nicht weitervererbt wird?«, ergänzte sie Fabers Ausführungen.

»Deshalb musste Ihr Mandant das Baby töten, ganz genau. In seiner perversen Logik hat er damit etwas Gutes getan. Er hat die Welt vor seinem Nachkommen geschützt, der ansonsten auch ein Mörder geworden wäre.«

Götz stieß mit einem pfeifenden Geräusch Luft aus. »Das ist vollkommen krank!«

Faber nickte. »Es kommt leider vor, dass aus Opfern Täter werden. So einen Fall haben wir hier. In seiner verqueren Welt hat Haug wahrscheinlich Vanessa die Schuld an der ganzen Sache gegeben, deshalb die Wut, mit der er auf sie eingedroschen hat.«

»Ich … ich kann mir das nicht vorstellen«, sagte Linn. Sie hatte mit Haug gesprochen. Wenn er so etwas getan hätte, hätte sie das doch merken müssen. Ihr wurde im gleichen Moment klar, wie naiv es war, so zu denken. »Warum … warum hätte er Vanessa ausweiden sollen? Ich meine, selbst wenn es so wäre, wie Sie gesagt haben und er die Welt vor seinem Kind schützen wollte, hätte es nicht gereicht, wenn er Vanessa getötet hätte? Damit wäre doch auch das Baby tot gewesen«, fuhr sie fort.

Faber nickte erneut. »Das sollte man meinen, aber es ging ihm wahrscheinlich im Wesentlichen um das Ungeborene. Wir vermuten, dass er dessen Körper vernichten wollte. Er glaubt an diese Geschichten, dass Tote wiederkommen und ihre alten Körper bewohnen können, wenn man sie nicht verbrennt.« Faber hatte Schweißperlen auf der Stirn. »Haug hatte überragende Kenntnisse in Anatomie, und deshalb wusste er, wie er das Ungeborene entfernen konnte. Später hat er die Leiche dann so hingelegt, als sei ein Jäger am Werk gewesen, vermutlich um die Spur auf jemand anderen zu lenken.« Er brach ab.

Linn fühlte sich elend. Ihr Mandant hatte ihr von den nicht verwesenden Leichen und dem Raunachtreigen erzählt. Es konnte sein, dass Fabers Annahmen stimmten. Trotzdem musste sie versuchen, die Sache rational zu sehen. »Das sind aber alles nur Vermutungen«, wandte sie ein.

»Wir werden nie wissen, was genau an diesem Abend im Maar passiert ist, wenn Ihr Mandant nicht redet.« Der Oberstaatsanwalt machte eine kleine Pause, ehe er fortfuhr. »Vanessa hat nach den bisherigen Ermittlungen mit niemandem aus ihrem Umfeld über die Schwangerschaft gesprochen, vermutlich wollte sie geheim halten, dass sie den nächsten Erben des Heitzhofs in sich trägt. Aber vielleicht hat sie Haug davon erzählt, dem Vater des Babys, meinen Sie nicht? Vielleicht hat sie gehofft, dass er ihr Geld gibt, damit sie abhauen kann. Denn sie wollte schon länger aus Ochsenwang weg und etwas von der

Welt sehen. Vermutlich hat sie ihn erpresst. Sie schweigt über die Vergewaltigung, und er zahlt. Wir halten das im Moment für die wahrscheinlichste Alternative.«

»Aber Sie wissen nicht sicher, dass mein Mandant der Vater des Ungeborenen war.«

Faber schaute sie ernst an. »Wie gesagt, leider nein, Frau Dr. Geller. Da sämtliches relevantes Gewebe beim Ausweiden entfernt wurde, konnte damals kein Vaterschaftstest durchgeführt werden. Heutzutage gibt es zwar einen Test, bei dem am Blut der Mutter mit einer gewissen Wahrscheinlichkeit festgestellt werden kann, wer der Vater ihres ungeborenen Babys ist, aber den gab es 1995 noch nicht. Der Test ist sehr aufwändig, und im Moment sind wir dran, ihn an einer eingelagerten Blutprobe von Vanessa durchzuführen. Keine Ahnung, ob das Erfolg haben wird.« Er legte beide Hände mit den Handflächen nach oben auf den Schreibtisch.

»Der Stand der Dinge ist im Moment also, dass der Vater des Ungeborenen genauso gut jemand anders gewesen sein könnte«, warf Linn ein. »Ein verheirateter Mann vielleicht, der seine Affäre geheim halten wollte. Und selbst wenn mein Mandant der Vater war, heißt das noch lange nicht, dass er auch der Mörder ist. Was, wenn doch Leute aus diesem Dorf von der Schwangerschaft wussten? Was, wenn es nicht Haug war, der verhindern wollte, dass sich die ›Assos‹ vom Heitzhof weitervermehren?«

»Im Moment kann ich Ihnen da nicht sachlich widersprechen. Ich glaube einfach nicht, dass es so war.« Faber senkte den Kopf. »Wir werden Vanessa in Kürze exhumieren. Sobald das angesagte Fönwetter einsetzt. In dem Fall hat der Klimawandel mal eine positive Seite.«

»Von der Toten ist doch nach all den Jahren nichts mehr übrig, was soll das bringen?«, bemerkte Götz.

»Es könnte sein, dass sie bereits verwest ist. Aber die Chancen stehen gut, dass die Leiche noch intakt ist, meint die Rechtsmedizinerin. Vorherrschender Sauerstoffmangel in der Erde und zusätzlich noch ein Jugendsarg mit rosa Plastikbeschichtung. Wir erhoffen uns neue Erkenntnisse über den Tathergang, vor allem über das Ausweiden der Leiche, die uns auf die Spur des Täters führen könnten. Es gibt einiges, was man selbst bei so einer alten Leiche noch feststellen könnte.«

Es war lange still. Linn verdrängte den Gedanken an Fettwachsleichen, deren Fotos sie bei einer Vorlesung während ihres Studiums gesehen hatte.

»Ich sehe keinen anderen Weg, als wegen der fehlerhaften Durchsuchung vor Gericht zu gehen«, sagte sie schließlich tonlos. »Wir wissen noch nicht, ob mein Mandant der Täter war. Abgesehen davon haben auch Schuldige ein Recht auf ein faires Verfahren, und wir sollten zudem bedenken, dass er jahrelang auf freiem Fuß war und niemand zu Schaden kam.«

»Das Problem, Frau Dr. Geller, ist, dass wir eben gerade *nicht* wissen, ob er in den letzten Jahren nicht doch jemanden umgebracht hat. Vergessen Sie nicht, dass die Fälle, die wir im Moment bearbeiten, nur die Spitze des Eisbergs sein könnten. Wir sind dabei, unsere ungeklärten Mord- und Vermisstenfälle durchzugehen.«

»Und?«

»Bisher noch nichts. Aber es gibt trotzdem etwas, das der Causa Haug eine besondere Brisanz verleiht.« Faber schob seine Brille nach oben, seine Bewegung wirkte fahrig. Linns Anspannung wuchs.

»Unsere Kriminalpsychologin meint, Haug würde vermutlich nur in bestimmten Situationen zum Täter werden«, fuhr Faber fort. »Wenn er zum Beispiel viel Stress hat. So etwas ist möglich. Leute, die jahrelang vollkommen unauffällig leben, und nur dann … Im Moment besteht jedenfalls eine Hochrisikosituation wegen Nora Kleinmann.«

»Wer ist Nora Kleinmann?«, fragte Götz.

»Die Exfreundin von Johann Haug. Sie hat ihn vor ein paar Tagen verlassen, nachdem wir sie befragen mussten. Sie wusste von der ganzen Geschichte mit Vanessa Beckmann und Ines Schneider nichts. Sie meinte, sie habe sich zwar in Haug verliebt, aber er sei in manchen Punkten ziemlich seltsam gewesen. Es war für sie offensichtlich *nicht* unvorstellbar, dass ihr Lebensgefährte ein Mörder sein könnte.« Faber rückte wieder seine Brille zurecht. »Nora Kleinmann ist schwanger«, sagte er.

Linn fiel der Stift aus der Hand. »Von Haug? Und er weiß davon?«, fragte sie. Ihr Mandant hatte von einer Schwangerschaft nichts erwähnt.

Faber nickte. »Von Haug, ja. Wir gehen davon aus, dass er es weiß. Und dass er ähnlich darauf reagieren wird wie bei Vanessa Beckmann. Dass er das Kind wieder töten muss. Die Situation ist auch deshalb besonders gefährlich, weil Ihr Mandant wegen der U-Haft bestimmt angeschlagen ist«, fuhr Faber ungerührt fort. »Was glauben Sie, wird er tun, wenn ihm seine schwangere Exfreundin nach seiner möglichen Entlassung über den Weg läuft?«

»Woher soll ich das wissen? Wir wissen doch nicht einmal, ob er überhaupt der Vater von Vanessas Baby war und was sich damals abgespielt hat«, erwiderte Linn leise. Ihr Magen schmerzte. »Sie müssen Nora Kleinmann eben schützen, bis Schuld oder Unschuld meines Mandanten von einem Gericht festgestellt wurde.«

»Schützen.« Faber schnaubte.

»Haug sitzt im Moment unrechtmäßig im Gefängnis, und es ist noch nicht erwiesen, dass er die Taten begangen hat.« Linns Stimme klang deutlich fester, als sie sich fühlte.

»Doch, ich halte es für erwiesen.« Fabers Stimme wurde laut. »Frau Dr. Geller, ich habe das Gefühl, Sie verschließen die Augen vor den Tatsachen. Ihr Mandant ist ein bestialischer Mörder. Und zwar ein sehr kluger. Dass wir ihn jahrelang nicht fassen konnten, spricht für seine Intelligenz und seine Kaltblütigkeit. Das ist eine Tatsache. Alles andere sind doch nur theoretische Überlegungen. Hätte, könnte, alternative Tatverdächtige, ordnungsgemäß erlangte Beweismittel, das Recht auf bestmögliche Verteidigung, die Feststellung der Schuld durch ein Gericht. Das ist alles schön und gut, aber hier haben wir einen Fall…«

»Gerade in einem Fall wie diesem ist es wichtig, dass der Rechtsstaat sich bewährt. Ich glaube, *Sie* verschließen die Augen vor den Tatsachen. Ich werde meinem Mandanten helfen. Das ist mein Job.«

»Sie wollen ihn aus der U-Haft holen? Auch wenn er schuldig ist?« Fabers Stimme wurde schärfer. »Wenn Ihr hehrer Glaube an den Rechtsstaat einer weiteren schwangeren Frau das Leben kostet? Auch dann?«

»Ich weiß leider noch nicht, ob er wirklich schuldig ist, verdammt noch mal! Das hat ein Gericht zu entscheiden.« Ihre Stimme war schrill. Sie war sich doch selbst nicht sicher, was das Richtige war. Ob sie mit ihrem Tun Leute in Gefahr brachte.

Faber zeigte mit dem Zeigefinger auf sie. »Sie lügen sich etwas in die Tasche.«

»Lassen Sie bitte die Unverschämtheiten«, mischte sich Götz ein. »Meine Kollegin hat vollkommen recht.«

»All Ihre Bemühungen werden sowieso nichts nützen. Sie haben das vollständige Beweismaterial doch noch gar nicht gesehen, aber ich, ich habe es gesehen. Und es überzeugt mich zu hundert Prozent. Und ein Gericht wird es auch überzeugen. Ein paar Tage nach einer möglichen Freilassung haben wir neues, legales Beweismaterial beisammen, und er fährt wieder ein.«

»Warum brauchen Sie ein paar Tage, wenn die Sache so hundertprozentig sicher ist?«, konnte sie sich nicht verkneifen zu fragen.

Faber ging nicht darauf ein. »Das Einzige, was Sie erreichen, ist, einen Psychopathen für bestenfalls ein paar Tage aus der U-Haft zu holen, eine Schwangere in Lebensgefahr zu bringen und eine teure Nonstop-Überwachung durch die Polizei zu veranlassen. Und einer jungen, sehr erfolgversprechenden Staatsanwältin, die einen Anfängerfehler gemacht hat, die Karriere zu zerstören. Ich zeige Ihnen jetzt mal was.« Er wurde immer wütender, das hörte sie. Er holte aus seiner Tasche, die am Fuß seines Stuhls stand, eine dünne Akte heraus. »Damit«, er knallte ein großes Foto eines verrosteten Hammers auf den Tisch, »hat Ihr Mandant eine Neunzehnjährige erschlagen. Und mit so einem ähnlichen Ding«, er holte ein weiteres Foto heraus, ein Jagdmesser, »hat er sie ausgeweidet. Und das hier«, ein weiteres Foto, es zeigte ein Stück Plastik in einer Beweismitteltüte, »dürfte ein Stück der Plastiktüte sein, mit der er Vanessas Gedärme und den Fötus weggebracht hat, um alles zu verbrennen. Ihr Mandant war der einzige ›Jäger‹, der in einer Werkstatt gearbeitet hat, in der Siegle-Werkzeug verwendet wurde.« Er fuhr sich über die Stirn, die vor Schweiß glänzte. »Das hier«, ein weiteres Foto, »ist der Pen, mit dem Ihr Mandant seine alte Pflegemutter zu Tode gespritzt hat. Er war es, akzeptieren Sie es doch einfach!« Er schaute Linn an, er war vollkommen überzeugt davon, dass ihr Mandant der Täter war, das spürte sie. Es machte ihr Angst. Wenn Faber recht hatte und sie den Mann rausholte … tat sie nur, was sie tun musste. Das Richtige. Aber das Richtige fühlte sich nicht ganz richtig an.

»Ich würde Ihnen gerne entgegenkommen, Ihnen einen Deal anbieten, aber bei einem Mord ist das schwierig, das wissen Sie«, fuhr Faber wieder ruhiger fort. »Wenn das Gesetz vorsieht, dass Ihr Mandant als Mörder bestraft wird, dann muss er natürlich auch als Mörder bestraft werden, da kann man nicht daran rütteln. Und das ist auch richtig so. Ich meine, er ist gefährlich und würde es auch bleiben, wenn er in ein paar Jahren schon wieder in Freiheit käme. Ich stehe also mit leeren Händen vor Ihnen und kann nur an Ihre Vernunft appellieren.«

Wieder war es eine Weile still, man hörte nur das Knirschen des Stuhls, als sich Götz bewegte.

Schließlich brach Linn die Stille. »Ich habe geschworen, meine Pflichten als Anwältin gewissenhaft zu erfüllen. Ich bin Haugs Verteidigerin, und ich werde tun, was notwendig ist, um ihn bestmöglich zu verteidigen. Wenn die Ermittlungsbehörden ihre Arbeit anständig gemacht hätten, dann stünden wir jetzt nicht hier.« Sie wünschte sich, die Polizei und die Staatsanwaltschaft hätten nicht ihr eine Entscheidung aufgebürdet, die sie nicht tragen wollte.

Faber zuckte mit den Schultern. »Wir stehen jetzt aber hier«, sagte er. »Und wenn Ihr Mandant Nora Kleinmann umbringt, dann wird das allein Ihre Schuld sein.«

21

Nachdem Linn zu Bett gegangen war, hatte sie stundenlang wachgelegen und sich hin und her gewälzt. Sie hatte zwei Optionen, und beide waren beschissen. Sie konnte entweder ihren Mandanten, den Rechtsstaat und ihre Überzeugung verraten oder eine Schwangere möglicherweise in Lebensgefahr bringen. Als sie schließlich aufstand, konnte sie nichts frühstücken, weil ihr so schlecht war. Sie trank einen Tee und fuhr dann ins Gefängnis, um mit Haug zu sprechen.

Zwei Stunden später saß sie ihrem Mandanten in einem überheizten Besprechungsraum gegenüber. Die Luft war erfüllt von einem zwiebeligen Geruch nach Linsensuppe und beißendem Schweiß, der ihren empfindlichen Magen weiter reizte. Es war später Vormittag, draußen schien die Sonne.

»Was auch immer passiert ist, ich will jetzt endlich die Wahrheit wissen«, sagte sie.

Haug sah blass und kränklich aus, er schien keine Lust zu haben, mit ihr zu reden. Er schaute auf den Tisch.

»Hatten Sie je Sex mit Vanessa Beckmann?«

Ihr Mandant sah von der Tischplatte auf. »Spielt das eine Rolle?«

»Herr Haug, ganz ehrlich, ich hatte eine beschissene Nacht, und ich habe heute keine Lust auf solche Spielchen. Also entweder beantworten Sie meine Fragen, und zwar wahrheitsgemäß, oder ich gehe hier raus und komme nicht wieder, weil ich das Mandat dann niederlege.«

»Nein, hatte ich nicht.«

»Sie haben Sie also nicht vergewaltigt?«

Haug fuhr auf. »Was soll das? Natürlich nicht.« Er brach ab. »Ich habe noch nie eine Frau vergewaltigt«, fuhr er nach einer

Weile fort. »Ich will sie doch nicht zwingen, mit mir zu schlafen. Wenn, soll sie es doch freiwillig tun.« Er machte eine hilflos wirkende Geste mit der linken Hand. »Warum fragen mich alle, ob ich ein Vergewaltiger bin?«

»Weil Vanessa Beckmann schwanger war, als sie starb«, antwortete Linn.

Haug wurde totenblass, seine Hände zitterten. Tränen schossen ihm in die Augen. Er sah erschüttert aus. Linn war sich plötzlich ziemlich sicher, dass er von der Schwangerschaft noch nie etwas gehört hatte. Und das bedeutete, dass er Vanessa Beckmann nicht wegen des Fötus getötet haben konnte.

Jetzt schlug er die Hände vors Gesicht, rieb über seine Wangen, aus seinem Bauch kam ein knurrendes, tieftrauriges Geräusch. Pure Verzweiflung sprach aus seinen Augen, als er die Hände unter dem Tisch faltete und sie wieder ansah.

»Dann war also auch meine Beziehung mit Vani eine Lüge«, brach es aus Haug heraus. »Ich habe mich immer gefragt, was eine so tolle Frau an einem wie mir findet. Ich habe nie so ganz verstanden, dass sie etwas Liebenswertes in mir sieht, aber ...« Etwas in seinem Gesicht veränderte sich, seine Kiefernmuskeln mahlten angespannt. Blut schoss zurück in seine Wangen. »Vani hat mich also betrogen. Einer der wenigen Menschen, die ich je geliebt habe, denen ich vertraut habe, hat mich angelogen. Sie hat mich benutzt, weil sie da wegwollte.« Eine Träne rann aus seinem rechten Auge, lief über sein Gesicht und blieb im Mundwinkel hängen. Er wischte sie mit einer ungeschickten Handbewegung ab.

»Es tut mir leid«, sagte Linn.

»Mir auch«, sagte Haug. »Mir auch, verflucht.« Sein Blick wurde glasig, als sei er gedanklich nicht mehr da.

Linn wartete, bis sich ihr Mandant wieder gefangen hatte. Schließlich fragte sie: »Können Sie sich vorstellen, wer der Vater des Babys gewesen ist?«

Haug reagierte nicht. Sie fragte erneut. Jetzt schaute er sie an, als wache er aus einer Narkose auf und wisse für einen Moment nicht, wo er war, wer sie war und was er hier tat.

»Der Vater?«, murmelte er schließlich. »Ich bin es jedenfalls nicht.« Er schien nachzudenken, ziemlich lange. Dann sagte er: »Vani war kein einfacher Mensch. Sie hatte extreme Probleme in der Schule, sie musste zwei Klassen wiederholen und hat oft geschwänzt. Nicht weil sie dumm war, sondern weil sie sich schwer an eine Gruppe anpassen konnte. Freunde hatte sie auch fast keine, weil … Eigentlich weiß ich gar nicht, woran es genau lag. Sie war einfach kein Typ, der zu viel Nähe ertragen hat. Manchmal ist sie einfach abgehauen, war ein paar Tage spurlos verschwunden, und dann ist sie wieder aufgetaucht. Sie hat mir gesagt, dass sie Auszeiten von zu Hause braucht, sie hat ja immer noch bei ihrem Vater gewohnt, weil sie nicht genug Geld für eine eigene Wohnung hatte. Da hat es ziemlichen Zoff gegeben.« Er schüttelte den Kopf. »Ich war eifersüchtig wegen der Auszeiten, dachte, sie hat jemand anderen. Einmal bin ich ihr heimlich gefolgt. Sie ist zum Bahnhof gegangen. Ich habe nur gesehen, dass sie mit großen Scheinen bezahlt hat. Über hundert Mark. Was mich gewundert hat, sie hatte ja eigentlich nie Geld. Sie hat einen Zug in Richtung Interlaken genommen, aber ich weiß natürlich nicht, wo sie schließlich ausgestiegen ist, ob sie wirklich bis in die Schweiz gefahren ist. Was hätte sie denn in der Schweiz gewollt? Als ich sie eine Woche später gefragt habe, was sie auf dem Bahnhof gemacht hat und wo sie hingefahren ist, hat sie mich ganz traurig angeschaut. Sie hat nichts abgestritten, sie hat nur gemeint, es sei besser, wenn ich das nicht wüsste. Sie hat mir geschworen, dass es keinen anderen außer mir gibt, und ich habe ihr geglaubt. Wir hatten eine gemeinsame Zukunft geplant.« Haug schlug mit der Faust auf den Tisch. »Also hatte sie doch einen Typen! Eigentlich habe ich es immer geahnt. Ich bin so ein dummer Idiot. Ich wollte nur das Beste in ihr sehen. Wie blöd kann man denn sein?«

»Es ist nicht dumm, jemanden zu lieben und ihm zu vertrauen«, sagte Linn.

»Doch, ist es«, widersprach Haug. »Und ich habe den gleichen Fehler wieder gemacht. Nora ist genau wie Vani. Sie hört von irgendeinem dahergelaufenen Bullen, dass ich der Schlächter vom Maar bin und meine Pflegemutter umgebracht habe, und dann verpisst sie sich. Meinen Job habe ich übrigens auch verloren.« Er klang nicht aggressiv, nur traurig.

»Die Anschuldigungen gegen Sie sind ziemlich heftig, und ich denke, Ihre Freundin hat einfach Angst.«

Haug knibbelte an seinem Daumennagel. Lange sagte er nichts. Schließlich nickte er. »Aber ich war es nicht«, sagte er dann. »Ich war es nicht, verdammt noch mal. Ich bin unschuldig.«

Linn wusste nicht, was sie glauben sollte. Die Stimme ihres Mandanten hörte sich überzeugend an. Sie hätte ihn gerne gefragt, ob er von Nora Kleinmanns Schwangerschaft wusste, aber sie traute sich nicht, denn sie wollte es ihm nicht verraten, für den Fall, dass er bislang doch noch nichts davon wusste.

»Wen Vanessa bei den Auszeiten getroffen haben könnte, wissen Sie nicht?«, fragte sie stattdessen.

Haug schüttelte den Kopf.

»Haben Sie sonst noch eine Idee, wer als Vater des Babys in Frage kommen könnte?«

»Alex Brunner«, sagte er nach einer langen Pause. »Vani hatte in Ochsenwang keinen Kontakt zu Männern, jedenfalls, soweit ich das mitbekommen habe, nur zu Alex. Alex war Utes großer Bruder. Und Ute war eine Freundin von Vani, die einzige Freundin, die sie überhaupt hatte, soweit ich weiß. Vani hat mit den beiden Geschwistern ab und zu abgehangen. Auch eine der Sachen, von denen ihr Vater nichts geahnt hat.« Ein trauriges Lächeln erschien auf Haugs Lippen. »Alex ist viel älter als Vani, und er hatte damals eine feste Freundin, deshalb dachte ich …«

Haug schüttelte den Kopf. »Ich dachte, wenn Vani bei Ute und Alex war, wäre es nur ums Quatschen und Kiffen gegangen. Aber vielleicht … vielleicht hatte sie Sex mit ihm.« Haug schaute Linn hilflos an. »Eigentlich kann ich es mir nicht vorstellen, das sage ich Ihnen ganz ehrlich, nur jetzt, wo ich weiß, dass sie schwanger war … ganz vielleicht ist Alex … der Vater ihres Babys.« Er stöhnte, als habe er körperliche Schmerzen. »Ich … Mir ist nicht gut. Können wir für heute aufhören?«

Linn nickte, auch wenn sie nicht sonderlich begeistert war. »Ich würde Sie dann in den nächsten Tagen noch einmal anrufen.«

»Warum?« Haug holte Luft, er klang, als sei er am Ersticken.

»Wir müssen noch einmal durchgehen, was Sie an dem Abend und in der Nacht getan haben, als Vanessa Beckmann starb. Wo Ihr Trainingsanzug ist und so. Und auch den Tod Ihrer Pflegemutter …«

Ihr Mandant stützte sich von seinem Stuhl hoch. Taumelnd ging er zur Tür. Hielt sich am Rahmen fest. Blieb eine Weile so stehen. »Jetzt verstehe ich es«, murmelte er plötzlich, seine Stimme war wieder ruhiger, auch wenn sein Gesicht immer noch totenblass war. »Jetzt wird mir alles klar.«

Linn sah ihn fragend an.

»Vani hat etwa eine Woche vor ihrem Tod ein paarmal mit meiner Oma Luise geredet. Da hatte sie auch ihre Mütze vergessen, die Mütze, die man bei mir gefunden hat. Luise war Hebamme und hatte auf dem Heitzhof eine kleine Praxis, aber das habe ich Ihnen glaube ich schon erzählt. Meine Oma hat mir gesagt, dass Vani bei ihr gewesen ist, aber nicht, dass sie von einem anderen Mann schwanger war. Wieso hat sie den Mund gehalten?«

»Weil sie der Schweigepflicht unterlag?«

Haug knurrte. »Vielleicht hat meine Oma auch gedacht, dass man jemandem wie mir nicht trauen kann?« Er rieb sich über die Augen. »Nein, bei meiner Oma bin ich mir sicher. Da bin ich mir sicher. Sie hat mich gemocht. Sie hat mich bestimmt gemocht.« In seinen Augen war eine solche Enttäuschung und Trauer, dass Linn selbst ganz niedergeschlagen wurde.

»Das glaube ich auch«, sagte sie.

»Vielleicht können Sie es rausfinden«, murmelte Haug. »Rausfinden, ob meine Oma und Vani… Die alten Akten müssten noch im Keller sein. Im Heitzhof. Die Hebammenakten. Ich besorge Ihnen die Schlüssel. Wenn Vanessa bei meiner Oma war, weil sie schwanger war, dann hatte meine Oma garantiert eine Akte angelegt. Vielleicht steht da drin, wer der Vater war.«

Nachdem Linn in die Kanzlei zurückgekehrt war, brauchte sie noch eine Dreiviertelstunde, in der sie mit sich rang, bis sie den Antrag auf Haftprüfung endlich aufs Faxgerät legte und mit dem Vermerk *Eilt!* absendete. Sie war seltsam erleichtert, als das Faxgerät ihr die ordnungsgemäße Übertragung anzeigte. Sie tippte eine kurze Mail für Faber, um ihm die Gelegenheit zu geben, Nora Kleinmann den vielleicht notwendigen Schutz angedeihen zu lassen, auch wenn sie seit dem Gespräch mit ihrem Mandanten nicht mehr richtig glaubte, dass Haug von Vanessa Beckmanns Schwangerschaft überhaupt gewusst hatte.

In der Küche holte sie sich einen Grapefruitsaft und machte sich dann wieder an die Arbeit.

Alex Brunner, den Haug als möglichen Vater des Ungeborenen in Betracht zog, war Koch und Inhaber einer Kneipe mit dem Namen *Die goldene Gans* in Ochsenwang. Er war der Mann, der als einziger Ärger mit Christian Beckmann gehabt zu haben schien, und er stand auch auf der Jägerliste und hatte kein richtiges Alibi für den Abend, an dem Vanessa Beckmann gestorben war. Hatte Brunner vielleicht tatsächlich eine Affäre mit Vanessa gehabt und sie danach getötet, weil sie von ihm schwanger gewesen war? Linn schürzte die Lippen, schaute noch einmal in die Akte. Alex Brunner hatte damals ausgesagt, Vanessa *nicht sehr gut* gekannt zu haben. Am Abend ihres Todes sei er den ganzen Abend zu Hause gewesen, habe sich eine Fußballübertragung im Fernsehen angeschaut und zwei Bier getrunken. Später sei er auf dem Sofa eingeschlafen. Das war zwar nicht sonderlich verdächtig, aber definitiv kein Alibi.

Bei Linns Anruf in der *Goldenen Gans* wurde ihr mitgeteilt, dass Alex Brunner im Moment nicht zu sprechen sei. Daher rief sie zunächst seine Schwester und Vanessas ehemalige Freundin Ute Brunner an, eine Mundartdichterin, die in Heilbronn lebte. Ute Brunner war eine Frau mit einer tiefen, ruhigen Stimme und einem kaum hörbaren schwäbischen Akzent. Auf Linns entsprechende Nachfrage meinte sie nach kurzem Zögern, sie erinnere sich kaum noch an Johann Haug, den sie »Jo« nannte, »was auch an dem guten Gras gelegen haben könnte«. Die Frau lachte brummig. »Aber gekannt habe ich ihn natürlich schon. Früher ist Jo ab und zu mal bei uns zu Hause gewesen. Mein großer Bruder Alex fand es toll, dass Jo ihn vergöttert hat und so unangenehmen ›Spielrollen‹ wie Laub rechen und den Hof kehren, sprich Aufgaben meines Bruders, gerne übernommen hat. Reden Sie mal mit Alex, der hat Jo besser gekannt als ich.« Ute Brunner räusperte sich. »Nachdem Jo ins Heim gekommen ist, weil er Vani belästigt hat, da ist mein ohnehin nicht sonderlich enger Kontakt zu ihm abgebrochen. Alex hat ihn trotzdem noch manchmal getroffen.« Sie schluckte hörbar. »Es war so furchtbar, dass Jo Vanessa im Maar getötet hat. Ich habe nie verstanden, warum sie mitten in der Nacht in dieses gottverlassene Tal gegangen ist.« Die Mundartdichterin klang traurig. »Ich mochte Vanessa sehr. Sie war die Schwester, die ich gerne gehabt hätte.«

»Und Ihr Bruder? Mochte er Vanessa auch? Waren die zwei vielleicht mal zusammen?«

Ute Brunner wirkte erstaunt. »Um Gottes willen, nein, Frauen aus dem Dorf, das war Alex zu langweilig. Er hatte damals, wenn ich mich richtig erinnere, eine Freundin in Süditalien, eine ehemalige Austauschschülerin. Vanessa war auch gar nicht Alex' Typ, er steht auf sehr schlanke Frauen, und Vanessa war ja immer ein wenig … kräftiger. Aber auch von ihrer Seite war da kein Interesse. Es war nur Alex' Bong, die sie an ihm attraktiv fand. Und Bong ist jetzt kein Synonym für seinen Sie wissen schon.« Sie machte ein schnaubendes Geräusch.

»Wissen Sie, ob Vanessa mit jemand anderem zusammen war oder ob sie eine Affäre hatte?«, fragte Linn weiter.

Es war lange still, Ute Brunner schien zu überlegen. Schließlich sagte sie: »Ich habe eigentlich immer gedacht, Vanessa interessiere sich überhaupt nicht für Jungen. Für Mädchen auch nicht, aber das nur zur Ergänzung. Sie war in der Hinsicht nicht wie die anderen in ihrem Alter. Nur … Es ist lange her, aber wenn Sie mich jetzt so fragen … Vani ist manchmal für ein paar Tage weggefahren, in die Schweiz, nach … Ich bin mir nicht sicher, aber … ich glaube, es war Basel. Sie hat da einen Mann besucht. Ich dachte immer, dass der Typ nur ein entfernter Kumpel von ihr wäre und dass sie da nur hinfährt, um mal richtig saufen und in die Disko gehen zu können, ohne dass ihr Vater es mitkriegt. Ich meine, ihr Kumpel war mindestens zehn Jahre älter als sie. Aber vielleicht war da doch mehr, und ich war damals noch zu jung, um das zu kapieren. Der Typ hieß … Oh Gott, das ist wirklich verdammt lange her. Damals fand ich ihn auch ziemlich heiß, mit vielen Tatoos und Muskeln und einem Porsche … Bürstenhaarschnitt. Ein Soldat oder Bodyguard oder so. Der kam ursprünglich von hier, aber seinen Namen … Das gibt es doch gar nicht. Ich kannte ihn doch. Sein älterer Bruder hieß Faris und … Jaaaa!« Die Frau hatte so laut geschrien, dass Linn zusammenzuckte.

»Jetzt weiß ich es wieder«, sagte Ute Brunner triumphierend. »Hamid hieß er. Hamid Stöckle. Was für ein Name. Hamid klingt nach großer weiter Welt, finden Sie nicht, und Stöckle, das ist total kaffig. Seine Mutter kam aus irgendeinem arabischen Land, und dann hat sie Frieder Stöckle, den schon ziemlich betagten ersten Biobauern aus Ochsenwang, geheiratet, das war seinerzeit noch ein Skandal. Frieder ist irgendwann gestorben, und Faris hat das Geschäft nach seinem Tod weitergeführt, aber Faris ist vor ein paar Jahren bei einem Motoradunfall ums Leben gekommen, und vor Kurzem haben der Hof und der Laden dichtgemacht. Die Mutter ist weggezogen. Hamid war das einzige andere Kind vom alten Stöckle. Er hatte offenbar aber keine Lust, wieder nach Ochsenwang zurückzukommen. Was ich gut verstehen kann.«

Linns Puls ging ein wenig schneller. »Und Sie halten es für möglich, dass Vanessa Beckmann mit diesem Hamid Stöckle eine Affäre gehabt haben könnte?«

»Möglich wäre es.« Ute Brunner klang nicht überzeugt. »Vanessa hat allerdings nie etwas angedeutet, das darauf schließen ließ, dass Hamid mehr als ein Kumpel war. Vanessa war zudem ein schüchternes Mädchen. Wenn ich ehrlich bin, ziemlich verklemmt. Hamid war das genaue Gegenteil. Wie sollen die beiden denn …? Aber man weiß es nie, oder?« Linn hörte die Mundartdichterin traurig lächeln. »Nur eines ist sicher, es muss eine stressige Beziehung gewesen sein, wenn es denn eine war. Vanessa war immer sehr angespannt, wenn sie weggefahren ist. Ganz blass. Vielleicht bilde ich mir das auch nur ein, oder es war Vorfreude und Aufregung, ich weiß es einfach nicht mehr genau, es ist wirklich lange her, und ich war sehr jung. Reden Sie doch mal mit Hamid. Früher war er wie gesagt in Basel, wo er heute ist, keine Ahnung.«

»Das werde ich tun, vielen Dank.« Linn lehnte sich in ihren Schreibtischstuhl zurück und klemmte sich das Telefon ans andere Ohr. »Haben Sie das der Polizei erzählt?«

»Ich glaube nicht, nein. Ich wurde damals gar nicht danach gefragt. Warum? Glauben Sie, dass Hamid etwas mit Vanessas

Tod zu tun haben könnte?« Die Stimme der Dichterin klang jetzt aufgeregt.

»Ich habe keine Ahnung.«

»Wissen Sie, ich persönlich glaube nach wie vor, dass Jo der Mörder war«, fuhr Ute Brunner fort. »Das ganze Dorf glaubt das. Jo ist ein komischer Typ, ziemlich unheimlich, und seine Schwärmerei für Vanessa war krank. Der hat überhaupt nicht kapiert, dass sie ihn nur verarscht hat. Es war doch vollkommen klar, dass Vanessa einen wie den nicht toll finden kann.« Ute Brunner klang empört. »Ich denke, eines Tages hat er das verstanden, und dann ist ihm die Sicherung durchgebrannt.«

Linn drehte einen Kuli in ihrer Hand. »Kannten Sie eigentlich Vanessas Vater? Christian Beckmann?«

Ute Brunner sagte lange gar nichts. »Flüchtig«, murmelte sie schließlich. Ihre Stimme klang auf einmal seltsam belegt. »Er war … nett. Oh, und ich sehe gerade, es ist schon ziemlich spät, und ich muss gleich zu der Lesung einer Kollegin nach Stein am Rhein, also, wenn Sie keine weiteren Fragen haben, würde ich jetzt gerne losgehen.«

Nachdem Linn sich bedankt und aufgelegt hatte, fragte sie sich, ob sie sich den seltsamen Unterton in Ute Brunners Stimme nur eingebildet hatte und die Frau einfach plötzlich sehr in Eile gewesen war, oder ob die Mundartdichterin um jeden Preis hatte vermeiden wollen, über Christian Beckmann zu sprechen. Aber warum?

22

Nach dem Gespräch mit Ute Brunner versuchte Linn, Hamid Stöckle ausfindig zu machen. Nach zwei Stunden gab sie auf. Hamid Stöckle schien nicht zu existieren, jedenfalls nicht im Internet. Sie schickte eine Mail an die Staatsanwaltschaft mit der Bitte, Stöckle zu ermitteln, außerdem schrieb sie eine inoffizielle Mail an Harris mit dem gleichen Inhalt. Wenn sie Glück hatte, würde einer der beiden dem nachgehen. Ansonsten musste sie im Gerichtsverfahren einen Antrag stellen oder eine Detektei engagieren.

Später rief sie erneut bei Alex Brunner an. Diesmal hatte sie Glück und wurde durchgestellt.

»Habe die Ehre mit wem zu sprechen?« Der Mann am anderen Ende der Leitung klang freundlich und ein wenig aufgedreht. Im Hintergrund hörte sie Küchengeräusche, offensichtlich war Alex Brunner bei der Arbeit.

»Mein Name ist Linn Geller. Ich bin Anwältin und …«

»Die Anwältin also. Habe Ihren Anruf fast erwartet. Im Dorf redet man über nichts anderes mehr als über die Frage, ob Sie eine Heilige sind oder der Teufel.« Alex Brunner sprach genau wie seine Schwester mit dem harten, rollenden »R«, das das Albschwäbisch ausmachte. Statt »der« sagte er »dr« und statt »die« »d«, aber ansonsten war sein Dialekt ebenfalls schwach ausgeprägt, so dass sie ihn gut verstehen konnte.

»Dann wissen Sie ja, dass ich in den Mordfällen Vanessa Beckmann und Ines Schneider recherchiere«, fuhr Linn fort.

»Na klar«, sagte der Mann. »Sie haben neulich schon mit meiner Frau gesprochen. Wir leben in der gleichen Straße wie die Ines. Das Haus an der Wendeplatte.« Er hustete. »Ich finde es super, dass Sie dem Jo, ich meine, dem Herrn Haug, helfen.

Der hat niemand getötet. Habe ich noch nie geglaubt. Eine arme Sau ist das.«

Linn lehnte sich in ihren Schreibtischstuhl zurück. »Sie halten meinen Mandanten für unschuldig?«

»Der Jo, also der Herr Haug, war schon immer ein seltsamer Vogel, aber nicht bösartig. Der hatte ein paar Vorstrafen, aber mal ehrlich: Das waren Sachbeschädigungen, und ab und zu hat er sich mal geprügelt. Wenn man jung ist, macht man Blödsinn. Haben wir alle gemacht. Ist scheißlangweilig in so einem Kaff. Der Jo hat die Vani, die Vanessa, toll gefunden. Der hätte ihr nie was getan. Er hat vielleicht davon geträumt, dass er und sie mal … Na, Sie wissen schon. Aber der Jo hatte einen ziemlich schlechten Ruf, als angehender Erbe des Heitzhofs, und Vanessa war ein Mädchen, die hat die Herkunft ihres Partners wichtig gefunden. Aber sie fand den Jo eindeutig nett. Die hatte keine Angst vor ihm. Das haben die Leute im Nachhinein erfunden.« Im Hintergrund klapperte es gedämpft. »Der Jo hatte eh ein Alibi für die Mordnacht. Seine Oma. Keine Ahnung, warum die schon wieder gegen ihn ermitteln.«

»Sie kannten Johann Haug gut?«

»Schon. Ich glaube, der hat mich für einen seiner Freunde gehalten. War ich irgendwie auch. Ist lange her.« Brunner machte eine kurze Pause. »Ich habe ab und zu für die Oma vom Jo die Obstbäume geschnitten oder das Gemüsebeet umgegraben. Frau Heitz hat gut bezahlt. Ich habe nicht auf dieses Geschwätz gehört, dass sie den bösen Blick hat. Ende des 20. Jahrhunderts glaubt man doch nicht mehr an den bösen Blick.« Seine Stimme klang herablassend.

»Und Vanessa Beckmann kannten Sie auch?«, fragte sie.

»Dieses Dorf ist so klein, da ist es schwierig, jemanden nicht zu kennen. Sie war außerdem öfter bei uns, die Vanessa. Eine Freundin von meiner Schwester.« Er zögerte kurz, dann fuhr er fort. »Ihnen als Anwältin kann ich das ja sagen, aber die Vani hat gerne mal einen Joint geraucht oder ein Pilzchen konsumiert. Ich damals auch, das gebe ich offen zu.« Die Erinnerung schien ihn zu belustigen. »Ist bereits verjährt, oder? Ich dachte als Jugendlicher immer, ich bin der Großkriminelle, wenn ich in einem dunklen Schuppen ein Gramm Gras gekauft habe.« Er lachte jetzt leise und ansteckend.

Sie musste auch schmunzeln. »Ja, diese Zeiten kenne ich.« Sie dachte an die Sozialsiedlung, in der sie aufgewachsen war, an düstere Flure voller Graffiti, in denen Typen, die sie damals cool gefunden hatte, jede Droge verkauft hatten, die man sich vorstellen konnte, dann schüttelte sie den Gedanken ab wie eine lästige Fliege.

»Darf ich fragen, ob Sie eine Beziehung mit Vanessa hatten?«

Sie hörte Brunner durchs Telefon lächeln, als er sagte: »Die war nett, aber überhaupt nicht mein Fall. Wir hatten nie was miteinander, nicht mal schnellen Sex. Der Jo war immer ein bisschen eifersüchtig auf mich, aber da gab es keinen Grund. Ich mochte die Vani echt, aber nicht so, wie er dachte.«

»Wissen Sie vielleicht, ob Vanessa Beckmann einen anderen festen Freund oder eine Affäre hatte?«

Brunner schien zu überlegen. »Nee, das glaube ich nicht«, sagte er. »Das hätte man mitbekommen.«

»Ihre Schwester meinte, vielleicht ein gewisser Hamid Stöckle?«

»Hamid?« Brunner lachte auf. »Das ist ja totaler Quatsch. Typisch meine kleine Schwester. Die hat aber auch gar nicht mitgekriegt, was läuft.«

»Warum?«

»Der Hamid war doch kein Typ für Romanzen. Der war Zuhälter. Frauen waren Geldanlagen für ihn. Ich will nicht fies sein, aber die Vani war keine Schönheit. Die wäre sowieso nie auf den Strich gegangen. Die war eher der brave Typ. Ganz ehrlich, ich glaube nicht, dass Vani mit Hamid mehr als zwei Worte gewechselt hat.«

»Haben Sie noch Kontakt zu diesem Hamid?«

»Seit Jahrzehnten nicht mehr. Wir waren nie besonders eng. Man kannte sich flüchtig vom Sehen, das ist alles. Ein Riesenschwätzer war das. Er ist irgendwann weggezogen, nach Österreich oder in die Schweiz. Bern, glaube ich, oder Wien.«

»Könnte es Basel gewesen sein?«

»Möglich.«

Linn machte sich ein paar Notizen, dann fragte sie: »Können Sie sich vorstellen, was Vanessa an dem Abend im Maar gemacht hat?«

»Keine Ahnung. Die mochte das Maar. Vielleicht hat sie einfach einen Spaziergang gemacht. Obwohl, mitten in der Nacht wäre das auch komisch. Grausig jedenfalls, dass Vani ausgerechnet da sterben musste. Und dann auch noch so.« Brunner klang traurig. »Das war nicht der Jo. Nie im Leben. Wissen Sie, der Jo war ein Opfer, kein Täter.« Er räusperte sich. »Man soll nicht schlecht über die Toten reden, aber die Ines war eine dumme Kuh. Keine Ahnung, wie oft der Jo in der Grundschulzeit weinend vor der Haustür stand, weil die Ines ihn rausgeworfen hatte. Meine Mutter hat ein paarmal die Polizei gerufen, weil der Jo an Winterabenden nur in einem T-Shirt bekleidet durch die Straße geirrt ist. Manchmal hat die Ines ihn eingesperrt. Man hat sein Weinen und Betteln bis nach draußen gehört. Echt herzlos. Aber die Ines hat es immer geschafft, alles wieder geradezubiegen. Ich glaube, die vom Jugendamt waren froh, dass jemand so ein schwieriges Kind wie den überhaupt aufgenommen hat.« Brunner räusperte sich erneut. »Die meisten anderen Nachbarn von Ines und Hans waren der Meinung, dass einer, der aus der Heitzfamilie kommt, gar nicht schlecht genug behandelt werden kann. Auch wenn der noch ein Kind ist. ›Sippenhaft‹, so hat Mutter das genannt. Der Jo hat sich nie gewehrt. Nur geheult hat er immer. Der hätte der Ines nie im Leben was getan, auch nicht als Erwachsener. Und der Vanessa auch nicht. Das ist einfach nicht seine Art.«

»Können Sie sich vorstellen, wer Ines Schneider umgebracht haben könnte? Oder Vanessa Beckmann?«

»Ich kann mir eigentlich nicht vorstellen, dass es jemand aus dem Dorf war. Höchstens …« Er zögerte. »Das hört sich pervers an, aber der Vater von der Vani …« Er brach ab.

Linn richtete sich in ihrem Schreibtischstuhl auf. »Christian Beckmann?«, hakte sie nach.

»Gewalttätiges, perverses Schwein«, knurrte Brunner.

»Über Christian Beckmann wollte ich sowieso noch mit Ihnen sprechen. Ich habe eine frühere Vernehmung von Ihnen gelesen, dass er Sie mal angezeigt hat, weil Sie ein paar Pillen dabei hatten, ist das richtig?«

»Ach, die alte Geschichte.« Brunner klang verächtlich. »Das mit den Drogen, das war eine winzige Sache. Ich war auf dem Weg zu einer Party und hatte ein bisschen Gras oder ein paar Pillen oder so dabei, er hat mich erwischt, ich habe vom Gericht ein paar Stunden gemeinnützige Arbeit bekommen. Das war nicht das Problem, nur …« Er atmete geräuschvoll aus und schwieg einen Moment, bevor er weitersprach. »Ich kenne den Christian von klein an. Der ist ein widerliches Schwein, egal, was alle sagen. Widerlich. Zum Glück kann er das Haus kaum noch ohne Begleitung verlassen. Ich hoffe, dass der bald stirbt. Ich habe selbst eine Tochter, und Typen wie der kotzen mich an. Die Vani musste ihm den ganzen Haushalt machen. Im Dorf wurde gemunkelt, naja, dass sie noch mehr für ihn tun musste, Dinge sexueller Art, verstehen Sie?«

Linn hielt die Luft an. »Inzest?«, fragte sie.

»Der Christian hatte nach dem Tod seiner Frau nie mehr eine Freundin. Der hat immer die Nähe zu Mädchen gesucht. Der hat freiwillig die Handballmanschaft von denen trainiert und so. Ich würde ihn umlegen, wenn er meinen Kindern zu nahe kommt.« Brunners Stimme wurde lauter. »Wissen Sie, der Christian hat immer total gestört darauf reagiert, sobald ein Junge Interesse an der Vani gezeigt hat. Besitzergreifend war der. Die Vani hat sich manchmal bei uns beschwert. Selbst meine Mutter, die wirklich das Gute in jedem gesehen hat, wollte, dass wir dem Christian fernbleiben, besonders meine kleine Schwester Ute. Seit die Ute zwölf oder dreizehn war, hat der Drecksack sie immer zum Eis essen und ins Kino eingeladen. Das ist doch nicht normal. Ich … ich habe einmal gesehen, wie er seine Hand auf den Oberschenkel meiner Schwester … Aber sie wollte nicht, dass ich es jemandem erzähle, deshalb habe ich … Scheiße, vielleicht hat das Schwein Vani umgebracht, und ich habe jahrelang geschwiegen und verhindert, dass er … Aber ich hatte Panik damals. Ich habe ihn nämlich ein paarmal auf meine Schwester angesprochen, habe gesagt, er soll sie in Ruhe lassen. Einmal, das war kurz vor Vanis Tod, ist er stinksauer geworden und hat mich angeschaut, als ob er mich umbringen will und … Jedenfalls hat er gesagt, wenn ich irgendjemand solche Lügen über ihn erzähle, dann wird er dafür sorgen, dass seine Polizistenkollegen nicht nur ein paar Pillen, sondern kiloweise Kokain bei mir zu Hause finden, und dann wird das ein bisschen anders laufen als nur gemeinnützige Arbeit. Total gestört war das. Ein widerlicher Typ. Ich habe das Maul gehalten. War nicht besonders toll von mir. Meine Schwester hat er danach aber wenigstens in Ruhe gelassen. Aber sprechen Sie Ute bloß nicht auf das Thema an. Da wird die aggressiv.« Brunner verstummte.

Hatte Alex Brunners Schwester deshalb nicht mit ihr über Beckmann reden wollen, weil er sie als Kind missbraucht hatte? Aber hätte sie ihn dann bei ihrem Telefonat vorhin als »nett« bezeichnet?

»Hat Vanessa etwas über einen Missbrauch angedeutet?«, wollte Linn wissen.

Brunner räusperte sich, zögerte. »Nein, nicht wirklich, nein, nur dass ihr Vater so besitzergreifend war. Selbst als die schon volljährig war, hat er irgendwie verhindert, dass sie sich eine eigene Wohnung sucht. Sie war richtig eingeschüchtert von ihm.«

»Gibt es jemand, der etwas darüber wissen könnte, ob Vanessa Beckmann von ihrem Vater missbraucht wurde?«, fragte Linn schließlich.

Brunner schien zu grübeln. »Höchstens Ines Schneider«, sagte er schließlich, »aber die ist ja auch tot. Irgendwie praktisch für den Christian, finden Sie nicht?«

Linn stockte der Atem. »Ines Schneider?«

»Der Christian kann ein umgänglicher Typ sein, viele mögen ihn, aber es gibt kaum jemanden, der eng mit ihm befreundet ist oder war. Die Ines war eine der wenigen. Nach Vanis Tod hat sie ihn regelrecht verhätschelt«, erzählte Brunner. »Als die jetzt diesen Hammer, oder was das genau war, gefunden haben, die Waffe, mit der der Jo die Vani erschlagen haben soll … Naja, es war ein paar Wochen danach, da bin ich unsere Straße entlanggelaufen. Die Ines und der Christian haben gestritten. Also den Streit habe ich nicht richtig mitbekommen, aber der Christian ist ganz aufgebracht aus Ines' Haus gekommen. Seine Hand hat so gezittert, dass er kaum das Gartentor aufbekommen hat. Die Ines hat ihm nachgeschrien, dass sie ›es‹ weiß, dass er ›die gleiche Schuld wie sie‹ auf sich geladen hat, keine Ahnung, was das bedeuten sollte, und dass ›nur sie ihn wirklich verstehen kann‹. Die Ines hat ihm über den Zaun nachgebrüllt, dass er ›doch gar nicht wisse, was richtige Frauen brauchen‹. Allerdings kann ich nicht sagen, ob die Ines damit gemeint hat, dass der Christian auf Kinder steht, oder ob die etwas anderes sagen wollte.« Brunner räusperte sich. »Ich glaube nämlich, dass die Ines und der Christian, wenn der Hans nicht da war … naja, dass die zwei gevögelt haben. Jedenfalls, als sie jünger waren. Vielleicht hatte ihr Wutausbruch auch damit zu tun. Kurz danach ist die Ines jedenfalls gestorben.«

Nach dem Telefonat saß Linn lange Zeit wie versteinert da. Das, was sie gerade erfahren hatte, war ungeheuerlich und gab dem Fall eine vollkommen neue Wendung. Wenn dieser Brunner recht hatte und Christian Beckmann seine Tochter missbraucht hatte, war es möglich, dass sie von ihm schwanger gewesen war. Und wenn das der Fall war und sie vielleicht vorgehabt hatte, ihn anzuzeigen, dann hatte Christian Beckmann ein verdammt gutes Motiv für den Mord an seiner Tochter. Und auch dafür, den Fötus und damit jeden Hinweis auf seine Vaterschaft zu entfernen. Falls Ines Schneider davon gewusst hatte, dann war es durchaus möglich, dass er auch Ines Schneider getötet hatte.

Und überhaupt, was war eigentlich mit Ines Schneider? Sie kannte sich ebenfalls mit Anatomie aus und hatte kein Alibi für die Nacht, in der Vanessa Beckmann gestorben war.

Was, wenn Ines Schneider tatsächlich in Beckmann verliebt gewesen war? Wenn die beiden eine Affäre gehabt hatten? War es möglich, dass eine erwachsene Frau eifersüchtig auf die missbrauchte Tochter ihres Liebhabers gewesen war? So eifersüchtig, dass sie die Konkurrentin hatte umbringen und deren Baby entfernen wollen? Linn konnte und wollte sich das eigentlich kaum vorstellen. Aber wenn Ines Schneider die Mörderin von Vanessa Beckmann gewesen wäre, wäre das eine Erklärung dafür, dass sie immer so darauf beharrt hatte, dass ihr Pflegesohn der Mörder gewesen war. Und es wäre auch eine Erklärung dafür, dass Haug vermutet hatte, dass seine Pflegemutter etwas über den Mord an Vanessa gewusst hatte. Linn strich sich mit der Hand über den Kopf. Und wenn Haug herausgefunden hatte, dass seine Pflegemutter Vanessa getötet hatte, die Frau, die er geliebt hatte … Dann gab ihm das leider ein ziemlich gutes Motiv für den Mord an seiner Pflegemutter.

Aber auch für Christian Beckmann wäre das ein Grund, Ines Schneider zu töten.

Linn holte sich den Autopsiebericht von Vanessa Beckmann

und die Zusammenfassung der Tatortrekonstruktion. Der Täter hatte im Stehen auf die sitzende Vanessa eingeschlagen. Er musste den Spuren zufolge mindestens einen Meter achtzig groß gewesen sein. Und sehr stark, der Tiefe und Gewalt der Hammerschläge nach zu urteilen. Es wurde angenommen, dass der Täter ein Mann gewesen sein musste.

Ines Schneider war relativ klein gewesen, einen Meter sechzig nur. Und zierlich. Selbst wenn sie 1995 dicker und kräftiger gewesen wäre, war es wohl nicht möglich, dass sie die Mörderin von Vanessa Beckmann war. Das war sowieso ziemlich weit hergeholt gewesen. Linn legte die Blätter wieder beiseite.

Blieb Christian Beckmann.

Noch einmal dachte sie an das Gespräch mit Alex Brunner. Um was konnte es bei dem Streit zwischen Ines Schneider und Beckmann gegangen sein? Die »gleiche Schuld«, was konnte damit gemeint sein? Kindesmissbrauch? Hatte Ines Schneider Johann Haug missbraucht? War sie deshalb so oft bei der Ruine der Sünderkapelle gewesen?

Leider gäbe auch das ihrem Mandanten ein Motiv, seine Pflegemutter umzubringen.

23

Der Haftprüfungstermin in der Sache Haug fand im spärlich eingerichteten und mit gelblichen Neonröhren beleuchteten Arbeitszimmer von Richter Westermann statt. Der ältere Richter, den Linn aus früheren Verfahren kannte, war trotz der aufgeladenen Stimmung im Raum vollkommen gelassen. Er hörte sich zuerst geduldig an, wie Linn erläuterte, dass der Durchsuchungsbeschluss ihrer Ansicht nach rechtswidrig gewesen war, weil ihr Mandant zum damaligen Zeitpunkt keiner Straftat verdächtig gewesen war, dass deshalb auch keiner der gefundenen Beweise hätte verwendet werden dürfen und somit der Haftbefehl ebenfalls rechtswidrig war. Sie beendete ihren Vortrag mit den Worten, dass sie nach einem so unvorstellbaren Verhalten der Polizei erhebliche Zweifel am Ergebnis der gesamten Ermittlung habe und dass sie nicht wisse, welchen Beweisen man überhaupt noch trauen könne.

Nachdem Linn geendet hatte, legte der Richter die Stirn in sorgenvolle Falten und bat Rösch, seine Version der Ereignisse zu schildern.

Rösch stellte seine gegenteilige Geschichte sehr geschickt dar, wie Linn ihm zugestehen musste. Er sei bei Ines Schneiders Tod zunächst von einem natürlichen Tod ausgegangen, nicht von einem Tötungsdelikt, obwohl der Zeuge Beckmann ihm erzählt habe, dass Haug kurz vor deren Ableben bei seiner Pflegemutter zu Besuch gewesen sei. Allein das zeige doch seine Unvoreingenommenheit. Hätte er Haug etwas anhängen wollen, dann hätte er ihn doch gleich wegen eines konstruierten Verdachts verhaften lassen! Selbstverständlich habe er das aber nicht getan. Er habe allerdings gewusst, dass Haug ein notorischer Dieb sei, und deshalb sei er gleich mit dem Ehemann der Toten die Orte abgegangen, an denen sich die Wertsachen befanden. Aus diesem Grund sei der Diebstahl des Hochzeitsschmucks auch so schnell aufgefallen. Der Rechtsreferendar Seibold sei verständlicherweise von seiner ersten Leiche vollkommen verstört gewesen, da sei es ganz normal, dass er Dinge überinterpretiere.

Angespannt wartete Linn darauf, dass Seibold ins Zimmer gerufen wurde. Sie lächelte ihm aufmunternd zu, als er zögerlich und leicht gebückt den Raum betrat. Der Referendar, heute in Anzug und Krawatte, räusperte sich mehrfach, bevor er zu sprechen begann. Seine Stimme klang kraftlos, und er näselte stark. Aber er redete, sogar noch mehr als bei seinem Gespräch mit Linn. Er habe gehört, dass Rösch und Beckmann leise ausgemacht hätten, dass es nicht schaden könne, wenn bei Haug durchsucht würde, obwohl überhaupt kein Grund für eine Durchsuchung bestehe. Man müsse einen Grund bei dem Drecksack eben schaffen, habe Herr Rösch angemerkt. Herr Rösch sei daraufhin ins Bad gegangen, während Herr Beckmann im Flur bei der Eingangstür gewartet habe. Herr Rösch habe Herrn Beckmann beim Rausgehen kurz zugenickt. Später habe Herr Rösch Herrn Schneider ins Bad mitgenommen und ihn gefragt, ob denn im Bad nicht Schmuck gelegen haben könnte und ob alles noch da sei.

Der Richter fragte mehrfach nach, auch Oberstaatsanwalt Faber fauchte hin und wieder eine Frage in Seibolds Richtung. Der Referendar blieb zu Linns Erleichterung jedoch bei seiner Geschichte, auch wenn er am ganzen Körper zitterte.

Hans Schneider, der ebenfalls aussagte, behauptete, er sei ins Bad gegangen und habe das Fehlen des Schmucks bemerkt. Ihm sei weiter nichts aufgefallen. Er sei sich ganz sicher, dass sein Pflegesohn die Gegenstände gestohlen habe.

Röschs Kollegin Filbinger äußerte sich nicht ganz so eindeutig wie der Referendar, aber auch sie deutete an, dass »bei einer unklaren und unübersichtlichen Ausgangssituation etwas schiefgelaufen sein könnte«, wenn »auch sicherlich nicht mit Absicht«.

Linn, Faber und der Richter stritten nach Seibolds und Filbingers Aussage eine Weile über die Voraussetzungen für den Erlass eines Durchsuchungsbeschlusses, über die Auslegung des Begriffs »Anfangsverdacht« und darüber, ob die gefundenen Beweise trotzdem im Verfahren verwertet werden durften oder nicht, danach übernahm Westermann das Wort. »Möchten Sie auch noch etwas sagen?«, fragte er Haug, der den Kopf schüttelte. Linn hatte mit ihm vereinbart, dass er sich nicht äußern würde. Seine mit Handschellen an den Tisch angeschlossenen Hände bewegten sich fahrig hin und her und verursachten ein metallisches Klappern.

Der Richter nickte ernst und sortierte den Papierstapel, der vor ihm auf dem Tisch lag. Schließlich sagte er: »Ich war nicht dabei, weder, als Frau Schneider gestorben ist, noch in den Stunden danach. Und ich bin mir wohl bewusst darüber, dass Sie, Herr Haug, eine schwere Straftat begangen haben könnten. Einige Begebenheiten dieses Todesfalls sind schon äußerst merkwürdig. Der abgerissene Knopf und die Kampfspuren zum Beispiel, deren Existenz Sie, Herr Haug, ja der Polizei gegenüber selbst bestätigt haben. Die seltsame Einstichstelle am Rücken der Toten. Allerdings teile ich Frau Dr. Gellers Ansicht, dass alle bei der Durchsuchung gefundenen Beweise nicht verwertet werden durften und dürfen.«

Linn, die gerade etwas hatte einwenden wollen, biss sich auf die Lippen und schwieg.

»Und auch wenn es sehr unwahrscheinlich ist und es im Moment keine konkreten Anhaltspunkte dafür gibt, muss ich Frau Dr. Gellers Sorge ernst nehmen, dass weitere Beweise manipuliert sein könnten«, fuhr der Richter fort. »Das muss zunächst sauber aufgeklärt werden.«

»Das ist sauber aufgeklärt«, knurrte Faber.

»Ohne die bei der Durchsuchung gefundenen Beweise erkenne ich keinen dringenden Tatverdacht gegen Herrn Haug«, sprach der Richter ungerührt weiter und fixierte Oberstaatsanwalt Faber, der ein »Das sehe ich vollkommen anders« schnaubte, ehe ihn Westermann mit einer Handbewegung zum Schweigen brachte. Dann wandte der Richter sich mit ernstem Blick Haug zu. »Für Sie, Herr Haug, bedeutet das, dass Sie aus der Untersuchungshaft freikommen. Aber«, er runzelte die Stirn, »es bedeutet keinen Freispruch, das wissen Sie, oder? Es bedeutet nur, dass *im Moment* kein dringender Tatverdacht gegen Sie besteht. Ob es zu einer Anklage gegen Sie kommt, sei es wegen des Todes von Vanessa Beckmann oder wegen des Todes von Ines Schneider, das ist damit nicht gesagt. Auch nicht, wie ein solches Verfahren ausgehen würde.« Er räusperte sich wieder. Faber packte bereits geräuschvoll seine Akten in die Tasche. Er kochte vor Wut, das sah Linn an seinen Bewegungen. Dass das Gericht alle gefundenen Beweise als fragwürdig ansah, war für die Staatsanwaltschaft der denkbar schlechteste Ausgang dieser Verhandlung, das war Linn klar.

»Ich kann Ihnen eines versichern, Herr Haug: Das Gericht wird zukünftig alle vorgelegten Beweise mehr als sorgfältig prüfen. Wir werden dafür sorgen, dass nur die Beweise Eingang in dieses Verfahren finden, die auf ordnungsgemäße Art und Weise erlangt worden sind.«

Wie genau das Gericht das anstellen wollte, sagte der Richter nicht, aber es war ein weiterer deutlicher Seitenhieb in Richtung der Ermittlungsbehörden. »Und ich erwarte von Ihnen, Herr Oberstaatsanwalt, dass Frau Dr. Geller zukünftig relevante Tatsachen zeitnah erfährt, damit sie ihren Mandanten anständig verteidigen kann.«

Faber knurrte. Er warf Linn einen Blick zu, als wolle er sie zu Stein erstarren lassen.

Der Richter hingegen nickte Linn zu, bevor sich alle erhoben und er den Haftbefehl aufhob.

Haug, der angespannt und mit rundem Rücken neben ihr stand, richtete sich ein wenig auf. Ein erleichterter Ausdruck erschien auf seinem Gesicht. Er berührte Linn mit einer linkischen Bewegung an der Schulter.

»Herzlichen Glückwunsch«, zischte Faber in ihre Richtung. Bevor er den Raum verließ, ging er dicht an ihrem Tisch vorbei und sagte leise: »Beten Sie, dass ich mich täusche und dass Ihre Unschuldsvermutung sich als richtig erweist. Beten Sie. Und Sie«, er wandte sich an Haug, »bleiben bitte in der Gegend. Keine Auslandsreisen oder so. Sie sind für uns nach wie vor Beschuldigter in zwei Mordfällen. Daran hat sich nichts geändert. Aber nicht das Geringste.«

Einige Stunden später hatte Linn eine Besprechung mit dem aus der Haft entlassenen Haug. Diesmal in der Kanzlei. Götz hatte darauf bestanden, noch nicht nach Hause zu gehen, sondern im Nebenzimmer zu bleiben. Als Haug in die Kanzlei kam, betrunken und polternd, war sie ziemlich froh darüber. Sie machte starken Kaffee und nahm ihren Mandanten mit in ihr Büro. Er ließ sich unbeholfen auf einem ihrer Mandantenstühle nieder und warf dabei beinahe die Palme neben der Tür um. Seine ausgebleichte Jacke war zu groß und stand an den Schultern ab.

»Dass Sie mich rausgeholt haben, war nett von Ihnen«, sagte er mit schwerer Zunge. »Wenigstens ein Mensch, der keine Angst vor mir hat. Das bedeutet mir viel.« Er kramte lange in einer seiner Taschen. Schließlich knallte er einen schweren Schlüsselbund auf den Tisch. »Für den Heitzhof. Ich würde selbst hinfahren, aber Sie verstehen, dass das nicht gut wäre, die würden mich erschlagen. Grüßen Sie mir den Hof.« Er lehnte sich zurück. Der Mandantenstuhl knirschte gefährlich. »Vielleicht sind ja außer den Hebammenakten auch noch Tagebücher von Oma da. Vielleicht steht da was Nützliches drin. Sie hat viel mitgekriegt. Mir fällt nämlich langsam nichts mehr ein.« Der Alkoholgeruch, der sich wabernd immer mehr im Zimmer ausbreitete, raubte einem den Atem.

»Herr Haug, ich habe mit Alex und Ute Brunner geredet. Alex Brunner meinte, er habe keinen Sex mit Vanessa gehabt, und seine Schwester hat das auch so in Erinnerung. Natürlich weiß ich nicht, ob die beiden die Wahrheit sagen, aber ich hatte den Eindruck, dass es stimmt.«

»Ich glaube eigentlich auch nicht, dass Alex der Vater von Vanis Baby ist. Und ihr Mörder schon gar nicht. Alex war nur der Einzige, der mir auf die Schnelle eingefallen ist. Ich war immer ein bisschen eifersüchtig auf ihn, deshalb … Aber Alex ist ein anständiger Kerl. Vani hat manchmal mit ihm gekifft. Mehr nicht.«

Linn nickte. »Ute Brunner wusste aber von Vanessas ›Auszeiten‹, und sie hatte auch eine Idee, wen Vanessa Beckmann in der Schweiz besucht haben könnte. Haben Sie schon mal was von einem Hamid Stöckle gehört?«

»Hamid?« Haug schlug mit der Faust auf seinen Oberschenkel. Sein Gesicht sah erstaunt aus. »Klar. Mit dem saß ich mal zusammen im Jugendknast. Sein Vorstrafenregister war ungefähr dreimal so lang wie meins, der hatte schon alles gemacht, von Raub und Zuhälterei über Drogenhandel bis hin zu schwerer Körperverletzung. Vor allem Körperverletzungen, aber richtig krasse Sachen. Der ist ausgetickt, wenn man ihn nur schräg angeschaut hat. Komischerweise hat da niemand was von einem Verbrechergen gelabert. Aber Hamid kam ja auch aus einer Bilderbuchfamilie.«

Linn drehte den Stift in ihrer Hand. Dieser Hamid wurde immer interessanter. Sie musste unbedingt mit ihm reden. »Glauben Sie, Vanessa könnte Hamid besucht haben?«

Haug schüttelte langsam den Kopf, aber er wirkte unsicher. »Ich weiß nicht. Ich glaube, sie kannte ihn kaum, nur vom Sehen, und sie mochte ihn nicht, genauso wenig wie ich. Sie hat ihn einen aufgeblasenen, blöden Angeber genannt. Hamid ist irgendwann ins Ausland abgehauen, weil es in Deutschland einen Haftbefehl gegen ihn gab. Ich hatte danach nie mehr Kontakt mit ihm und Vani bestimmt auch nicht.«

»Sie wissen auch nicht, wo ich ihn finden könnte?«

Haug kratze an seinem Zeigefinger herum und schüttelte den Kopf. »Leider nein. Vielleicht ist er ja tot?« Er lächelte seltsam.

Linn verunsicherte dieses Lächeln ein wenig. »Warum glauben Sie das?«

»Schlechter Lebenswandel?«, entgegnete Haug mit aggressivem Tonfal. Er sah ihr nicht in die Augen.

Sie war mit dieser Antwort ganz und gar nicht zufrieden, ließ die Sache aber auf sich beruhen. Vielleicht war es sowieso besser, wenn sie nicht erfuhr, wie viele mögliche Tote es noch im Leben ihres Mandanten gab.

»Alex Brunner hat angedeutet, dass Christian Beckmann seine Tochter missbraucht haben könnte. Glauben Sie, da ist was dran?«, fragte sie stattdessen.

Haug faltete die Hände und bewegte einzelne Finger. Die Anschuldigung schien ihn nicht besonders zu überraschen, oder er hatte bereits so viel Alkohol intus, dass ihn gar nichts mehr überraschte. »Keine Ahnung«, sagte er schließlich. »Vani hat mir mal gesagt, wenn ich nachts draußen vor dem Fenster stehe und sie beobachte … Sie meinte, dann würde sie sich sicherer fühlen. Nicht so bedroht. Nur … sicherer.«

»Sie hatte Angst?«

»Vor dem dunklen Mann.«

»Könnte sie damit ihren Vater gemeint haben?«

Haug zuckte mit den Schultern. »Keine Ahnung. Ich dachte

immer, damit würde sie den Totenschäfer meinen. Ein Gruselmärchen, mit dem man früher Kindern gedroht hat, die nicht folgen wollten. Sie hat … Sie war in mancherlei Hinsicht ziemlich kindlich.« Er stützte sich mit beiden Händen am Tisch auf. Schaute sie mit seinem alkoholumnebelten Blick an. »Haben wir sonst noch was zu besprechen? Ich habe nämlich vor, meine Freilassung gebührend zu feiern. Ich werde mich ins Koma saufen und dann Nora, diese falsche Schlange …«

»Herr Haug«, unterbrach sie ihn, weil sie plötzlich einen eisigen Klotz im Magen verspürte, »Ihnen ist klar, dass Sie unter Beobachtung stehen, oder? In der nächsten Zeit dürfen Sie sich nichts zuschulden kommen lassen.«

Haug nickte und machte eine wegwerfende Handbewegung, als würde ihn das, was sie da erzählte, ziemlich langweilen.

»Ich rate Ihnen ganz dringend, sich von Ihrer Exfreundin fernzuhalten. Ihnen droht eine lebenslange Haftstrafe. Die Polizei hat Sie ständig im Blick, wenn jetzt etwas passiert …«

»Was sollte denn passieren?« Die Art, wie er sie anschaute, machte sie unruhig. Da war etwas in seinen Augen, etwas Seltsames, Reptilienartiges.

»Ich sage das nur, damit es Ihnen bewusst ist. Am besten wäre es, Sie würden auch endlich mit dem Trinken aufhören.« Ihre Stimme klang fest, aber sie fühlte sich aufgewühlt und ängstlich. »Wir müssen uns nach wie vor auf einen Gerichtsprozess vorbereiten«, fuhr sie fort. »Ich bin mir sicher, dass die Staatsanwaltschaft sowohl wegen Vanessas Ermordung als auch wegen des Todes von Ines Schneider in Kürze Anklage gegen Sie erheben wird.« Sie schaute ihrem Mandanten in die Augen. Sein Blick war starr und verschleiert, vermutlich vom Alkohol.

»Kann ich jetzt gehen?«

»Erst wenn ich noch ein paar Dinge von Ihnen erfahren habe, Herr Haug. Ich habe Sie rausgeholt, und jetzt würde ich gerne noch mal über den Fall Vanessa Beckmann mit Ihnen sprechen.«

»Sprechen wir da nicht schon die ganze Zeit darüber? Was wollen Sie denn wissen?«

»Was in der Nacht passiert ist, als Vanessa Beckmann gestorben ist. Was genau Sie gemacht haben, und warum Ihr Trainingsanzug verschwunden ist zum Beispiel.«

Haug schien sich zu winden. Der Stuhl knarrte. Eine Zeitlang sah er mit seinem vernebelten Blick aus dem Fenster. Die Dämmerung eines eiskalten, sonnigen Tages ging langsam in von Straßenlaternen erhellte Dunkelheit über. Es war nicht sonderlich warm in ihrem Büro, und Linn fröstelte.

»Haben Sie Bier hier?«, fragte ihr Mandant schließlich.

»Nein, tut mir leid. Also. Was war in der Nacht?«

Ihr Mandant kaute an seinem Daumennagel herum. Der Nagel war so klein, dass man ihn kaum noch erkennen konnte, um ihn herum entzündetes Nagelbett. »Sie werden mir das eh nicht glauben.« Sein Knie wippte nun wieder auf und ab.

»Versuchen Sie es mal.«

»Es spielt doch so oder so keine Rolle. Sie hat jemand anderen geliebt. Hat mit ihm ein Kind gemacht. Was für eine Rolle spielt das noch? Nora hat mich auch verlassen. Die einzigen guten Menschen verlassen mich. Also, am Arsch, es ist mir scheißegal. Ich will jetzt ein Bier. Feiern.« Er stand auf und wankte in Richtung Tür. Seine Schritte polterten durchs Treppenhaus, dann schlug unten die Tür zu.

Linn holte sich einen Grapefruitsaft aus der Küche und setzte sich wieder in ihren Schreibtischstuhl. Um sie herum roch es wie in einer abgesifften Bar um vier Uhr morgens. Sie hatte kein gutes Gefühl, was die Freilassung ihres Mandanten anging. Missbrauchs- und Mordverdacht gegen Beckmann hin oder her. Und auch wenn dieser Hamid Stöckle, sofern er noch lebte, möglicherweise ein weiterer Tatverdächtiger war. Hoffentlich würde Haug sich so betrinken, dass er nicht mehr in der Lage war, irgendetwas zu tun, außer zu schlafen. Und hoffentlich hatte Faber dafür gesorgt, dass Nora Kleinmann unter Polizeischutz stand.

24

Der ehemalige Bauernhof von Haugs leiblicher Großmutter war ein hässlicher, düsterer Klotz in der weißen Alblandschaft. Er lag auf einer kleinen Anhöhe, umgeben von verschneiten Wiesen. Götz parkte sein Auto in einer Ausbuchtung der Landstraße, da der Anliegerweg zum Hof mit einer dicken, matschigen Schneeschicht bedeckt war. Er hatte freundlicherweise angeboten, Linn zu begleiten. Offensichtlich befürchtete er, sie würde die lange Wanderung von der Bushaltestelle durch Ochsenwang und das Maar hindurch und noch viel weiter bis zum Heitzhof mit ihrem Bein im Schnee nicht schaffen. Sie war sehr froh darüber. Ein seltsames Gefühl der Beklemmung hatte sie erfasst, seit Götz den Motor ausgeschaltet hatte. Es war keine verlockende Idee, alleine in einem verlassenen, eingeschneiten Bauernhof nach Unterlagen zu suchen.

Die Luft war kühl, aber nicht eisig an diesem frühen Nachmittag. Der Schnee glitzerte grell in der Sonne, außer einer Langlaufloipe, die sich neben der Landstraße hinzog, und einigen Tierspuren war seine Oberfläche unberührt. Von einem vereinzelten Baum tropfte Schmelzwasser in den Straßengraben. Keine Menschenseele war hier unterwegs, weder zu Fuß noch mit dem Auto. Linn setzte ihre Mütze auf und warf noch einen Blick auf ihr Handy. Kein Empfang. Die Beklemmung in ihrer Brust wurde stärker.

»Ungefähr da hinten bei der alten Steinmauer und dem Baum muss die Stelle sein, an der Beckmann Haug an Vanessas Todesabend gesehen haben will«, sagte sie und zeigte mit der Hand ein Stück die Landstraße hinunter.

»Das ist wahrlich in der Nähe des Tatorts.« Götz beschirmte seine Augen mit der Hand. Aus Richtung des Maars, das direkt auf der anderen Seite der Landstraße hinter einem dichten Waldstück verborgen lag, erklang der heisere Schrei eines Tieres. Linn schaute zum Maar hinüber, hatte für einen winzigen Augenblick das Gefühl, zwischen den Bäumen habe sich etwas bewegt, aber als sie genauer hinsah, war es nur ein Stück Eis, das sich in der Sonne von einem Zweig gelöst hatte und nun nach unten fiel. Äste erzitterten kurz, ein leises Knacken war zu hören, dann lag der Wald wieder bewegungslos da. Sie fröstelte.

»Keine Ahnung, warum ich das hier eigentlich mache. Nach seinem Auftritt bei uns in der Kanzlei.«

»Vielleicht, weil du hoffst, dass du doch noch etwas findest, das dir eindeutig beweist, dass er kein Mörder ist?« Götz grinste halbherzig.

»Lass uns aufbrechen«, erwiderte sie.

Mit ihren dicken Winterstiefeln stapften sie los. Der schwere Schlüsselbund, den Haug ihr in der Kanzlei übergeben hatte, zog ihre Jackentasche nach unten und schepperte bei jedem Schritt.

Götz und Linn brauchten fast zwanzig Minuten für den schneebedeckten, an einigen Stellen steil ansteigenden Weg. Ihr versehrtes Bein schmerzte von der Anstrengung, als sie das Gebäude endlich erreichten.

Der Hof bestand aus einem heruntergekommenen grauen Wohnhaus und einer halb zerfallenen Holzscheune, die sich rechter Hand an das Haus schmiegte. Grüne Algenschlieren wuchsen überall auf den feuchten Wänden. Linn und Götz warfen zunächst einen Blick in die Scheune. Staub tanzte in der Luft. Bis auf einen verrosteten Pflug und Unmengen alter Bretter und trockener Blätter war der Raum leer. Sie ließen die klemmende Tür angelehnt und wandten sich dem Wohnhaus zu. Mit kalten Fingern probierte Linn verschiedene Schlüssel aus, bis sie den richtigen fand. Eine Weile musste sie rütteln, bis sich die Tür öffnen ließ. Ein modriger Geruch nach Schimmel und Fäulnis kam ihnen entgegen, als sie den Flur betraten. Es war deutlich wärmer als draußen, offenbar hatte die Sonne, die durch die schmutzigen Fenster drang, das Haus ein wenig aufgeheizt. Spinnweben baumelten von der Decke. Auf der Kommode neben der Tür und dem Fußboden lag eine dicke Staubschicht. Hier war seit Ewigkeiten niemand mehr gewesen.

Sie begannen die Suche nach den alten Hebammenakten und den Tagebüchern im mit zerrissenen braunen Polstermöbeln eingerichteten Wohnzimmer und arbeiteten sich dann durch die Küche und ein altmodisches, müffelndes Bad bis in den oberen Stock vor. Das Schlafzimmer, das sich dort befand, sah aus, als sei nach dem Tod der letzten Bewohnerin nicht einmal mehr das Bett gemacht worden, als sei der Abdruck der Toten noch immer in den zerknäulten Decken. Linn warf einen Blick in sämtliche Schränke, Regale und Schubladen, an denen sie vorbeikamen, aber beinahe alle waren leer. Im Bettkästchen fand sie schließlich drei zerfledderte, mit Schmutz bedeckte Hefte. Auf den Einbänden klebten ausgeschnittene Schildchen mit kitschigen Blümchen und Elfchen. *Tagebuch* stand dort in einer altmodischen, verblassten Handschrift. Die Hefte mussten von Luise Heitz stammen. Linn schlug sie nacheinander auf, sie waren alle mit der gleichen altmodischen Schrift vollgeschrieben worden, und steckte sie in eine Jutetasche, die sie mitgebracht hatte.

In den anderen Räumen im oberen Stock befanden sich keine Möbel, nur Säcke mit alten Kleidern, und es gab auch keine Aufzeichnungen, vor allem keine Hebammenakten, dort.

Am Ende ihres Hausrundgangs standen Linn und Götz wieder im Flur. Linn sperrte mit einem großen Schlüssel die solide Tür mit dem Eisenriegel auf, die in den Keller führen musste. Sie schoben einen alten, verstaubten Gummistiefel so in die Tür, dass diese auf keinen Fall zufallen konnte, und schalteten ihre Handytaschenlampe ein. Die Treppe führte steil nach unten, es roch nach Erde, fauligen Äpfeln und süßlich-scharf. Nach verwesendem Fleisch und Tod. Ein leichter Brechreiz stieg in Linns Kehle auf. Sie erschauderte und drehte sich zu ihrem Kanzleipartner um. »Ich bin so froh, dass du mitgekommen bist.«

Götz lächelte, während er mit seinen schweren Stiefeln vorsichtig die Treppe betrat.

Die Treppe endete in einem kleinen Raum, von dem drei Türen abgingen. Der Verwesungsgestank wurde stärker. Die erste Tür stand offen, im Licht ihrer Handytaschenlampen konnte Linn in dem fensterlosen Raum aufgestapelte Dachziegel erkennen, die an der Wand lehnten. Keine Kartons oder Hebammenakten. Sie gingen weiter, öffneten die Tür des zweiten Raums und wurden von dem unerträglichen Geruch nach verfaultem Fleisch und Fäulnis fast wieder nach draußen getrieben. Linn band sich ihren Schal um die Nase, der nach ihrem Parfüm roch, den Totengeruch aber nicht überdeckte. Sie musste sich fast übergeben, sah sich aber trotzdem um. Was, wenn ihr Mandant hier unten weitere Leichen vergraben hatte? Aber das wäre der Polizei doch bestimmt aufgefallen. Die mussten nach Ines Schneiders Tod hier gewesen sein. Oder etwa nicht? Linn dachte an die dicke, mit Sicherheit seit Jahren unberührte Staubschicht, die alles hier im Haus überdeckte. Ihre Schultern verkrampften sich.

»Was stinkt hier so?« Götz presste sich eine Lage Papiertaschentücher auf Nase und Mund. Seine Stimme hörte sich dumpf an.

»Das sollten wir herausfinden.« Sie machte einen Schritt in den Kellerraum. Der Raum war winzig und hatte schmale Fensterluken, die hinter das Haus hinausgingen und durch die die Sonne direkt hereinschien. Unter dem Fenster stand eine alte Gefriertruhe mit aufgeklapptem Deckel, so groß, dass sie ohne Probleme einen erwachsenen Menschen gefasst hätte. Linn ging darauf zu. Sie kämpfte gegen den Brechreiz, als sie sich vorbeugte und in die Truhe schaute. Zum Glück war sie leer bis auf einen toten Marder, der offenbar die Quelle des Gestanks war, und zwei von der Sonne angetaute Gefrierbeutel mit etwas, das aussah wie ein schwarzer Klumpen, der früher vielleicht einmal Gulasch gewesen war.

»Dann wollen wir mal hoffen, dass das keine menschlichen Eingeweide sind.« Götz deutete auf die Gefrierbeutel und ging schnell wieder in Richtung Tür.

Sie nickte wortlos und folgte ihm, die Gefriertruhe starr im Blick. Ein scharrendes Geräusch aus dem Garten ließ sie innehalten. Auch Götz erstarrte mitten in der Bewegung. Ihr Herzschlag setzte für eine Sekunde aus. Was war das? Angestrengt spähte sie durch die verschmutzten Fensterluken. Götz schaute ebenfalls nach draußen. »Wir sollten wieder hochgehen«, sagte er. »Wenn jemand uns hier unten …«

Das Scharren wurde lauter.

Ihr Atem stockte. »Oh Gott, Götz, was …« Mit einem lautstarken *Wusch* fiel ein riesiger Brocken Schnee vom Dach hinunter auf die Wiese. Nur Schnee. Vor Erleichterung lachte sie auf, auch wenn ihre Beine zittrig waren. So schnell es ging, verließen sie den nach Verwesung stinkenden Raum und knallten die Tür zu. Linn warf im Vorbeigehen einen Blick nach oben und versicherte sich, dass der Gummistiefel noch an seinem Platz stand. Mit ihren Handytaschenlampen tappten sie weiter durch die Dunkelheit auf die dritte Tür zu, die abgeschlossen war. Einer der Schlüssel am Bund passte, er drehte sich erstaunlich leicht im Schloss.

Sie betraten den Kellerraum, der luftiger und deutlich weniger feucht und modrig als die beiden anderen Räume war. Unter der schmalen Lichtluke stand ein wackeliger Klapptisch aus Plastik. Verdreckte Messer, Werkzeuge, eine Schere und eine Stoffrolle lagen darauf. Die hintere Wand ging in eine Art Gewölbe oder Höhle über, die ein kleines Stück in die Erde hineinführte.

In einem Regal gleich neben der Tür standen Umzugskisten. Eine war geöffnet, und Linn erkannte Leitzordner. Sie ging darauf zu, pustete Dreck und Spinnweben beiseite. Hoffentlich waren das hier die Hebammenaufzeichnungen, die sie gesucht hatte. Damit sie endlich wieder hinaus an die frische Luft …

Sie hörte Götz aufstöhnen und wandte sich zu ihm um. Er war an den Kisten vorbeigegangen und kniete nun vor dem Eingang der kleinen Höhle auf dem Boden, leuchtete mit seiner Handytaschenlampe in die Dunkelheit.

»Was ist?«, fragte sie.

»Ich dachte, das hier in der Erde … Es sieht aus wie ein … wie ein Finger«, brachte Götz hervor.

Langsam und zögerlich ging sie auf Götz zu, der einen Kugelschreiber aus seiner Jackentasche pfriemelte. Offenbar wollte er damit in der Erde graben. Sie ging mühsam in die Hocke und warf einen Blick in die Höhle. Etwas Schrumpeliges, Längliches ragte etwa zwei Zentimeter aus dem Boden. Es sah eindeutig aus wie ein mumifizierter menschlicher Finger. Sie wollte gerade das Licht ihrer Taschenlampe auf den Finger richten, als sie einen Knall hörte und eine leichte Erschütterung spürte. Ruckartig stützte sie sich an der Wand hoch. Eine Tür. Da war eine Tür ins Schloss gefallen. Draußen vor dem Kellerraum war es auf einmal stockdunkel, kein Licht drang mehr von der Treppe herunter. Der Wind musste die Kellertür zugestoßen haben. Wieso hatte der Gummistiefel nicht … Oh Gott, hoffentlich rastete der Riegel nicht ein. Sie hörte ein Keuchen und ein leises Quietschen. Das war nicht der Wind. Da schloss jemand den Eisenriegel. Panik durchflutete sie, sie machte ein paar Schritte in den dunklen Vorraum. Götz sprang auf und rannte los. Sie stießen fast zusammen, Götz überholte sie. Wie in Zeitlupe sah sie ihn im Licht ihrer Taschenlampe zur Treppe und nach oben rennen. Sie folgte ihm, so schnell sie konnte, sah ihn an der verschlossenen Tür rütteln und mehrfach dagegenschlagen.

Sie schrie: »Machen Sie auf! Hier unten sind Leute. Machen Sie auf!«

Nichts passierte.

Götz hämmerte mit den Fäusten gegen die Tür. »Aufmachen!«, brüllte er.

Sie spürte erneut eine leichte Erschütterung, vermutlich war nun die Haustür zugefallen. Götz hörte auf zu hämmern, beleuchtete die Kellertür, tastete hektisch die Lücke am Rahmen mit den Fingern ab. Massives Holz, mit einem dicken Riegel außen. Sie waren hier im Keller eingesperrt. Ein paarmal musste sie schlucken, um sich nicht zu übergeben.

»Ich denke, hier kommen wir nicht mehr raus.« Das erste Mal, seit sie Götz kannte, hörte sie so etwas wie Panik in seiner Stimme. »Und der Hof ist so abgelegen, da finden die unsere Skelette wenn überhaupt erst, wenn das Haus einstürzt. Kein Mensch weiß, dass wir beide heute hierher …« Er schaute auf sein Handy, tippte auf dem Bildschirm herum. Das Handy fiel ihm fast aus der Hand. »Kein Empfang. Gar keiner.«

»Haug weiß, dass wir hier sind«, sagte sie, so ruhig es ging. »Wenn ich nicht mehr auftauche, wird er der Polizei bestimmt sagen, dass …«

»Das kann Wochen dauern. Wenn er überhaupt den Schluss zieht, dass wir hier eingesperrt sind. Vielleicht ist er auch untergetaucht und meldet sie nie wieder, schon gar nicht bei der Polizei.«

Götz hatte recht, aber sie wollte das nicht hören. »Unsere Familien und Freunde werden uns finden.« Sie brach ab. Sie waren beide Single. Mit ihrer Mutter hatte sie keinen regelmäßigen Kontakt, und Linns beste und einzige richtige Freundin war gerade in Portugal im Urlaub. Harris war im Moment noch in England, und wenn er sie besuchte und sie ihn nicht vom Flughafen abholen würde, würde er vermutlich denken, sie habe ihn versetzt. Selbst wenn einem von Götz' Kumpeln oder seinen Eltern irgendwann auffiel, dass er sich ewig nicht gemeldet hatte, würde es noch verdammt lange dauern, bis jemand darauf kam, auf einem gottverlassenen Albhof nach ihnen zu suchen.

Ihr Kanzleipartner rüttelte erneut an der Tür und warf sich dann mit seinem ganzen Gewicht dagegen. Die Tür rührte sich keinen Zentimeter. Götz drückte mit beiden Händen dagegen. »Vielleicht können wir den Riegel durch eine Ritze … Verdammte Scheiße. Scheiße. Das wird nicht funktionieren.«

Linn versuchte es ebenfalls, gemeinsam zogen und drückten sie an der Tür. Es war aussichtslos. Schließlich hörte Götz auf zu drücken. Sie ließen sich auf der obersten Stufe nieder. Sie war schweißgebadet, trotz der Kälte. »Ich denke, ich mache mein Handy mal aus. Ein Handy reicht«, brachte sie heraus. »Dann … dann haben wir länger Licht.« Sie steckte ihr Handy in die Jackentasche.

»Haug wusste als Einziger, dass wir heute hierherfahren wollten«, stieß Götz plötzlich hervor.

»Götz, das ist doch Quatsch.« Hoffentlich war das Quatsch. Denn wenn es stimmte, waren sie verloren. Dann würden sie als verstümmelte Leichen hier im Keller enden. Ihr Mandant war tatsächlich der Einzige … Oder wusste vielleicht noch jemand davon, dass sie hier waren?

»Sag mal Götz«, fragte sie, mehr um sich selbst von Haug abzulenken, »glaubst du, uns hat vorhin jemand im Dorf gesehen? Als wir durchgefahren sind? Und ist uns gefolgt? Jemand, der uns erkannt hat? Ich weiß, das wäre sehr unwahrscheinlich, aber anders kann ich mir das hier nicht erklären.«

»Warum sollte uns außer deinem gestörten Mandanten jemand hier einsperren? Wir sind nur Anwälte, wir machen nur einen Job, ich meine, so weit würde niemand gehen.« Götz stand auf und rüttelte erneut an der Tür. »Selbst wenn irgendjemand glaubt, dass es hier wichtige Informationen zu finden gibt, die wir nicht sehen dürfen, dann hätte derjenige die doch schon längst geholt und vernichtet. Der Hof steht seit zwei Jahren leer. Und die Polizei war bestimmt mehrfach hier, die haben doch sowieso schon alles Wichtige mitgenommen.« Er fuhr sich mit der Hand durch die Haare. »Vermutlich werden unsere ausgeweideten Leichen die nächsten Jahre in diesem Keller vor sich hingammeln.«

»Götz, hör auf damit. Hier wird niemand sterben.« Sie erhob sich ebenfalls und legte ihm ihre Hand auf die Schulter. Götz hörte auf, an der Tür zu rütteln.

»Ich denke, hier will uns nur jemand, der Christian Beckmann oder Ines Schneider nahesteht, einen Schrecken einjagen. Nichts als ein dummer Streich. Die wollen uns nicht töten. Die wollen höchstens, dass wir das Mandat niederlegen. Die kommen bald zurück und lassen uns raus.« Ihre verzweifelt klingende Stimme überzeugte nicht mal sie selbst.

Götz antwortete nicht. Eine Zeitlang dachten sie fieberhaft über einen Ausweg nach. Es war totenstill. Schließlich stellte Linn die Jutetasche, die sie immer noch über der Schulter trug, neben der Tür ab. »Vielleicht hast du recht, und es ist nur eine leere Drohung, aber was, wenn nicht?«, murmelte ihr Kanzleipartner in die Stille.

»Dann sollten wir uns mal ganz schnell überlegen, wie wir alleine hier rauskommen.« Ihr schoss plötzlich eine Idee durch den Kopf. »Der Raum mit der Kühltruhe. Da gibt es doch relativ große Fensterluken. Ich könnte versuchen, durch eine der Luken nach draußen zu klettern.«

»Und was, wenn Haug im Hof auf dich wartet? Vielleicht denkt er sich, dass wir durch das Fenster klettern. Vielleicht will er uns einzeln … Ich bin zu dick, ich kann nicht vorgehen, und wenn dir was passieren würde, das könnte ich nicht ertragen. Das wäre furchtbar.« Götz schaute auf den Boden und nestelte mit einer Hand an seiner Jacke herum. Sie umarmte ihn, drückte ihn für einen Moment fest an sich.

»Das glaube ich nicht.« Sie löste sich wieder von ihm. Aber was, wenn Götz' Vermutung stimmte?

»Vielleicht hat ja tatsächlich der Wind die Türe zugeschlagen, und der Riegel ist von selbst eingerastet«, presste er heraus, bevor sie weitersprechen konnte. »Lass es uns mit der Luke versuchen, du hast recht. Ich habe auch keine andere Idee.«

Gemeinsam stiegen sie die Treppe wieder nach unten und betraten den Raum mit der Truhe. Der Gestank raubte ihnen den Atem. Götz versuchte, direkt unter den beiden Fenstern Empfang für sein Handy zu bekommen. »Nichts«, sagte er. Seine Stimme klang heiser.

Auch sie holte ihr Handy hervor. »Bei mir auch nicht. Schon bei der Landstraße vorne nicht.« Sie versuchte die Panik, die in Wellen durch ihren Körper schoss, zu verdrängen. Sie mussten sich darauf konzentrieren, hier rauszukommen und durften sich nicht der Angst hingeben. Es gab für jedes Problem eine Lösung. »Für jedes«, formte sie mit den Lippen und betrachtete die Fensterluken. Sie waren zwar recht groß, aber auch ziemlich weit oben. Wie sollte sie da je rauskommen? Linn biss sich auf die Lippe, schloss den Deckel der Kühltruhe und kletterte mühsam und mit Hilfe von Götz und einem kleinen Schemel darauf. Immerhin hatten sie im Moment noch Tageslicht. Gar nicht auszudenken, was geschah, wenn die Dunkelheit hereinbrach. Sie stellte sich auf die Zehenspitzen. Mit den Händen konnte sie nun die Fensterluke gut erreichen, aber es war ausgeschlossen, dass sie mit ihrem versehrten Bein da hoch … Sie zog den Griff der Fensterluke zur Seite. Die Luke klappte ein winziges Stück auf, kalte Luft strömte nach innen, nasser Schnee platschte ihr ins Gesicht. Sie zog und zerrte, versuchte, den Griff in andere Richtungen zu biegen, aber mehr als kippen konnte man diese Luke offenbar nicht. Kurz stand sie davor, in Tränen auszubrechen. Sie waren verloren. Sie hätte Götz nicht mit hierherbringen dürfen. Es war ihre Schuld, dass er jetzt mit ihr sterben musste.

»Lass mich mal«, sagte Götz. »Aber geh besser zuerst runter, ich wiege so viel, nicht dass der Deckel der Truhe zerbricht.«

Es dauerte keine fünf Minuten, bis er das Fenster ausgehängt hatte.

»Du bist der geborene Einbrecher«, flüsterte sie.

Ihr Kanzleipartner wischte sich beim Herunterklettern seine Finger an der Hose ab. Sie waren ganz schwarz. »Habe mal einen Mandanten gefragt, wie das geht, der hat's mir gezeigt. Wie man ein Fenster aushebelt, meine ich.«

Sie fragte nicht nach, warum Götz einen Mandanten gebeten hatte, ihm zu zeigen, wie man ein Fenster aushängte, und stieg ihrerseits wieder auf die Truhe. Versuchte, sich am Fensterrahmen nach oben zu ziehen. Bekam eine Ladung Schnee und alte Blätter, die in dem kleinen, trockenen Rand rund um das Fenster herumlagen, ins Gesicht, und riss sich die Hand auf. Keine Chance. Früher, vor ihrem Unfall, hätte sie es vielleicht geschafft, vielleicht, da war sie sehr sportlich gewesen, aber jetzt …

»Kann ich dir helfen?«, fragte Götz. »Ich könnte eine Räuberleiter machen, wenn ich zu dir hochkomme. Ich habe nur Angst, dass dieses Schrottding uns nicht beide aushält.« Er betrachtete prüfend die bereits unter Linns Füßen ächzende Truhe.

Sie schüttelte den Kopf. Das war zu gefährlich. Wenn die Truhe einbrach, war ihre einzige Chance, hier rauszukommen, dahin. Erneut zog sie sich nach oben, konnte kurz über den Schnee, der direkt an der Hauswand schon so abgeschmolzen war, das einzelne Grasspitzen zu sehen waren, in den Garten schauen. Die rettende Freiheit war zum Greifen nahe – und doch unerreichbar. Linns Muskeln schmerzten, sie musste wieder nach unten. Mit letzter Kraft hievte sie sich wieder hoch, hatte aber nicht mehr genug Kraft in den Armen und knallte sofort unsanft nach unten. Ein beißender Schmerz schoss durch ihr versehrtes Bein. Kurz tanzten Sternchen vor ihren Augen. Dann griff sie erneut nach dem Rahmen, versuchte, sich hochzuziehen. Ausgeschlossen. Ausgeschlossen. Sie würde es nicht schaffen. Götz und sie würden hier sterben. Hier in diesem stinkenden Keller. Es würde nur ein paar Tage dauern, selbst wenn kein Serienmörder hier war und es ihnen gelang, von dem Schnee und dem Gras zu essen. Ihr Atem ging keuchend. »Wir müssen es doch mit der Räuberleiter versuchen«, sagte sie schließlich. »Wenn ich mit dem Oberkörper durch das Fenster komme, kann ich mich vielleicht nach außen ziehen.«

Götz prüfte noch einmal den Deckel der Kühltruhe. Er sah nicht überzeugt aus, kletterte aber nach oben. Es knackte bedrohlich. Götz stellte sich so hin, dass er über den Rändern der Truhe stand.

In diesem Moment verschwanden die letzten Sonnenstrahlen, der Garten lag nun im Schatten da. Bald würde die Sonne untergehen.

Es war eng und wackelig, und es dauerte, bis sie eine Position gefunden hatten, in der sie mit ihrem gesunden Bein auf Götz' gefaltete Hände steigen konnte. Für einen Moment fühlte sie seinen Körper an ihren gepresst, als sie sich langsam nach oben zog, roch seinen vertrauten, tröstlichen Geruch nach Duschbad und Götz, und eine Welle der Sympathie für ihn durchfloss sie. Sie musste es schaffen. Götz durfte nicht wegen ihr hier unten abgeschlachtet werden oder verhungern. Mit beiden Händen krallte sie sich am Fensterrahmen fest. Langsam wurde es dämmrig. Wenn es Nacht wurde … Mit einem unnatürlich lauten Knall sprang ein Stück der Kühltruhenverkleidung ab. Die schrottreifen Wände quietschten unter dem zu hohen Gewicht. Linn nahm all ihre Kraft zusammen. Diesmal musste sie es schaffen. Sie mussten einfach. Jetzt sofort. Sie versuchte, sich durch das Fenster zu zwängen. Stieß sich den Ellenbogen an, rutschte beinahe wieder nach unten, ihr ganzer Körper schmerzte, sie zog sich erneut hoch. Diesmal gelang es ihr, sich ein Stück nach draußen zu ziehen. Sie spürte, wie Götz vor Anstrengung zitterte, während er ihren Fuß immer höher schob. Mühsam arbeitete sie sich nach draußen, lag jetzt mit dem Oberkörper und dem Gesicht im noch matschigen Schnee, robbte Zentimeter für Zentimeter über den Boden. Plötzlich steckte sie fest. Sie versuchte verzweifelt, ihre Hüfte zu drehen, aber ihr versehrtes Bein war ihr im Weg, wollte nicht so wie sie. Sie konnte weder vor noch zurück. Die eisige Kälte des angetauten Schnees drang von unten durch ihre Jacke und durchnässte sie bis auf die Haut. Ein beißender Wind hatte eingesetzt. Sie wollte nur noch schreien, sie musste sich befreien. Sie musste hier raus. Sie atmete tief durch. »Hilf mir«, flüsterte sie. »Bitte, Götz, hilf mir. Ich schaff es nicht.«

»Wir kriegen das hin, keine Sorge.« Sie hörte Verzweiflung in Götz Stimme, auch wenn er sich offensichtlich bemühte, ruhig zu sprechen. »Du musst probieren, dich ein bisschen zu drehen, dann passt das, dann kommst du durch.«

»Verdammt, das mache ich ja.« Erneut versuchte sie, sich zu drehen, diesmal hatte sie das Gefühl, ein winziges Stück weiterzukommen. Götz drückte von unten gegen ihr Bein. Und dann war sie auf einmal frei. Sie schrammte sich das Kinn an einem Stein auf, der vor dem Fenster auf dem Boden lag, und bekam eine große Ladung Schnee in den Mund, aber langsam, ganz langsam gelang es ihr, sich nach draußen zu schieben. Schweißperlen rannen von ihrer Stirn, als sie es schließlich geschafft hatte. Sie richtete sich mühsam und erschöpft auf. Ihre Hände waren blutig, ihr Daumennagel abgebrochen. Ihre Winterjacke war an einer Seite aufgeschlitzt, Daunen klebten überall, alles war vom erdigen Schneematsch durchnässt und dreckig.

So schnell sie konnte, umrundete sie das Gebäude, suchte auf dem Weg schon mit zitternden Händen die Schlüssel heraus. Vor dem Haus blieb sie wie erstarrt stehen. Die Haustür stand sperrangelweit offen, ein düsterer Schlund, der ihr entgegenschrie, sie solle abhauen, so schnell wie möglich, so weit weg, wie es ging. Ihr Genick verkrampfte sich. Sie drehte sich um. Niemand war zu sehen. Aber da waren eindeutig nicht nur ihre Spuren, die im Schnee vom Anliegerweg zum Wohnhaus führten. Und sie hatten vorhin die Haustür zugemacht. Es war jemand im Haus. Da musste jemand im Haus sein. Sie näherte sich langsam der Tür. Am liebsten wäre sie weggerannt, aber sie musste Götz befreien. Ihr Herz klopfte so stark in ihrem Hals, dass ihr fast die Luft wegblieb. Bewegte sich dort hinten etwas? Warum war die Milchglastür zum Wohnzimmer geschlossen? War da gerade jemand hin und her gegangen?

25

Mittlerweile war es ziemlich dunkel. Linn sah sich nach einer Waffe um und entdeckte eine alte Mistgabel, die an der Hauswand lehnte. Sie packte sie mit beiden Händen und näherte sich leise der Haustür, während sie ständig abwechselnd nach hinten, zu den Seiten und in den Hausflur spähte. Auf dem Boden vor der Kellertür lag eine Ladung Schnee, die vorhin noch nicht dort gewesen war. Linn hielt die Mistgabel in Richtung Wohnzimmer gestreckt. War es besser, die Haustür zu schließen? Falls weitere Täter draußen lauerten? Nein, es war besser, sich den Fluchtweg nicht zu verbauen. Zentimeter für Zentimeter näherte sie sich der Kellertür. Hatte sie fast erreicht, als sie ein Klirren im Wohnzimmer hörte. Sie zwang sich weiterzugehen, erreichte die Kellertür, schob den Riegel mit der linken Hand nach oben, den Blick konzentriert aufs Wohnzimmer gerichtet, die Mistgabel in der zitternden Rechten. Die Tür zum Keller öffnete sich sofort knarrend, Götz stolperte heraus. Sie zeigte aufs Wohnzimmer, er nahm ihr die Mistgabel aus der Hand und stürmte an ihr vorbei in den Raum. Sie sah gerade noch, wie ein dunkler, wuchtiger Schatten mit Kapuze und Sturmmaske durch die Balkontür in den Schnee davonsprintete.

Götz hastete zur Balkontür, schlug sie zu und lehnte sich an die Wand, seine Faust umklammerte die Mistgabel. Sein Brustkorb hob und senkte sich rasch.

Linn brauchte einen Moment, bis sich ihr Herzschlag und das Zittern in ihrem Körper so weit beruhigt hatten, dass sie wieder sprechen konnte. »Ich glaube nicht, dass das Haug war. Zu kräftige Statur«, brachte sie schließlich heraus.

Götz zuckte mit den Schultern und stellte die Mistgabel an

einen Sessel. »Egal, wer das war. Lass uns abhauen. Mir reicht's für heute.«

Sie nickte. Ging zur Kellertür und nahm sich ihre Jutetasche mit den drei handgeschriebenen Heften, die sie dort hingestellt hatte. Für eine Sekunde dachte sie an die Hebammenakten im Keller, verwarf den Gedanken aber wieder. Niemand würde sie heute noch einmal da runterbringen, um keinen Preis. Sie würde die Polizei rufen. Aber die würden die Aktenordner garantiert mitnehmen, falls da unten wirklich eine Leiche … Sie strich über die Narbe auf ihrer Wange. »Wir müssen die Aktenordner aus dem Keller holen«, sagte sie. Ein Windstoß zischte durch die immer noch geöffnete Eingangstür, und die Kälte, die sie durchfuhr, war so schneidend, dass sie aufstöhnte. Erst jetzt bemerkte sie, dass sie mit den Zähnen klapperte. »Und ich brauche etwas Trockenes zum Anziehen.«

Götz durchquerte den Flur, schloss die Eingangstür und kam zu ihr zurück. Er zog seine Jacke aus, hängte sie ihr über und schaute erneut auf sein Handy, schüttelte den Kopf. »Immer noch kein Empfang.«

Mittlerweile war es im Haus dunkel, und im Licht von Götz Handytaschenlampe warfen die Möbelstücke lange Schatten. Die Garderobe im Flur sah aus wie ein versteinertes Monster, die Kellertür ein Eingang zur Unterwelt. Eine Unterwelt, in der sich ein schrumpeliger Leichenfinger aus der Erde reckte. Sie bekam eine Gänsehaut.

»Da oben standen doch Kleidersäcke«, bemerkte Götz. »Ich würde vorschlagen, wir machen eine Runde durchs Haus, schauen, ob wir alleine sind, und dann kannst du dich umziehen. Danach …« Er schluckte. »Danach hole ich die Aktenordner aus dem Keller. Und dann gehen wir.«

Sie nickte bibbernd, und gemeinsam machten sie den Rundgang. Außer ihnen, das stellte sich schnell heraus, war niemand mehr hier.

Als sie die müffelnden Kleidersäcke öffnete, war sie froh über die Dunkelheit, denn im Licht ihrer Taschenlampe erkannte sie nicht genau, was sie da vor sich hatte. Die Hose und die zotteligen Wollsocken sahen getragen und dreckig aus, genauso wie die zahlreichen Röcke. Sie sah sich schon in einem zerknitterten Schottenrock durch den Schnee waten, als sie endlich eine Hose fand. Luise Heitz musste deutlich kleiner gewesen sein als sie, die Bundfaltenhose war zu kurz und spannte unangenehm über ihrem verkrümmten Bein. Linn zog zerlöcherte Stulpen, die sie neben dem Bett entdeckt hatte, über den nackten Teil ihrer Unterschenkel. Außerdem fand sie zwei gestrickte Pullover, die unangenehm auf der Haut kratzten, aber die fleckigen Unterhemden ekelten sie, etwas anderes zum Drunterziehen war nicht zu finden, und ihr eigenes T-Shirt war klatschnass. Sie zog sich um, während Götz, ganz Gentleman, vor dem Zimmer wartete. Als sie fertig war, betrachtete sie ihr Spiegelbild in der Scheibe. Sie sah unmöglich aus. Zum Glück war es nicht sonderlich weit bis zum Auto, und auf dem Weg dorthin würde sie bestimmt niemandem begegnen. Ihr Blick streifte nach draußen in die Dämmerung, sie sah das Maar und dahinter einige Lichter, wohl aus Ochsenwang, und den Anliegerweg, der zur Landstraße … Ihr stockte der Atem.

»Götz«, rief sie.

Ihr Kanzleipartner war sofort neben ihr. Sie zeigte nach draußen, und beide starrten sie auf den leeren Platz, an dem vorhin das Auto gestanden hatte.

Der Mond leuchtete hell vom Himmel, als sie schließlich vom Heitzhof aufbrachen. Götz hatte die Ordner aus dem Keller geholt, während sie mit der Mistgabel oben Wache gehalten hatte, und da es so viele waren, hatten sie beschlossen, die Aufzeichnungen noch vor Ort durchzusehen und nur interessant aussehende Unterlagen mitzunehmen. Lediglich in wenigen Ordnern hatten sich noch Unterlagen von Luise Heitz' Hebammentätigkeit befunden, der Rest waren alte Rechnungen und Bedienungsanleitungen gewesen. Linn und Götz hatten alle interessanten Blätter herausgenommen und in einen alten Rucksack, den Götz aufgetrieben hatte, gestopft.

Jetzt stapften sie durch den knirschenden Schnee, Götz mit dem Rucksack, sie mit der Jutetasche. Es war ruhig, und man konnte einen weiten Teil der Landschaft überblicken. Wer auch immer sie vorhin eingesperrt hatte, war offenbar abgehauen. Verwischte Fußspuren führten über die verschneite Wiese in die Dunkelheit. Der Wind war schärfer geworden, und unter dem wolkenlosen Himmel wurde es klirrend kalt, obwohl es noch früh am Abend war. Jeder von ihnen hatte zusätzlich eine der verstaubten Jacken übergezogen, die ekelhaft nach Schimmel und Mäusekot rochen, trotzdem waren Linns Arme durchgefroren, noch bevor sie die Landstraße erreicht hatten.

Der kürzeste Weg nach Ochsenwang, so entnahmen sie einer Wandertafel am Beginn des Anliegerweges, führte direkt durchs Maar. Sie überquerten die Straße und folgten einem kleinen Trampelpfad, der am Waldrand entlang zum Kraterrand führte. Ständig sahen sie sich um, aber sie waren ganz alleine.

An einer Stelle passierten sie einige merkwürdige Steinbrocken, die, so vermutete Linn, wahrscheinlich zur Sünderkapelle gehörten. Sie erzählte Götz von der Sage und von Ines Schneider, die immer hierhergekommen war. Die Brocken ragten aus dem Schnee, oben nur von einer hauchdünnen Schneeschicht bedeckt, als habe jemand den Schnee abgewischt. Im Vorbeigehen strich Linn mit der Hand über einen der Brocken, Schnee rieselte auf den Boden. Der Stein, so entdeckte sie im Schein ihrer Handytaschenlampe, war von seltsamen, verwitterten Mustern bedeckt, die sie an Kreise und entfernt an den Buchstaben M erinnerten.

»Wer auch immer ›M‹ gewesen ist, er muss schwere Sünden

auf sich geladen haben, wenn er so oft hergekommen und seinen Namen eingeritzt hat«, sagte Götz mit klappernden Zähnen. Linn nickte, und sie gingen schweigend weiter. Es war unnatürlich still, nur ihre knirschenden Schritte und ihre Atemgeräusche waren zu hören. Der Schnee war hier ziemlich tief und an einigen Stellen vereist, was das Laufen mühsam machte. Nach kurzer Zeit konnte Linn vor Schmerzen kaum noch auf ihrem versehrten Bein auftreten. Sie biss die Zähne zusammen und humpelte weiter, ihr Gang halb so schnell wie sonst. Götz' Blick wurde immer besorgter, und er fragte mehrfach, ob er ihr helfen könne, aber sie lehnte jedes Mal ab.

Endlich lichtete sich der Wald, und der Weg führte steil abwärts. Das Maar lag jetzt vor ihnen, ein karges, nicht sonderlich tiefes Tal, das tagsüber sicherlich malerisch aussah, im Mondlicht aber gespenstisch wirkte mit den einzelnen kahlen Bäumen und den sich gegen den Schnee abhebenden Felsbrocken. Linn sah die Stelle aus dem 3-D-Film vor ihrem inneren Auge aufblitzen, als der Täter den Hammer gehoben und Vanessa Beckmann den Schädel gespalten hatte. Dort hinten, am Waldrand bei der großen Hecke, dort ungefähr musste es passiert sein. Sie vermeinte sogar den altarähnlichen Stein aus dem Schnee ragen zu sehen, auf den der Täter Vanessa gelegt hatte, und auch wenn sie wusste, dass sie sich das wahrscheinlich einbildete, erschauderte sie. Sie versuchte, schneller zu laufen, was ihr auf dem vereisten Weg nicht gelang. Sie rutschte aus und fiel beinahe hin. Auf halbem Weg ins Tal brauchte sie schließlich eine Verschnaufpause. Wie sehr sie es hasste, dass sie nicht mehr richtig laufen konnte! Früher war sie stundenlang geschwommen, hatte einmal sogar an einem Marathon teilgenommen. Sie entschuldigte sich bei Götz, der ziemlich zu frieren schien. Er winkte ab, lächelte und wartete geduldig, während seine Zähne aufeinanderschlugen. Als sie weitergingen, bot er ihr erneut an, sich bei ihm unterzuhaken. Diesmal nahm sie sein Angebot an und blieb selbst dann untergehakt, als der Weg nach einigem Auf und Ab schließlich in die freigeräumte Landstraße mündete, die nach Ochsenwang hineinführte. Es war schön und beruhigend, so mit Götz zu gehen und seine Wärme zu spüren. Außerdem war sie erleichtert, den Keller überlebt und den Marsch fast hinter sich zu haben. Eine seltsame Euphorie stieg in ihr auf. Götz schien es ähnlich zu gehen. Sie unterhielten sich plötzlich angeregt über merkwürdige Richter, mit denen sie es schon zu tun gehabt hatten, und exzentrische Studienkollegen, und als sie schließlich Ochsenwang erreichten, lachten sie lauthals über die seltsamen Kleider, die sie trugen, und stellten sich vor, was sie sagen würden, wenn sie in diesem Aufzug einem Mandanten über den Weg laufen würden.

Arm in Arm gingen sie die Hauptstraße des kleinen Dorfes entlang. Als sie endlich vor dem Polizeirevier in Ochsenwang standen, um nach dem Verbleib des Autos zu fragen, drückte Götz sie lächelnd an sich und gab ihr einen Kuss auf die Wange, der ziemlich deutlich mehr als nur freundschaftlich war. Für eine Sekunde ertappte sie sich bei dem Gedanken, dass ihr das gefiel, dass Götz ein Mann war, der sie auf Händen tragen würde, dass er nett und klug und ziemlich cool war – und dann musste sie an Harris denken. Sie wollte nur mit Harris zusammen sein. Was tat sie hier eigentlich? Sie löste sich vorsichtig aus Götz' Umarmung. »Komm«, sagte sie und marschierte ins Polizeirevier hinein. Götz, der ihren Stimmungswandel offenbar nicht mitbekommen hatte, schloss zu ihr auf und lächelte strahlend. Sie fühlte sich plötzlich schäbig.

Rösch, der trotz der rechtswidrigen Durchsuchung offenbar nicht vom Dienst suspendiert worden war, stand in der Eingangshalle, als sie durch die Tür traten. Seine Augen weiteten sich, als er ihren Aufzug sah, dann fing er an zu lachen und hörte gar nicht mehr auf.

»Die Klamotten stehen Ihnen«, höhnte er.

»Wir würden gerne Anzeige gegen Unbekannt erstatten«, sagte Götz. »Wir wurden im Keller des Heitzhofs eingesperrt.«

»Ernsthaft?« Er sah aus, als erstaune ihn das wirklich. »Dann hoffe ich, Sie haben den Aufenthalt genossen. Ich dachte eigentlich, Sie kommen wegen Ihres Autos.« Rösch lachte wieder. »Sie haben auf der Feuerwehrzufahrt geparkt.«

»Da war ganz bestimmt keine Feuerwehrzufahrt, da war nur schneebedeckte Wiese«, fauchte Linn ihn an. »Woher wissen Sie überhaupt davon?«

Rösch betrachtete ungerührt ihre Stulpen und die Jacke, die offenbar zum Streichen benutzt worden war. Jetzt, im hellen Licht, sah Linn große weiße Farbkleckse an den Ärmeln.

»Eines der Privilegien, die man hat, wenn man hier arbeitet, ist, dass man alles mitbekommt, was in Ochsenwang passiert.« Der Polizist bohrte sich mit dem Finger in den Schneidezähnen herum. »Aufmerksame Bürger haben mir mitgeteilt, dass Sie heute Mittag in der Nähe von Ines Schneiders Haus herumgefahren sind. Und da polizeibekannt ist, dass Sie, meine liebe Frau Geller, es nicht so genau nehmen mit dem Eigentum anderer Leute und gerne mal Hausfriedensbruch begehen …«

»Das ist eine Unverschämtheit«, ging Götz dazwischen. »Frau *Dr.* Geller ist in dieser Angelegenheit meine Mandantin, und ich werde nicht zulassen …«

»Regen Sie sich ab, sonst verbringen Sie die Nacht hier in der Ausnüchterungszelle. Ich habe gerade das Gefühl, ich rieche Alkohol. Ihr Auto wurde übrigens abgeschleppt. Steht dreißig Kilometer weit weg von hier auf einem Parkplatz. Das kriegen Sie heute Nacht nicht mehr. Wir hatten nach der Anzeige keinen Ermessensspielraum. Eindeutig Feuerwehrzufahrt. Wir prüfen gerade, ob zudem ein gefährlicher Eingriff in den Straßenverkehr vorliegt, denn es spricht einiges dafür, dass Sie Ihr Fahrzeug bewusst zweckentfremdet haben, um ein Hindernis für den Straßenverkehr …«

»Ich glaube, bei Ihnen hackt's«, knurrte Götz.

»Damit haben wir dann gleich noch Beleidigung.«

»Wissen Sie zufällig, wer uns im Keller eingesperrt hat?«, unterbrach ihn Linn aufgebracht. »War das auch ein aufmerksamer Bürger? Der es mit der Freiheit anderer Leute nicht so genau genommen hat? Sie selbst vielleicht?« Ihre Stimme wurde lauter.

Rösch starrte scheinbar gedankenverloren auf seine Finger, die ein faseriges Bröckchen zwischen seinen Zähnen hervorgeholt hatten. »Ich war es bestimmt nicht und auch sonst niemand aus Ochsenwang. Nein, das war mit Sicherheit keiner von hier. Fragen Sie doch mal bei dem Asylantenheim in Göppingen nach, diese Schwarzafrikaner kommen auf komische Gedanken, wenn sie sich langweilen.« Er schnippte das Bröckchen in ihre Richtung. Es landete fast auf ihrem Schuh. Sie wurde wütend, und auch Götz schien heftig mit sich um Ruhe zu ringen.

»Wir haben eine wundervolle Busanbindung«, fuhr der Polizist fort. »Falls Sie irgendwo Handyempfang haben und sich beeilen, kriegen Sie bestimmt noch den letzten Bestellbus nach Bissingen. Und von dort aus kommen Sie vielleicht irgendwie nach Kirchheim und von dort …«

Sie hörte nicht mehr zu, sondern stürmte durch die Tür. Hinter sich hörte sie, dass Götz ihr knurrend folgte.

Draußen schlug sie mit der Hand zweimal gegen einen Laternenpfahl. »Der weiß bestimmt genau, was da auf dem Hof passiert ist. Wahrscheinlich hat er selbst seine Finger mit im Spiel.« Ein erneuter Schlag gegen den Pfahl. »Wollen wir uns wenigstens auf Kanzleikosten ein Taxi rufen? Ich weiß, dass wir kaum Geld in der Kasse haben, aber …«

»Glaubst du, ein Taxifahrer nimmt uns mit? So, wie wir aussehen?« Götz nahm sein Handy hoch, machte ein Foto von Linn und zeigte es ihr. Ihr Gesicht hatte schwarze Dreckflecken, aus denen ihre Narbe hervorschimmerte. Etwas Laub und verkrustete Erde hing in ihren Haaren, und die Jacke und die Hose mit den Stulpen sahen noch viel, viel schlimmer aus, als sie das in der unscharfen Fensterspiegelung gesehen hatte. Sie musste unwillkürlich lachen. »Du siehst auch nicht besser aus.« Sie zückte ihr Handy, schoss ein Bild von Götz und hielt es ihm vor die Nase.

»Ich finde, der Rucksack reißt es raus, der macht mich sexy«, sagte er. »Und mein Handy hat auch wieder Empfang. Ich rufe mal den Bestellbus.«

Als Linn spät in der Nacht im Bett lag, dachte sie lange darüber nach, ob sie mit Götz sprechen und ihm erzählen sollte, dass sie in Harris verliebt war, oder ob sie das lieber lassen sollte. Sie war sich seit heute ziemlich sicher, dass Götz immer noch Gefühle für sie hatte, und nachdem sie vorhin Arm in Arm mit ihm … War es besser, sie sagte ihm deutlich, dass sie nichts von ihm wollte? Oder war das zu verletzend? Sie war nicht gut in solchen Gesprächen. War es nicht sinnvoller, sie schwieg und tat einfach so, als sei nichts passiert? Wenn sie nicht auf seine Annäherungsversuche einging, dann musste Götz ja von selbst merken, dass sie seine Gefühle nicht erwiderte. Und so konnte er sein Gesicht wahren. Weil er nie zugegeben hatte, dass er sie … Sie wälzte sich herum. Sie mochte Götz so gerne, wollte ihn auf jeden Fall als Freund behalten. Und als Kanzleipartner. Vielleicht bildete sie sich bei ihrem Gespür für Männer ja nur ein, dass er in sie verliebt war. Machte alles kaputt, wenn sie ihn mit haltlosen Vermutungen konfrontierte. Denn wahrscheinlich hatte ihr Verhalten vorhin nichts zu bedeuten gehabt. Sie waren gute Freunde, die gerade knapp dem Tode entronnen waren. Da lief man schon einmal untergehakt oder gab sich einen Kuss. Ihr hatte das ja auch gefallen, und für sie war es auch nicht mehr gewesen. Sie würde einfach zur Tagesordnung übergehen. Das war die beste Strategie, die Götz auch am meisten schonte.

Nein, sie war einfach nur feige, feige, feige!

Linn zog die Bettdecke über den Kopf und schloss die Augen. Eine Kellertür fiel knallend ins Schloss, und ein Leichenfinger reckte sich ihr aus dunkler Erde entgegen. Sie fuhr schreiend auf.

26

Am nächsten Morgen ging sie als Erstes in Götz' Büro, tat so, als sei es vollkommen normal, dass er sie zur Begrüßung umarmte, und ließ sich in seinen Besucherstuhl fallen.

»Hast du kurz Zeit?«, fragte sie, nachdem Götz ihr eine Tasse Kaffee und zwei selbstgebackene Plätzchen aus der Küche geholt und sie in der Zeit den Gedanken verworfen hatte, doch kurz anzusprechen, dass Harris sie bald besuchen kam.

»Na klar. Nur um halb zehn habe ich einen Gerichtstermin. Endlich mal wieder ein ganz normaler Fall. Ein kleiner Idiot, den sie mit zehn Gramm Gras in der Disko erwischt haben.«

Ihr fiel auf, dass Götz heute nicht wie sonst immer eines seiner grellbunten Hawaiihemden trug, sondern einen offenbar neuen dunkelblauen Pullover und eine schwarze Hose. Und er war perfekt rasiert.

»Ich stand gestern irgendwie neben mir. Ich habe wegen all der anderen Ereignisse gar nicht richtig realisiert, dass wir da unten in diesem Keller einen menschlichen Finger gefunden haben. Selbst jetzt kommt es mir surreal vor.« Sie trank einen Schluck Kaffee. Er war heiß, und sie verbrannte sich die Zunge. »Auf der einen Seite will ich sofort zur Polizei gehen, auf der anderen Seite weiß ich nicht, ob es mit meiner Schweigepflicht vereinbar ist, wenn ausgerechnet ich der Polizei verklickere, dass Haug vielleicht noch mehr Leute umgebracht hat. Und dann denke ich wieder, dass ich auf jeden Fall zur Anzeige bringen werde, dass uns jemand da unten eingesperrt hat.« Sie machte eine abwinkende Handbewegung. »Ich musste die halbe Nacht darüber nachdenken.« Sie verschwieg, dass sie zwischendurch immer wieder auch über Harris und Götz nachgedacht hatte, was ihrem Schlaf genauso wenig zuträglich gewesen war. »Ich habe mir überlegt, dass ich als Allererstes einmal mit Haug reden werde, und danach erst mit der Polizei. So kann ich ihm die Gelegenheit geben …«

»Aber nur am Telefon«, warf Götz ein. Er schaute sie ernst an. Ein bisschen zu lange. »Auf jeden Fall am Telefon, nicht hier. Ich würde es genauso machen, würde hören, wie er reagiert, und wenn er keinerlei Aufregung zeigt und nichts dagegen hat, dass du die Polizei da reinschickst, dann ist alles in Ordnung. Ich meine, wir wissen ja gar nicht mal sicher, ob das überhaupt ein Leichenteil war. Da unten war es ziemlich dunkel, und wir haben nicht sonderlich genau geschaut, wenn ich ehrlich bin. Und selbst wenn es ein Leichenteil wäre, es spricht doch für Haugs Unschuld, dass er uns überhaupt zu dem Hof geschickt hat. Das hätte er doch nicht getan, wenn er hätte befürchten müssen, dass wir da tote Opfer von ihm finden.« Götz verstummte. »Das hoffe ich jedenfalls.«

»Was ist eigentlich mit deinem Auto?«, fragte sie, um sich von den Geschehnissen auf dem Heitzhof abzulenken.

Ihr Kanzleipartner schüttelte den Kopf. »Ich versuche seit einer Stunde, jemanden ans Telefon zu kriegen, der mir sagen kann, wo ich es zurückbekomme, und ich stehe kurz davor, noch mal mit dem Bus nach Ochsenwang zu fahren und Rösch so lange zu würgen, bis er es ausspuckt.«

»Wenn ich dir helfen kann … Ich meine, du warst nur wegen mir da, ich kann das Auto zwar wegen meines Beins nicht fahren, weil es kein Automatik ist, sonst würde ich es abholen, aber ich kann versuchen herauszufinden …«

»Danke, das ist lieb, aber das brauchst du nicht. Diese Behördentelefonate sind eine gute Einstimmung auf meinen Gerichtstermin nachher. Da werde ich meinen Mandanten wie ein wild gewordener Tiger verteidigen.«

Sie musste lachen.

»Am Ende wurde unser Ausflug eigentlich ziemlich lustig, oder?« Götz lächelte und wurde knallrot.

Sie nickte und schürzte einen wichtigen Telefonanruf vor, weil sie plötzlich einen Kloß im Hals und ein komisches Gefühl im Bauch hatte, und verließ sein Büro. Während ihr der Mandant, der um neun zu einer Besprechung gekommen war, aufgebracht erzählte, dass seine Nachbarin direkt an der Grundstücksgrenze Japanische Sicheltannen und Kaukasus-Fichten anpflanzte, deren Wurzelwerk seinen Pflanzen anscheinend das Wasser absaugte, dachte sie ständig an Götz. Den besten Freund, den sie hatte. Alles, was sie wollte, war, dass es wieder normal zwischen ihnen lief. Und zwar ohne, dass sie darüber ein Gespräch führen mussten, mit dem sie Götz verletzen würde.

Als die Besprechung endlich zu Ende war und sie den Mandanten hinauskomplimentiert hatte, rief sie Haug an. »Ich bin zu Hause«, sagte er. Seine Stimme klang nüchtern. »Ich kann in zehn Minuten bei Ihnen im Büro sein.«

»Können wir das am Telefon …«

»Ich denke, es ist vielleicht besser, wenn ich vorbeikomme. Die Bullen hören bestimmt mein Telefon ab.«

»Gut, dann, würde es auch ein wenig später gehen?«, fragte sie. Wenn Götz wieder von seinem Gerichtstermin zurück war und sie hier wenigstens nicht alleine war. »Ich muss schnell meinen Terminkalender …« Auf der anderen Seite konnte sie nicht ständig von Götz erwarten, dass er sich um sie kümmerte und sie beschützte, ihm vielleicht dadurch falsche Hoffnungen machen, wenn sie nichts von ihm wollte. »Ich habe doch jetzt gleich Zeit«, sagte sie entschlossen. Ihr war nicht wohl. Im Keller dieses Mannes hatte ein verschrumpelter menschlicher Finger gelegen. Dass Haug damit auch nichts zu tun hatte, das war zu viel des Zufalls, selbst für die gutgläubigste Verteidigerin. Unschuldsvermutung hin oder her.

»Ich war gestern wie besprochen beim Hof Ihrer Großmutter«, begann sie, als Haug, der ein schlecht gebügeltes hellblaues T-Shirt und eine Wolljacke zur Jeans trug und offensichtlich nichts getrunken hatte, ihr schließlich gegenübersaß, und schilderte ihm die ganze Geschichte. Die Sache mit dem schrumpeligen Finger ließ sie zunächst aus. Es war keine gute Idee gewesen, Haug hierherzubestellen, das wurde ihr klar, als Haug »Die haben Sie im Keller eingesperrt?«, brüllte und dabei mit der Faust so auf den Tisch schlug, dass ihr Computerbildschirm erzitterte. Eine Ader an seiner Stirn schwoll an und pulsierte bedrohlich. »Das passt zu denen. Immer draufhauen. Da hatte garantiert Hartmut Rösch seine Finger im Spiel. Und Christian. Ich lege die Schweine eines Tages um! Das mache ich, ehrlich.« Er verstummte, schaute sie an, in seinen Augen flackerte es seltsam. »Was hatten Sie eigentlich im Keller zu suchen?«, wollte er wissen. Seine Stimme klang alles andere als freundlich.

Wo blieb Götz, verdammt noch mal? Wie lange konnte eine kleine Strafverhandlung denn dauern?

»Ich habe die Hebammenakten gesucht«, antwortete sie.

Das schien Haug zu beruhigen. »Haben Sie was gefunden, das uns weiterbringt?«

»Ich habe Hefte gefunden, vermutlich Tagebücher Ihrer Großmutter, und einen Berg Unterlagen, aber bisher hatte ich noch keine Zeit hineinzuschauen.«

Sie legte Haug die Hefte hin. Sein Gesicht wurde weich, die Ader hörte auf zu pulsieren. »Ja, das sind die Tagebücher meiner Oma«, bestätigte er. »Ich war mir nicht sicher, ob …« Offensichtlich rang er um Fassung. »Sie war ein lieber Mensch, warmherzig. Das war sie.«

Linn nickte.

»Sie war die Einzige, die mir gesagt hat, dass ich ein guter Kerl bin. Dass ich überhaupt nichts von meinem Vater habe. Das hat mir die Kraft gegeben, all die Jahre … Ich glaube, wenn sie nicht behauptet hätte, dass wir den ganzen Abend zusammen gewesen wären …« Er verstummte und schaute sie schuldbewusst an. »Sie wussten ja eh schon, dass mein Alibi nicht gestimmt hat«, fügte er hinzu. »Aber ich habe eines gebraucht, die hätten mich nach Vanis Tod sonst gelyncht.« Haug verzog das Gesicht. »Ich war kurz vor Omas Tod bei ihr, sie war sehr krank. Sie hat mich beschworen, sofort zu verschwinden und nie wieder nach Ochsenwang zurückzukehren. Aber ich bin bei ihr geblieben, bis sie eingeschlafen ist. Natürlich haben die aus dem Dorf gleich behauptet, ich hätte meine Großmutter auch noch umgebracht. Das war das Allerletzte.« Wieder wurde seine Stimme laut. Seine Hände zitterten. Er pfriemelte einen Flachmann aus der Tasche seiner Jacke und nahm einen tiefen Schluck. Und noch einen. »Gab … gab es eine Hebammen- … eine Hebammenakte von Vani?«, fragte er schließlich. »Wissen Sie schon, wer der Vater ihres Babys war?«

Linn schüttelte den Kopf. »Wir können die Unterlagen jetzt gerne gemeinsam durchgehen.«

Haug nickte, und sie holte den Stapel muffig riechender Blätter von ihrem Aktenschrank. Sie musste wieder an den Leichenfinger denken.

Die Hebammenakten bestanden jeweils aus einem dünnen Doppelblatt und waren nicht sortiert, vielleicht waren sie auch beim Transport im Rucksack durcheinandergekommen. Einige waren Jahrzehnte alt, und auch wenn die Akten vermutlich nicht mehr vollständig waren, wurde klar, dass Luise Heitz viele der Bewohner von Ochsenwang auf die Welt gebracht haben musste. Linn sortierte die Doppelblätter zunächst nach den Geburtsjahren der Kinder, während ihr Mandant schweigend auf einem der Besucherstühle saß und an seinen Fingernägeln herummachte.

Plötzlich fiel ihr der Name *Ines Schneider* ins Auge. Sie hörte auf zu blättern.

Ihr Mandant sah auf. »Was ist?«

»Da ist eine Akte von Ihrer Pflegemutter.«

Linn schlug das Doppelblatt auf. Bevor sie Luise Heitz' krakelige Schrift richtig entziffern konnte, erklärte ihr Mandant: »Ines hat als junge Frau mal ein Baby verloren und konnte danach kein neues mehr kriegen. Leider. Wenn sie eigene Kinder gehabt hätte, wäre sie bestimmt nicht auf die Idee gekommen, ein Pflegekind zu nehmen, und ich hätte dann nicht zu ihr gemusst.«

Seine Stimme klang für einen Moment so verzweifelt, dass Linn Mitleid mit ihm verspürte, aber dann musste sie wieder an den Leichenfinger denken und daran, dass sie das Thema gleich noch ansprechen musste. Sie schaute wieder auf die Akte. Ines Schneider hatte einige Zeit vor Haugs Geburt einen Jungen namens Momo zur Welt gebracht. 3.500 Gramm schwer und vollkommen gesund, wie in der Akte vermerkt war. Unter *Vater* war *Hans Schneider* in das Formular eingetragen, unter *Verlauf der Schwangerschaft* mehrmals, versehen mit Daten, *normaler Verlauf* und *ohne Befund*. Unter *Besonderheiten* stand allerdings: *Kind verstorben am plötzlichen Kindstod im Alter von zwei Monaten und drei Tagen.*

Ihr Mandant trank geräuschvoll einen weiteren Schluck aus seinem Flachmann. »Als ich noch ein Kind war, gab es ein Zimmer im oberen Stock des Hauses, das immer abgeschlossen war. Selbst mein Pflegevater hatte keinen Schlüssel, nur Ines. Natürlich war ich neugierig und wollte … Jedenfalls einmal, ich war so ungefähr acht oder neun, war Ines einkaufen und ich … Also ich habe mir Hans' fahrbare Leiter aus der Garage geholt und bin damit außen am Haus hoch. Ich wollte unbedingt einen Blick in dieses Zimmer werfen.« Seine zitternden Hände strichen über ihren Schreibtisch, fuhren imaginäre Straßen nach. »Wissen Sie, was in dem Raum war?« Er schaute jetzt hoch, Linn schüttelte den Kopf. »Eine Wiege mit einer

Porzellanpuppe darin«, flüsterte ihr Mandant. »Rasseln und Kuscheltiere lagen auch dort, da kann ich mich noch dran erinnern, auf einem großen weißen Kissen. Von der Decke hing ein Mobile mit Strohfiguren, das sah ziemlich gespenstisch aus. Ich glaube, die Figuren sollten Schutzengel sein, aber sie sahen überhaupt nicht freundlich aus. Eher wie Voodoo-Puppen. Es war früher Abend, und die Schatten, die diese Engel geworfen haben … Als würden sie über die Wände fliegen und Fratzen ziehen. Überhaupt, die Wände, das war das Abgefahrenste an diesem Zimmer. Ines hat überall *Momo* hingekritzelt. Mit schwarzem Filzstift und riesigen Buchstaben. Überall, alle Wände waren voll davon, und der Fußboden auch. Momo. So hat das tote Baby geheißen.« Ihr Mandant machte eine kurze Pause, lachte dann angespannt auf. »Ines hat mich blöderweise bei der Aktion erwischt. Da war Polen offen, das kann ich Ihnen sagen. Komisch eigentlich, es war eines der wenigen Male, bei denen Hans mich in Schutz genommen hat. Er hat … Also Ines und er haben gestritten an dem Abend, was sonst nie vorgekommen ist. Und ein paar Tage später hat Hans das Zimmer ausgeräumt und die Sachen weggebracht. Ines hat geschrien und gebettelt, und sie ist richtig schwer krank geworden, mit hohem Fieber und so, und danach hat sie lange nicht mehr mit Hans geredet. Und mit mir auch nicht. Sie war … Wenn ich jetzt so darüber nachdenke, dann glaube ich, sie hatte Angst. Panische Angst. Ich weiß nicht so genau, wovor, ich glaube, sie dachte, Momo käme zurück, um sie zu holen. Da hat das angefangen, dass sie nach Einbruch der Dunkelheit kaum noch aus dem Haus gegangen ist. Ich fürchte, von da an hat sie mich richtig gehasst.«

Eine Weile sprachen sie beide nicht. Die Geschichte, die Haug da gerade erzählt hatte, war ziemlich merkwürdig.

»Lassen Sie uns weiter nach Vanessas Akte suchen«, sagte Linn schließlich.

Sie durchforsteten die Akten, ihr Mandant half jetzt mit. Linn blätterte gerade durch einige gelbliche Seiten mit Wasserflecken, als sie die Hebammenakte von Vanessa Beckmann fand. Ihr Puls beschleunigte sich, als sie das Doppelblatt aufschlug.

Unter *Verlauf der Schwangerschaft* lediglich ein Eintrag: *Nach Angabe Patientin vereinzelt Konsum von Alkohol, Nikotin, Cannabis und Kokain in den ersten drei Wochen. Patientin hat versichert, jetzt nichts mehr zu konsumieren. Arztbesuch empfohlen.*

Linn schaute unter *Vater* nach. Kein Eintrag. Sie sah die Akte weiter durch und legte sie schließlich enttäuscht beiseite. Was hatte sie gehofft? Christian Beckmanns oder Hamid Stöckles Name zu finden?

»Hier steht der Vater von Vanessa Beckmanns Baby leider nicht drin«, sagte sie.

Haug verzog das Gesicht. Er sah geknickt aus.

»Was ist das eigentlich für eine kleine Erdhöhle, dort unten im Keller?«, fragte Linn nach kurzem Zögern.

»Wieso? Welche Erdhöhle?« Haugs Stimme klang auf einmal scharf und aufmerksam.

»Na, im Heitzhof, in dem von der Treppe aus gesehen rechten Keller, da ist doch an der hinteren Wand so eine Vertiefung, wie ein Stollen.«

»Das ist die alte Vorratskammer«, erklärte Haug. Er schaute ihr nicht in die Augen und begann, an seinem Zeigefinger zu kauen. Seine Hände gestikulierten unruhig durch die Luft. »Da wurde Gemüse vergraben. Eine alte Methode, um es haltbar zu machen, als es noch keine Kühlschränke gab, wissen Sie?«

»Da war etwas in der Erde«, fügte sie hinzu.

Ihr Mandant wurde totenblass. »W…warum zum T…Teufel h…haben Sie i…in der E…Erde … N…nein, g…ganz bestimmt nicht«, stammelte er. Nestelte an seinem Finger herum. Es war offensichtlich, dass er etwas zu verbergen hatte.

»Ein Finger«, sagte Linn.

Sie hatte mit allem gerechnet, aber nicht damit, dass Haug erstaunt und wütend auflachen würde. »Ein Finger?! Was ist denn das für ein Schwachsinn? Versuchen die, mir noch einen Mord anzuhängen, oder was? Sie sollen mich verteidigen!«

»Sie haben mit der Sache nichts zu tun?«

»Selbstverständlich nicht!«

»Dann haben Sie also nichts dagegen, wenn ich die Polizei informiere?«

»Nein ... Also doch!«, sagte Haug scharf. »Doch, das habe ich. Was immer dort vergraben ist, sie werden es mir anhängen.«

»Das glaube ich nicht. Sie waren seit Jahren nicht mehr bei dem Hof.«

»Und? Ich flehe Sie an, machen Sie diesen Topf nicht auf. Sie sind meine Anwältin, verdammt!«

»Welchen Topf?«

»Das sagt man eben so. In diesem Keller ist überhaupt nichts, ehrlich.« Haugs Knie wippte so hoch, dass es an die Tischplatte anstieß. Ihr Kuli rollte beinahe auf den Boden.

»Ich denke, Sie sollten anfangen, mir die Wahrheit zu erzählen«, sagte Linn. »Ich kann Sie nicht richtig verteidigen, wenn ich nur die halbe Geschichte kenne.«

»Ach, wirklich.« Haug klang plötzlich enttäuscht und erschöpft. »Ich habe eigentlich gedacht, dass Sie anders wären als all die anderen Anwälte, die ich schon hatte. Aber Sie sind genau gleich. Bei Ihnen hat es nur ein paar Tage länger gedauert. Was kommt als Nächstes? Sie müssen das Mandat niederlegen? Weil ich Ihnen nicht gestehe, dass ich Vanessa umgebracht habe? Hat einer von euch mal darüber nachgedacht, dass ich *wirklich* unschuldig sein könnte? Habt ihr das?« Seine Stimme wurde lauter. »Sie denken auch, dass ich ein Monster bin, das sehe ich an Ihren Augen. Sie denken, der Typ, der Ihnen da gegenübersitzt, hat eine junge Frau ausgeweidet und ihre Innereien als Suppe gegessen, und bestimmt werden die Bullen in seinem Keller noch weitere Leichen finden. Das denken Sie doch, oder?«

Linn schüttelte den Kopf, hoffte, dass es überzeugend aussah. »Nein, das denke ich nicht.«

»Ach, hören Sie doch auf.«

»Sie verheimlichen mir etwas. Das merke ich. Was ist es?«, fragte Linn.

Haug riss an einem abstehenden Häutchen seines Daumens.

»Herr Haug, es ist wirklich wichtig, dass wir darüber reden.«

Ihr Mandant stand ruckartig auf und beugte sich zu ihr über den Tisch. Instinktiv wich sie ein Stück zurück. »Wissen Sie was, Frau Dr. Geller?«, sagte er laut. Sein Atem roch nach altem Kaffee, Zigaretten und schwach nach Schnaps. »Vielleicht ist es gut, wenn die Karten endlich auf den Tisch kommen. Mir ist es langsam wirklich scheißegal. Schicken Sie die Bullen zu meinem Hof. Die werden keine Leichen dort finden. Und wenn doch, dann habe ich sie jedenfalls nicht umgebracht.« Er schlug mit der Faust auf den Tisch.

»Aber es wäre besser, wenn Sie mir vorher …«

»Was auch immer ich Ihnen erzähle, Sie werden es mir nicht glauben.«

»Das wissen Sie doch gar nicht.«

Haug lachte bitter auf. »Oh doch, das weiß ich. Ich weiß leider zu genau, dass mir niemand glaubt.« Er machte eine kurze Pause und ließ sich schwerfällig wieder auf seinen Stuhl sinken. »Vielleicht sollte ich einfach gestehen, was meinen Sie? Dann wäre diese Scheiße hier vorbei. Alle wären zufrieden, und der Typ mit den Mördergenen wäre endlich im Knast.« Seine Stimme war plötzlich so leise, dass sie ihn kaum verstand. Sie hatte immer noch keine Ahnung, ob Haug ihr Theater vorspielte oder ob er unschuldig und einfach völlig verzweifelt war.

»Haben Sie Vanessa und Ihre Pflegemutter denn umgebracht?«, fragte sie.

Haug schwieg und starrte auf den Tisch. Er schien mit sich zu ringen, schien etwas sagen zu wollen. Aber er tat es nicht, sondern stand wortlos auf und verließ die Kanzlei, ohne sich von ihr zu verabschieden.

27

Faber hatte nicht mit ihr sprechen wollen oder wirklich keine Zeit gehabt, daher hatte Linn sich am Telefon mit Staatsanwältin Kirchhoff herumschlagen müssen, der sie nicht nur die Sache mit dem Finger erzählt hatte, sondern auch, dass jemand sie im Keller eingesperrt hatte und dass Götz und sie vermuteten, Rösch habe ihr Auto abgeschleppt, nur um sie zu schikanieren. Die Staatsanwältin hatte knurrend zugesagt, sich um das Leichenteil im Keller zu kümmern, aber die Sache mit Rösch hatte sie nicht glauben wollen.

Den Rest des Mittags kümmerte sich Linn um andere Fälle, tippte Schriftsätze und telefonierte mit Mandanten. Schließlich holte sie die zerfledderten Tagebücher von Haugs Großmutter hervor. Sie blätterte sie erst einmal durch. Viele der Seiten klebten zusammen oder waren mit einem schwarzen Belag bedeckt, vielleicht war es eine Art Schimmel, jedenfalls roch es so. Die Tinte war an vielen Stellen so verwischt, dass sie unleserlich war, einige Seiten sahen aus, als hätten sie aufgeschlagen im Regen gelegen. Und Luise Heitz' altmodische, kritzelige Handschrift war schwer zu lesen. Als Linn eines der Tagebücher hochnahm, fielen zwei vergilbte Zeitungsausschnitte heraus, in denen es um den Tod von Haugs leiblicher Mutter ging. *Vater ersticht Mutter – Polizei rettet Baby aus Horrorhaus* und *Andi H. verurteilt*. Linn massierte ihr versehrtes Bein. Ein ziemlich merkwürdiger und grausiger Zufall eigentlich, dass sowohl Haugs leibliche Mutter als auch seine Pflegemutter einem Tötungsdelikt zum Opfer gefallen waren. Aber Haugs leiblicher Vater konnte mit Ines Schneiders Tod nichts zu tun haben. Er war seither nicht mehr aus dem Gefängnis herausgekommen.

Linn wandte sich wieder den Tagebüchern zu. Die Bücher umfassten insgesamt einen Zeitraum von 1965 bis 2002, allerdings hatte Luise Heitz offenbar manchmal jahrelang nichts geschrieben, so dass es große Lücken zwischen einzelnen Einträgen gab. In der Zeit vor Johann Haugs Geburt beschrieb seine Großmutter im Wesentlichen Hochzeiten und Sterbefälle von Linn unbekannten Ochsenwangern. Aber sie schrieb auch über Ines Schneider, damals noch Sattler, und über Hans Schneider und Christian Beckmann. Den wenigen leserlichen Seiten entnahm Linn, dass Ines Schneider und die deutlich ältere Luise Heitz damals offenbar gut befreundet gewesen sein mussten und Luise Heitz großen Anteil an Ines Schneiders Liebesleben genommen zu haben schien. Ines Schneider hatte sich offenbar unsterblich in Christian Beckmann verliebt, der ihre Liebe jedoch nicht erwidert hatte, und am Ende hatte Ines dann Hans Schneider geheiratet. Kurz darauf war ihr gemeinsames Baby Momo geboren worden und wenig später auch gestorben.

Das Verhältnis zwischen Luise Heitz und Ines Schneider hatte sich in der Folgezeit offenbar erheblich verschlechtert. Warum verstand Linn nicht, vermutlich stand das irgendwo auf den unlösbar miteinander verklebten Seiten.

Linn war gerade dabei, einige besonders unleserliche Einträge durchzugehen, bei denen sie nur einzelne Worte oder Satzteile wie *Sünden, halbtot, gleich zweimal, umsonst um Vergebung betteln, geschwiegen, hätte es wissen müssen* und ein Wort, dass *Kantort* oder *Kundnard* heißen musste, entziffern konnte, als es an ihrer Tür klopfte. Es war Götz, der sie fragen wollte, ob sie noch Lust auf ein schnelles Bier hätte.

»Ich muss noch ein bisschen arbeiten«, erwiderte sie. Es war eine Ausrede.

»Kein Problem, dann ein anderes Mal.« Götz lächelte friedfertig. »Ich werde alleine feiern, dass ich jetzt wenigstens weiß, wo mein Auto steht, auch wenn ich es vor übermorgen nicht zurückbekomme.« Er lehnte sich an den Türrahmen. »Wann willst du eigentlich mit Haug sprechen?«

»Ich habe heute Vormittag schon mit ihm geredet.«

»Am Telefon?« Götz Stimme klang alarmiert.

»Nein, er ist vorbeigekommen.«

»Linn, sag mal, spinnst du?« Götz gestikulierte aufgebracht mit den Händen, er klang wütend und vorwurfsvoll. »Der Typ ist ein psychopathischer Mörder! Du kannst dich nicht einfach hier alleine mit ihm treffen.«

Leichte Verärgerung stieg in ihr auf. »Ich denke, ich bin sehr gut in der Lage, eine solche Entscheidung selbst zu treffen.«

»Offenbar nicht. Das ist viel zu gefährlich! Du hättest mich anrufen müssen. Was du da gemacht hast, war un…«

»Götz«, unterbrach sie ihn. »Tut mir leid, aber du hast mir nichts vorzuschreiben. Es geht dich nichts an, mit wem ich mich wo treffe.«

Ihr Kanzleipartner wirkte zerknirscht. »So war das gar nicht gemeint. Ich dachte nur, ich meine, dieser Haug hat zwei Frauen …«

»*Mutmaßlich* zwei Frauen«, fauchte sie. Kurz war es still. »Du hast ja recht. Das Treffen war bescheuert von mir«, lenkte sie ein. Sie verstand selbst nicht genau, warum sie gerade so sauer auf Götz gewesen war. Er konnte schließlich nichts dafür, dass sie sich nicht getraute, ihm zu sagen, dass sie nichts von ihm wollte.

Wieder daheim in ihrer Wohnung verriegelte Linn zunächst alle Schlösser an der Tür, legte die Tagebücher ins Wohnzimmer und ging dann in die Küche, um sich etwas zu essen zu machen. Die Sache mit Götz war blöd gelaufen. Zumal er in der Sache ja recht gehabt hatte. Es war wahrscheinlich nicht ganz ungefährlich gewesen, sich mit Haug alleine zu treffen. Dennoch konnte Götz nicht so mit ihr reden, hatte kein Recht, wütend auf sie zu sein, weil sie Mandantenbesprechungen abhielt. Vielleicht war ihr Ausbruch insgesamt gar nicht schlecht gewesen, denn jetzt musste Götz ja kapiert haben, wie sie zu ihm stand. Und falls nicht, würde sie in den nächsten Tagen mit ihm reden. Und hoffen, dass sich alles schnell wieder auf ein normales Niveau einpendelte.

Sie ging ins Wohnzimmer und ließ sich auf ihr Sofa fallen, ein großes Glas Sprudel und ein Vollkornbrot mit Streichkäse und Essiggurken neben sich. Sie versuchte, Harris anzurufen, der aber nicht an sein Handy ging. Sie nippte an ihrem Wasser und massierte ihr Bein. Sie musste unbedingt noch aufräumen, bevor Harris kam. Der dunkelblaue Holztisch, den sie sich vor Kurzem gekauft hatte, brach fast zusammen unter den Fachbüchern für Strafrecht, den Leitfäden für Kanzleimanagement und ihren Unterlagen für die Umsatzsteuer. Jetzt waren auch noch die drei angeschimmelten Tagebücher hinzugekommen, was nicht sonderlich vorteilhaft aussah. Auf dem alten Holzboden lagen schon wieder Staubflusen. Und für das neue Sofa brauchte sie noch ein paar kuschelige Kissen. Nach dem Abschluss des Riccardi-Falls hatte sie einige Möbel weggegeben und stattdessen neue gekauft, und noch immer sah ihr kleines Wohnzimmer an einigen Stellen unbewohnt aus. Und es roch wie im Lagerraum einer Ikea-Filiale. Sie lehnte sich zurück. Regen prasselte auf ihre Dachfenster, ein wenig fühlte sie sich, als säße sie in einem Auto in der Waschgarage. Sie schaute sich den Wetterbericht auf dem Handy an. Die nächsten Tage würde das so weitergehen. Für die Jahreszeit vollkommen ungewöhnlicher Föhn, Tauwetter und starker Regen. Sie schaltete den Fernseher an, zappte durch die Programme, warf immer wieder einen Blick auf ihr Telefon, aber Harris rief nicht zurück. Schließlich drückte sie auf den Ausknopf ihrer Fernbedienung und stand auf, um sich Luise Heitz' Tagebücher vom Tisch zu holen.

Nach Johann Haugs Geburt war der Konflikt zwischen

Haugs Großmutter und Ines Schneider offenbar eskaliert. Luise Heitz hatte Johann Haug nach der Ermordung seiner Mutter zu sich auf den Hof nehmen wollen, war aber vor Gericht unterlegen, und ihr Enkel war stattdessen zu Ines Schneider in die Pflegefamilie gekommen, worüber Luise Heitz sehr aufgebracht gewesen war. *Jetzt kommt der Jo zu der. Wie kann man der ein Kind geben? Wieso hat mir niemand geglaubt? Der Richter von dem Familiengericht kann sagen, was er will. Ich kenne Ines. Ich bin nicht verrückt, und ich bilde mir das nicht ein. Ich behaupte das nicht, weil ich sauer auf Ines bin. Ich weiß es. Ich weiß jetzt, was Ines getan hat. Die schlimmste Sünde von allen. Aber auf meine Familie mit dem Finger zeigen! Gestern hat die dann auch noch ihren Galan geschickt. Die Botschaft kam an. Denn der meint das ernst. Der schlägt mich tot, wenn ich noch einmal darüber rede, und Jo gleich mit.*

Neugierig las Linn weiter, aber was Ines Schneider getan haben könnte oder wer Luise Heitz bedroht hatte, hatte die alte Dame nicht notiert.

Sechs Jahre schrieb Luise Heitz nicht mehr, dann setzten die Einträge plötzlich wieder ein. Was folgte, waren Beschreibungen eines Martyriums aus Gewalt und Vernachlässigung, das ihr Mandant in seiner Kindheit und Jugend bei den Schneiders durchgemacht haben musste. Offenbar hatte Luise Heitz mehrfach versucht, Johann aus der Pflegefamilie zu holen, war jedoch jedes Mal gescheitert. Einmal war sie sogar ein paar Tage mit ihm abgehauen, was allerdings zur Folge gehabt hatte, dass sie ihn danach lange nicht mehr hatte sehen dürfen.

Auch in der Schule hatten die Kinder Johann Haug offenbar drangsaliert und gequält, und weder Hans noch Ines Schneider schien das gekümmert zu haben. Als Klassenkameraden ihn blutig geprügelt hatten, hatten die beiden ihm nicht einmal die Wunden verbunden, sondern ihn ohne Abendessen ins Bett geschickt. Linn wurde immer bedrückter, je mehr sie erfuhr. Wie konnte es sein, dass ein Kind so gequält wurde und niemand etwas dagegen unternahm? *Steinernes Herz, die Ines. Jo kann doch nichts dafür,* las sie weiter. *Unmenschlich ist die. Bringt ihn noch um. Genau wie Momo. Verbrecherin. Habe Hans angesprochen. Der hat geschwiegen, wie immer. Ines hat mich Verbrecherhure genannt. Ausgerechnet Ines, die selbst am meisten …* Es folgte ein Stück verwaschener Schrift. Linn wollte gerade weiterlesen, als ihr bewusst wurde, was sie da gerade gelesen hatte. *Genau wie Momo*, hatte Luise Heitz geschrieben. Momo. Hans und Ines Schneiders Kind, das einige Wochen nach der Geburt am plötzlichen Kindstod gestorben war. *Sie bringt ihn noch um. Genau wie Momo.* Linn knetete ihr versehrtes Bein, das ein wenig schmerzte, weil sie schon so lange auf dem Sofa saß. *Verbrecherin.* Sie blätterte zurück zu dem unleserlichen Wort. Wenn man genau hinschaute, konnte es statt *Kantsort* oder *Kundnard* auch *Kindsmord* heißen. War es möglich, dass Momo gar nicht am plötzlichen Kindstod gestorben war? Sondern dass Ines Schneider ihr eigenes Kind getötet hatte? Und dass Luise Heitz das gewusst, aber darüber geschwiegen hatte, vielleicht weil sie bedroht worden war?

Auf einmal kamen Linn die Kreise und eingeritzten *M's* in den Sinn, die sie bei ihrer unfreiwilligen Nachtwanderung mit Götz durchs Maar gesehen hatte. Auf einem der Steine der Ruine der Sünderkapelle. Hatte das *Momo* geheißen? Hatte Ines Schneider den Namen ihres toten Kindes in die Steine der Sünderkapelle eingeritzt? Weil sie es getötet und nach Vergebung gesucht hatte? Ines Schneider hatte häufig dort gesessen. Die Tötung eines Babys war eindeutig eine Todsünde. Und was ihr Mandant erzählt hatte, von den vollgekritzelten Wänden und der Porzellanpuppe, das war auch ziemlich auffällig gewesen.

Aber konnte diese alte Geschichte irgendetwas mit zwei Morden zu tun haben, die beide viele Jahre nach Momos Tod stattgefunden hatten?

Linn stützte den Kopf in die Hände. Wenn Ines Schneider wirklich eine Kindsmörderin gewesen war, könnte in der Ermordung des Babys das Motiv für ihre eigene Ermordung gelegen haben. Aber was war mit Vanessa Beckmann? Auch hier war ein Baby im Spiel gewesen, ein ungeborenes allerdings. War die Tatsache, dass es zwei tote Babys gab, das Bindeglied zwischen den Morden an den beiden Frauen? Aber wie und warum? Und die Hebamme, die sie beide betreut hatte, war ebenfalls tot. Allerdings hatten die Rechtsmediziner bei ihr einen natürlichen Tod festgestellt.

Linn erhob sich und humpelte durch ihre Wohnung, immer den kurzen Weg von der Küche ins Wohnzimmer und wieder zurück. Plötzlich blieb sie wie angewurzelt stehen. Wie hatte sie so blind sein können. Es ging nicht um Babys und nicht um Hebammen. Es ging um Eltern, die ihre Kinder töteten! Der Streit zwischen Ines Schneider und Christian Beckmann, kurz nach der Wiederaufnahme des Schlächter-Falls! Ines Schneider hatte Christian Beckmann angebrüllt, dass sie »es« wisse, dass sie wisse, dass Beckmann die »gleiche Schuld wie sie« auf sich geladen habe. Dass nur sie ihn verstehen könne. Die gleiche Schuld. Ines Schneider hatte ihr Kind getötet, und Christian Beckmann hatte auch sein Kind getötet. So musste es gewesen sein.

Und wenn Ines Schneider davon gewusst und vielleicht darüber hatte sprechen wollen, dann hatte Beckmann ein noch besseres Motiv als den möglichen Inzest, um Ines Schneider zum Schweigen zu bringen. Linn strich über ihre Haare. Jetzt musste sie nur noch handfeste Beweise für ihre Vermutungen finden! Und sie musste Beckmanns Alibi für den Tod von Ines Schneider erschüttern.

28

Die Exhumierung von Vanessa Beckmanns Leiche fand auf dem alten, verwilderten Friedhof am Ortsrand von Ochsenwang statt. Das für Mitte Dezember ungewöhnlich warme Wetter hatte den Boden auftauen lassen, aber heute war es bereits wieder deutlich kühler, und ein erneuter Wintereinbruch war vorhergesagt worden.

Es war sechs Uhr morgens, als Linn den Friedhof erreichte. Sie war mit einer Mitfahrgelegenheit aus dem Internet angereist, einem aufgeregten Studenten auf der Fahrt nach München. Kein Mensch war weit und breit in der dunklen Landschaft zu sehen, und Linn fragte sich kurz, ob sie sich vielleicht im Datum oder der Zeit geirrt hatte, aber als sie an einer dichten, langen Eibenhecke vorbeigelaufen war, sah sie Scheinwerferlicht. Es war totenstill, nur das Knirschen ihrer Schuhe auf dem Boden und das leise Knarren, als sie das Friedhofstor öffnete und wieder schloss, war zu hören. Neben dem Tor ragten die etwa mannshohen Reste einer Mauer empor, vielleicht, so dachte sie mit einer Gänsehaut, Reste des alten Krematoriums, in dem Haug beinahe verbrannt worden war. Humpelnd betrat sie den schlammigen Hauptweg, der durch eine Reihe verfallener Gräber mit teilweise umgestürzten Grabsteinen hindurchführte. Matschige Schneereste bedeckten an einigen Stellen die Erde. Sie knöpfte ihren Mantel über ihrem Blazer zu, weil sie plötzlich fröstelte. Drei starke Scheinwerfer erleuchten den Weg bis hin zu Vanessas Grab, den noch unbeweglichen Bagger und die stumme Menschengruppe davor. Außerhalb dieses Lichtkreises war es stockdunkel. Leichter Nebel lag über einer verwitterten Gruft mit einem steinernen Engel auf dem Dach und einer uralten, riesigen Trauerweide. Die pechschwarzen Schatten, die die Zweige der Weide im künstlichen Licht warfen, sahen aus wie Monsterkrallen, die bedrohlich nach ihr griffen. Linn humpelte ein wenig schneller auf die Menschengruppe zu, die einen Halbkreis um ein Grab mit einer herzförmigen Marmorplatte bildeten. *Vanessa Maria Beckmann, 27.04.1976 bis 29.10.1995. Ruhe sanft, kleiner Schatz.* Faber stand direkt neben der Grabplatte, mit angespannten Gesichtszügen, zusammen mit einer Frau, die vermutlich eine Rechtsmedizinerin war. Außerdem war ein alter Mann in einem dunklen Anzug dort, den sie von den Fotos als Christian Beckmann erkannte. Beckmann wurde von Rösch gestützt, der ebenfalls einen Anzug trug. Drei Polizisten in Uniform und zwei Männer, einer davon in der Soutane eines Pfarrers, standen ebenfalls bei der Gruppe.

»Guten Morgen«, sagte sie. Ihre Stimme klang hohl und krächzig, als habe sie tagelang nicht gesprochen.

Ein hagerer Mann in einem Blaumann, wohl der Baggerfahrer, und die Rechtsmedizinerin waren die Einzigen, die ihren Gruß erwiderten. Faber und Rösch starrten sie mit bösen Blicken an, Christian Beckmann wie versteinert. Schweigend standen sie sich gegenüber, wie Boxer in einem Ring. Plötzlich hob Beckmann eine verkrümmte Hand und deutete anklagend auf sie. In seinen Augen leuchtete ein solcher Hass, dass es Linn kalt den Rücken hinunterlief.

Aber als sie diese gebeugte, vom Leben zerschmetterte Gestalt mit den tattrigen Händen und dem ständig leicht wackelnden Kopf näher betrachtete, fiel es ihr schwer, sich den Mann als Mörder seines Kindes vorzustellen, bewaffnet mit Hammer und Messer. Natürlich war er damals jünger und bestimmt in besserer Verfassung gewesen, nur … Er wirkte vollkommen gebrochen, wie ein verzweifeltes Opfer, nicht wie ein schuldiger Mörder. Und dass dieser wacklige Greis Ines Schneider niedergerungen und ihr einen Pen mit brutaler Gewalt in den Rücken gestoßen hatte, war eigentlich unvorstellbar. Ihre diesbezüglichen Überlegungen erschienen ihr auf einmal recht unwahrscheinlich.

»Legen wir los, wa?«, fragte der Blaumannträger, und seine fröhliche Stimme und sein Berliner Akzent wirkten vollkommen fehl am Platz auf diesem tristen, stillen, schwäbischen Friedhof.

Faber nickte. Beckmann schwankte leicht, Rösch stützte ihn und sprach nun flüsternd auf ihn ein.

Der Baggerfahrer stieg mit einer schnellen Bewegung in die Fahrerkabine. Mit einem unnatürlich lauten Brummen erwachte die Baumaschine zum Leben. Abgasgestank breitete sich über dem Friedhof aus. Alle traten ein Stück zurück, Linn und die Polizisten auf die eine, der Rest der Gruppe auf die andere Seite des Grabes. Linn steckte ihre Hände in die Taschen ihres Mantels, aber die Eiseskälte, die sie bis in die Fingerspitzen durchdrang, wurde dadurch nicht vertrieben. Der Bagger brachte sich in Position, als Erstes hob er die Grabplatte mit einem kreischenden Geräusch aus dem Boden. Auf der anderen Seite des Grabes sank Christian Beckmann auf die Knie, den Mund zu einem Schrei geöffnet, den Linn durch den ohrenbetäubenden Lärm des Baggers nicht hören konnte. Die Baggerschaufel legte die Grabplatte vorsichtig seitlich auf den Boden, schwenkte wieder auf das Grab zu. Die Zähne bohrten sich in die Erde, kratzten Steine und kahle Pflanzenreste vom Grab. Schließlich traf der Bagger mit einem scheußlichen Knarren auf etwas Hartes, offenbar den Jugendsarg aus Plastik. Beckmann kippte nach vorne, Rösch versuchte, ihn zu stützen, aber es gelang ihm nicht. Auch Faber, die Rechtsmedizinerin und der Pfarrer knieten nun neben Beckmann im schlammigen Gras. Einer der Polizisten schrie etwas und machte eine ausladende Handbewegung in Richtung des Baggerfahrers. Die Schaufel erstarrte über dem halb geöffneten Grab, der Bagger verstummte. Linn zückte ihr Handy und wählte den Notruf. Während sie auf den Krankenwagen warteten, ging sie ein Stück auf die Gruppe zu, blieb schließlich jedoch zögernd stehen. Sie war bestimmt die Letzte, die Beckmann in diesem Moment in seiner Nähe haben wollte. Trotzdem konnte sie den Blick nicht von dem alten Mann abwenden. Beckmann lag auf dem Bauch, das Gesicht mit einer Wange auf den Boden gedrückt, umringt von Menschen, die versuchten, ihm zu helfen. Mit beiden Händen klammerte er sich an einem kahlen Busch fest. Er weinte und brabbelte etwas vor sich hin, das sich wie ein Gebet anhörte. Es dauerte eine Weile, bis Linn seine Worte durch das Stimmengewirr, das sich erhoben hatte, verstehen konnte, aber Beckmann wiederholte immer den gleichen Satz: »Herr, erbarme dich meiner Seele, ich habe gesündigt.« Dann, vollkommen unerwartet, stieß er einen Schrei aus, so voller Schmerzen und Wut, dass er Linn durch Mark und Bein ging. Er schrie immer noch, als er von den drei Polizisten und den inzwischen eingetroffenen Sanitätern auf die Liege gezwungen und festgeschnallt wurde, während der Notarzt versuchte, dem um sich schlagenden Mann einen Zugang zu legen.

Es wurde bereits hell, als der Bagger sich wieder in Bewegung setzte, eine Morgendämmerung, die den Himmel grell orangerot färbte. Linn gingen ständig Beckmanns Worte durch den Kopf. »Ich habe gesündigt.« War es möglich, dass Beckmann hier, nach so vielen Jahren, endlich gestanden hatte, seine Tochter getötet zu haben? Immer wieder schaute sie zu Faber hinüber, auch er schien darüber nachzudenken. Seine Mundwinkel zuckten, und er fuhr sich ständig mit der Hand über den Mund. Röschs Blick, wenn sich Linns und seine Blicke gelegentlich trafen, war nicht mehr ganz so wütend wie zuvor, eher unsicher.

Mit einem Kreischen, das sich anhörte wie eine Gabel, die über einen Teller kratzte, legte der Bagger den Sarg in kurzer Zeit frei. Die Zähne der Schaufel bohrten sich nun vorsichtig oben in die Sargwand. Es knallte, als der rosa Deckel in zwei

Hälften zersprang, der laute Fluch des Baggerfahrers war noch über den Maschinenlärm zu hören. Rösch wurde totenblass. Er sah aus, als müsse er sich gleich übergeben. Der Bagger drehte sich vom Grab weg, die Schaufel bollerte auf den Boden, der Motor ging erneut aus. Der Baggerfahrer sprang aus dem Führerhaus, ging beherzt auf das Grab zu und stieg zusammen mit einem der Polizisten hinein. Linn und der Rest der Gruppe näherten sich dem Loch. Der Baggerfahrer und der Polizist hoben vorsichtig den zerbrochenen Sargdeckel an. Linn holte tief Luft. Dann schaute sie in die Grube.

Vanessa Beckmanns Leiche war noch vollständig erhalten. Angezogen mit einer Jeans und einer hellen Bluse, die Hände gefaltet, lag sie auf rosa Plüsch. Ihr Schädel war von den Hammerschlägen absurd deformiert und zerstört, ihre langen Haare nur noch an den Stellen vorhanden, an denen die Schläge keine Löcher verursacht hatten. Sie umrahmten ein verformtes Gesicht, auf dem sich eine dicke weiße Schicht aus irgendeiner Substanz gebildet hatte. Einige Gesichtszüge waren noch erkennbar, der Mund verzogen, Vanessa schien aus dem Grab heraus stumm um Hilfe zu schreien. Linn hätte am liebsten die Augen zugemacht oder sich weggedreht. In diesem Moment schwor sie sich, dass sie alles tun würde, um herauszufinden, wer dieses Mädchen getötet hatte. Wenn es ihr Mandant gewesen war, dann würde sie ihn zu einem Geständnis bewegen. Aber wenn er es nicht gewesen war, wenn das hier ein Kindsmord oder die Todsünde eines anderen gewesen war, für die Johann Haug den Kopf hinhalten sollte, dann würde sie dafür sorgen, dass er freigesprochen wurde. Sie starrte auf den deformierten Schädel hinunter. Der modrige Geruch, der von der Leiche ausging, war schwer zu ertragen.

Die Rechtsmedizinerin, jetzt mit einem Schutzoverall, beugte sich über den Rand der Grube. Fotos wurden gemacht, schließlich wurde der Sarg vorsichtig und unter erneuter Zuhilfenahme des Baggers herausgehoben. Der Sarg ruckelte, die Bluse der Toten rutschte ein wenig nach oben, und trotz der weißen Schicht, die auch hier die Tote bedeckte, konnte Linn das klaffende Loch im Bauch der ausgeweideten Leiche sehen. Sie lehnte sich an einen der Nachbargrabsteine. Sie schwitzte, obwohl ein kalter Wind aufgekommen war, der einzelne Schneeflocken vor sich her trieb.

»Gottverdammte Scheiße«, hörte sie Faber sagen, als die Tote mitsamt den Sargresten verpackt und in einen Leichentransporter gelegt wurde. Linn wandte sich ab, als das Auto langsam von der leeren Grube wegfuhr.

Niemand sprach, als sie vom Grab weggingen. Sie war die Letzte, die noch vor dem Friedhof stand, weil ihr Taxi nicht gekommen war. Keiner hatte ihr eine Mitfahrgelegenheit angeboten, und sie hatte auch nicht danach gefragt.

Nachdem sie das verspätete Taxi nach Ochsenwang gebracht hatte, ging Linn in die einzige, winzige Bäckerei in der Nähe der Bushaltestelle, in der es zwei Stehtische an einer mit Holzweihnachtsengeln dekorierten Wand gab. Sie hatte noch zwanzig Minuten Zeit, bis ihr Bus kam. Sie trank einen Latte Macchiato und versuchte, die Bilder der toten Vanessa wieder aus ihrem Kopf zu bekommen. Der Kaffee schmeckte pappig und zu süß und ließ Linns Stimmung weiter sinken. Selten hatte sie sich so nach ihrer Großkanzleizeit gesehnt, in der sie nur Wirtschaftsrecht gemacht hatte.

Sünden. Immer wieder ging es in diesem Fall um Sünden. Linn trank ihren Kaffee aus, obwohl ihr immer noch ein wenig flau im Magen war. Mit einem langen Löffel kratzte sie abwesend Milchschaumreste zusammen. Was konnte der Grund dafür gewesen sein, dass sowohl Ines Schneider als auch Christian Beckmann ihre Kinder umgebracht hatten? Falls sie es getan hatten? Vanessa war 19 Jahre alt gewesen, als sie gestorben war,

Ines Schneiders Kind hingegen noch ein Säugling. Die Taten lagen über zwanzig Jahre auseinander. War es möglich, dass sie zusammenhingen? Und was hatte ihr Mandant mit der Sache zu tun? Linn strich über die Narbe auf ihrer Wange, bezahlte und verließ die Bäckerei. Stellte sich an die Bushaltestelle, an der wenig später einer der wenigen Busse, die an diesem Tag fuhren, hielt. Sie ließ ihn nach kurzem Zögern weiterfahren. Sie konnte jetzt noch nicht nach Hause gehen. Sie wollte endlich wissen, was in diesem Dorf passiert war.

29

Linn ging auf der tristen, kleinen Landstraße, die aus Ochsenwang an einigen kahlen Obstbäumen und schlammigen Wiesen vorbei hinausführte, in Richtung Maar. Den gleichen Weg musste damals Vanessa Beckmann am Abend ihres letzten Lebenstags genommen haben. Ein paar Schneeflocken fielen, dunkle Schneewolken drohten am Himmel, und weißer Dunst stieg aus einem Tannenwald empor, der einen entfernten Berghang bedeckte. Mit einem leichten Schaudern dachte Linn an die Geschichte, die Haug ihr erzählt hatte, vom Raunachtreigen und den Seelen der vor ihrer Zeit Verstorbenen, die sich im Nebel materialisierten. Sie zwang sich zu einem Grinsen über all den abergläubischen Unsinn und humpelte weiter die Straße entlang. Es war unangenehm feuchtkalt. Der Dunst breitete sich rasch weiter aus, hatte nach kurzer Zeit das Dorf, das nun hinter ihr lag, verschluckt und wallte wellenförmig über die Straße. Unwillkürlich beschleunigte Linn ihre Schritte, so gut das mit ihrem versehrten Bein eben ging.

Das Bein schmerzte, als sie den kleinen Weg erreichte, der von einem Parkplatz mit Altglascontainern in den ehemaligen Vulkankrater führte. Der Untergrund war schlammig und rutschig. Schneeflocken schwebten vor ihren Augen, als sie an dornigem Gestrüpp vorbei den oberen Kraterrand betrat. Sie warf einen Blick auf ihr Handy. Kein Empfang. Trotzdem ging sie weiter. Schwer atmend erreichte sie die Stelle, an der Vanessa Beckmann gestorben war. Zwei von Wachholderbüschen und kahlen, dornigen Hagebuttensträuchern umgebene Gesteinsbrocken. Soweit Linn das in dem Nebel überblicken konnte, war das hier der einsamste, versteckteste Platz im ganzen Maar. Er lag auch nicht auf dem direkten Weg von Ochsenwang zum Heitzhof. Vanessa Beckmann hätte extra hier herunterkommen müssen. Warum hatte sie sich hier hingesetzt, mitten in der Nacht, wenn sie doch anscheinend hatte abhauen wollen, vielleicht zu Haug auf den Hof? Oder hatte sie das gar nicht gewollt? Aber was hatte sie dann hier gemacht? Linn setzte sich ebenfalls auf den mit einer hauchdünnen, neuen Schneeschicht bedeckten Stein und schaute sich um. Hoffte auf eine Erkenntnis oder irgendeinen Hinweis. Aber nichts geschah. Das Maar lag totenstill und nebelgetränkt vor ihr.

Nach kurzer Zeit fing sie an zu frieren und erhob sich wieder. Sie verließ den ehemaligen Tatort und ging ein paar Schritte zu dem liegenden Stein, auf dem der Mörder Vanessa aufgebahrt hatte, hinüber. Berührte ihn mit der Hand. Er sah aus wie ein Altar. Nebelschwaden waberten um sie herum, kräuselten sich durch die Bewegung ihrer Hand. Manche sahen aus wie Gesichter. Linns Nackenhaare stellten sich auf. Schnell wandte sie sich von dem altarartigen Stein ab und machte sich humpelnd an den Aufstieg zur Ruine der Sünderkapelle. Der Nebel wurde langsam dichter, bald konnte sie kaum noch die Hand vor den Augen erkennen. Sie konzentrierte sich ganz auf den kleinen Pfad und wäre beinahe an den verirrt herumliegenden Steinbrocken vorbeigelaufen.

Jetzt, im düsteren Tageslicht, war die verwitterte Inschrift, die die Steine über und über bedeckte, gut lesbar: *Momo*. Überall stand hier *Momo*, sie hatte sich nicht getäuscht. Mit dem Finger ihrer rechten Hand fuhr Linn die Schriftzeichen nach. In einem großen Loch in einem der Steine entdeckte sie eine kleine Marienfigur, einige Strohblumen, Kerzen und ein in Plastik eingeschweißtes, vergilbtes Foto. Linn nahm das Foto hoch und betrachtete es lange. Ein winziges Baby in einer Wiege. Möglicherweise war das Momo. Die Vorstellung, dass jemand, vielleicht die eigene Mutter, etwas so Kleines, Hilfloses getötet haben könnte, tat Linn weh. Es war eine vollkommen widernatürliche, unverständliche Handlung. Jemand, der so etwas tat, musste ein böser Mensch sein. Und es war durchaus vorstellbar, dass der Mörder von Ines Schneider sie wegen dieser Tat getötet hatte. Hans Schneider? Aber der hatte ein Alibi. Oder war Momo vielleicht gar nicht Hans Schneiders Kind gewesen, sondern Christian Beckmanns, falls die Gerüchte mit der Affäre stimmten? Linn wollte das Foto gerade wieder zurückstellen, als ihr das Kuscheltier auffiel, das direkt neben dem Gesicht des Babys lag. Eine Stoffkatze. Das Foto war schon sehr alt, aber wenn sie nicht alles täuschte, war das die gleiche Stoffkatze, die Ines Schneider in der Hand gehalten hatte, als sie gestorben war. Nachdenklich steckte Linn das Foto in ihre Jackentasche und machte sich langsam auf den Rückweg nach Ochsenwang.

Eine halbe Stunde später erreichte Linn die Sackgasse, in der Ines Schneider gewohnt hatte. Es schneite wieder stärker, der Boden war bereits mit dickem weißem Flaum bedeckt. Der Winter kehrte zurück.

Zögernd näherte sie sich Christian Beckmanns Haus. Sie betrat den Vorgarten, nahm ihren ganzen Mut zusammen und betätigte die Klingel. Sie hoffte fast, dass Vanessas Vater nach seinem Zusammenbruch am Grab nicht zu Hause sein würde und sie ihm nicht von Angesicht zu Angesicht gegenüberstehen musste. Aber die Tür ging auf. Linns Magen sackte nach unten. Es war jedoch nicht Beckmann, sondern eine dicke Frau etwa in Linns Alter. Sie beäugte Linn misstrauisch.

»Mein Name ist Linn Geller. Ich vertrete Johann Haug, und ich würde gerne mit Herrn Beckmann sprechen«, sagte Linn.

Das Gesicht der dicklichen Frau verlor alle Farbe. »Dass Sie es wagen hierherzukommen! Gerade wurde die Leiche seiner

Tochter ausgegraben!« Sie versuchte, die Tür zuzudrücken, aber Linn hielt dagegen.

»Ist er da?«

»Verschwinden Sie.« Ihr harter schwäbischer Akzent klang wie Pistolenschüsse.

»Ich will wissen, was er vorhin damit gemeint hat, dass er ›gesündigt‹ hat.«

»Gesündigt hat hier nur einer, und das ist Johann«, zischte die Frau.

»Wieso sind hier alle so sicher, dass mein Mandant der Mörder von Vanessa Beckmann und Ines Schneider ist?«

Die dicke Frau antwortete nicht.

»Ich finde, es ist an der Zeit, dass irgendjemand mal anfängt, mit mir zu reden.«

Die Dicke kniff die Lippen zusammen.

»Da liegt eine tote junge Frau seit über zwanzig Jahren in einem Grab, und eigentlich müsste Herr Beckmann doch ein Interesse daran haben, dass der Fall aufgeklärt wird, vollständig aufgeklärt wird, aber stattdessen verschweigen mir alle …«

»Niemand verschweigt hier etwas. Johann ist der Mörder. Er ist gestört! Und jetzt hauen Sie ab!« Beckmanns Stimme war schrill und herrisch. Er hatte die Faust drohend erhoben, als er auf die Tür zutrat. Er war ein alter, kranker Mann, und die Geste hätte wenig bedrohlich, ja fast lächerlich gewirkt, wären da nicht Beckmanns eiskalte blaue Augen gewesen, die Linn musterten. Er packte die Tür und knallte sie so heftig zu, dass der daran befestigte Tannenkranz hinunterfiel.

Linn ging zum Nachbarhaus hinüber, in dem Ines Schneider mit ihrem Mann gewohnt hatte, und klingelte dort. Ein schmächtiger älterer Herr mit einem schmalen Gesicht öffnete die Tür. Er trug eine helle Hose und ein weißes Hemd mit einem kleinen braunen Fleck am Ärmel. Hans Schneider. Mit tiefer Trauer in den Augen bat er sie wortlos ins Haus, nachdem sie erklärt hatte, wer sie war. Im Flur blieben sie stehen, Schneider schien nicht zu wissen, wie er jetzt weiter vorgehen sollte.

»Ich war gerade bei der Ruine der Sünderkapelle«, begann Linn, holte das eingeschweißte Foto aus ihrer Jackentasche und hielt es ihm hin. Er griff mit von Nikotin gelben Fingern danach, betrachtete es lange. Er sah entsetzt aus.

»Ist das Ihr Sohn Momo?«, fragte sie, als Schneider nicht von sich aus sprach.

Schneider antwortete nicht, strich mit den Fingern über das Bild. Nur das Ticken der großen Standuhr, die am Ende des Flurs stand, war zu hören. Schließlich fragte er: »Was wollen Sie von mir?«

»Ich möchte wissen, was hier passiert ist. Alles.«

Schneider sagte nichts, er drehte sich weg und ging den hellen Flur entlang ins Innere der geräumigen Wohnung. Sie folgte ihm. Mit einer verbitterten Bewegung stieß er eine vermackte braune Holztür am Ende des Flurs auf und blieb wortlos stehen. Linn schloss zu ihm auf. Durch die geöffnete Tür konnte sie in das beengte Schlafzimmer sehen, das sie von den Tatortfotos kannte. Es roch nach verbranntem Plastik, Fensterreiniger und säuerlich nach ungewaschener Wäsche. Die halb geschlossenen Vorhänge tauchten den Raum in ein düsteres Licht. Auf dem altmodischen Ehebett, auf dem die Leiche von Ines Schneider gelegen hatte, befand sich kein Bettzeug mehr. Die nackte Matratze auf dem Rost war fleckig. Am Bettschränkchen auf der linken Seite des Bettes sah man noch die Brandspuren, die der Adventskranz verursacht hatte. Neben dem Bett stand ein grüner Plüschsessel. Dort, auf diesem Sessel, hatte man Faserspuren von der Kleidung ihres Mandanten gefunden und Haare von ihm. Hier, so vermutete die Polizei, hatte Johann Haug gesessen und seiner Pflegemutter beim Sterben zugesehen. Mit einem Kaffee in der Hand. Auf dem Bettschränkchen vermeinte Linn sogar zwei Kreise eingetrockneten Kaffees zu erkennen, wie übergelaufene Tassen sie verursachten.

Schneider schloss die Tür wieder und forderte Linn mit einer Handbewegung auf, in Richtung Eingang zurückzugehen. »Meine Frau war keine Heilige«, murmelte er. »Aber sie hat es nicht verdient, so zu sterben.«

Linn nickte.

An der Haustür holte er aus den Brusttaschen seines Hemdes ein Päckchen Zigaretten heraus und steckte sich eine an. Inhalierte wie ein Verdurstender. »Ich wusste bis zu ihrem Tod nicht, dass sie die Katze noch hatte«, fuhr er fort, während er den Rauch ausstieß.

Linn verstand erst nicht, bis ihr klar wurde, dass er auf die Stoffkatze des Babys auf dem eingeschweißten Foto anspielte, das er immer noch umklammert hielt.

»Ich wusste vieles nicht.« Er rieb sich über die Stirn, die Zigarette verbrannte beinahe seine Haare. »Aber sie war die Liebe meines Lebens. Johann hat sie einfach ausgelöscht.« Er schien mit den Tränen zu kämpfen, saugte wieder an seiner Zigarette. Aschte in den Untersetzer einer Blume auf dem Fensterbrett neben der Eingangstür ab.

»Darf ich fragen, wie das Verhältnis von Ihrem Pflegesohn zu Ihrer Frau war?«, fragte sie.

Schneider lachte bitter auf und schüttelte den Kopf. »Ich denke, es ist zu spät, um den Schein zu wahren. Die beiden haben sich gehasst. Schon seit vielen Jahren.« Er nahm einen letzten Zug von der Zigarette und drückte sie in der Blumenerde aus.

»Was ist denn vorgefallen?«

Schneider schien zu zögern, dann sagte er: »Meine Frau und ich, wir haben viel zu jung geheiratet und viel zu jung ein Kind bekommen, wissen Sie? Trotzdem waren wir glücklich.« Er wischte sich über die Augen, in denen Tränen glänzten. Hielt dann das eingeschweißte Foto hoch. »Unser Sohn Momo war die Krönung dieses Glücks, unser Ein und Alles. Aber eines Tages lag er tot in seinem Bettchen. Der plötzliche Kindstod ist eine grausame Laune der Natur.« Er kämpfte mit den Tränen, es dauerte, bis er in Richtung Fenster weitersprach. »Nach Momos Tod hat sich alles verändert. Meine Frau hat sich nie davon erholt. Sie hat versucht, sich das Leben zu nehmen. Wir hatten Eheprobleme. Kurz haben wir sogar über Scheidung nachgedacht. Aber ich konnte sie überreden zu bleiben. Es stellte sich heraus, dass sie keine Kinder mehr bekommen konnte und da … Wir haben zuerst versucht, ein Kind zu adoptieren, aber Ines … Es war ein langer Prozess, und meine Frau war einfach noch nicht fit genug. Ich hätte das erkennen müssen.« Er wischte sich die Tränen weg, die ihm jetzt über die Wange liefen. »Aber ich wollte unbedingt, dass wir wieder glücklich sind. Auf der Stelle. Dass meine Frau wieder glücklich ist. Da bin ich auf die absurde Idee mit dem Pflegekind gekommen.« Sein Blick war leer und müde und unsäglich traurig. »Das war viel einfacher zu kriegen als ein Adoptivkind. Sie haben uns Johann geradezu aufgedrängt. Aber man kann ein Kind nicht durch ein anderes ersetzen. Ich habe das damals nicht begriffen. Es war ja auch nicht so, dass wir Johann nicht gemocht hätten. So war es nicht. Nur …« Erneut rollten Tränen aus seinen Augen. Er steckte sich eine weitere Zigarette in den Mund, mehrfach klickte das Feuerzeug, bis eine Flamme erschien. Er machte einen tiefen Zug, ehe er weitersprach. »Johann war ein schwieriges Kind. Er kam aus einer schwierigen Familie. Meine Frau hat gedacht, dass er den Hang zum Bösen von der Heitzhofsippe geerbt haben muss. Es war ihr Erklärungsversuch, warum wir nicht mit ihm fertiggeworden sind. Irgendwann wurde es zur Besessenheit. Als Vanessa gestorben ist, hätte sie alles getan, um ihn in den Knast zu bringen. Als sie den Hammer neulich ausgegraben haben, da hat sie … Ach, egal.« Rauch strömte aus Schneiders Mund. »Natürlich ist es so, dass meine Frau Haugs Entwicklung tief in ihrem Inneren als ihr eigenes Versagen angesehen haben muss, als etwas, das sie sehr bedrückt hat. Trotzdem …« Er schaute Linn mit einem flehenden Blick an. »Deshalb haben Sie mir das Foto von Momo doch gezeigt, oder? Wegen der Katze? Weil sie etwas von unserem toten Sohn bei sich hatte?«

Linn nickte, auch wenn sie nicht genau wusste, worauf Schneider hinauswollte.

»Ich weiß auch, dass meine Frau es schon mit Insulin versucht hat. Dass es auffällig ist, weil sie jedes Mal was von Momo bei sich hatte. Nur das hier war kein Hilferuf, und das war das Einzige, was meine Frau bisher damit bezweckt hat. Es war vollkommen anders, es gab keinen Abschiedsbrief, sie hat mich nicht angerufen, und dieses Chaos …« Er schüttelte den Kopf. »Johann hat es getan!« Schneider brach ab, fuhr sich erneut über die Stirn.

Das, was Haugs Pflegevater da erzählt hatte, war ziemlich interessant. Linn überlegte gerade, welche Frage sie als Nächstes stellen konnte, als Schneider fortfuhr: »Es ist keine Entschuldigung für sein Tun, aber Johann hätte als Kind Hilfe gebraucht. Wir hätten Hilfe gebraucht. Aber wir haben unsere Energie damit verschwendet, den Schein zu wahren und zu schweigen. Bis zuletzt. Und jetzt ist es zu spät.« Er zog mehrmals an seiner Zigarette, die beinahe bis zu seinen Fingern hinunterglühte, und drückte sie dann ebenfalls in der Blumenerde aus. »Sie lernen nirgends besser, ein Geheimnis zu wahren, als in einem kleinen Ort wie Ochsenwang.« Er holte eine neue Zigarette heraus, steckte sie aber nicht an. »Wenn ich nicht geschwiegen hätte, dann wäre meine Frau jetzt nicht tot«, fügte er schließlich an. »Und Vanessa auch nicht. Dann wäre Johann kein Mörder geworden.«

»Worüber geschwiegen?«, hakte sie behutsam nach.

Schneider antwortete nicht.

»Vielleicht ist es an der Zeit, dass Sie endlich das Schweigen brechen? Es geht um Momo, oder? Ich habe die Tagebücher von Luise Heitz gelesen.«

Schneiders Gesicht verzerrte sich. »Die alte Hexe war verrückt. Sie hat sich Sachen eingebildet. Sie war nur sauer, weil das Gericht bestimmt hat, dass Johann bei uns wohnen soll und nicht bei ihr. Christian hat mit ihr geredet, und danach hat ihr Gezeter zum Glück aufgehört.« Er schüttelte langsam den Kopf. »Das hier hat nichts mit Momo zu tun.« Er hob die Hand mit dem Foto und der Zigarette in die Höhe. »Ich werde das behalten. Es gehört uns.«

»Warum sind hier eigentlich alle so sicher, dass mein Mandant ein Mörder ist?«, fragte Linn.

»Weil es stimmt.« Schneider steckte sich die Zigarette so heftig in den Mund, dass sie beinahe zerbrach, und zündete sie an.

»Sie sagten aber doch gerade, dass Ihre Frau schon einmal versucht hat, sich ...«

»Ich mache Ihnen keinen Vorwurf«, unterbrach Schneider sie und öffnete die Eingangstür des Hauses. »Dass Sie Johann verteidigen, meine ich. Aber ich kann Ihnen nicht weiterhelfen. Johann hat meine Frau umgebracht. Das steht für mich fest.« Er hatte einen Ausdruck in den Augen, den sie zunächst nicht genau einordnen konnte. Schlechtes Gewissen, dachte sie, als sie wieder auf der Straße stand. Das traf es am ehesten.

Die ganze Heimfahrt dachte Linn über das Gespräch mit Schneider nach. Die Katze auf dem Babyfoto. Wenn sie Hans Schneiders Worte richtig verstanden hatte, dann hatte er jedenfalls kurz geglaubt, seine Frau habe Selbstmord begangen. Weil sie es schon einmal mit Insulin versucht hatte. Wohl wegen des toten Babys. Allerdings war diesmal die Auffindesituation vollkommen anders gewesen.

Als Linn endlich in Stuttgart angekommen war, hatte sie immer noch keine Idee, ob und aus welchem Grund Ines Schneider ihr Baby getötet oder wer Vanessa Beckmann umgebracht haben könnte. Aber sie hatte plötzlich eine Ahnung davon, was an Ines Schneiders Todestag wirklich passiert sein könnte.

30

Zurück in der Kanzlei fand Linn auf ihrem Schreibtisch einige Telefonzettel, die Götz ihr dort hingelegt hatte, offenbar hatte Johann Haug am Morgen mehrmals versucht, sie anzurufen. Sie wählte die angegebene Telefonnummer, erreichte ihn jedoch nicht. Daher ging sie noch einmal den Autopsiebericht von Ines Schneider durch und rief später in der Gerichtsmedizin an.

»Es ist sehr, sehr unwahrscheinlich und ungewöhnlich«, beantwortete die Rechtsmedizinerin ihre Frage. »Aber ausschließen kann ich es nicht. Die Beweglichkeit des Arms hätte womöglich ausgereicht. Man kann das post mortem nicht mehr genau sagen.«

Linn nickte zufrieden. Das war der erste richtige Durchbruch, den sie in der Sache Haug erzielt hatte!

Sie ging in die Küche, um sich einen heißen Tee zu machen. Auf dem Rückweg in ihr Zimmer begegnete sie Götz auf dem Flur, mit dem sie einen etwas angestrengten Umgang gepflegt hatte, seit sie sich gegenseitig wegen ihrer Besprechung mit Haug so angepflaumt hatten.

Heute begrüßte er sie jedoch mit einem Lächeln. Er trug einen schwarzen Anzug und, was noch ungewöhnlicher für ihn war, eine Krawatte. In der Hand hielt er eine Jutetasche.

»Hallo Mandantin«, sagte er.

Sie schaute ihn erstaunt an.

Götz' Lächeln wurde breiter. »Ich habe vorhin bei Gericht Staatsanwältin Kirchhoff getroffen«, erklärte er. »Es gibt einen weiteren Strafantrag wegen Hausfriedensbruchs gegen dich. Und wohl bald ein Gerichtsverfahren.«

»Was? Tickt die Frau nicht mehr richtig?«

»Anscheinend hast du heute Vormittag das Grundstück eines gewissen Christian Beckmann widerrechtlich betreten. Er hat bei der Polizei gemeldet, er hätte dir ausdrücklich gesagt, du solltest dich nie bei ihm blicken lassen. Stimmt das?«

Linn nickte.

»Du bist zu Beckmann gegangen? Direkt nach der Exhumierung seiner Tochter?«, fragte Götz.

»Er hat was davon gesagt, dass er Sünden begangen hat, und da wollte ich wissen, was für welche.«

»Und, hat er den Mord an seiner Tochter gestanden?«

Sie schüttelte den Kopf.

»Dann bist du also grundlos in die Schwerstkriminalität abgesunken?« Götz Grinsen wurde ein wenig fies.

Sie boxte nach ihm und verschüttete ein wenig von dem Tee, den sie in der anderen Hand trug. »Mal ganz im Ernst: Es kann doch nicht sein, dass ich, nur weil ich bei zwei Leuten geklingelt habe, ein Gerichtsverfahren an der Backe habe.«

»Keine Sorge, du hast den besten Advokaten der Stadt.« Götz deutete eine Verbeugung an. »Es wird ganz einfach, diese Anklage zu Fall zu bringen! Kirchhoff hat sich nämlich vollkommen bekloppt angestellt, und das nutzen wir aus.«

»Was meinst du mit ›bekloppt‹?«

»Du hast das Top-Examen. Finde es raus – oder überlass es dem härtesten Strafverteidiger Stuttgarts.« Wieder war das Lächeln da, diesmal zufrieden.

Sie musste auch lächeln. Vor allem deshalb, weil sie plötzlich das erlösende Gefühl hatte, dass zwischen Götz und ihr alles wieder normal lief. Götz war nett, aber eben nicht zu nett. Und er war offensichtlich auch nicht mehr wütend wegen der Sache mit Haug.

»Wir werden diesen Prozess gewinnen«, sagte Götz. »Nur … wäre es vielleicht möglich, dass du zukünftig Zeugen zu uns in die Kanzlei bestellst und nicht mehr über Zäune kletterst?«

»Ich bin nie über Zäune geklettert!«

»Gibt es eigentlich was Neues in dem Fall?«

»Ich habe mit Haugs Pflegevater geredet.«

Götz' Augen weiteten sich.

Sie erzählte ihm alles, was sie herausgefunden und sich dazu überlegt hatte. Dass Hans Schneider gesagt hatte, seine Frau sei besessen davon gewesen, dass Johann Haug ein böser Mensch sei. Dass sie alles dafür getan hätte, ihn ins Gefängnis zu bringen. Dass sie sich nie vom Tod ihres Babys Momo erholt hatte, vielleicht depressiv gewesen war. Und dass sie schon einmal einen Selbstmordversuch unternommen hatte, und zwar mit Insulin. »Als der Hammer ausgegraben wurde, hat sie vielleicht die Gelegenheit ergriffen, sich selbst endlich von ihrem irdischen Leid zu erlösen und gleichzeitig noch Johann Haug für immer hinter Gitter zu bringen, verstehst du?«, erläuterte Linn. »Sie hat sich selbst das Insulin in den Rücken gespritzt und alles so aussehen lassen, als sei es Haug gewesen.«

Götz brauchte eine Sekunde, dann sagte er: »Du glaubst also, ihr Tod war ein als Mord getarnter Selbstmord? Wow, das wäre … sehr ungewöhnlich. Für unmöglich würde ich das in diesem Fall nicht halten, das ist keine schlechte Idee. Ja, das könnte Sinn ergeben.« Er schien kurz zu überlegen. »Und du meinst, dadurch, dass sie die überhaupt nicht in das Mordszenario passende Stoffkatze mit ins Bett genommen hat, hat sie sich sozusagen verraten?«

Linn nickte.

»Aber der Insulinpen. Wie kam der Pen in Haugs Wohnung?«

»Wenn Ines Schneider sich das Insulin gespritzt hat, als Haug bei ihr war, könnte sie den Pen selbst abgewischt und heimlich in Haugs Tasche gesteckt haben. Er nimmt ihn nichtsahnend mit nach Hause, und die Polizei findet ihn bei ihm.«

»Das klingt plausibel. Bleibt noch die Frage, warum Haug

so panisch aus Ines Schneiders Haus gerannt ist. Denn wenn sie sich das Insulin bereits gespritzt hatte, muss er doch gemerkt haben, dass mit ihr was nicht stimmt. Warum hat er nicht den Krankenwagen gerufen? Er hätte sie retten können.« Götz rieb sich über die Haare.

»Vielleicht«, überlegte sie. »Trotzdem wäre es dann kein Mord, sondern nur unterlassene Hilfeleistung. Sie hat ihn ziemlich schlecht behandelt, vielleicht war er froh, dass sie stirbt. Das macht ihn nicht sympathisch, aber auch nicht zu einem Mörder.«

Götz stieß sich vom Türrahmen ab. »Ich finde es dennoch komisch. Du kriegst mit, dass deine Pflegemutter stirbt, und du haust einfach ab? Was ist mit den Kampfspuren?«

»Er behauptet, sie hätte ihn angegriffen. Das würde Sinn ergeben, falls sie den Mord inszenieren wollte. Und es muss gar nicht sein, dass es ihr bereits schlecht ging, als Haug noch bei ihr war.«

»Aber komisch ist doch auch, dass er in ihrem Schlafzimmer Kaffee getrunken hat und so. Und dass er nicht darüber reden möchte, was er an dem Tag bei ihr gewollt hat und über was sie gesprochen haben.«

Sie zuckte mit den Schultern. »Ich weiß. So ganz passt das noch nicht. Aber ich werde die Akte Wort für Wort noch mal durchgehen. Wenn es Hinweise gibt, finde ich sie. Und wenn nicht, naja, vielleicht stimmt meine Idee ja auch nicht, das mit dem Selbstmord als Mord ist ja nur eine Theorie.«

»Und was ist mit dem Mord an Vanessa Beckmann?«, fragte Götz. »Denn es wäre ja durchaus interessant zu wissen, ob Ines Schneider mit ihrer möglichen Inszenierung einen Unschuldigen ruinieren wollte oder ob sie lediglich versucht hat, einen gestörten Mörder endlich hinter Gitter zu bringen.«

»Bei Vanessa bin ich keinen Schritt weitergekommen. Bis auf Beckmanns Bekenntnisse am Grab habe ich nichts Neues. Viel besser als die Leute in diesem Dorf bin ich eigentlich auch nicht. Ich spekuliere wild herum.«

»Unsinn«, widersprach Götz. »Es ist deine Aufgabe, alternative Tathergänge zu beleuchten, so abwegig sie auch auf den ersten Blick erscheinen mögen.«

Einen Moment war es still. Das Wort »abwegig« rumorte in Linns Kopf, und obwohl sie versuchte, nicht an die Ermittlungen zu ihrem Unfall zu denken, dachte sie trotzdem daran.

»Ich meinte natürlich überhaupt nicht, dass deine Theorien abwegig sind. Sie sind ziemlich gut«, sagte Götz, der bemerkt zu haben schien, dass sie über das Wort gestolpert war. »Und noch mal sorry übrigens wegen Haug neulich. Es war unmöglich von mir, dass ich dir Vorschriften gemacht habe. Du bist eine tolle Frau, die natürlich alleine zurechtkommt. Und du siehst übrigens auch toll aus heute, das wollte ich dir noch sagen.«

Sie lächelte dankbar, sie hatte eher das Gefühl, dass ihr Make-up nach diesem langen Tag schon ziemlich verwischt und ihr Blazer verknittert war.

»Ich muss dir noch was geben«, sagte er.

»Klar, ich will nur kurz den Tee abstellen.«

Gemeinsam gingen sie in ihr Büro, sie stellte die Tasse auf ihrem Schreibtisch ab. Götz setzte sich auf einen der Besucherstühle, sie nahm neben ihm Platz.

»Kann ich dir noch was helfen? Ein paar Akten durchschauen oder so?« Er wurde plötzlich rot und umklammerte den Griff seiner Jutetasche. Er wirkte angespannt. Eine seltsame Stimmung entstand, die sie alarmierte.

»Nach all den Fällen von zu schnellem Fahren auf der Autobahn und Falschparken, die ich heute hatte, kommt es auf ein paar Zeugenbefragungen in einer Mordsache auch nicht mehr an. Wir könnten uns später Essen und einen guten Wein ins Büro kommen lassen. Den Italiener vorne am Eck, den will ich schon seit Ewigkeiten ausprobieren. Die liefern auch. Heute ist

Freitag, ich meine, da kann man ja mal ein bisschen feiern.« Er schaute sie mit seinen freundlichen Augen an. Linn wurde ganz unruhig.

»Danke, ist echt lieb von dir, dass du mir helfen willst. Und das mit dem Essen ist auch eine gute Idee. Aber ich muss gleich los, ich kann nicht so lange arbeiten. Ich muss noch ein paar Dinge einkaufen, ich kriege Besuch am Wochenende. Ich habe noch nicht mal einen Adventskranz«, sagte sie.

»Kommt deine Freundin? Die hübsche Dunkelhaarige, die bei der Eröffnungsfeier der Kanzlei hier war? Amelie?« Götz grinste und griff in seiner Jutetasche. Er sah offensichtlich nicht, dass sie den Kopf schüttelte. »Du kannst sie gerne mitbringen, falls sie morgen … Ich denke, man wird sicherlich noch an der Abendkasse Karten bekommen. Falls du überhaupt Lust … Also wenn du überhaupt willst …« Er verhaspelte sich. »Nur dann natürlich. Ich habe gedacht … Ich habe zufällig eine Karte für den Faust übrig und wollte dich fragen, ob du morgen Abend … Du hast doch mal gesagt, du gehst gerne ins Theater. Danach können wir … Also ich würde dich gerne zum Essen einladen, wenn du magst. Da hat ein ganz tolles französisches Restaurant im Heusteigviertel aufgemacht. Das soll sehr romantisch sein.« Er lächelte sie verunsichert an, zog seine Hand aus der Tasche und streckte ihr eine rote Rose und eine Theaterkarte entgegen. Sein Arm zitterte leicht.

»Götz«, setzte sie an. Ihr brach der Schweiß aus. »Götz, es ist so, dass ich am Samstag Besuch, also dass morgen Harris zu Besuch kommt und deshalb … Ich … Also ich gehe wirklich gerne mit dir Essen, wirklich, und an einem anderen Tag in den Faust, ich will nur nicht, dass du … Ach verdammt, dass du das irgendwie falsch verstehst, oder wahrscheinlich ist es ja auch so, dass ich das hier völlig falsch verstehe und mich zum Deppen mache, nur …« Sie brach ab. Ihr Gesicht war ganz heiß.

Götz wurde knallrot und sah so unglücklich aus, dass es ihr

beinahe das Herz zerriss. »So war das doch überhaupt nicht … also gar nicht gemeint«, stammelte er. Er versuchte offenbar zu lächeln und steckte die Rose und die Karte hastig zurück in seine Jutetasche. »Ich dachte halt, weil wir zusammen arbeiten. Ganz unverbindlich. Aber kein Problem, echt nicht. Dann frage ich eine andere Freundin.« Er stand auf. Er schien den Tränen nahe zu sein. »Einen schönen Abend dir. Und viel Spaß mit Harris. Das wird bestimmt sehr lustig.«

Er verließ ihr Büro und ging schnell über den Flur. Als sie die Eingangstür der Kanzlei hinter ihm klappern hörte, schlug sie die Hände vors Gesicht und hätte am liebsten geheult. Scheiße. Scheiße. Scheiße. Das hatte sie nun davon, dass sie so feige gewesen war und nicht vorher mit Götz gesprochen hatte. Sie hatte ihn jetzt erst richtig verletzt, sie war schuld daran, dass er in so eine blöde Situation gekommen war. Lange sah sie zum Fenster hinaus. Sie kannte solche Situationen doch selbst, wusste, wie scheußlich man sich fühlte. Armer Götz, warum hatte sie nicht wenigstens das hier verhindert?

Draußen wurde es dunkel. Der Leuchtschneemann gegenüber wechselte ungerührt seine Farben.

Sie hatte keine Ahnung, wie lange sie so gesessen hatte, aber es musste ziemlich lang gewesen sein, denn als sie aufstand, schmerzte ihr Bein, und sie brauchte eine Weile, bis sie laufen konnte. Sie verließ ihr Büro, betrat den Flur und blieb wie angewurzelt stehen. Die Eingangstür der Kanzlei stand einen Spalt weit offen. War das schon die ganze Zeit so gewesen? Hatte Götz vorhin die Tür nicht richtig geschlossen, als er aus dem Büro gestürmt war? Es hatte nur so leise geschnappt, vielleicht war sie einfach wieder aufgegangen, das passierte gelegentlich. Warum hatte sie nicht nachgesehen? Vorsichtig schaute sie sich um. Es war alles in Ordnung. Es war doch völlig egal, wenn eine Tür mal eine Weile angelehnt war. Ihr Herz klopfte bis in den Hals. Die Kanzlei wirkte leer und leise. Sie war alleine. Sie hätte es gehört, falls jemand hereingekommen wäre. Zumal unten die Haustür doch geschlossen war. Niemand war hier. Niemand. Diese Panik war nur in ihr drin. Es war doch nicht das erste Mal, dass sie so etwas dachte. Sie musste sich beruhigen. Langsam machte sie ein paar Schritte auf die Eingangstür zu. Wenn sie sie jetzt schloss und es war doch jemand hier drin, sperrte sie sich mit demjenigen … Unsinn. Es war nur die unangenehme Situation mit Götz, weswegen sie so angespannt war. Entschlossen packte sie die Türklinke, warf die Tür mit einem Knall zu. Sie war eine erwachsene Frau. Das musste endlich aufhören. Sie würde ihre Therapeutin anrufen, würde sie bitten, dass man sich wieder häufiger … War da gerade ein Knarren aus Götz' Büro gekommen? Ruckartig drehte sie sich um. Sie musste nachsehen, aber erst brauchte sie ihr Tränengas. Das stand an der Garderobe. Sie würde es holen und dann … Das Telefon auf ihrem Schreibtisch begann zu klingeln. Eine Sekunde schaute sie unschlüssig in Götz' dunkles Büro. Da war nichts. Sie bildete sich das nur ein. Verdammt noch mal. Sie humpelte so schnell es ging zum Telefon. Harris. Vielleicht war es Harris, hoffentlich wollte er ihr nicht sagen, dass er morgen doch nicht kommen konnte, weil er so viel Arbeit hatte.

»Gut, dass Sie noch im Büro sind.« Es war nicht Harris, sondern ein angespannter Oberstaatsanwalt Faber. »Frau Dr. Geller«, sagte er, »nach dieser unverantwortlichen Aktion bei Gericht neulich, als sie Haug aus dem Knast geholt haben, hatte ich eigentlich nicht vor, je wieder ein Wort mit Ihnen zu wechseln. Leider ist das in diesem Fall nicht möglich.«

»Das macht mich zutiefst glücklich.« Draußen vor dem Zimmer knackten die alten Dielen. Als ob jemand versuchte, zu ihrem Büro zu schleichen. Ihre Nackenhaare stellten sich auf. Da draußen war nichts. Das Licht war an, und sie konnte den gesamten Flur überblicken. Da schlich niemand. In Götz' Büro war es totenstill. Sie versuchte, ruhig zu atmen.

»Schön, dass Sie Ihren Humor noch nicht verloren haben.« Faber räusperte sich. »Und by the way ein Glück, dass Ihr Mandant Sie noch nicht erschlagen und ausgeweidet hat. Denn es könnte sein, dass er, wie könnte man es ausdrücken, *mordswütend* auf Sie ist. Sie haben uns schließlich auf diese Spur gebracht.«

»Sie haben Ihren Humor offensichtlich auch noch nicht verloren.« Ein weiterer Blick in den Flur, da war niemand. »Von welcher Spur sprechen Sie? Haben Sie schon das Ergebnis der CT-Untersuchung der Leiche? Wurde sie so schnell nach der Exhumierung durchgeführt? Das war doch Ihre eigene Idee.«

»Wir haben in diesem Keller etwas gefunden. Im Heitzhof.«

»Ah«, brachte sie heraus. Das klang nicht gut.

»Aber keine Leiche, das nicht. Das, was Sie uns als ›Finger‹ beschrieben haben, war, wie nennt es unser Gutachter«, es knisterte, offenbar suchte Faber ein Blatt Papier, »die Wurzel einer Pflanze aus der Familie der Apiaceae, genauer gesagt eine Daucus carota, oder mit anderen Worten: eine Karotte. Eine vollkommen verschrumpelte Karotte der Sorte Purple Haze. Sie ist außen lila und hatte dank der guten Lagerung schon einige Jahre auf dem Buckel, und um Ihre Ehre zu retten: Einer unserer Forensiker hat auf den allerersten Blick auch gedacht, es könne sich um ein Leichenteil handeln. Allerdings war das, bevor wir die Beleuchtung eingeschaltet hatten.« Faber lachte jetzt, es klang ziemlich gemein. »Ich denke, die Nerven liegen bei uns allen blank«, fuhr er fort, seine Stimme wurde wieder ernst. »Es war aber keinesfalls umsonst, dass wir da unten gegraben haben.«

Linn ballte die Hand zur Faust. »Und was …?«

»Den Trainingsanzug«, unterbrach Faber sie. »Den Trainingsanzug, den ihr Mandant in der Nacht getragen hat, als er Vanessa Beckmann ermordet hat. Das Kleidungsstück war durchtränkt mit einer braunen Flüssigkeit, und ich weiß seit gerade eben, dass es Vanessas Blut ist. Die Lagerbedingungen in diesem Keller waren erstaunlicherweise so gut, dass wir nach all den Jahren noch brauchbare DNA-Reste finden konnten.«

Sie lehnte sich an ihren Schreibtisch, hörte nur noch mit halbem Ohr zu, was Faber über die neuen Methoden der DNA-Analyse erzählte. Aus verteidigungstaktischer Sicht hatte sie wahrscheinlich einen Fehler gemacht, als sie der Staatsanwaltschaft das mit dem Keller erzählt hatte, aber sie war fast froh darüber. Damit hatte sie jedenfalls endlich Gewissheit. Ihr Mandant war schuldig, ein Mörder, und gehörte ins Gefängnis. Er war eine Gefahr für die Allgemeinheit. Eine Gefahr für sie. Sie war hier ganz alleine. Und Haug war auf freiem Fuß. Ihr Mund wurde trocken. Erneut knarrte es im Flur. Die überwachten ihn bestimmt. Sie würde Faber gleich fragen. Sie zwang sich, dem Oberstaatsanwalt wieder aufmerksam zuzuhören, den Blick starr auf den Flur gerichtet.

»... außerdem einen Knochensplitter von Vanessa und auch die Gummistiefel, die er in der Nacht getragen hat. Passend zu dem Abdruck im Maar«, sagte Faber gerade.

»Die Gummistiefel?«

»Wir haben ja lange vermutet, dass er in der Nacht, als er Vanessa erschlagen hat, Gummistiefel getragen hat. Sie waren auch in dem Loch.«

»Wieso hat die Polizei die Sachen nicht schon damals gefunden? Haben die nach Vanessas Tod nicht den Hof seiner Großmutter durchsucht? Oder nach dem Mord an Ines Schneider?« Ihre Stimme klang zittrig. War da an der Flurwand ein Schatten gewesen? Sollte sie Faber sagen, dass sie hier alleine und in Gefahr war? Aber was, wenn er ein Sondereinsatzkommando schickte und die fanden nichts als ein paar knarrende Dielen und eine neurotische Anwältin, die bei der Bearbeitung eines schrecklichen Falls durchgeknallt war?

»... nicht nach Schneiders Tod«, beendete Faber einen Satz, bei dem sie nicht zugehört hatte. »Warum sie die Sachen 1995 nicht gefunden haben«, fuhr er bedächtig fort, »verstehe ich allerdings auch noch nicht ganz. In der Akte ist vermerkt, dass nach Vanessa Beckmanns Tod der halbe Garten und auch der Lagerkeller umgegraben wurde, aber nichts, gar nichts. Ich kann es mir nur so erklären, dass Ihr Mandant das Zeug irgendwo zwischengelagert hatte und es dann wieder zu sich auf den Hof geholt hat, nachdem die Polizei bei ihm durchsucht hatte und er aus der Haft entlassen worden war.«

»Warum sollte jemand blutige Kleidung zu sich in den Keller holen?«

»Warum weidet man zum Spaß eine Frau aus?«

»Und was passiert jetzt?«

»Jetzt, Frau Dr. Geller, kommt Ihr Mandant auf direktem Wege wieder dorthin, wo er hingehört. In den Knast.«

Sie stieß erleichtert Luft aus. »Auf direktem Weg« musste bedeuten, dass sie ihn bereits festgenommen hatten.

»Das Problem ist nur«, Fabers Stimme klang dumpf. »Wir haben keine Ahnung, wo sich Herr Haug zurzeit aufhält. Dank Ihren Ausführungen vor Gericht wurde eine Überwachung nicht genehmigt. Jetzt ist er untergetaucht. Haben Sie da Ihre Finger mit im Spiel? Sie wissen doch bestimmt, wo er sich aufhält! Wir sind ziemlich besorgt, weil wir seine schwangere Ex-Lebensgefährtin nicht erreichen kö…«

In diesem Moment sah sie den Schatten. Sie wollte etwas schreien, wollte Faber um Hilfe bitten, aber ihr Telefon war von einer Sekunde auf die andere tot. Der Schatten machte eine seltsame, stolpernde Bewegung. Dann richtete er sich wieder auf und drehte sich in ihre Richtung. Er hatte etwas in der Hand, die halb hinter seinem Rücken verborgen war. Es sah aus wie der Griff eines Hammers.

31

Linn wollte schreien, aber nur ein leises, hilfloses Wimmern drang über ihre Lippen. »Bitte«, flüsterte sie. »Bitte nicht.« Sie war ganz alleine, Faber dachte bestimmt, sie hätte nach seiner Unterstellung aufgelegt, Götz würde sich die nächsten Tage nicht blicken lassen und … Mit schreckensstarren Gliedern schaute sie auf ihren Mandanten, der langsam über den Flur näher kam. Johann Haug. Der Schlächter vom Maar. Mörder von Ines Schneider und vielleicht noch einiger anderer Frauen.

Ihr Mandant blieb stehen. Schob die schwarze Kapuze, die halb über seinem Gesicht hing, nach hinten.

»Ich wollte Sie nicht erschrecken«, sagte er. Seine Stimme hallte seltsam in der Stille.

Sie brachte kein Wort heraus. Immer noch nur ein Wimmern.

Er kam näher, immer näher. »Ich wusste nicht, wo ich hingehen sollte. Jetzt, wo sie den Trainingsanzug gefunden haben. Seit ein paar Tagen lebe ich in einem Versteck, aber langsam gehen meine Vorräte aus. Ich habe versucht, Sie anzurufen heute Morgen, aber dann dachte ich, vielleicht werden Sie abgehört.«

Linn konnte den Blick nicht von der hinter dem Rücken verborgenen Hand abwenden. In ihrem Kopf herrschte Leere. Leere und Panik.

»Bitte«, flüsterte sie noch einmal.

Haug betrat ihr Büro. Sie wich hektisch zurück, stieß an den Aktenschrank. Haug bewegte seinen Arm, dessen Hand hinter dem Rücken versteckt war. Ihr sackten fast die Knie weg.

Ihr Mandant beobachtete sie. »Ich tue Ihnen nichts, keine Sorge«, knurrte er. »Auch wenn ich stinksauer auf Sie war.«

Sie brachte kein Wort heraus, schreckensstarr schaute sie zu Haug. Zu der Hand hinter seinem Rücken. Sie stützte sich am Aktenschrank ab, um nicht umzufallen.

»Warum weinen Sie?« Haugs Gesichtszüge verhärteten sich. Er holte die Hand hinter seinem Rücken hervor. Ihr stockte der Atem, beinahe hätte sie laut aufgeschrien. Aber das, was ihr Mandant in der Hand hielt, war nur eine seltsam geformte Flasche mit braunem Griff. Whiskey aus Götz' Büro.

Haug stellte die Flasche auf den Tisch, setzte sich auf einen ihrer Bürostühle. Er schraubte die Flasche auf und nahm einen kräftigen Schluck. »Wissen Sie, wie beschissen es ist, wenn alle Leute so auf einen reagieren wie Sie gerade?«

»Wie sind ... sind Sie in mein Büro ...?« Sie wischte sich übers Gesicht, spürte tatsächlich Tränen, die sie bislang nicht bemerkt hatte.

»Die Tür stand offen.«

»Aber ... klingeln ...?« Sie räusperte sich.

Haug zuckte die Schultern. »Ich fürchte, ich hatte keine Wahl. Ich muss mit Ihnen sprechen. Denn wenn ich das Polizeiaufgebot vor meinem Haus, an dem ich vorhin vorbeigefahren bin, richtig interpretiere, konnten die Vanessas Blut auf dem Trainingsanzug auch nach all den Jahren noch nachweisen, stimmt's?«

Linn schwieg.

»Ich war mir nicht sicher, ob Sie mich unter diesen Umständen auch für den Schlächter vom Maar halten und mir deshalb vielleicht die Tür nicht aufmachen würden, wenn Sie alleine hier sind«, fuhr Haug fort. »Ganz ohne Ihren Kollegen. Was war denn eigentlich mit dem los? Der ist aus dem Haus gerannt, ich wollte ihn ansprechen, aber er hat mich überhaupt nicht wahrgenommen. Da bin ich einfach rein, weil auf der Straße ein Auto gehalten hat und ich Angst hatte, es ist die Polizei.« Haug verzog die Lippen.

»Sie hätten mir schon vorher sagen können, was dort im Keller ist«, brachte sie heraus.

Erneut zuckte ihr Mandant mit den Schultern und fing an, an einem Häutchen seines Daumens herumzureißen. »Als ich hier im Haus war, wollte ich klingeln. Nur … Sie waren am Telefonieren, das habe ich gehört, und da bin ich einfach rein. Ich habe die Whiskeyflaschen im Büro Ihres Kollegen gefunden.« Er kratzte sich am Kopf. »Sie müssen mir helfen abzuhauen. Jetzt, wo sie den Trainingsanzug haben, wird Christian mich umbringen. Jetzt wird er den leisen Zweifel nicht mehr haben, der ihn all die Jahre davon abgehalten hat. Er glaubt, er hat Gewissheit. Aber ich habe Vani nicht getötet. Sie müssen ihm die Wahrheit erzählen.«

Linn blieb am Aktenschrank stehen. Wenn sie einfach an Haug vorbeirennen würde … Aber selbst mit zwei gesunden Beinen wäre das eine Sache der Unmöglichkeit.

»Setzen Sie sich doch.« Haug deutete auf ihren Stuhl.

Ihre Beine waren wie Watte, versagten ihr fast den Dienst. Aber sie schaffte es schließlich, auf dem Schreibtischstuhl Platz zu nehmen.

»Was ist die Wahrheit?«, fragte sie. Ihre Stimme war immer noch zittrig.

»Dass ich sie nicht umgebracht habe.«

»Und wie kommt Vanessas Blut auf Ihren Trainingsanzug?«

Haug antwortete zunächst nicht. Lange saß er einfach da und knibbelte an seinem Daumen.

Linn ging im Kopf mögliche Fluchtszenarien durch, kein einziger Weg war realistisch. »Ich glaube Ihnen natürlich, dass Sie unschuldig sind«, log sie.

Haug sah auf. »Sie glauben mir kein Wort«, stellte er fest.

Sie benötigte etwas Zeit, bis sie das Zittern in ihrem Brustkorb wieder so weit unter Kontrolle hatte, dass sie weitersprechen konnte. »Sie haben recht«, gab sie schließlich zu. »Ich glaube Ihnen kein Wort. Aber wie soll ich Ihnen denn glauben, wenn Sie mir nichts erzählen? Warum ist Ihr Trainingsanzug durchtränkt mit Vanessas Blut, und warum war da ein Knochenstück von ihr, wenn Sie sie nicht getötet haben? Wieso haben Sie Ihre Gummistiefel und den Anzug im Keller vergraben?« Ihre Stimme kiekste weg, sie schluckte. »Ich … ich würde Ihnen wirklich gerne glauben, Herr Haug, aber ich kann nicht. Nicht so. Sie kommen einfach in mein Büro geschlichen und …« Sie räusperte sich. »Ich bin bereit, Ihnen zuzuhören. Das bin ich wirklich. Und wenn Sie mir erzählen, was in der Nacht passiert ist, dann kann ich Ihnen vielleicht helfen. Ich bin Ihre Anwältin. Was auch immer Sie getan oder auch nicht getan haben, es ist meine Aufgabe, das Beste für Sie herauszuholen. Das habe ich doch auch schon bei dem Haftprüfungstermin getan.« Sie musste tief Luft holen, weil sie das Gefühl hatte, gleich ohnmächtig zu werden. »Sie erwarten von mir, dass ich Ihnen vertraue und Ihnen glaube, aber Sie vertrauen mir doch auch nicht. Ich frage Sie daher noch mal: Was ist in der Nacht passiert, in der Vanessa Beckmann gestorben ist?«

Haug sah aus dem Fenster und trank ein paar Schlucke aus der Flasche. »Vani hat mir geschworen, dass ich der einzige … dass i…ich … dass sie m…mich liebt.« Er senkte den Kopf, seine Stimme war leise. »Wir hatten vor, einen Last-Minute-Flug zu nehmen, irgendwohin. Hauptsache, wir bringen einen Ozean zwischen uns und dieses Dorf. Ich hatte ein bisschen Geld gespart, und an dem Abend wollte ich Vani mitnehmen. So hatten wir es ausgemacht.« Er verstummte. Sein Knie wippte auf und ab.

Linn sagte nichts, wartete einfach ab. Vielleicht sollte sie einen Stift nehmen und mitschreiben, damit es für Haug so wirkte, als sei das hier eine ganz normale Besprechung? Vielleicht würde er ihr nichts tun, wenn sie ihm vermittelte, dass sie ihn weiterhin vertreten würde? Dass es Wege gab, ihn aus der für ihn ziemlich ausweglosen Situation wieder rauszuholen? Sie griff nach ihrem Kuli und versuchte, eine professionelle Miene aufzusetzen. Ihre Hände zitterten unkontrolliert, der Stift rollte weg. Sie steckte die Hände unter den Tisch. Haug trank einen weiteren kräftigen Schluck aus der Flasche und sah dem rollenden Stift hinterher.

»Als Christian mich an dem Abend in der Nähe des Maars gesehen hat, habe ich gerade auf Vani gewartet«, sagte er. »Ich weiß noch, dass ich dachte, als sein Auto kam, dass es ein Glück war, dass Vani nicht gerade in dem Moment zwischen den Bäumen hervorgekommen ist.« Er riss an dem Häutchen, bis es abriss. Blut rann aus der kleinen Wunde. Eine Zeitlang sprachen sie nicht. Panik tobte in Linns Kopf. Was sollte sie tun, wenn ihr der Typ jetzt gestand, dass er Vanessa Beckmann getötet hatte? Wenn er sein Gewissen erleichtern wollte, nur um sie danach als Mitwisserin … Aber das machte keinen Sinn. Haug wollte ihre Hilfe. Wenn er sie tötete, konnte sie ihm ja nicht mehr helfen. Sie versuchte, ruhig durchzuatmen.

»Vani und ich wollten uns bei meiner Oma treffen.« Haug trank noch mehr. »Sie haben den Heitzhof ja gesehen. Er liegt hinter dem Maar, von Ochsenwang aus gesehen. Deshalb musste Vani das Maar durchqueren, als sie zu uns wollte.« Er schluckte. »Vani … Sie hat mir gesagt, sie hält es bei ihrem Vater nicht mehr aus, sie muss sofort da weg. Das konnte ich gut verstehen. Christian ist ein komischer Typ. Ich habe noch mal über das nachgedacht, was sie mir gesagt haben. Vielleicht hat Christian sie tatsächlich … Andere Sachen gemacht als zwischen Vater und Tochter normal sind. Einige Dinge sprechen dafür, wenn man es im Nachhinein betrachtet.« Er schluckte.

»Warum haben Sie nie mit mir darüber geredet?«

»Weiß ich nicht.« Er trank wieder etwas. »Ich konnte Vani nicht beschützen. An dem Abend nicht und sonst auch nicht. Es war eine Lüge, dass ich sie an ihrem Todestag in Ochsenwang getroffen habe.« Haugs Finger, die die Flasche umklammerten, waren weiß vor Anspannung. »An dem Tag, als sie starb, bin ich von Stuttgart aus hergefahren, habe mein Auto bei meiner Oma abgestellt und dort auf Vani gewartet. Ich wollte ihr helfen. Aber ich war zu feige, um ins Dorf zu laufen und sie dort abzuholen, ich hatte Angst vor Christian und Hartmut und all den anderen. Deshalb ist sie jetzt tot.«

Am besten war es, wenn sie Haug einfach mit allem recht gab. Ihm vermittelte, dass sie ihm glaubte. Sie nickte. Hoffentlich sah es ernsthaft aus.

Haug legte eine Hand auf seine Augen. Seine Schultern zuckten ein wenig, er sah aus, als weinte er. »Sie war immer unpünktlich, deshalb habe ich mir zunächst keine Sorgen gemacht. Aber als sie gar nicht kam an dem Abend, dachte ich, ihr sei vielleicht was passiert und sie … weil sie durchs Maar musste, um zu uns auf den Hof zu kommen … Ich habe mir Vorwürfe gemacht, denn das Maar ist stockdunkel am Abend, und es gab diese Geschichten, die Ines mir früher immer erzählt hat, dass die Grenzen zum Jenseits durchlässig werden, wenn der Herbst kommt, und die Geister der Toten dann auf der Lauer liegen, um uns Lebende anzugreifen.« Er nahm die Hand wieder von den Augen. »Gegen Mitternacht bin ich Vani suchen gegangen.« Haugs Knie wippte auf und ab. »Ich … ich habe sie gefunden.« Seine Stimme klang dumpf durch die Hände. »Ich habe sie gefunden. Zuerst habe ich sie gar nicht erkannt. Sie war … Da war nur noch Blut, so viel Blut, sie war …« Haug hielt kurz inne. Er war blass. »Sie lag da wie ein totes Reh, verstehen Sie? Genauso haben die immer die Rehe hingelegt. Hartmut und Christian und die anderen, die den Jagdschein hatten. Ich träume immer noch von ihr. Vani schreit mich manchmal im Traum an. Weil ich nicht auf sie aufgepasst habe. Weil ich sie nicht früher suchen gegangen bin. Ihr Kopf ist immer über und über mit Blut … Deshalb habe ich die Fotos aufgehoben, die ich durch ihr Schlafzimmerfenster gemacht habe, verstehen Sie? Weil ich manchmal nicht mehr weiß, wie sie ausgesehen hat, als Lebende. Ich sehe nur diese blutige Leiche, die mich anschreit. Aber wenn ich dann die Fotos anschaue, dann wird sie wieder so, wie sie damals ... Jedenfalls für einen kurzen Moment.« Er legte die Hände auf sein wippendes Knie und schaute Linn an. Seine Augen waren feucht. »Als sie da lag an dem Abend, bin ich hin, ich dachte, sie lebt vielleicht noch. Ich wollte ihr helfen.« Er weinte. »Aber als ich mich über sie gebeugt habe und das Loch in ihrem Bauch genauer ... Ich habe ihren Kopf in den Arm genommen, ich weiß nicht, warum ich ... Plötzlich war da überall Blut, es war auf meinem Trainingsanzug, es war überall, ich bin weggerannt, ich weiß gar nicht mehr, was dann war, irgendwann war ich wieder bei meiner Oma, und ich wusste, ich muss den Trainingsanzug und die Gummistiefel loswerden ... Ich habe sie in einer Höhle im Wald versteckt, aber die Bullen haben das Gebiet, in dem sie nach dem Anzug gesucht haben, immer mehr ausgeweitet und irgendwann ... Ich habe meine Oma gebeten, das Zeug zu verbrennen, aber sie hat es ... sie hat es im Keller ... Sie meinte, die Bullen seien schon da gewesen und würden nicht noch einmal kommen, aber wenn wir auf dem Hof plötzlich was verbrennen, sei das viel auffälliger.« Er stöhnte. »Meine Oma hat mir geglaubt, sie hat allen gesagt, dass ich die ganze Nacht bei ihr war.

Linn knetete ihre Hände, die immer noch zitterten.

»Warum haben Sie diese ganzen Dinge nie jemandem erzählt?«, fragte sie.

»Vielleicht, weil mir nie einer was geglaubt hat und die Wahrheit selbst in meinen Ohren wie eine billige Ausrede klingt? Ich dachte, die verwenden das gegen mich. Und das tun sie auch. Sie sehen doch, was jetzt passiert! Meine Oma hat mir eingeschärft, dass ich mit niemandem über die Sache reden darf. Unter keinen Umständen. Dass ich vergessen muss, dass ich an dem Abend im Maar war. Dass das alles nie stattgefunden hat.« Er nickte und wischte sich eine Träne aus dem Gesicht. »Aber ich bin einfach so verdammt müde. Ich will nicht mehr. Ich habe sie nicht getötet. Ich habe sie geliebt. Ich glaube, Sie haben recht. Sie haben doch mal gesagt, dass die Wiederaufnahme des Falls auch eine Chance ist. Aber eben nur dann, wenn Christian mich vorher nicht umbringt.« Ein schwaches Lächeln umspielte seine Lippen. Er leckte das Blut vom Daumen. »Ich hätte meiner Freundin Nora von Anfang an die Wahrheit erzählen sollen. Vielleicht wäre sie dann …«

»Wissen Sie, wo Nora ist?«, gelang es Linn einzuwerfen.

Haug sah sie verwirrt an. »Bei ihrer Mutter, warum? Sie ist schwanger von mir, haben Sie das gewusst?« Sein Lächeln wurde traurig. »Wir kriegen ein Baby, Nora und ich. Obwohl ich Jahre der Therapie in betreuten Wohngruppen hinter mir habe, ist da immer noch ein Teil von mir, der mir sagt, dass ich keine Kinder haben sollte. Das ist krank.«

»Das Böse wird nicht einfach so vererbt«, entgegnete sie.

Haug winkte ab. »Ich weiß. Ich weiß das im Grunde. Ich bin nicht dumm, und ich befasse mich seit vielen Jahren mit diesem Thema. Trotzdem ist da eine Unsicherheit. Ich wäre froh, wenn mein Vater kein Mörder gewesen wäre und es nicht ganz so viele Gewalttäter bei uns in der Familie gäbe. Irgendwo muss das Böse ja herkommen. Es muss eine Veranlagung geben.«

»Selbst wenn es so wäre, ich denke, man hat immer die Wahl. Wenn man sich gut um sein Kind kümmert und es liebt, wenn man ihm Werte beibringt, dann hat es eine gute Chance, kein Gewalttäter zu werden, meinen Sie nicht?«

Haug nickte nachdenklich. »Das sagt man so. Aber woher soll ich wissen, wie man sich gut um ein Kind kümmert? Ich meine, Ines hat nie … Und Hans war auch kein Mustervater. Meine richtige Mutter ist tot, mein Erzeuger im Knast. Sie haben da leicht reden.«

»Meinen … meinen Vater kenne ich nicht«, erzählte sie und griff erneut nach einem Stift, diesmal gelang es ihr, ihn festzuhalten. Sie zog ein Blatt Papier zu sich. »Und meine Mutter musste sehr viel arbeiten, sie hat sich bemüht, das ja, aber auch ich hatte keine perfekte Kindheit. Trotzdem hoffe ich, dass ich selbst es besser machen werde.«

»Fragen Sie sich manchmal, wie Ihr Vater war? Ob Sie etwas von ihm haben?« Haug schaute sie an, seine Augen waren ein wenig glasig.

Linn nickte. Haug nahm einen weiteren Schluck aus Götz' Flasche. Er lallte leicht, wurde langsam offenbar betrunken. Wenn sie es schaffte, ihn so lange hinzuhalten, bis er vollkommen betrunken war, dann konnte sie vielleicht abhauen. »Sie haben Ihren leiblichen Vater doch mal im Knast getroffen, oder nicht?«

»Ja, ja, das habe ich Ihnen doch schon erzählt. Er wollte nicht mit mir reden, dieser Sack. Nicht mal das.« Haug setze die Flasche an den Mund, der Whisky lief wie Wasser in ihn hinein. »Er hat mein ganzes gottverdammtes Leben zerstört, weil er meine Mutter umgebracht hat, und dann redet er nicht mal mit mir. Hat Ihr Vater mit Ihnen geredet?«

»Ich habe es nie versucht.«

»Was würden Sie ihn fragen?«

Sie zwang sich, auf die Frage wahrheitsgemäß zu antworten. »Warum er mich verlassen hat, als ich noch ein Baby war. Sich nie wieder gemeldet hat.«

Haug pochte mit den Fingern auf den Tisch. Er sah müde aus.

»Ich muss langsam nach Hause«, wagte Linn einen Versuch. »Sonst wird mein Freund unruhig. Er ist Polizist.«

»Sie haben einen Freund? Einen Bullen?« Es klang absolut nicht so, als ob er ihr das glaubte.

Linn stand langsam auf. Ging an ihrem Schreibtisch vorbei auf ihren Mandanten zu. An ihm vorbei. Gleich würde er sie packen. Genau wie im Riccardi-Fall würde er … Aber nichts passierte. Bis sie an der Tür ihres Büros angekommen war.

»Wo soll ich denn jetzt hin?«, fragte Haug. »Kann ich nicht für ein paar Tage bei Ihnen bleiben? Das einzige Versteck, das ich immer für sicher gehalten habe, kennen die ja seit dem Tod von meiner Pflegemutter.« Er lachte auf. Es hörte sich alles andere als fröhlich an. »Ich habe gedacht, wenn ich mich nach Ines' Tod in der Forchensteiner Höhle verstecke, finden die mich nie. Nur wie blöd kann man eigentlich sein?« Seine Stimme klang belegt, die Laute verwaschen.

Sie blieb stehen. Sie musste ruhig bleiben. »Das Problem ist, dass Faber mich vorhin am Telefon verdächtigt hat, ich hätte Ihnen beim Untertauchen geholfen«, wandte sie ein. »Ich werde die Erste sein, zu der sie die Polizei hinschicken. Vielleicht ist sie schon da. Vielleicht warten unten schon Polizeiautos vor der Kanzlei.«

In dieser Sekunde wurde ihr erst bewusst, wie idiotisch diese Behauptung von ihr gewesen war. Wenn er jetzt auf die Idee kam, sie als Geisel zu nehmen …

»Der Staatsanwalt beschuldigt Sie?«, lallte ihr Mandant.

»Das tut er. Und außerdem werde ich von ein paar Leuten aus dem Umfeld von Hans Schneider oder Christian Beckmann oder beiden verfolgt und beobachtet, das habe ich Ihnen doch schon erzählt. Wenn die Sie finden, ist das vermutlich noch schlimmer als die Polizei.«

Haug schaute sie an. Er schwankte leicht. »Sie meinen, weil man Sie im Heitzhof eingesperrt hat?«

»Das auch. Aber auch hier in Stuttgart ist jemand … Neulich Abend wurde ich überfallen.«

»Passen Sie bloß auf, dass nicht das Gleiche mit Ihnen passiert wie mit Vani.«

»Warum sollte denn das Gleiche mit mir passieren wie mit Vani?«, fragte sie schrill.

Haug trank die Flasche beinahe leer, bevor er antwortete: »Weil es da draußen jemanden gibt, der Frauen ausweidet. Was, wenn es ihm nicht gefällt, dass Sie mir helfen?«

Sie machte ein paar Schritte aus ihrem Büro auf die Kanzleitür zu. Haug hielt sie nicht auf. Auf dem Flurboden lag der herausgerissene Telefonstecker und ein wenig Putz von der Wand. Es sah aus, als sei Haug vorhin über das Kabel gestolpert und habe dabei den Stecker ausgerissen.

Sie schaute sich um, Haug hatte sich in den Mandantenstuhl zurückgelehnt und trank den letzten Whiskey.

»Wenn Sie wollen, können Sie hier in der Kanzlei übernachten«, bot sie an. Noch ein paar Schritte in Richtung Tür. »Aber ich muss jetzt wirklich heim.« Sie hatte die Klinke erreicht, drückte sie nach unten und öffnete die Tür. Haug saß immer noch auf seinem Stuhl. Jetzt drehte er sich zu ihr um. Stellte die Flasche auf den Schreibtisch und stand langsam auf. Sie machte panisch einen Schritt hinaus ins Treppenhaus. Und noch einen. Spürte, wie ihr Bein einknickte und sie den Boden unter den Füßen verlor. Sie stürzte, ihr Kopf knallte gegen die Wand, sie rollte die Treppe hinunter. Dann wurde alles schwarz.

32

Als Linn aufwachte, wusste sie zunächst nicht, wo sie war. Haug. Hatte er sie …? Sie öffnete die Augen, ein Adrenalinstoß schoss durch ihren Körper, aber als sie sich in dem schwach erleuchteten Zimmer umschaute, wurde ihr klar, dass sie im Krankenhaus sein musste. Ein Schlauch aus ihrem Arm führte zu einem Tropf neben ihrem Bett. Oben an der Decke hing ein ausgeschalteter Fernsehmonitor. Auf einem Stuhl saß eine Polizistin mit langen schwarzen Haaren und las mit gelangweilter Miene in einer Zeitung. Als Linn sich bewegte, legte sie die Zeitung auf den Tisch und lächelte sie an. »Frau Dr. Geller?«

Linn nickte. Ihr war schwindlig und ein wenig schlecht.

»Der Arzt meinte, Sie würden gleich aufwachen und ich könne kurz mit Ihnen sprechen.«

Linn versuchte, sich im Bett aufzusetzen. Der Schwindel wurde stärker, sie lehnte sich wieder zurück und schloss für eine Sekunde die Augen. »Was … was ist passiert?«

»Das wissen wir nicht genau.«

Es dauerte einen Moment, aber dann fiel Linn alles wieder ein. Haug war heimlich in ihre Kanzlei gekommen. Er hatte keinen Hammer dabeigehabt, es war eine Whiskeyflasche gewesen. Es war ihr gelungen, bis ins Treppenhaus … Dann war sie irgendwie mit ihrem versehrten Bein falsch aufgekommen. Aber warum war die Polizei hier? »Wie … wie wurde ich … Also wer hat mich gefunden?«

»Ihr Mandant. Er hat den Krankenwagen gerufen. Er war ziemlich betrunken.«

Jetzt setzte sie sich doch aufrecht hin. Vor ihren Augen drehte sich alles, dann ließ der Schwindel ein wenig nach. »Herr Haug hat den Krankenwagen gerufen?«

»Erstaunt Sie das?«

Linn schüttelte nach einer Weile nur den Kopf. »Wie lange bin ich schon hier?«

»Etwa eine Stunde. Können Sie mir schildern, was passiert ist?« Die Polizistin verschränkte die Arme.

»Ich kann seit einem Unfall nicht mehr richtig laufen. Ich bin falsch aufgekommen und die Treppe runtergefallen.«

Die Frau sah sie fragend an. »Sicher?«

»Vollkommen sicher. Warum?«

»Das heißt, ihr einschlägig vorbestrafter Mandant hatte nichts mit Ihrem ›Sturz‹ zu tun? Dass er gerade bei Ihnen war, war nur ein Zufall?«

»Ja, genau. Er hatte nichts damit zu tun.« Haug hatte noch in ihrem Büro gestanden, daran gab es keinen Zweifel.

»Warum war er bei Ihnen in der Kanzlei?«

»Darüber kann ich selbstverständlich nicht mit Ihnen sprechen. Ich unterliege der Schweigepflicht.« Linn hatte Kopfschmerzen, die Fragen der Polizistin nervten sie plötzlich. »Wo ist mein Mandant jetzt?«

»Im Gefängnis. Es gab einen Haftbefehl gegen ihn, das müssten Sie doch wissen. Er saß direkt neben Ihnen, als wir ankamen. Er hatte Sie in die stabile Seitenlage gebracht und festgehalten. Offensichtlich war er klug genug, es nicht zu einer weiteren toten Frau in seinem Umfeld kommen zu lassen, so kurz vor einer gerichtlichen Anklage.«

»Er ist also bei mir geblieben? Trotz des Haftbefehls?«

»Offensichtlich. Er schien sehr besorgt um Sie zu sein. Er hat ständig etwas davon gefaselt, dass er ein Versager ist, der niemanden beschützen kann. Und dass Sie nichts damit zu tun hatten, dass er für ein paar Tage abgehauen und untergetaucht war.«

Nachdem die Polizistin endlich verschwunden war und Linn noch mit einem Arzt gesprochen hatte, der ihr versichert hatte, dass ihre Verletzungen nicht schlimm seien und sie aller Voraussicht nach nur diese Nacht zur Beobachtung im Krankenhaus bleiben müsse, rief sie Harris an. Er nahm nicht ab, wie so häufig. Sie hinterließ ihm eine Nachricht auf dem AB, sagte ihm, dass sie im Krankenhaus sei und nicht wisse, ob sie es morgen früh zum Flughafen schaffen würde, und nannte ihm noch einmal ihre Adresse und die U-Bahn-Linien, die er zu ihrer Wohnung nehmen konnte. Schließlich stellte sie ihr Kopfteil hoch, lehnte sich zurück und wickelte eine Haarsträhne um ihren Finger. Haug war zu ihr in die Kanzlei gekommen, weil die Tür angelehnt gewesen war. Soweit der Teil, bei dem er sich nicht richtig verhalten hatte. Aber danach, die ganze Panik, war nur in ihrem Kopf gewesen. Haug hatte nichts getan. Er hatte das Telefon nicht absichtlich herausgerissen, er war nur über das Kabel gestolpert. Er hatte in ihrem Besprechungszimmer nur dagesessen und geredet. Seine Geschichte, die alle gefundenen Spuren erklären konnte, war ein wenig dünn, aber es war nicht unmöglich, dass es sich so abgespielt hatte. Und war es denkbar, dass ein gefährlicher Psychopath, der wusste, dass er gesucht wurde, sich um sie kümmerte und wartete, bis der Krankenwagen kam und sich anschließend verhaften ließ? Haug war ein Außenseiter, der vielleicht ein unglückliches Verhältnis zu Frauen hatte, aber was, wenn er wirklich kein Mörder war?

Auf der anderen Seite: Wer würde denn eine blutüberströmte, ausgeweidete Leiche umarmen?

Vielleicht jemand im Schockzustand, der in die Tote verliebt gewesen war? Es kam doch immer wieder vor, dass Menschen, die eine Leiche fanden, diese berührten, zum Beispiel deshalb, weil sie Erste Hilfe leisten wollten oder weil sie einfach verzweifelt waren und sich nicht rational verhielten. Meistens wurden diese Leute allerdings nicht zu Verdächtigen, weil die Spuren, die sie hinterließen, anders oder an anderen Stellen waren als die, die ein möglicher Täter hinterlassen hätte.

Wenn Haug Vanessa Beckmann also nur in den Arm genommen hatte, dann musste sich das feststellen lassen. Dann mussten die Blutspuren, die man auf dem Trainingsanzug gefunden hatte, deutlich von solchen Blutspritzern zu unterscheiden sein, die durch das Erschlagen mit einem Hammer und das Ausweiden entstanden wären. Ob man das nach all den Jahren noch feststellen konnte?

Sie starrte auf den dunklen Bildschirm an der Decke, als ihr Handy klingelte.

»Bloody hell, Linn, was machst du für Sachen? Kann man dich nicht mal ein paar Wochen alleine lassen?« Harris klang besorgt. »What has happened to you?«

Sie erzählte ihm fast die ganze Geschichte, nur den Streit mit Götz ließ sie aus. Eine Zeitlang sprachen sie über das Verhalten von Verdächtigen und Unverdächtigen, und schließlich fragte sie ihn nach den Blutspritzern. Der Detective Chief Inspector bestätigte ihre Überlegungen. »Die Blutspuren müssten sich deutlich unterscheiden. Hast du das Gutachten schon?«, fragte er. »Wenn du magst, schaue ich es mir an, wenn ich bei dir bin. Ich habe jede Menge Erfahrung mit Tötungsdelikten.«

»Wenn wir Glück haben, hat Faber es mir bereits geschickt.«

»Great.« Sie hörte Harris plötzlich grinsen. »Ein Blutspurengutachten ist genau das richtige Gesprächsthema für einen gemütlichen Abend, wenn ich jetzt so darüber nachdenke. Das gefällt mir so an dir. Vielleicht können wir ja vor dem Einschlafen noch einer Autopsie beiwohnen oder einen Leichenfundort anschauen?«

Linn lachte, und sie unterhielten sich noch darüber, wo sie am nächsten Abend gemeinsam essen gehen konnten.

»Ich mag dich wirklich, weißt du?«, sagte Harris, bevor er

das Telefonat beendete. Lange ließ sich Linn den Satz immer wieder durch den Kopf gehen, bis sie schließlich lächelnd einschlief.

Am nächsten Morgen war Linn wie gerädert, aber sie konnte das Krankenhaus verlassen. Sie schickte Harris eine WhatsApp, dass sie ihn abholen würde, fuhr mit einem Taxi nach Hause, duschte ausgiebig, schminkte sich sorgfältig und stand dann ewig vor dem Kleiderschrank. Schließlich entschied sie sich für eine lockere, anthrazitfarbene Hose, die ihr verkrümmtes Bein verdeckte, und einen neuen, dazu passenden Kaschmirpullover. Sie kämmte ihre schwarzen Haare, bis sie glänzten. Lange schaute sie in ihren Schlafzimmerspiegel, betrachtete die heute richtig gut überschminkte Narbe. Dann räumte sie ein wenig auf und kaufte einen Adventskranz, Plätzchen und ein paar Dinge aus dem Biosupermarkt, bis es endlich Zeit wurde, den für das Wochenende gemieteten Mietwagen abzuholen. Einen Automatik, den sie mit ihrem Bein gut fahren konnte.

Sie war kribbelig vor Freude, als sie die große Eingangshalle des Flughafens mit den baumartigen Metallstützen betrat. Weil sie viel zu früh dran war, holte sie sich noch einen großen Milchkaffee. Harris. Noch eine halbe Stunde, dann würde sein Flugzeug landen. Sie schlenderte durch den Zeitschriftenladen und an den großen Fenstern entlang, hinter denen die wartenden Maschinen zu sehen waren, trank noch einen Milchkaffee und machte sich schließlich auf den Weg zum Ankunftsbereich. Noch fünf Minuten. Noch drei. Jetzt blinkte es auf der elektronischen Tafel, die Maschine aus London war gelandet. Linn spürte, wie ihr Herzschlag sich bei jeder Menschengruppe beschleunigte, die aus dem Inneren des Flughafens strömte.

Sie wartete fast eine Stunde, aber Harris kam nicht.

Auf der Fahrt zurück war Linn wie versteinert. Manchmal hatte sie das Gefühl, dass sie gleich weinen musste, aber sie biss sich auf die Backe und unterdrückte den Drang. Harris hatte sie versetzt, er hatte nicht mal angerufen oder wenigstens eine Nachricht geschickt. Hatte er das nicht gestern Abend schon gewusst? Wenn sie ihr Telefonat jetzt betrachtete, im Lichte der bitteren Realität, war es doch komisch, dass sie sich fast immer nur über Fälle unterhielten. Sobald es privat wurde, wurde es angespannt. Verdammt, sie war sich sicher gewesen, dass da etwas gewesen war zwischen ihr und Harris. Etwas Besonderes. Aber das hatte sie sich vermutlich eingebildet, sie musste doch langsam mal kapieren, dass sie, was Männer anging, kein sonderlich gutes Gespür hatte. Da musste man nur an Götz denken oder ihr letztes Desaster Chris. Oder hatte Harris sich deshalb nicht gemeldet, weil etwas passiert war? Ein Notfall, so dass er sie nicht hatte erreichen können? Als sie in der Nähe ihrer Wohnung endlich einen Parkplatz gefunden hatte, checkte sie zum hundertsten Mal ihr Handy. Diesmal blinkte es für eine eingegangene Nachricht. Sie war von Harris. Nur ein paar Worte. *Forgive me. Ich kann das nicht.*

Linn fuhr nach Hause, legte sich auf ihr Bett und starrte die Decke an. Sie war traurig und aufgewühlt und fragte sich ständig, was genau Harris nicht konnte und warum nicht. Ob es an ihr lag, vielleicht doch an ihrem Aussehen, oder an etwas ganz anderem? Wahrscheinlich war es vollkommen banal, wahrscheinlich hatte sich Harris einfach nicht in sie verliebt. Auch dieser Gedanke war alles andere als tröstlich.

Gegen vier hielt sie das Grübeln nicht mehr aus und fuhr mit dem Mietwagen in die Kanzlei. Sie brauchte etwas, um sich abzulenken.

Sie nahm die zu sortierende Post und den Blätterstapel aus dem Faxgerät mit in ihr Zimmer. Erstaunlicherweise hatte ihr

Faber tatsächlich schon das Blutspurengutachten vom Trainingsanzug und den Gummistiefeln zugeschickt.

Der Trainingsanzug bestand nur noch aus drei großen Fetzen, die ziemlich vermodert aussahen. An der Form und der Anordnung der Blutspritzer würde sich also wohl nicht mehr erkennen lassen, ob Haug Vanessa Beckmann nur umarmt hatte. Aber das Gegenteil konnte die Staatsanwaltschaft damit genauso wenig belegen. Abgesehen davon war die DNA trotz guter Lagerung bereits so alt gewesen, dass es *erhebliche Einschränkungen bei der Wahrscheinlichkeit, dass das Blut von Vanessa Beckmann stammte,* gab. Sie wusste von Haug, dass er die junge Frau tatsächlich berührt hatte, aber die Staatsanwaltschaft wusste das nicht.

Allerdings gab es noch den Knochensplitter, der aber auch übertragen worden sein konnte, als Haug die Tote umarmt hatte.

Die CT-Untersuchung der exhumierten Leiche, so entnahm sie einer Mail, die ihr von der Rechtsmedizinerin geschickt worden war, hatte hingegen keine neuen Erkenntnisse ergeben.

Sie ging all ihre Kopien stundenlang noch einmal durch, suchte nach Hinweisen auf einen alternativen Tatverdächtigen im Schlächter-Fall. Christian Beckmann. Vor allem Christian Beckmann. Sie musste unbedingt noch einmal mit dieser Ute Brunner über ihn sprechen. Aber auch Hamid Stöckle, den sie bisher nicht gefunden hatte und den sie jetzt bald von einer Detektei würde suchen lassen, war ein Kandidat, genauso wie ein Unbekannter. Gegebenenfalls Ines Schneider, in dicken Klammern, weil sie eigentlich zu klein war, aber im Zweifel musste das ein Fachmann noch einmal untersuchen.

Bis in die späten Abendstunden wälzte sie Berichte und Gutachten und las zudem alles, was sie zum Thema Selbstmord, der wie ein Mord aussehen sollte, finden konnte. Es gab einige Fälle, und beinahe alle waren von einem tiefen Hass des Selbstmörders gegen denjenigen geprägt, dem die Tat angehängt werden sollte. Genau wie bei Ines Schneider und Johann Haug.

Als es kurz vor Mitternacht war und Linns Magen so laut knurrte, dass sie es nicht mehr überhören konnte, schmiss sie alles auf ihren Schreibtisch. Nichts. Überhaupt nichts Konkretes. Ihr vages Gefühl, dass ihr Mandant vielleicht die Wahrheit sagte und unschuldig war, reichte nicht aus, wenn sie einen Freispruch erzielen wollte. Und falls sich nach der Untersuchung des eingelagerten Bluts herausstellen sollte, dass Haug der Vater von Vanessas Baby gewesen war, dann konnte sie sowieso einpacken. Aber dann war vermutlich auch alles andere gelogen gewesen.

Den Sonntag verbrachte sie wieder über ihren Akten, hauptsächlich, um nicht an Harris denken zu müssen. Da sie immer noch den Mietwagen hatte, fuhr sie am Abend spontan zu ihrer Mutter nach Mannheim und brachte ihr den Adventskranz vorbei, den sie sich für Harris Besuch gekauft hatte. Sie wollte ihn nicht mehr sehen.

Am Montag wollte sie einfach nur noch schlafen und musste sich zwingen, in die Kanzlei zu fahren, weil sie am Mittag eine Mandantenbesprechung hatte. Schwarze Wolken verdeckten den Himmel. Obwohl es schon kurz vor zehn Uhr war, war es immer noch düster. In Götz' Zimmer brannte Licht, und als sie an seinem Büro vorbeiging, grüßten sie sich kurz angebunden. Ein dicker Briefumschlag vom Gericht lag auf ihrem Schreibtisch. Sie warf einen kurzen Blick hinein. Die Staatsanwaltschaft hatte Anklage gegen Johann Haug wegen Mordes an Vanessa Beckmann und Ines Schneider erhoben. Mitte Februar würde das Gerichtsverfahren beginnen. Offenbar reichten die Beweise nun aus, auch dank ihr, weil sie die Ermittlungsbehörden auf die Spur mit dem Keller des Heitzhofs gebracht hatte. Sie öffnete das Fenster, um kurz zu lüften, während sie frierend und schlechtgelaunt auf die bunte Weihnachtsdekoration der Nachbarhäuser starrte. Der Schneemann, der seine Farbe wechselte, hatte mehrere Konkurrenten bekommen, Rentiere, die blinkten, und funkelnde Sterne. Unten im Hof spielten zwei kleine Mädchen in rosa Schneeanzügen und unterhielten sich lautstark und kichernd darüber, was sie sich alles zu Weihnachten wünschten. Von irgendwoher erklang *O du fröhliche*. Linn knallte das Fenster wieder zu.

Harris hatte mit ihr Schluss gemacht, Götz und sie waren keine Freunde mehr, ihre Mutter hatte einen neuen Bekannten, der sie über die Feiertage zu sich nach Cottbus eingeladen hatte, und ihr Mandant würde bald für zwei Morde verurteilt werden, die er vielleicht nicht begangen hatte. Das würde ein lustiges Weihnachten werden dieses Jahr.

33

Am nächsten Tag vereinbarte Linn einen Termin bei der Staatsanwaltschaft. Sie hatte von Fabers Sekretärin erfahren, dass die Ergebnisse der Untersuchung von Vanessa Beckmanns eingelagertem Blut vorlagen.

»Sie gehen mir langsam ernsthaft auf den Zeiger«, fauchte der Oberstaatsanwalt, als sie in seinem kleinen Büro standen. »Wenn ich mich mit jedem Anwalt ständig treffen müsste, dann käme ich überhaupt nicht mehr zum Arbeiten. Fahren Sie nie in den Urlaub? Es ist kurz vor Weihnachten.«

»Sie hätten sich nicht persönlich mit mir treffen müssen.«

»Damit Sie hier wieder unerlaubt in irgendwelchen Akten herumwühlen?«

Sie antwortete nicht darauf.

Faber knurrte. Dann schlug er eine dünne Akte auf, die vor ihm lag. »Ich bin noch nicht einmal selbst dazu gekommen, mir das Ergebnis der Untersuchung anzuschauen. Ich war den ganzen Tag in der Sitzung. Aber ich teile den Moment, in dem sich endgültig bestätigt, dass Ihr Mandant der Vater von Vanessa Beckmanns Baby ist und wir den letzten Sargnagel in Ihre Verteidigungsstrategie hämmern, natürlich gerne mit Ihnen. Ich sage Ihnen, ich hatte recht, sein Motiv war es, seine Nachkommen auszulöschen, damit …« Faber verstummte und runzelte die Stirn, las in der Akte, schob schließlich mit einer hilflos wirkenden Bewegung seine randlose Brille nach oben auf den Kopf und rieb sich die Augen. »Das gibt es doch gar nicht.« Er schien in sich zusammenzusinken. Seine Haut sah fahl aus, er wirkte enttäuscht und so, als habe er in der letzten Zeit viel zu wenig geschlafen. Er reichte ihr die Akte über den Tisch. Linn überflog die Zahlen und den Text. »Das Ungeborene ist mit Sicherheit *nicht* das Kind meines Mandanten«, sagte sie. Ein Kribbeln zog von ihren Händen aus durch ihren ganzen Körper. »Das Ergebnis ist zwar nicht ganz eindeutig, aber der Vater muss ein naher Blutsverwandter von Vanessa gewesen sein.« Sie gab Faber die Akte zurück. »Ich tippe auf Christian Beckmann. Ich habe mit einem Zeugen geredet, der einen jahrelangen Inzest für möglich hält.«

»Unsere bisherigen Recherchen haben ergeben, dass Beckmann der einzige nahe Blutsverwandte von Vanessa ist.« Faber schüttelte den Kopf. »Dieses Mädchen wurde nicht nur ermordet, sie wurde wahrscheinlich auch noch von ihrem eigenen Vater geschwängert. In was für einer Welt leben wir, in der ein Mensch so viel Schreckliches durchmachen muss?« Er fuhr sich über die zuckenden Mundwinkel. Für eine Sekunde war er ihr beinahe sympathisch.

»Ich denke, damit sollte mein Mandant ...«

»Das hier ändert überhaupt nichts.« Faber schüttelte den Kopf. »Das Ergebnis deutet nur darauf hin, dass Beckmann seine Tochter *geschwängert* haben *könnte*. Dass er sie *umgebracht* hat, davon sind wir weit entfernt.«

»Ich finde, dass das eine Spur ist, die auf jeden Fall weiterer Nachprüfung bedarf! Die Schwangerschaft ist ein Motiv für Beckmann, um sie umzubringen und auszuweiden.«

Faber nickte. »Natürlich. Aber *wir* prüfen das nach, nicht *Sie*, verstanden? Sie nähern sich diesem Herrn nicht mehr, ist das klar? Und auch keinem anderen Bewohner von Ochsenwang, der sie nicht schriftlich zu sich nach Hause eingeladen hat. Ich habe keine Lust, mich weiterhin mit unsinnigen Anzeigen wegen Hausfriedensbruchs gegen Sie herumzuschlagen. Wir haben hier Wichtigeres zu tun.« Er machte eine kurze Pause. »Ich habe Kirchhoff angewiesen, dass das eingestellt wird.«

»Danke.«

»Dafür brauchen Sie mir nicht zu danken, eher ihrem Kanzleikollegen. Er hat sich sehr für Sie eingesetzt. Ich teile seine Meinung, dass Ihr Verhalten keinen Straftatbestand erfüllt.«

»Ich auch.«

Faber massierte sich die Stirn. »Wer ist denn der Zeuge, der das mit dem Inzest behauptet?«

»Er heißt Alex Brunner. Betreibt ein Restaurant in Ochsenwang.«

Faber machte sich eine Notiz, dann streckte er ihr eine Kopie der Blutuntersuchung entgegen. »Der Befund ist auffällig, aber er wird am Ergebnis nichts ändern. Es gibt nach wie vor keine einzige Spur am Tatort, die auf Beckmann hindeutet. Und wie sollte Vanessas Blut denn auf Haugs Trainingsanzug gekommen sein?«

»Nasenbluten?«

»Ein Nasenbluten, bei der ihr auch Gehirnmasse und Knochensplitter rausgelaufen sind?« Der Oberstaatsanwalt klappte die Akte zu. »Falls Vanessa von jemand anderem schwanger war, könnte das ihren Mandanten auch *belasten*, haben Sie da mal drüber nachgedacht? Was, wenn Ihr Mandant deshalb sauer auf Vanessa war und sie ermordet hat?«

Linn runzelte die Stirn. »Dafür hätte er damals wissen müssen, dass sie schwanger war, und ob das der Fall …«

»Ersparen Sie mir das«, unterbrach Faber sie. »Gegen Ihren Mandanten spricht jeder forensische Beweis. Und haben Sie den gewaltsamen Tod seiner Pflegemutter vergessen? Da gibt es ja wohl überhaupt nichts, das auf einen anderen Täter als Ihren Mandanten hindeutet. Und für Ines Schneiders Tod hat Beckmann eindeutig ein Alibi.«

Sie ging nicht darauf ein, sondern fragte stattdessen: »Wurden bereits die anderen ungelösten Mord- und Vermisstenfälle überprüft?«

Faber nickte. »Wir gehen davon aus, dass Herr Haug außer seiner Pflegemutter und Vanessa Beckmann niemanden getötet hat.«

Linn erhob sich. Das waren gute Neuigkeiten. »Danke für Ihre Zeit. Schöne Weihnachten und einen guten Rutsch. Wir sehen uns dann im Februar vor Gericht.«

»Ihr Mandant wird für seine Taten bezahlen.«

»Wenn er sie begangen hat. Ich tendiere zu Freispruch.«

»Das ist kein Spiel, Frau Dr. Geller.«

»Glauben Sie mir, das weiß keiner besser als ich.«

Von wegen letzter Sargnagel der Verteidigung. Endlich hatte sie handfeste Hinweise, die auf ein Motiv von Beckmann hindeuteten.

Eine Weile durchforstete Linn im Keller der Staatsanwaltschaft noch weitere Aktenteile und Spurenakten im Schlächter-Fall. Als sie in einer der bislang verbotenen Akten, die sie heute endlich einsehen durfte, auf ein Fasergutachten stieß, in dem aufgeführt war, dass man an Vanessa Beckmanns Leiche Fasern von Christian Beckmanns Kleidern gefunden hatte, wurde ihr Verdacht, dass Christian Beckmann seine Tochter getötet haben könnte, noch stärker. Natürlich war es ohne Weiteres möglich, dass die Fasern auf einem legalen Weg auf die Leiche gekommen waren, schließlich hatte Vanessa ja noch mit Beckmann zusammengelebt. Aber Faber hatte eindeutig nicht ganz die Wahrheit gesagt, als er behauptet hatte, man habe keinerlei Spuren von Beckmann am Tatort gefunden.

Als Linn die Staatsanwaltschaft verließ, war sie richtig aufgekratzt. Obwohl ein bitterkalter Regen ihr auf dem Weg zur U-Bahn ins Gesicht hämmerte und sie ihren Schirm in der Kanzlei vergessen hatte, fühlte sie sich das erste Mal seit ihrer einsamen Heimfahrt vom Flughafen wieder einigermaßen gut. Sie würde gleich nachher noch einmal versuchen, mit dieser Ute Brunner zu sprechen. Möglicherweise konnte die ihr noch weitere nützliche Informationen zu Beckmann geben. Denn der Bluttest alleine würde bei Gericht nicht ausreichen. Trotzdem.

Egal, was Faber sagte, alles, was sie heute erfahren hatte, konnte ihrem Mandanten helfen. Wenn es ihr jetzt endlich auch noch gelang, Beckmanns Alibi bei Ines Schneiders Tod zu erschüttern, dann konnte sie beruhigt in die Weihnachtsfeiertage gehen.

In der Kanzlei angekommen suchte sie Ute Brunners Telefonnummer heraus. Niemand nahm ab, und sie bat auf dem Anrufbeantworter um Rückruf. Ute Brunner rief nicht zurück, auch die nächsten Tage nicht, und war nicht zu erreichen, obwohl Linn es mehrfach versuchte. Linn sprach daher noch einmal mit Alex Brunner, der ihr den Tipp gab, dass am Freitag vor Weihnachten traditionell der Ochsenwanger Christkindlesmarkt stattfand, bei dem seine Schwester seit vielen Jahren am Glühweinstand ihrer Mutter mithalf.

Deutlich einfacher zu erreichen als Ute Brunner war Beckmanns Nichte, sein Alibi für Ines Schneiders Tod. Gleich beim ersten Läuten nahm sie ab. Sie gab Linn mit wütender Stimme zu verstehen, dass sie den ganzen Vormittag, an dem Ines Schneider gestorben war, mit Beckmann zusammen gewesen war, sie führte genau auf, was sie alles unternommen hatten. Es stellte sich heraus, dass die Nichte nicht alleine bei Beckmann gewesen war, sondern dass ihr Mann und ihre Söhne auch dabei gewesen waren, und nachdem Linn mit allen gesprochen hatte, war klar, dass Christian Beckmanns Alibi stimmte und er Ines Schneider nicht umgebracht haben konnte, jedenfalls nicht persönlich. Aber es war ja bei allen Ungereimtheiten nach wie vor möglich, dass Ines Schneider Selbstmord begangen hatte.

Linn war sich mittlerweile ziemlich sicher, dass ihr Mandant unschuldig war, dass er noch nie jemanden getötet hatte, dennoch hatte sie für den im Februar beginnenden Gerichtsprozess nicht viel mehr in der Hand als vage Vermutungen, während die Gegenseite mit einer Vielzahl forensischer Spuren aufwarten konnte.

Auch die Situation in der Kanzlei war angespannt. Götz' Tür

blieb jeden Tag verschlossen, und Linn begegnete ihm nie, nicht einmal in der Küche. Gerne hätte sie sich mit ihm unterhalten, sie hoffte, dass sie irgendwann wieder normale Freunde sein konnten. Dreimal hätte sie fast bei ihm geklopft, hatte sich dann aber doch nicht getraut.

Am Donnerstag vor Weihnachten hörte sie schließlich seine Schritte auf ihr Büro zukommen.

»Linn?« Er blieb im Türrahmen stehen, ein paar Blätter in der Hand.

»Ja?« Sie lächelte, aber als sie Götz unfreundliche Miene sah, verging ihr das Lächeln.

»Hier.« Er betrat den Raum, legte ihr an den von ihr am weitesten entfernten Rand des Schreibtisches zwei Blätter hin. »Die Staatsanwaltschaft hat deine beiden Verfahren wegen Hausfriedensbruchs eingestellt. Wurde gerade gefaxt.«

»Danke, dass du …«

Aber Götz hatte das Zimmer schon wieder verlassen. Sie hörte noch, wie er die Tür seines Büros zuschlug.

Linn fuhr trotz Fabers Warnung am nächsten Tag nach Ochsenwang zum Weihnachtsmarkt, um mit Ute Brunner und ihrer Mutter zu sprechen. Als kleine Sicherheitsmaßnahme hatte sie die Nummer der Stuttgarter Polizei in ihrem Handy eingespeichert. Sie musste nur eine Kurzwahltaste drücken. Ihr Tränengas war in ihrer Jackentasche verstaut, mit einem Griff hätte sie es in der Hand. Abgesehen davon würde sie auf dem Markt nicht alleine sein.

Die Häuser waren nach dem Tauwetter von vor ein paar Tagen wieder eingeschneit, und mit den Kerzen, die überall in den Fenstern leuchteten, und den Weihnachtsbäumen, die in allen Farben strahlten, sah der Ort malerisch aus. Der Weihnachtsmarkt bestand aus sieben winzigen Ständen, die sich auf dem runden Dorfplatz mit der Ochsenstatue drängten, und einer

Holzkrippe mit einem Jesuskind darin, an der zwei lebende Schafe Heu knabberten. Es roch nach Glühwein, gebrannten Mandeln und Gegrilltem. Die Dächer der Buden waren mit Tannenzweigen und Lichterketten geschmückt, und ein riesiger Nikolaus, der auf einer von Rentieren gezogenen Bockwurst fuhr, thronte auf dem Dach einer Würstchenbude. Linn ging direkt zum Glühweinstand. Hinter dem Tresen standen eine magere Frau, die Linn auf Ende dreißig schätzte, mit wasserstoffblonden, kurzen Haaren und unzähligen Ringen in Nase, Lippen und Ohren, und eine ältere Frau mit weißen Zöpfen, die eine bunt gestreifte, dicke Filzjacke trug. Das mussten Ute Brunner und ihre Mutter sein. Die beiden erstarrten regelrecht, als Linn sie ansprach, und Ute Brunner machte ihr leise, aber unmissverständlich klar, dass sie nicht bereit war, mit ihr zu sprechen. »Verschwinden Sie endlich«, zischte sie. »Lassen Sie uns in Frieden. Und Christian auch.«

Bei der Erwähnung von Beckmanns Namen verzog die Mutter den Mund, aber sie schaute Linn nicht an. Mit einer Schöpfkelle goss sie fahrig Glühwein in einen Becher und reichte ihn einem Mann, der vor dem Stand wartete.

Als Linn sich geschlagen gab und wegging, sah sie aus den Augenwinkeln, dass Ute Brunner ihr Handy hervorholte und etwas eintippte.

Linn holte sich am Würstchenstand heißen Orangenpunsch und stellte sich neben die Krippe. Sie versuchte, mit den vorbeischlendernden Menschen ins Gespräch zu kommen und fragte jeden, der bereit war, mit ihr zu reden, wer der Mörder von Vanessa Beckmann und gegebenenfalls von Ines Schneider gewesen sein könnte. Linn konnte sich nicht vorstellen, dass in so einem winzigen Dorf nicht irgendjemand etwas mitbekommen hatte, wenn mehrere Menschen ermordet worden waren. Aber alle sagten ihr entweder, sie wüssten es nicht oder es müsse Johann Haug gewesen sein. Wie hatte Hans Schneider gesagt:

Man lernte nirgends so gut ein Geheimnis zu wahren wie in einem kleinen Dorf.

Nach einer halben Stunde fand Linn immerhin eine Frau, die früher einmal kurz mit Hamid Stöckle zusammen gewesen war, es stellte sich dann aber heraus, dass sie ihn bereits seit zwanzig Jahren nicht mehr gesehen hatte und vermutete, er sei gestorben.

Linn lernte auch Alex Brunner persönlich kennen, einen kahlköpfigen Mann mit rundem, freundlichem Gesicht, der mit seiner Familie auf den Markt gekommen war. Auf Linns Bitte hin sprach er mit seiner Schwester, die jedoch lautstark verkündete, sie werde »kein Wort zu dieser Anwältin mehr sagen«. Alex Brunner warf Linn einen Blick zu, der Unverständnis mit diesem Verhalten signalisierte, dann wurde er von seiner kleinen Tochter zur Zuckerwatte gezogen.

Kurz darauf verließ Ute Brunner den Glühweinstand, ging hastig an Linn vorbei und schaute sie ziemlich genervt an. Als sie in die Dunkelheit einer Gasse eingetaucht war, versuchte Linn, mit Ute Brunners Mutter zu sprechen, diese schüttelte jedoch nur den Kopf. Sie sah traurig aus. Wenige Minuten später kam Ute Brunner zurück. Sie ging beinahe auf Linn los, und diese gab endgültig auf und rief den nächsten Bestellbus an. Es gab keinen Grund, noch länger hierzubleiben.

Der Bus fuhr leider erst in einer Stunde. Zum Glück waren bisher weder Hans Schneider noch Christian Beckmann oder der Mann mit den Hunden auf dem Markt gewesen. Linn hatte sich geschworen, sobald einer von ihnen auftauchen sollte, würde sie sich ein Taxi nehmen und sofort verschwinden. Sie hatte die Nummer des Taxiunternehmens ebenfalls gespeichert.

Um die Zeit totzuschlagen, redete Linn eine Weile mit Nicolaas de Groot, der am Süßigkeitenstand verkaufte, und mit seiner Frau Antje, einer sportlichen, schlanken Braunhaarigen.

Linn holte sich gerade einen Apfelpunsch, um ihre halb erfrorenen Hände aufzutauen, als ihr jemand von hinten unsanft auf die Schulter tippte. Sie drehte sich empört um und schaute direkt in Christian Beckmanns eiskalte blaue Augen, die ihr aus seinem faltigen, ledrigen Gesicht entgegenstarrten. »Ich werde Ihnen sagen, was Sie wissen wollen«, sagte er. »Kommen Sie mit.«

»Wohin soll ich mitkommen?«, fragte Linn. Irgendetwas stimmte nicht mit diesen Augen. Sie versuchte sich damit zu beruhigen, dass sie mitten auf dem gut besuchten Dorfplatz in Ochsenwang stand und Christian Beckmann ein betagter, gebrechlicher Mann war. Es bestand keine Gefahr. Mit der linken Hand tastete sie dennoch nach ihrem Tränengas.

»Kommen Sie mit, und hören Sie endlich auf, hier im Dorf herumzuschnüffeln und meinen Ruf zu beschmutzen. Und lassen Sie Ute in Ruhe. Sie hat Ihnen nichts zu sagen.« Beckmanns Stimme klang dünn und gefühllos. Er deutete mit seiner zitternden Hand in die Richtung, in der sein Haus und, weiter hinten, auch das Maar lag.

So sehr sie interessierte, was Beckmann zu sagen hatte, mitkommen würde sie nicht. Er war vermutlich der Mörder seiner eigenen Tochter, und er hatte ihr, Linn, schon einmal damit gedroht, sie zu töten. Ein ehemaliger Polizist und Jäger. Bestimmt hatte er irgendwo eine Waffe versteckt.

»Wenn Sie mir etwas zu sagen haben, sagen Sie es mir bitte hier. Wir können ein wenig an die Seite gehen, dann hört uns niemand«, schlug sie vor.

Beckmann lachte gemein. »Haben Sie etwa Angst, mit mir alleine zu sein? Sie stecken doch sonst Ihre Nase so gerne in gefährliche Angelegenheiten, die Sie nichts angehen.« Er schnaubte. »Keine Sorge: Wir werden nicht alleine sein.« Er zeigte auf ein Auto, das halb versteckt hinter einem der Stände parkte. Ein Polizeiauto, bei dem sich jetzt die Fahrertür öffnete. »Hartmut wird bei uns sein. Und ein paar Freunde.«

Rösch stieg aus dem Polizeiauto aus. Alle Geräusche auf dem kleinen Weihnachtsmarkt verstummten plötzlich, nur zwei Kinderblockflöten, die Weihnachtslieder krächzten, und das Knistern der bratenden Würstchen war zu hören. Linn hatte das Gefühl, als ob alle Besucher des Markts ein Stück zurückwichen und sie anstarrten.

»Auf keinen Fall. Ich werde nicht mit Ihnen mitkommen.« Sie sprach laut, damit möglichst jeder auf dem Platz sie hören konnte. Versuchte, ihr Handy zu entsperren, sie tippte ständig den falschen Code ein, steckte es schließlich hastig in die Tasche ihrer Jeans, sie musste sich auf die Situation konzentrieren. »Herr de Groot«, sagte sie in Richtung des Süßigkeitenstands, »Herr de Groot, bitte informieren Sie jemanden von der Stuttgarter Polizei. Oder jemanden von der Staatsanwaltschaft.«

Aber de Groot war nicht mehr an seinem Platz, er schien in der Menschengruppe verschwunden zu sein. Auch Alex Brunner konnte sie nirgends entdecken.

»Stellen Sie sich nicht so an.« Christian Beckmann hob seine von Rheuma oder Arthrose verformte Hand und zeigte auf das Polizeiauto. »Sie sind auf unserem Grund und Boden. Hier gilt unser Gesetz. Also kommen Sie mit. Wir sind rechtschaffene Bürger und wollen Ihnen nur bei Ihren Ermittlungen helfen.«

Rösch kam langsam und bedrohlich auf sie zu. Seine Hände lagen am Gürtel seiner Jeans.

Linn sah sich hilfesuchend um. »Nein«, sagte sie so fest und laut es ging. »Ich werde jetzt meinen Punsch austrinken und dann nach Hause …«

»Das werden Sie nicht. Sie werden die Suppe auslöffeln, die Sie sich und uns eingebrockt haben.« Rösch war jetzt fast bei ihr. Sie ging ein paar Schritte rückwärts, ließ den Punsch auf den Boden fallen und zog ihr Tränengas aus der Jackentasche. Beckmann starrte sie unverwandt an. Linn musste an die Geschichte mit dem Krematorium denken, die ihr Mandant ihr erzählt hatte. Sie hatte plötzlich eine sehr gute Vorstellung davon, wie es für Haug gewesen sein musste, hier aufzuwachsen. Rösch packte sie. Sie wollte ihm eine Ladung Tränengas ins Gesicht schießen, aber Rösch reagierte blitzschnell und wand ihr die Dose aus der Hand. Dann zerrte er sie zum Polizeiauto.

»Das dürfen Sie nicht! Ich werde rechtliche Schritte gegen Sie einleiten«, wütete sie und versuchte, sich loszumachen, aber Rösch packte sie fester.

»Es ist ungeheuerlich, dass Sie es wagen, mich hier auf offener Straße …«

»Halten Sie endlich Ihr Maul«, fuhr er sie an. Und zur Menge gewandt fügte er mit einem Lächeln an: »Das hat alles seine Richtigkeit. Wir haben einen Haftbefehl gegen die Frau. Diebstahl und Hausfriedensbruch und noch ein paar andere Dinge.«

»Das stimmt nicht. Helfen Sie mir!«, schrie sie, während der Polizist ihr den Arm auf den Rücken drehte und sie zwang, zum Polizeiauto mitzukommen. Christian Beckmann folgte ihnen langsam und auf wackeligen Beinen. Sein Stock machte ein klapperndes Geräusch. Die Menschenmenge auf dem Weihnachtsmarkt wandte sich wieder den Ständen zu, als Linn von Rösch unsanft auf den Rücksitz geworfen wurde. Er nahm ihr das Handy ab, knallte die Tür zu und stieg auf der Fahrerseite ein, Beckmann auf der Beifahrerseite. Linn trommelte gegen die Scheibe, als das Auto sich mit einem Ruck in Bewegung setzte. Das Letzte, das sie vom Weihnachtsmarkt sah, waren ein paar Kinder und Ute Brunner, die dem Polizeiauto gebannt nachstarrten. Dann bog das Auto in eine vereiste Straße ein und fuhr langsam in die Dunkelheit.

34

Auf dem Rücksitz des Autos saß ein weiterer Mann, den Linn plötzlich am Geruch und den Kleidern erkannte. Der Vermummte, der sie neulich in Stuttgart überfallen hatte. Sie hörte auf, gegen die Scheibe zu hämmern, weil der Typ auf ein Klappmesser deutete, das er in der Innentasche seiner Jacke verborgen hielt. Sie rückte in die entgegengesetzte Ecke und schnallte sich an, als Rösch das von ihr verlangte. Ihr Herz klopfte bis in den Hals. Was hatten die mit ihr vor?

Schweigend fuhren sie durch Ochsenwang und später durch die schneebedeckte Landschaft. Irgendwann ergriff Christian Beckmann vom Vordersitz her das Wort. Seine Stimme war gleichmütig. »Wir sind nicht stolz auf das, was wir gleich tun müssen«, sagte er.

Linn wurde kalt. »Herr Rösch«, sagte sie und ignorierte Beckmann, »warum machen Sie da mit? Sie sind Polizist, und wenn ich es richtig verstanden habe, waren Sie doch in all den Jahren die Stimme der Vernunft.«

»Die Stimme der Vernunft.« Beckmann kicherte.

»Wir halten alle zusammen«, sagte Rösch vom Steuer aus.

»Was er damit sagen will, ist, er macht mit, weil er Dreck am Stecken hat, genau wie die anderen. Das nennt sich hier Zusammenhalt und Jägerehre«, kicherte Beckmann. Es hörte sich an, als habe er den Verstand verloren.

»Halt einfach die Klappe«, knurrte Rösch in Beckmanns Richtung.

Es war lange still. »Was wollen Sie mir denn zeigen, Herr Beckmann?«, versuchte es Linn erneut.

»Die Wahrheit«, antwortete er.

»Was …«

»Schhhh«, machte er.

Das Auto ruckelte lange über eine dunkle, unebene Landstraße, irgendwo im Nirgendwo. Sie hielten schließlich an einem verschneiten Wanderparkplatz vor einem Waldstück, auf dem ein alter Opel mit Schneeketten parkte. Im Licht der Scheinwerfer des Polizeiautos erkannte Linn eine große schwarze Hütte, die halb von Tannen verdeckt wurde. Als Rösch die Autotür öffnete, klammerte sie sich am Haltegriff fest. Aber der vermummte Mann löste ihren Griff routiniert und gab ihr einen Tritt. Sie landete mit dem Gesicht im Schnee. Rösch zog sie hoch, und sie stolperte ein paar Schritte. Als er sie losgelassen hatte, rannte sie humpelnd los, zurück zur Landstraße, aber Rösch und der Vermummte hatten sie nach wenigen Metern eingefangen. Sie schlug um sich, schrie und trat, bis Rösch sie so hart in den Polizeigriff nahm, dass ihr fast der Arm ausgekugelt wurde.

Die Tür zur Hütte öffnete sich, und im spärlichen Licht, das von Innen herausdrang, sah Linn die Konturen eines Rollstuhls und zwei große Jagdhunde, die geifernd auf die Gruppe losstürmten.

»Nein!«, schrie sie, »bitte nicht!« Die Hunde hatten sie erreicht, sie sprangen bellend und knurrend um sie herum, verzogen sich aber nach kurzer Zeit wieder zur Hütte, als der ehemalige Revierförster leise nach ihnen pfiff. Von irgendwoher war ein kreischendes, halb ersticktes Quieken zu hören. Sie versuchte erfolglos, sich aus dem Griff des Polizisten zu winden.

»Jetzt beruhigen Sie sich mal«, sagte Rösch. »Wir tun Ihnen nichts. Wir wollen Ihnen wirklich etwas zeigen.« Er ließ sie los.

Sie richtete sich auf. Ihr ganzer Körper schmerzte. »Und warum muss das mitten in der Nacht sein?«, brachte sie heraus. »Warum hier?«

»Weil es in den Tagen um Weihnachten herum verboten ist zu jagen. Da stellt man eigentlich Futtergarben auf.«

»Wir halten uns immer an die Gesetze«, fügte der Vermummte mit einem sarkastischen Unterton hinzu.

»Und was wollen Sie in der Nacht jagen?« Ihre Stimme klang schrill. Diese Typen waren offensichtlich alle geistesgestört. Vielleicht hatten sie gemeinsam Vanessa Beckmann erschlagen und ausgeweidet? Vielleicht gab es ja eine alte Sage hier, wonach man jedes Jahr statt einem Hirsch einen Menschen jagen musste, damit das Korn gut wuchs oder so, und jetzt wurde eben die Anwältin aus Stuttgart ... In diesem Moment sah sie den großen Blutfleck, der den Schnee neben der Hütte rot eingefärbt hatte, und einen ausgestreckten, schwarzen Kadaver. Ihr Herzschlag begann zu rasen.

Rösch zerrte sie zu der großen Jagdhütte und stieß sie unsanft hinein. »Willkommen im Schlachthaus«, sagte er.

Linn taumelte in den Raum. Die Wärme, die von einem glühenden Heizlüfter ausging, und der Geruch nach Blut und Tod waren so stark, dass sie würgen musste. Sie schluckte ein paarmal, bis ihr Blick auf eine flache Kiste mit frischen Innereien fiel, die in der Ecke stand. Der Würgereiz wurde so stark, dass sie ihn nicht mehr zurückhalten konnte. Sie erbrach sich in ein mit Blut besudeltes Waschbecken. Blut, überall war Blut. Der ekelhafte Geschmack nach erbrochenem Punsch und Roter Wurst vermischte sich in ihrem Mund, und sie übergab sich erneut, diesmal auf den Fußboden. Sie sackte neben dem Waschbecken zusammen und würgte noch ein paarmal, bis sich ihr Atem wieder beruhigte.

»Die Sauerrei machen Sie nachher selbst weg. Scheiß Städter«, sagte der Typ im Rollstuhl, Benno Arnold, der neulich seine Hunde auf sie gehetzt hatte. Sein schwäbischer Akzent war kaum verständlich, sein feindseliger Tonfall schon.

Mit ihren Augen suchte Linn den Raum nach einer Fluchtmöglichkeit ab. Rösch war in der Tür stehen geblieben und versperrte ihr gemeinsam mit den beiden Jagdhunden den Fluchtweg. Neben ihm lehnte ein Jagdgewehr an der Wand. Ein weiterer Mann mit sehr kurzen Haaren, den sie nicht kannte, kam nun aus einem Nebenraum der Hütte. Er schaute Linn neugierig und nicht unfreundlich an, stellte sich wortlos hinter Benno Arnold und verschränkte die Arme. Seine Stiefel waren blutbesudelt.

Sie musste versuchen, an das Jagdgewehr ranzukommen. Sie hatte zwar noch nie ein Gewehr in den Händen gehalten, aber sicher würde es die Typen trotzdem abschrecken. Sie kroch ein Stück in Richtung des Gewehrs, aber als die Hunde laut knurrten, blieb sie doch lieber, wo sie war.

»Bring die Viecher rein, damit wir anfangen können«, sagte Rösch in die von seinen Autoscheinwerfern erleuchtete Dunkelheit und wandte sich wieder Linn zu. »Wir mussten leider auf Wildschweine aus der Zucht vom Burgrestaurant zurückgreifen, so auf die Schnelle. Aber ich denke, wir können in diesem Punkt mit Ihrer Diskretion rechnen«, sagte er. »Ist eh eine Schande, wilde Tiere einzusperren.«

Draußen fluchte jemand, und ein Tier schrie plötzlich in Todesangst. Linn starrte zur Tür. Der Vermummte zog ein markerschütternd kreischendes und quiekendes junges Wildschwein, dem man die Beine zusammengebunden hatte, hinter sich her auf die Hütte zu. Er ließ es direkt vor dem Eingang liegen. Rösch trat zur Seite, und Beckmann, der bisher draußen gestanden hatte, wankte mit seinem Stock herein. Er war totenblass. Seine Hände und sein Kopf wackelten leicht, als er den Stock wegstellte und das Gewehr in seine verkrümmten Hände nahm. Mit dem Gang eines uralten Mannes schlurfte er wieder nach draußen. Er legte an, zielte, und traf das sich windende Wildschwein mitten in den Kopf. Der Knall war so laut, dass er in den Ohren schmerzte. Das Kreischen des Tiers verstummte abrupt. Sterne flimmerten vor Linns Augen, in ihrem Kopf sirrte ein hoher Ton. Sie kniete immer noch auf dem Boden, stützte sich mit beiden Händen ab.

Rösch und der Vermummte zogen das tote Schwein gemeinsam über die Schwelle und warfen es direkt vor Linn. Die glasigen Augen starrten sie an. Ein wenig Blut sickerte noch aus der Schusswunde am Kopf und vermischte sich mit dem Erbrochenen auf dem Boden. Das tote Tier dünstete einen scharfen Geruch aus, der ihr wieder Übelkeit verursachte. Erneut traten die beiden Männer nach draußen. Brachten offenbar den Kadaver, den Linn vorhin bereits im Schnee gesehen hatte, herein. Ein weiteres junges Wildschwein.

»Das da musste ich leider vorhin schon erschießen. Es hätte mit seinem Geschrei womöglich die falschen Leute angezogen«, sagte der Kurzhaarige zu Beckmann. »Ich habe es schon aufgebrochen und ausgenommen. Das Wasser im Tank ist getaut, alles ist bereit.«

Beckmann kam zurück in die Hütte, lehnte das Gewehr wieder an die Wand und holte von einem Tisch neben dem Waschbecken ein Messer. Linn stemmte sich hoch, schon wieder würgte es sie. »Ich kann das nicht mit anschauen, was auch immer Sie hier vorhaben, tut mir leid!«

»Dann bring sie raus, bevor sie wieder alles vollkotzt«, sagte Benno Arnold, und Rösch schleifte Linn in den Schnee hinaus. Sie blieb ein Stück entfernt von der Hütte mitten auf dem Parkplatz sitzen, auch wenn der Schnee langsam ihre Kleider durchnässte. Holte Luft wie eine Erstickende. Die kalte Luft tat ihr gut. Der Brechreiz wurde schwächer. Die Hunde, die mit ins Freie gekommen waren, beschnupperten sie, es war ihr im Moment egal. Hinter ihr fiel die Tür der Hütte ins Schloss. »Was … was machen die da drin?«

»Sie weiden Säue aus«, antwortete Rösch. Seine Hände waren blutig, vielleicht, weil er vorhin die toten Schweine mit ins Haus hineingetragen hatte. Er wischte sie erst am Schnee, dann an seiner Hose ab. Er sah erschöpft aus, als er aus der Jackentasche seiner dicken Militärjacke ein Päckchen Zigaretten herauszog. Er hielt es ihr hin. »Wollen Sie auch eine?«

Linn schüttelte den Kopf, auch wenn sie liebend gerne eine Kippe gehabt hätte. Aber sie war seit vielen Jahren Nichtraucherin. Sie nahm eine Handvoll Schnee und steckte sie sich in den Mund, um sich den ekelhaften Geschmack von der Zunge zu waschen.

Rösch zündete sich seine Zigarette an, inhalierte tief.

»Sie halten mich für ein gewissenloses, korruptes Dreckschwein, oder?«, fragte er. Sie antwortete nicht darauf, und er fuhr fort: »Ich bin damals aus Überzeugung Polizist geworden. Habe gedacht, ich könnte etwas verändern. Die Welt besser machen.« Er stieß den Rauch aus und lachte bitter. »Scheißidee. Sie haben keine Ahnung, wie das ist. Wenn man den ganzen Tag ein Beschützer sein soll und in Wirklichkeit vollkommen machtlos ist. Ich habe so viel Abschaum gesehen in meinem Leben und so viele Lügen. Habe gesehen, wie die übelsten Typen aus dem Gericht rausmarschiert sind, weil sie jemanden hatten wie Sie.« Erneut zog er an seiner Zigarette. »Ich habe Johann nichts untergeschoben. Ich habe weder den Tatort noch das Beweismaterial manipuliert. Ich wollte nur mit einer schnellen Durchsuchung den Lauf der Gerechtigkeit anstoßen, wollte den Guten einen kleinen Vorsprung geben, das ist alles, was ich getan habe.« Er schnippte die Kippe in den Schnee. »Christian war immer wie ein Vater für mich. Er war mein Partner und hat mir ein paarmal aus der Klemme geholfen, als ich bei der Polizei angefangen habe.« Rösch spielte mit seinem Feuerzeug, es war ein altmodisches Zippo. Deckel auf, Deckel zu. Zwischendrin eine Flamme. »Ich habe Christian damals die Nachricht überbracht. Dass Vani tot ist. Er … er ist zusammengebrochen. Monatelang haben sie ihn in der Psychiatrie behalten, weil die Gefahr bestand, dass er sich was antut. Das Einzige, was ihn am Leben gehalten hat, war der Wunsch, dass der Mörder seiner Tochter eines Tages seine gerechte Strafe erhält. Das war nicht gespielt. Christian hätte Vani nie etwas getan, das ist absurd.

Und Ines hat er auch nichts getan.« Erneut klickte das Feuerzeug. »Sie kennen Johann nicht. Sie haben nicht gesehen, was ich gesehen habe in all den Jahren. Sie haben nur eine Akte gelesen und mit einem Typen gesprochen, der ein perfekter Schauspieler ist. Aber ich, ich wurde immer gerufen, wenn Ihr Mandant seine Pflegeeltern mit der Axt bedroht hat, mit einem Grinsen im Gesicht. Ich war dabei, als er mit zehn versucht hat, seine gottverdammte Grundschule anzuzünden, weil irgendwelche Kinder ihn nicht beim Versteckspielen haben mitmachen lassen. Ich habe die Angst in den Augen der Jugendlichen gesehen, wenn Ihr Mandant in der Nähe war. Haug steht auf Blut. Der hört nicht auf, bevor er kein Blut gesehen hat. Genau wie sein Vater. Er ist ein gefühlloser, eiskalter Sadist. Er ist gefährlich. Egal, was Sie über mich denken, ich bin ein erfahrener Polizist, und ich irre mich nicht.«

Linn wollte gerade einwenden, dass sie da nicht so sicher war, als sich mit einem leisen Knarren die Tür der Hütte öffnete. Christian Beckmann wankte hinaus. Seine Hände und die Ärmel seiner Jacke waren voll mit Blut. Er hielt das Messer immer noch in der Hand und stützte sich mit der anderen auf seinen Stock. Sein Körper bebte. Rösch wollte zu ihm gehen, aber Beckmann winkte ab und drehte sich zum Waldrand.

»Warum sind Sie nicht einfach in Ihrer schicken Stuttgarter Kanzlei geblieben und haben nicht so genau hingeschaut? Wie alle anderen Anwälte zuvor?« Rösch sprach mehr zu sich selbst.

Ja, warum verdammt noch mal hatte sie das nicht getan? Warum fuhr sie ständig nach Ochsenwang, in einen Ort, in dem jeder sie hasste? Für einen Typen, dem sie nur deshalb seit Neuestem vertraute, weil er sie *nicht* die Treppe hinuntergestoßen hatte? War sie bescheuert?

Auf der anderen Seite: Was genau hatte sie eigentlich herausgefunden, das die Leute so gegen sie aufbrachte? War es wirklich nur die Tatsache, dass sie Haug vertrat?

Es dauerte eine gefühlte Ewigkeit, bis sich die Tür der Hütte wieder öffnete. Rösch warf seine bestimmt fünfte Kippe in den Schnee und reichte ihr die Hand, damit sie aufstehen konnte. Sie kam wackelig zum Stehen. Ihre Beine und Hände waren gefühllos vor Kälte. »Warten Sie hier«, sagte er, während die Hunde, die Beckmann die Hände geleckt hatten, schon wieder um sie herumtänzelten. Sie rührte sich nicht, weil sie die Schnauzen an ihren Beinen spürte.

Der Polizist ging zu seinem Auto und kam mit einer großen Mappe zurück, die er vor ihr aufschlug. Eine Großaufnahme von Vanessa Beckmanns aufgespreizter Leiche lag obenauf. »Kommen Sie«, schnarrte er. Seine Stimme klang jetzt wieder genauso überheblich wie bei ihren letzten Zusammentreffen.

Sie schüttelte den Kopf. Sie würde bestimmt nicht noch einmal in diese Hütte gehen, wo diese Gestörten vermutlich ein Blutbad veranstaltet hatten.

»Verdammt noch mal.« Rösch packte sie am Arm und zog sie mit sich. Sie blieb in der Tür stehen und stützte sich am Türrahmen ab.

Auf dem Boden der Hütte lagen nebeneinander aufgereiht die beiden Wildschweine, der Boden war blutig, aber nicht so schlimm, wie Linn es befürchtet hatte. Ein Wasserschlauch lag neben den Kadavern. Mit Tannenzweigen waren ihre leeren Bauchhöhlen aufgespreizt worden, sie sahen aus wie schwarze, haarige Mäuler.

»Man macht das heutzutage eigentlich nur noch, wenn man das getötete Wild im Wald zur Strecke legen will und es schnell herunterkühlen soll«, sagte der Vermummte, dessen Hände in über und über mit Blut bedeckten Gummihandschuhen steckten. »Das Aufspreizen, meine ich. Ansonsten entfernt man die Gedärme beim hängenden Wild und verbringt das Tier dann umgehend in die Wildkammer. Dann kann es dort auskühlen.«

Linn nickte.

»Gehen Sie näher hin. Schauen Sie es sich genau an«, forderte der Vermummte sie auf.

Linn näherte sich widerwillig. »Warum?«

»Jeder Jäger spreizt seine getöteten Tiere auf seine ganz eigene Art auf. Das ist so was wie sein Markenzeichen. Nur die Tannenzweige sind ein Muss, weil Tannen für uns Waidmänner besondere Bäume sind«, erklärte Benno Arnold. »Christian hat es früher so gemacht«, er zeigte auf das linke Schwein, in dem, wie Linn jetzt erkannte, zwei Tannenzweige ein »V« bildeten, das auf dem Kopf stand und die Hälften des Schweinebauchs offenhielt. »Eine sogenannte V-Spreize. Und ich habe es mit drei Tannenzweigen gemacht. Ein Gitter.« Er wies auf das andere Schwein. »Mein Sohn und Hartmut und Alex und die anderen haben ihre Tiere überhaupt nicht aufgespreizt. Noch nie«, fuhr er fort, als Linn nun doch in die Hütte hineinhumpelte und neben den Kadavern in die Hocke ging.

»Das bei Vanessa war keiner von uns. Das war keiner aus dem Dorf, ganz bestimmt nicht«, sagte der alte Jäger im Rollstuhl. »Das hätte ich erkannt.«

Rösch hielt Linn die Großaufnahme hin. In Vanessas aufgespreizter Leiche steckte ein einzelner dicker Zweig, er stammte nicht von einer Tanne.

»Der Täter hätte sich ohne Weiteres verstellen können«, warf Linn ein.

»Ein echter Waidmann verstellt sich nicht«, entgegnete Benno Arnold grimmig. »Nicht bei so etwas.«

»Wenn er gerade einen Menschen ausgeweidet hätte, vielleicht doch.« Linn war nicht überzeugt von dem, was ihr der Mann da erzählte.

»Abgesehen davon kann derjenige, der Vanessa ausgenommen hat, kein erfahrener Jäger gewesen sein. Einer mit einer gewissen Kenntnis, das zweifellos, aber kein erfahrener Jäger«, fuhr Benno Arnold fort.

»Und warum nicht?«

»Er hat den Schnitt zu weit unten angesetzt.«

»Aber vielleicht hing das ja mit der ungewohnten Situation zusammen. Weil er einen Menschen und kein Tier …«

»Nein, das glaube ich nicht«, unterbrach sie der alte Jäger. »Da unterscheidet sich die Bache kaum vom Menschenweib.«

Linn richtete sich wieder auf. »Und warum hat niemand von Ihnen das bisher der Polizei erzählt?«

»Ganz einfach, weil wir nichts davon wussten«, gab der Alte zurück. »Hartmut hat uns die Bilder erst vor Kurzem gezeigt. Ihm ist es aufgefallen. Er hat uns gefragt.«

»Woher haben Sie die Bilder? Ich hoffe, Sie wissen, dass Sie damit sämtliche Ermittlungen gefährden«, fauchte sie den Polizisten an. »Wenn Sie hier Tatverdächtigen Material zur Verfügung stellen, das nur der echte Täter …«

»Ich weiß«, schnitt ihr Rösch das Wort ab. »Aber ganz ehrlich: Es ist mir mittlerweile scheißegal. Ich habe nichts mehr zu verlieren. Ich werde in Kürze suspendiert. Christian stirbt jeden Tag ein bisschen mehr, und er soll noch erleben, wie der Mörder seiner Tochter lebenslänglich ins Gefängnis kommt. Ich glaube den Jungs hier. Das war keiner von uns. Das muss Johann Haug gewesen sein.«

»Warum unbedingt mein Mandant?«

»Er war keiner von uns Jägern, verstehen Sie das nicht? Er wollte es immer sein, aber er war es nicht.« Der alte Jäger im Rollstuhl rollte bedrohlich auf sie zu. »Wir hätten Ihnen das hier«, er deutete auf die toten Wildschweine, »nicht gezeigt, wenn wir nicht hundertprozentig sicher wären. Zum Spaß töten wir keine Tiere.« Er kam so dicht heran, dass sie seinen Atem riechen konnte, ein fauliger Geruch. Der Kurzhaarige folgte ihm, er sah aus, als sei er nicht sicher, was er von der Aktion hier halten sollte.

»Das ist keine Antwort auf meine Frage.«

Benno Arnold lachte krächzend auf. Ein hasserfülltes, hässliches Geräusch. »Wer soll es denn sonst gewesen sein? Nur das Mörderbalg würde so schlampig ein Tier ausweiden. Johann hat es nie gelernt, weil er kein echter Waidmann war. Wie viele Beweise brauchen Sie denn noch?«

»Das überzeugt mich nicht. Das sind keine Beweise«, sagte sie. »Alles, was ich hier sehe, ist blinde Besessenheit. Besessenheit davon, dass mein Mandant …«

»Sie ignorantes, dummes Weibsstück«, fauchte Christian Beckmanns Stimme von der Eingangstür her. Er war zur Hütte zurückgekommen und wandte sich an den Jäger im Rollstuhl. »Ich habe euch doch gesagt, dass es nichts nützen wird, wenn wir der hässlichen Schlampe sagen, was wir zum Fall meiner Tochter denken. Habe ich das nicht gesagt? Sie hält uns nur für minderbemittelte Hinterwäldler und potenzielle Mörder.« Er blieb vor der offenen Eingangstür der Hütte stehen, zeigte mit seinen verkrümmten Fingern auf Linn. »Ich werde nicht mit anschauen, wie Sie den Mörder meiner Tochter noch mal aus dem Knast rausholen!«

Sie wusste nicht, was genau geschehen war, aber plötzlich hatte Christian Beckmann das Gewehr wieder in der Hand und richtete es auf sie. Vor Schreck sackten ihr fast die Beine weg. Unsicher machte sie ein paar Schritte rückwärts, spürte die Wand im Rücken und blieb unbeweglich stehen. Benno Arnold, der Vermummte und der Kurzhaarige verließen schnell die Schusslinie und drängten sich jetzt auf der rechten Seite der Hütte zusammen.

»Ich werde Sie umlegen«, sagte Beckmann zu Linn. »Sie sind ein Stück Scheiße und haben es nicht anders verdient.«

»Das wirst du nicht tun«, sagte Rösch ruhig. Er trat vor und stellte sich schützend vor Linn, die Hände deutlich sichtbar erhoben. »Es ist genug Unheil passiert in den letzten Jahren. Es muss endlich aufhören. Wir waren uns einig, dass wir ihr nichts tun. Sonst hätte ich hier nie mitgemacht. Nimm das Gewehr runter,

Christian. Sofort. Wir haben es vereinbart. Niemand kommt zu Schaden.«

Beckmann fuchtelte wild mit dem Gewehr herum, und Rösch duckte sich. »Die Schlampe behauptet, dass ich meine Vani umgebracht habe. ICH! Das hätte ich nie getan. Niemals. Wie kann die hässliche Schlampe hier rumlaufen und behaupten, dass ich meine Vani umgebracht habe?«

»Herr Beckmann«, sagte Linn, die an Rösch vorbeischaute, und ihre Stimme versagte fast. »Bitte, hören Sie auf damit. Ich versuche wirklich, den Mord an Ihrer Tochter aufzuklären. Wenn Sie es nicht waren und mit mir zusammenarbeiten würden, dann können wir den echten Täter vielleicht …«

»Schnauze!« Beckmann richtete das Gewehr auf ihr Gesicht. Seine Hände wackelten ein wenig. »Der Mord ist aufgeklärt. Johann muss nur noch in den Knast. Sie würden ihm keinen Gefallen tun, wenn Sie ihn wieder rausholen. Ich lege ihn um. Das mache ich wirklich. Das hätte ich letztes Mal schon machen sollen. Aber Ihr wolltet es ja nicht. Ihr habt gesagt, dass wir es nicht mit hundertprozentiger Sicherheit wissen. Ich hätte nie auf euch hören dürfen. Das habe ich jetzt davon.«

Der Kurzhaarige kniff die Lippen zusammen und schüttelte den Kopf.

»Leg das Gewehr endlich weg, Christian«, wiederholte Rösch. Seine Stimme duldete keinen Widerspruch. »Jeder auf diesem gottverdammten Weihnachtsmarkt hat gesehen, dass wir mit der Anwältin weggefahren sind.«

»Die reden nicht, wenn ich sie mir vornehme«, knurrte Beckmann.

»Das war vielleicht früher so, aber heute hast du das nicht mehr unter Kontrolle.«

»Ihr könntet mir ein Alibi geben. Habe ich nicht auch immer weggeschaut? Glaubt ihr, ich hätte nicht gewusst, was ihr hier in der Hütte getrieben habt, wenn ihr angeblich jagen wart?«

»Das war etwas ganz anderes«, sagte Rösch.

»Ansichtssache.« Beckmann fuchtelte mit dem Gewehr herum. Er kicherte. »Ihr habt die Wahl. Ihr könnt sie mir überlassen, oder ich lege euch alle um.«

Von der Straße her erklang plötzlich das knirschende Geräusch von Autoreifen auf Schnee. Beckmann warf einen kurzen Blick in Richtung des Fahrzeugs, dann starrte er weiter in Linns und Röschs Richtung. Scheinwerfer erleuchteten den Weg, ein Jeep mit Ladefläche rollte auf den Parkplatz zu und kam zum Stehen. Alex Brunner stieg aus und kam auf die Anwesenden zu. »Es hat eine Weile gebraucht, euch zu finden, ich war erst oben beim …« Dann erkannte er offenbar die Situation. Er blieb ruckartig stehen. »Was tut ihr hier? Was wird das? Christian, was soll die Scheiße? Ich habe mir doch schon gedacht, dass du keinen Haftbefehl gegen die Anwältin hast, Hartmut. Gut, dass ich nachschauen gekommen bin. Nimm das Gewehr …«

Beckmann lachte irr. »Du hast uns gerade noch gefehlt, Arschloch«, sagte er. »Schwing deinen Hintern hier rein in die Hütte.« Er trat ein kleines Stück nach hinten, bedeutete Brunner mit dem Gewehr, einzutreten.

»Und was, wenn nicht?«

»Dann schieße ich ihn dir weg. Also?«

»Bitte, Christian, jetzt hör schon auf mit dem Unsinn!« Alex Brunners Stimme war bestimmt. Aber er folgte Beckmanns Aufforderung. Er ging an Beckmann vorbei, der das Gewehr für kurze Zeit auf Brunner richtete, in die Hütte hinein und stellte sich neben Rösch vor Linn. Zwei menschliche Schutzschilde. Linn spähte durch eine Lücke zwischen den beiden.

Beckmann legte mit zitternden Händen das Gewehr auf die Gruppe an. Brunner machte nun doch ein paar schnelle Schritte zur Seite, lediglich Rösch stand immer noch in der Schusslinie. »Leg endlich das Gewehr hin«, forderte der Polizist.

Beckmann richtete das Gewehr auf Röschs Brust. »Ich will dich nicht töten, aber wenn du nicht bald auf die Seite gehst, muss ich es tun.«

Rösch bewegte sich nicht.

»Lass sie doch erst mal reden«, warf Benno Arnold plötzlich ein. Sein Rollstuhl ruckte ein kleines Stück nach vorne.

»Was reden?«, fragte Beckmann.

»Warum sind Sie so sicher, dass es das Mörderbalg *nicht* war? Haben Sie Beweise dafür, oder behaupten Sie den Schwachsinn nur, weil Sie seine Anwältin sind?«, zischte Arnold in Linns Richtung.

Beckmann schnaubte, aber er schoss nicht. Rösch nickte. Alle wandten sich Linn zu.

»Ich bin im Moment dabei, alles genau zu überprüfen, und ich habe Anhaltspunkte, dass ...«

»Keine Ausflüchte und kein Anwaltsgelaber bitte«, unterbrach sie der Vermummte.

»Sie glaubt, dass ich es war«, wütete Beckmann. »Aber ich war's nicht.« Linn sah hinter Röschs Rücken vor. Das Gewehr in Beckmanns Hand schwankte bedenklich, hoffentlich löste sich nicht versehentlich ein Schuss.

»Sagen Sie uns, was Sie wissen«, befahl Arnold.

In Linns Kopf rasten die Gedanken. Wenn sie jetzt die Wahrheit sagte, würde Beckmann sie erschießen. Aber vermutlich würde er sie auch erschießen, wenn sie nichts sagte. Und vielleicht konnte sie den Rest der Gruppe wenigsten auf ihre Seite ziehen, wenn sie auspackte.

»Ich weiß nicht, ob Sie Ihre Tochter getötet haben. Aber es sieht so aus, als sei Vanessa von Ihnen schwanger gewesen«, sagte Linn leise hinter Röschs Rücken hervor in Beckmanns Richtung. Sie erwartete, dass er jeden Moment abdrücken würde, dass Rösch, der schützend vor ihr stand, tot zusammenbrechen würde und Beckmann dann ...

Aber Beckmann drückte nicht ab. Er wankte nach hinten. Seine Lippen formten das Wort »schwanger?«.

»Ich habe es immer gewusst!« Brunners Stimme klang halb erstickt.

»Die ganzen Gerüchte über dich haben also gestimmt?«, fragte Rösch. Er machte einen Schritt auf Beckmann zu. Sein Nacken wurde rot. Seine immer noch erhobenen Hände senkten sich langsam.

Beckmann antwortete nicht. Er drehte wie in Zeitlupe das Gewehr, richtete den Lauf auf seinen eigenen Kopf.

»Ist es wahr?« Röschs Stimme wurde laut. »Hast du sie gebumst und dann erschlagen, damit sie nicht reden kann? Und die ganze Zeit habe ich gedacht ... Sie hätten Johann damals fast getötet. Und du ... du...« Er schlug gegen die Wand. »Bei Ines' Tod, hattest du da auch deine Finger im Spiel? Für dich habe ich meine Karriere ruiniert! Mieser Lügner!«

»Was ist mit der Ute?«, fragte Alex Brunner mit einem bedrohlichen Unterton. »Hast du die auch ...«

»Ich habe gesündigt«, murmelte Beckmann. »Aber das Mörderbalg darf deshalb nicht ...«

»Du gottverdammtes, widerliches Dreckschwein«, brüllte Rösch. Er rannte gemeinsam mit Brunner auf Beckmann zu. Rösch erreichte ihn als Erstes und riss das Gewehr zur Seite. Ein Schuss löste sich, irgendwo wurden Zweige durch das Geschoss abgebrochen, der ohrenbetäubende Knall hallte in der eisigen Nacht wider. Die beiden Männer rutschten aus und fielen brutal auf den Boden. Schnee stäubte in die Luft. Brunner blieb kurz vor ihnen abrupt stehen und betrachtete die beiden. Linn humpelte nun ebenfalls aus der Hütte. Aus den Augenwinkeln sah sie durch die Tür, dass Benno Arnold die Hunde am Halsband gepackt hatte und festhielt. Sie zerrten so nach vorne, dass sie fast den Rollstuhl mitrissen.

»Du hast mir dein Wort gegeben, Christian. Für dich habe

ich alles riskiert. All die Jahre. Du hast mich knallhart angelogen. Du hast mich reingelegt. Ich dachte, ich kann dir vertrauen.« Rösch schlug mit der Faust mehrmals auf den unter ihm liegenden Beckmann ein. Der alte Mann wehrte sich nicht. Als Rösch nicht mehr zuschlug, keuchte Beckmann: »Mit Vertrauen oder was für mich riskieren hat das wenig zu tun. Du hast das Maul gehalten, weil du Angst hattest. Das ist alles.« Etwas Dunkles kam aus seinem Mund. Blut, das in den Schnee tropfte. »Angst davor, dass ich eure kleine Nebentätigkeit auffliegen lasse.«

Bevor er weitersprechen konnte, schlug Rösch ihm so hart auf den Mund, dass er verstummte. Ein gurgelndes Geräusch war zu hören.

Alex Brunner versuchte nach einer Weile halbherzig, den um sich schlagenden Rösch festzuhalten. Es dauerte, aber schließlich gelang es ihm, Rösch ein Stück wegzuzerren und in den Schnee zu stoßen. Brunner ging daraufhin allerdings selbst auf Beckmann los, versetzte ihm einen kräftigen Tritt zwischen die Beine, riss das Gewehr, das in den Schnee gefallen war, hoch, warf es Rösch hin und marschierte dann offensichtlich außer sich vor Wut in die Hütte zurück.

Beckmann blieb wimmernd liegen, als Rösch mit dem Gewehr in der Hand aus dem Schnee aufstand.

»Hast du Vanessa getötet? Und Ines?«, fragte Rösch. »Hast du, du widerliches Schwein?«

»Ihr solltet nicht auf die Anwältin hören, sondern auf mich, ich bin einer von euch, und egal, was passiert ist, ich …«

»Du bist keiner mehr von uns! Und jetzt rede endlich!« Röschs Stimme war laut.

»Vergib mir, Herr«, murmelte der zusammengekrümmte Beckmann in den Schnee. Blut rann aus seiner Nase. Er faltete seine Hände wie zum Gebet. Es war lange still. Dann hob Beckmann langsam den Kopf und sah Rösch direkt an. »Ja«, sagte er.

»Ja, ich habe es getan. Ich habe Vani getötet. Es ist alles meine Schuld. Und jetzt drück endlich ab, damit es vorbei ist.«

Dann legte er seinen Kopf zurück auf den Schnee und murmelte: »Vergib mir Herr, denn ich habe gesündigt.«

»Dir wird gar nichts vergeben«, brüllte Rösch. Er spuckte auf den liegenden Mann.

Beckmanns Lippen kräuselten sich verächtlich. Sein Gesicht war blutig. »Na und? Ich brenne seit Jahren in der Hölle, schlimmer kann es nicht mehr werden.«

»Das kannst du deinem Schöpfer erzählen«, zischte Rösch und richtete das Gewehr auf den Kopf des liegenden Mannes.

»Tu es«, sagte Beckmann leise. Ein schwaches Lächeln überzog sein Gesicht. »Bitte, tu es. Ich habe es nicht anders verdient. Ich habe sie umgebracht.«

Der Schuss war so laut, dass Linn das Gefühl hatte, ihr Trommelfell würde zerreißen.

35

Christian Beckmann lag unbeweglich im Schnee. Rösch hatte ihn erschossen. Einfach so. Und er hatte immer noch das Gewehr in der Hand. Linn konnte sich nicht bewegen, wie versteinert stand sie an die Hüttenwand gelehnt. In ihren Ohren sirrte ein hoher Ton, alle Geräusche waren gedämpft. Neben Beckmann war ein riesiger Tannenzweig auf den Boden gekracht, wo kam der plötzlich her, wieso …

In diesem Moment bewegte sich Beckmann. »Nicht mal das kriegst du auf die Reihe, du Schwächling«, hörte Linn ihn durch das Sirren sagen.

Sie sah zu Rösch hinüber, der den Kopf schüttelte. »Wenn ich dich umgelegt hätte, wäre ich nicht besser als du«, sagte er. »Ich habe genug Dummheiten gemacht wegen dir. Du Mörder. Ich fasse es nicht. Du, du hast Vani … Du bist ihr *Vater*!« Er nahm die verbliebene Munition aus dem Gewehr und steckte sie in seine Jacke. Das Gewehr trug er wieder in die Hütte zurück. Längere Zeit blieb er darin. Gemurmel drang durch die geöffnete Tür, die Männer schienen zu beraten. Immer wieder warf einer einen Blick hinaus auf den im Schnee liegenden Beckmann. Schließlich kam Rösch mit dem Vermummten, dem Kurzhaarigen und Alex Brunner wieder aus der Hütte. Gemeinsam trugen sie die toten Schweine zum Parkplatz und warfen sie auf die Ladefläche des Jeeps.

»Frier die Säue ein, Alex«, rief Benno Arnold, der nun einen Schlauch in der Hand hatte, wohl um die Hütte auszuspritzen, dem Kahlköpfigen zu.

»Mach ich«, sagte der und zurrte eine Plane über den toten Schweinen fest. »Die werden verwertet. Wie immer. Da verkommt nichts.«

Beckmann, der immer noch im Schnee lag, wimmerte leise.

»Sei bloß still«, sagte Rösch in seine Richtung. »Sonst überlege ich es mir noch mal anders mit dem Erschießen.«

Linns Beine waren noch ein bisschen wackelig, aber langsam konnte sie wieder ein paar Schritte gehen. Beckmann. Es war tatsächlich Beckmann gewesen. Er hatte es zugegeben. »Ich habe Vani getötet«, hatte er gesagt.

Es brauchte eine Zeit, bis die Männer alles aufgeräumt hatten. Linn war ein paarmal kurz davor, einfach in den Wald abzuhauen, aber sie getraute sich nicht, denn die Hunde waren wieder aus der Hütte gekommen und liefen um sie herum, als wollten sie auf sie aufpassen. Außerdem war sie vollkommen erschöpft. Sie lehnte sich an die Hauswand und wartete einfach ab. In was für eine Scheiße war sie da reingeraten? Sie würde in Zukunft wieder Wirtschaftsrecht machen, sonst nichts. Gleich morgen würde sie versuchen, sich bei einer Wirtschaftsrechtskanzlei zu bewerben. Sie hätte damals nicht aufhören sollen, es zu versuchen. Irgendwo hätte es bestimmt eine Großkanzlei gegeben, die sie genommen hätte, auch nach ihrem Unfall. Ein lautes Stöhnen riss sie aus ihren Überlegungen. Rösch und der Vermummte hatten Beckmann gepackt und versuchten, ihn hinten ins Polizeiauto zu bugsieren. Beckmann hatte jetzt Handschellen an. Er wehrte sich, Blut oder Erbrochenes rann ihm aus dem Mund in den Schnee, es war trotz der Autoscheinwerfer zu dunkel, um das aus der Entfernung genau zu erkennen. Es dauerte nicht lange, da hatten sie den alten Mann überwältigt. Der Vermummte schlug die Türe zu. »Was ist mit dir, Benno«, rief er dem Typen im Rollstuhl zu.

»Bin gleich fertig«, kam es aus der Hütte zurück.

Rösch trat jetzt auf sie zu. »Ich wusste nicht, dass er der Schlächter vom Maar war, das müssen Sie mir glauben.« Er gab ihr ihr Handy zurück, und sie steckte es ein. »Christian war mein Freund und Kollege, seit so vielen Jahren. Ich war mir immer sicher, dass es Johann gewesen sein muss.« Er holte die Zigarettenpackung aus seiner Jacke und klopfte sich eine Kippe heraus. Das Zippo erleuchtete sein Gesicht. »Vielleicht habe ich es mir auch zu einfach gemacht. Weil Christian einiges wusste, das er nicht hätte wissen sollen.« Er stieß den Rauch aus. »War eine dumme Geschichte damals.« Er lachte, es sollte wohl entschuldigend sein. »Ich habe Geld gebraucht, und ein paar Jägerkumpels und ich … Egal, es war eine winzige Sache.«

Linn sagte nichts.

Rösch streckte ihr die Hand entgegen. Sie ergriff sie.

»Ich hatte keine Ahnung, dass er Sie bedrohen würde«, sagte er. »Ich mag eine Menge falsch gemacht haben, aber ich wollte niemanden in Lebensgefahr bringen.« Er drehte sich weg und marschierte zu seinem Auto.

Sie sah ihm nach. Sie glaubte ihm. Und sie rechnete es ihm trotz allem hoch an, dass er sich in die Schusslinie gestellt hatte.

Der Vermummte und Alex Brunner trugen Benno Arnold und den Rollstuhl zu dem Opel und setzten den alten Jäger vorsichtig auf den Vordersitz. Die Hunde trotteten hinterher und sprangen auf den Rücksitz. Der Rollstuhl wurde verstaut, und der Vermummte und der Kurzhaarige stiegen ebenfalls hinten ein. Das Auto startete.

»Soll ich die Anwältin nach Stuttgart bringen?«, fragte Brunner. Rösch machte ein zustimmendes Geräusch, dann ging die Fahrertür zu, und auch das Polizeiauto setzte sich in Bewegung. Es wurde dunkel und still auf der verschneiten Lichtung, nur der Schnee glänzte im Licht einer winzigen Mondsichel.

Alex Brunner sah in Linns Richtung. »Steigen Sie ein, Frau Dr. Geller«, sagte er freundlich.

Linn war nur noch müde, und ihr war bitterkalt. Sie humpelte langsam zu dem Jeep. Brunner hielt ihr die Tür auf und wartete, bis sie mühsam eingestiegen war. »Ich hätte nicht gedacht, dass die Jungs so einen Bullshit hier veranstalten würden.« Seine Stimme klang verärgert. »Aber dass es nichts Gutes war, das habe ich schon auf dem Weihnachtsmarkt geahnt. Deshalb bin ich rausgefahren und habe Sie gesucht. Man kann von den Jungs nicht zu viel erwarten. War schon immer so.« Er schüttelte den Kopf und schloss die Beifahrertür. Dann stieg er auf der anderen Seite ein.

»Danke«, sagte sie.

»Bedanken Sie sich nicht. Ich habe es gewusst. Ich habe all die Jahre gewusst, dass Christian Mädchen fickt. Dass er vielleicht Dinge mit Vani macht, die … Er scheint nie aufgehört zu haben damit. Nachdem sie älter war, meine ich. Warum hat Vani sich das gefallen lassen?« Er stellte den Außenspiegel ein. »Dass er sie getötet hat, konnte ich aber nicht wissen. Das konnte ich nicht. Ich wollte doch nur meine Schwester nicht mit reinziehen, die hat Beckmann immer in Schutz genommen. Ich wollte nicht, dass das ganze Dorf über sie redet. Und ich hatte Angst vor ihm wegen der Drogensache. Es war falsch von mir. Wenn ich den Mund aufgemacht hätte, dann hätten die den Christian vielleicht schon viel früher einsperren können. Der Johann wird mich hassen. Und er hat recht. Der Christian ist der Schlächter vom Maar, das ist unglaublich.« Brunner schlug aufs Lenkrad und startete das Auto. Vorne an der Armatur hing ein Foto von zwei lachenden Kindern in Faschingskostümen. Eines war das Mädchen mit der Zahnlücke, das mit Linn in Ochsenwang kurz gesprochen hatte.

Brunner fuhr durch ein langes, dunkles Waldstück und durch verlassene, zugeschneite Felder. Es war eine Straße, die Linn nicht kannte. Nach ihren Berechnungen hätten sie längst auf der Autobahn sein müssen, aber wahrscheinlich kannte der Koch irgendwelche Schleichwege, er war schließlich hier aufgewachsen. Sie war todmüde und genoss die Wärme im Auto.

Nach einer Weile fragte Brunner in die Stille: »Darf ich fragen, ob es außer dem Christian noch Verdächtige gab?« Die Art, wie er sie bei der Frage von der Seite her anschaute, aufdringlich irgendwie, war ihr unangenehm. Eine Sekunde später richtete er den Blick wieder nach vorne auf die Straße.

»Eigentlich darf ich Ihnen darauf nicht antworten, aber ich sage es Ihnen trotzdem: Nein, ich hatte keinen anderen ernsthaften Verdächtigen.« Das war nicht mal wirklich gelogen.

»Und unernsthafte?«

»Es gab keine anderen Verdächtigen«, wiederholte sie. »Mir geht es nur darum, meinen Mandanten bestmöglich zu verteidigen. Ich bin nicht die Polizei. Es ist nicht mein Job, einen alten Fall aufzuklären.« Sie lächelte.

Brunner lächelte auch. »Das ist gut«, sagte er. »Diese Geschichte hat die Stimmung im Dorf nämlich vergiftet.« Er fuhr in einen Waldparkplatz. Linns Herzschlag setzte für eine Sekunde aus, und in ihr krampfte sich alles zusammen, aber Brunner wendete nur und bekannte lächelnd: »Ich verfahre mich hier ständig, wir müssen die andere Abzweigung nehmen, wenn wir zur Autobahn wollen.«

»Wissen Sie eigentlich, was das für eine alte Geschichte war, die Beckmann da ständig erwähnt hat?«, fragte sie. »Was Hartmut Rösch bei dieser Hütte getrieben hat, wenn er angeblich auf der Jagd war?«

Brunner zuckte mit den Schultern. »Tut mir leid, davon habe ich keine Ahnung. Aber wenn Sie bei uns im Dorf ein bisschen tiefer schürfen, dann entdecken Sie bestimmt eine Menge.« Er lachte leise und schüttelte den Kopf.

Zwei Stunden später saß Linn bei einem gähnenden Oberstaatsanwalt Faber im Büro, der aussah, als habe er seit Wochen nicht mehr geschlafen.

Er hörte sich ihre Geschichte schweigend und mit zuckenden Mundwinkeln an. Als sie geendet hatte, sagte er: »Habe ich nicht gesagt, Sie sollen nicht nach Ochsenwang gehen?« Er faltete die Hände. »Fahren Sie in den Weihnachtsurlaub, weit weg von Stuttgart. Machen Sie irgendwas, womit Sie mir nicht auf die Nerven gehen. Wenn ich Sie dieses Jahr noch einmal sehen muss, drehe ich durch.«

Sie nickte und erhob sich.

»Keine schlechte Arbeit«, knurrte er, als sie schon bei der Tür war. »Möglicherweise sollten Sie sich mal überlegen, für die Staatsanwaltschaft zu arbeiten. Vielleicht nicht gerade in Stuttgart, aber …«

»So weit würde ich nun doch nicht gehen«, erwiderte Linn mit einem schwachen Lächeln.

Faber lächelte auch. »Wir werden uns Beckmann gleich vornehmen, und wenn er mir gegenüber den Mord an seiner Tochter glaubhaft gesteht, werde ich Ihren Mandanten eigenhändig auf freien Fuß setzen. Noch heute Nacht. Das wäre mein Weihnachtsgeschenk an Sie. Auch wenn ich, was den Tod von Ines Schneider angeht, meine Zweifel …«

Linn hörte nicht mehr, was der Oberstaatsanwalt sagte, denn sie war aus seinem Büro gegangen und hatte die Tür hinter sich geschlossen. Sie wollte nur noch ins Bett.

Am nächsten Morgen schlief Linn lange aus. Als sie sich gerade die Zähne putzte, hörte sie in der Küche ihr Diensthandy klingeln. Sie ließ es klingeln. Als sie geduscht hatte, klingelte es erneut. Diesmal nahm sie ab. »Geller hier, ja, bitte?«

»Ute Brunner«, sagte die tiefe Stimme der Mundartdichterin. Sie wirkte aufgeregt. »Sie wollten doch mit mir sprechen.«

»Ich denke, das hat sich erledigt. Aber danke, dass Sie sich gemel…«

»Ich glaube nicht, dass sich das erledigt hat«, widersprach Ute Brunner. »Ich muss unbedingt mit Ihnen reden. Es ist sehr wichtig. Ich habe gehört, dass die vielleicht Jo rauslassen wollen und dass Christian … Bitte, können Sie sich mit mir treffen? So gegen zwei im *Richards*?«

Linn rubbelte ihre tropfenden Haare trocken, während sie das Handy mit der Schulter ans Ohr presste. Im Grunde hatte sie einen Tag vor Weihnachten sowieso nichts Besseres zu tun, wenn sie ehrlich war. Sie konnte in der weihnachtlich überfüllten Innenstadt ihre Einsamkeit kultivieren und die Tatsache, dass es niemanden außer ihrer Mutter und vielleicht ihrer besten Freundin Amelie gab, der sie ein Weihnachtsgeschenk kaufen musste, oder sie konnte zu Hause herumsitzen und an Harris denken oder an Götz oder an Christian Beckmann, der ein Gewehr auf sie richtete.

»In Ordnung«, sagte sie. »Um was geht es denn?«

»Christian ist unschuldig«, antwortete Ute Brunner. Dann legte sie einfach auf.

36

Linn und Ute Brunner trafen sich in der Kneipe, die die Dichterin vorgeschlagen hatte, eine um die späte Mittagszeit fast vollkommen leere, kleine Raucherspelunke mit Bänken aus grobem Holz in einem Stuttgarter Vorort. Auf jedem Tisch standen Gartenzwerge mit Kerzen auf dem Kopf.

Die magere Frau gab ihr die Hand. Ihr Händedruck war kräftig.

Linn bestellte einen Kaffee und Ute Brunner eine Rum-Cola in einem roten Glas, das sie mit ihren schlanken Fingern, auf die Rosen tätowiert waren, umschlang.

»Ich habe mich heute Morgen entschieden, zur Polizei zu gehen«, begann Brunner. Sie schaute Linn direkt ins Gesicht, starrte aber nicht auf ihre Narbe. »Deshalb rede ich jetzt auch mit Ihnen. Christian war es nicht, das habe ich ja am Telefon schon gesagt. Christian hat Vanessa nicht umgebracht.«

Das war nicht das, was Linn hören wollte. »Warum glauben Sie das?«, fragte sie.

»Ich weiß es, weil …« Die Mundartdichterin nahm einen großen Schluck Rum-Cola. »Es fällt mir immer noch schwer, über Christian zu sprechen. Über die Kleingeistigkeit in diesem Dorf, die uns langsam erstickt hat. Über das Schweigen. Das hat ihn gestern Abend fast getötet, unser jahrelanges Schweigen.« Ute Brunner spielte mit einem der Ringe, die an ihrem Ohrläppchen hingen. »Ich schreibe ständig über das Brechen von Regeln, aber das sind nur Wörter. Dass ich in Ochsenwang aufgewachsen bin, hat mich verhunzt. Wissen Sie, was eine Jugend in so einem Dorf bedeutet? Enge. Rings herum Berge vor dem Horizont. Nur zwei Busse am Tag, mit denen man abhauen kann. Jeder weiß alles über Sie. Über jeden. Wenn Sie da ein bisschen anders sind …« Sie brach ab, kramte in ihrer Tasche. »Wir waren alle anders, Jo und Vanessa und mein Bruder Alex und ich. Und wir haben uns gelangweilt. Deshalb haben wir mit Drogen experimentiert und so.« Sie zog einen Lippenstift aus ihrer Tasche und legte ihn auf den Tisch. »Christian Beckmann war auch anders.«

»Hat er auch Drogen genommen?«, fragte Linn.

Ute Brunner lächelte und schüttelte den Kopf. »Liebe ist etwas Ungewöhnliches, finden Sie nicht? Zwei vollkommen unterschiedliche Individuen verbinden sich, werden für kurze Zeit eins.« Sie strich mit den Fingern über ihr Glas. »Da sollten doch Herkunft oder Alter oder Geschlecht keine Rolle spielen, was denken Sie?« Sie schaute Linn herausfordernd an. »Ich war dreizehn oder vierzehn, als es angefangen hat.«

Sie sprach nicht weiter, und schließlich fragte Linn: »Als was angefangen hat?« Es war eine rhetorische Frage.

»Liebe«, antwortete Ute Brunner und trank einen winzigen Schluck aus ihrem Glas. »Da hat Christian mir das erste Mal gezeigt, was Liebe ist. Wir haben ganz langsam angefangen, er war sehr sanft.«

»Christian Beckmann hat mit Ihnen geschlafen?«

Die Mundartdichterin schnalzte missbilligend mit der Zunge. »Es war *Liebe*«, betonte sie. »Keine Vergewaltigung, Sie müssen gar nicht so entsetzt schauen. Ich wollte es. Christian hat nie etwas getan, das ich nicht wollte.«

»Aber sie waren noch ein Kind und er ein erwachsener Mann.«

»Ich war kein Kind mehr, sondern eine Jugendliche. Ich habe mit dreizehn auch schon gekifft und mir das erste Geld verdient. Warum auch nicht.«

Linn war ein wenig verstört und wusste nicht genau, was sie sagen sollte. »Wie hat Vanessa das gefunden?«, fragte sie schließlich.

»Vani? Die hat von Christian und mir natürlich nichts gewusst.« Ute Brunner betrachtete Linn nun mit einem traurigen, angespannten Ausdruck in den Augen.

»Ich meinte eigentlich eher: Wie hat Vanessa es gefunden, dass ihr Vater mit ihr auch ›Liebe‹ gemacht hat? Glauben Sie, sie wollte das auch? Oder hat Christian Beckmann seine Tochter nicht eher dazu gezwungen?«

Ute Brunner wurde blass. »Das ist nicht wahr«, sagte sie entschieden. »Christian hat nur mich geliebt. Dieses Getuschel, dass er bei den Mädchen in die Umkleidekabinen geschaut haben soll und so und dass Vani und er…, das sind alles Lügen. Er war doch nicht pädophil.« Sie nahm den Lippenstift hoch, benutzte ihn aber nicht, sondern hielt ihn einfach in der Hand. »Wir waren bis vor ein paar Jahren zusammen. Wenn er pädophil gewesen wäre, dann hätte er doch keine Lust dabei empfunden, mit einer Siebenundzwanzigjährigen zu schlafen, meinen Sie nicht?«

»Das kann ich nicht beurteilen. Aber …«

»All die Geschichten sind nur Lügen. Lügen und Gerüchte, die gelangweilte, bösartige Nachbarn verbreiten.«

»Warum sollten Nachbarn so was tun?«

Ute Brunner schwieg und hielt den Lippenstift krampfhaft in ihrer Hand.

»Wir haben handfeste Hinweise darauf, dass Vanessa von ihrem Vater schwanger war«, fuhr Linn fort.

»Das kann jeder behaupten.« Die Dichterin trank ihr Glas leer und stand auf. »Es war vielleicht doch keine gute Idee, sich mit Ihnen zu treffen.«

»Vanessa war Ihre Freundin«, sagte Linn. »Die Schwester, die Sie nie hatten. Sie ist tot. Sie kann ihre Geschichte nicht mehr selbst erzählen. Sie ist darauf angewiesen, dass Sie es tun.«

Die Dichterin rang sichtlich mit sich, ließ sich schließlich aber langsam wieder auf ihren Platz sinken. Sie antwortete lange nicht und wiegte den Kopf hin und her. »Vielleicht haben Sie recht«, gab sie schlussendlich zu. »Wenn ich ehrlich bin, dann … Wahrscheinlich waren ein paar Dinge, die damals bei Vani daheim passiert sind, nicht in Ordnung, und wir alle haben nicht genau hingeschaut. Ich war verliebt in ihn, und deshalb wollte ich nichts sehen. Aber Christians Verhältnis zu Vani war tatsächlich merkwürdig. Er mochte es gerne, wenn sie hautenge Kleider trug, und einmal hat er, nachdem sie geduscht hat … Nur … Es … es fällt mir schwer, mir vorzustellen, dass Christian irgendjemanden zu irgendwas gezwungen haben soll. Er verabscheut jede Form von Gewalt.«

»Ach wirklich?« Linn musste sich beherrschen, um in einem normalen Tonfall zu sprechen. »Gestern hat er mich mit einem Jagdgewehr bedroht.«

»Er ist nicht mehr er selbst, seit Jahren nicht mehr. Trotzdem hat er Vanessa nicht getötet«, fiel ihr Ute Brunner ruhig ins Wort.

»Sie haben ihn gemocht und glauben zu wissen, dass er unschuldig ist«, sagte Linn behutsam, »Ich kann das verstehen. Aber wir müssen vor Gericht …«

Ute Brunner schüttelte den Kopf. Sie sah erschöpft aus. »Ich war in der Nacht bei Christian. In der Nacht, als Vani gestorben ist. Wir hatten Sex. Ich bin um kurz nach zehn zu ihm gekommen und erst gegen vier Uhr in der Früh wieder rausgeschlichen. Daher glaube ich es nicht zu wissen, ich weiß es hundertprozentig sicher. Er kann es gar nicht gewesen sein. Es war das letzte Mal, dass wir zusammen glücklich waren. Danach war er nie mehr der Alte. Vanessas Tod hat ihn innerlich sterben lassen.«

Linn war wie betäubt.

»Meine beste Freundin Eva kann im Übrigen bestätigen, dass ich in der Nacht dort war. Ich habe behauptet, ich würde bei ihr übernachten, aber in Wirklichkeit war ich bei Christian. Sie hat mich hingebracht und bei sich auf mich gewartet.« Ute Brunner schob ihr leeres Glas hin und her.

Ein ungutes Gefühl breitete sich in Linn aus. »Aber wenn Beckmann es nicht war, wer …«

»Ihr Mandant. Was haben Sie denn gedacht?« Ute Brunner erhob sich erneut. Diesmal ging sie zügig auf die Ausgangstür zu und verließ die Kneipe, ohne noch einmal zurückzuschauen.

Faber rief Linn vier Stunden nach ihrem Gespräch mit Ute Brunner an. Obwohl es einen Tag vor Weihnachten und Samstag war, saß sie im Büro und sortierte Altakten in Sammelordner, die sie im Keller einlagern musste.

»Wir haben ein Problem«, sagte er. »Beckmann hat den Missbrauch zugegeben, das lief wohl schon, seit Vanessa neun oder zehn Jahre alt war. Und er hat immer weitergemacht, auch als sie schon erwachsen war, bis kurz vor ihrer Ermordung. Er gibt sich die Schuld am Tod seiner Tochter, weil sie wegen ihm abhauen wollte. Daher sein Geständnis im Wald. Er hat offenbar gehofft, dass Rösch ihn erschießt. Er meinte, er könne einfach nicht mehr, vor allem könne er es nicht mit anschauen, dass Haug vielleicht davonkomme, er wolle endlich sterben. Aber den Mord hat er mir gegenüber abgestritten. Er hat gesagt, dass er in der Nacht Sex mit einer Minderjährigen hatte. Wir haben mit der Frau gerade gesprochen, und sie hat das Alibi bestätigt. Wir haben auch noch ein paar andere Dinge herausgefunden, nach denen es so aussieht, als sage sie die Wahrheit. Damit können wir sein Alibi für den gesamten Zeitraum lückenlos nachvollziehen. Beckmann wird wegen der Sache mit dem Gewehr über Weihnachten in U-Haft bleiben, aber ich fürchte, den Schlächter vom Maar haben wir noch nicht dingfest gemacht. Und Ines Schneiders Mörder auch nicht.«

»Ich weiß«, sagte Linn. »Ich weiß.« Ein Zittern überkam sie. Dieser Fall schaffte sie mehr als jeder andere Fall, den sie je bearbeitet hatte. Sie umklammerte den Telefonhörer. Beckmann mit dem Gewehr in der Hand, die ausgeweideten Wildschweine, Vanessa Beckmanns Leiche, die tote Ines Schneider, ihr Mandant hier in ihrer Kanzlei, ihr Unfall, das Auto fuhr sie an, Blut, es war überall Blut. Vor ihren Augen drehte sich alles. Sie legte auf, saß eine Weile in ihrem Büro und machte Atemübungen, bis ihr Puls sich normalisiert hatte und der Schwindel sich langsam legte. Es reichte jetzt. Egal, dass sie sich, was Beckmann anging, getäuscht hatte, genau wie bei den Ermittlungen zu ihrem Unfall, egal, wer Vanessa Beckmann oder Ines Schneider umgebracht hatte, egal, dass sie immer noch überzeugt von der Unschuld ihres Mandanten war, sie würde jetzt nach Hause fahren. Möglicherweise würde sie davor noch ihrem Weinhändler einen Besuch abstatten und sich für Weihnachten eindecken. Sie wollte über diesen Fall nicht mehr nachdenken. Jedenfalls nicht bis nach den Feiertagen. Hastig packte sie ihre Tasche und verließ ihr Büro. Im Flur rannte sie direkt in Götz, der gerade aus dem Kopierraum kam.

»Linn«, sagte er.

»Tut … tut mir leid.« Sie musste sich an der Wand abstützen, ihr war immer noch ein wenig schwindlig. Sie wollte einfach nur heim.

Götz starrte sie an, als sei sie ein Geist. Einen Moment standen sie sich wortlos gegenüber.

»Alles klar bei dir?«, brachte Götz schließlich heraus. »Du siehst fertig aus.«

Sie brachte ein Nicken zustande. »Alles gut. Und bei dir?«

Götz zuckte mit den Schultern. »Passt«, sagte er. Sein Ton wurde förmlich. »Du weißt ja, dass ich bis zum 5. Januar im Urlaub bin. Du wolltest mich vertreten. Steht das Angebot noch?«

Sie hatte das völlig vergessen. »Klar«, murmelte sie. »Natürlich.«

»Es gibt da ein paar Fälle, in denen könnte auch zwischen den Jahren etwas passieren.« Götz' Stimme, offensichtlich um Professionalität bemüht, klang traurig.

»Gib sie mir, ich kümmere mich gerne darum. Wirklich gerne.«

Götz holte aus seinem Zimmer einen kleinen Stapel Akten und händigte ihn ihr aus. »Ich habe Zettel draufgemacht mit einer Zusammenfassung des jeweiligen Falls. Meinst du, du könntest bei dieser Mandantin noch anrufen? Heute noch? Sie wollte unbedingt vor Weihnachten wissen, wer du bist, ich denke, wenn sie mit dir gesprochen hat, macht sie sich keine Sorgen mehr.« Er zeigte auf die oberste Akte. »Also, ich muss dann mal los. Schöne Feiertage dir. Und einen guten Rutsch.« Er drehte sich um und wollte in seinem Büro verschwinden.

»Götz«, hielt sie ihn zurück.

Er blieb stehen und drehte sich langsam um.

»Ich … Es tut mir leid. Alles, was zwischen uns gelaufen ist. Meinst du nicht, wir können einfach wieder … Freunde sein? Wie früher?«, fragte sie und kam sich im gleichen Moment bescheuert vor. So einfach war das nicht.

Götz antwortete nicht.

»Ich wollte dich nicht verletzen«, fügte sie hinzu.

»Das ist dir perfekt gelungen.«

»Kannst du … Ich meine, kannst du mir verzeihen?«

Götz lächelte traurig. »Ich glaube, die Frage ist weniger, ob ich dir verzeihen kann. Verzeihen kann ich dir schon, du hast ja nichts getan, aber an meiner Situation ändert sich nichts. Das Problem besteht weiterhin, verstehst du?«

Sie drückte Götz' Akten an sich und nickte kaum merklich. Wenn Götz jetzt sagen würde, dass sie beide nicht mehr zusammen diese Kanzlei führen könnten, dann wäre das einfach zu viel für heute.

»Ich weiß ehrlich gesagt nicht, wie ich es aushalten soll, dich jeden Tag zu sehen und zu wissen, dass du und Harris …« Er schüttelte den Kopf. »Das ist nicht so einfach. Ich muss erst einmal darüber nachdenken.«

Der Schwindel in ihrem Kopf wurde stärker. Ihr lag auf der Zunge, dass da nichts mehr war zwischen ihr und Harris, aber sie schluckte ihre Erwiderung hinunter. Sie würde Götz nicht schon wieder Hoffnung machen, wo keine Hoffnung bestand. Sie nahm seine Akten und humpelte in ihr Büro. Saß eine Zeitlang einfach auf ihrer Schreibtischkante, ballte die Hände zu Fäusten und öffnete sie wieder. Dann zwang sie sich, Götz' Mandantin anzurufen. Zum Glück ging nur der Anrufbeantworter ran, sie sprach nicht darauf, sie hätte die Mandantin in ihrer momentanen Stimmung vermutlich vergrault.

Sie packte ihre Tasche und ging in den Flur. Als sie sich von Götz verabschieden wollte, war er bereits weg. Sein Zimmer lag dunkel und aufgeräumt da. Sie ging ohne Licht zu machen hinein und setzte sich in seinen Schreibtischstuhl. Götzgeruch umfing sie. Tränen stiegen ihr in die Augen. Sie legte ihre Arme auf den Schreibtisch und ihren Kopf darauf. Lange saß sie so da.

37

An Heiligabend erwachte Linn mit rasenden Kopfschmerzen. Sie hatte in der Nacht kaum geschlafen. Ständig war sie aufgestanden, hatte das Schloss an ihrer Tür kontrolliert und panisch auf das Knarren der Dielen gelauscht. Wenn sie weggedöst war, war sie wenig später zitternd aufgewacht, weil sie Christian Beckmann mit dem Gewehr in der Hand vor sich gesehen hatte. Und weil sie ständig darüber nachdachte, wie es mit Götz weitergehen würde. Einem der wichtigsten Menschen in ihrem Leben. Außerdem hatte sie stundenlang darüber nachgegrübelt, wer der Mörder von Vanessa Beckmann und möglicherweise Ines Schneider gewesen war. Alex Brunner? Hamid Stöckle? Jemand anderes, der auch noch da draußen in der Dunkelheit herumstromerte? Oder trog sie ihr Gefühl, und es war doch ihr Mandant? Sie hatte sich schließlich auch in Beckmann getäuscht. Und bei ihrem Unfall damals auch. Das war das Schlimmste und das eigentliche Problem, wie sie sich irgendwann eingestand. Dass sie die Situation mit Beckmann an die Ermittlungen zu ihrem Unfall erinnerte. Denn sich zu irren war ganz normal und menschlich, wie oft hatte ihre Therapeutin ihr das gesagt? Aber seit sie sich bei den Ermittlungen zu ihrem Unfall so getäuscht hatte, hatte sie ein Problem mit Fehlern. Eine Art Vertrauensverlust in sich selbst. Eine Angst, dass sie einfach nicht mehr so gut war wie vorher, die dadurch bestärkt wurde, dass niemand sie danach mehr hatte einstellen wollen, weil sie zwar immer noch viel, aber nicht mehr so viel wie vor dem Unfall arbeiten konnte. Da konnte sie sich noch so oft einreden, dass es egal war, wie oft man scheiterte, und es nur darauf ankam, wie oft man wieder aufstand.

Mit nackten Füßen tapste sie im Schlafanzug über die kalten Dielen in die Küche. Ihre Wohnung sah im Morgengrauen kahl und traurig aus, so gänzlich ohne Weihnachtsbaum und -schmuck. Sie hatte nicht einmal etwas Anständiges zu essen im Haus, nur drei Äpfel, eine Packung Nudeln, ein Tiefkühlknoblauchbaguette und zwei Flaschen Wein. Da der heutige Heiligabend ein Sonntag war, konnte sie auch nichts einkaufen. Lustlos aß sie einen Apfel. Gegen Mittag verließ sie das Haus. Sie machte einen langen Spaziergang den Hasenberg hinauf und in die Weinberge, wo keine Autos fuhren und der Wind, der kleine Wolken über einen ansonsten blauen Himmel jagte, nicht nach Abgasen stank. Danach aß sie in einem der wenigen Cafés, die geöffnet hatten, ein Stück Gewürzkuchen und trank einen Espresso dazu. Der Kuchen schmeckte wundervoll nach Weihnachten, und sie musste plötzlich an Götz und seine gemütliche, weihnachtliche Wohnung denken. Sie fühlte sich einsamer als je zuvor. Sie bezahlte und verließ das Café. So schnell sie konnte, humpelte sie über den Marienplatz und in Richtung ihrer Wohnung. Sie hatte gerade die große Straße hinter sich gebracht, die ihr jedes Mal Panik verursachte, und war in eine der kleinen Nebenstraßen abgebogen, als auf ihrem Handy mit einem Pling eine WhatsApp-Nachricht einging. Vermutlich ihre Mutter, die ihr frohe Weihnachten wünschen wollte. Hoffentlich war es bei ihr und ihrem neuen Freund in Cottbus ein wenig lustiger als hier. Linn zog das Handy aus ihrer Jackentasche, und beinahe wäre es ihr heruntergefallen. Harris hatte ihr geschrieben. Wollte er sich vielleicht entschuldigen? Ihr frohe Weihnachten wünschen? Sie würde sich das einfach nicht durchlesen. Sie würde seine Entschuldigung sowieso nicht annehmen.

Ihre Finger schienen sich selbständig zu machen und tippten auf den Handybildschirm.

Die Nachricht war kurz. *Once again sorry about Saturday. Vielleicht bist du eines Tages nicht mehr sauer auf mich, und ich kann dir alles erklären. Ich bin kein Mann, in den man sich verlie-*

ben sollte. Ich schreibe dir wegen dem Typen, nach dem du mich gefragt hast. Hamid Stöckle. Ich habe ihn gefunden. Er heißt jetzt Hamid Ruefli, er hat den Namen seiner dritten Ehefrau angenommen. Er sitzt in Zürich im Gefängnis. Gefährliche Körperverletzung, Vergewaltigung, Zuhälterei und Drogenhandel in ganz großem Stil. Hoffe, ich konnte dir damit wenigstens helfen. Vergiss mich. You can't imagine how sorry I am for hurting you. Merry Christmas and Happy New Year. Marc.

Merry Christmas and Happy New Year. Sie hatte gute Lust, ihr Handy einfach auf den Boden zu schmeißen und draufzutreten. Harris, dieser Idiot. Das konnte er vergessen, dass sie sich je anhören würde, warum er sie versetzt hatte. Er war kein Mann zum Verlieben, klar, was sollte dieser Stuss? Warum schrieb er nicht einfach, dass er sie nicht genug mochte für eine Beziehung? Warum schickte er ihr überhaupt noch eine Nachricht und dann auch noch an Weihnachten? Konnte er sich nicht denken, dass sie gerade dabei war, über ihn hinwegzukommen? Vergiss mich. Ja, schön, wenn sie das könnte. Wenn das so einfach wäre. Verdammter Harris. Glaubte er wirklich, sie wollte, dass er ihr noch half? Sie hatte genug. Genug von einsamen Weihnachtstagen, von Männern, und vor allem genug von diesem Fall. Egal, wer und wo Hamid Stöckle oder Hamid Ruefli war, es spielte keine Rolle mehr. Sie trat mit ihrem gesunden Bein gegen eine Hauswand. Hätte am liebsten die Weihnachtsbeleuchtung, die über einem kahlen Fliederbusch hing, abgerissen.

Sie verbrachte den restlichen Heiligabend und die Feiertage in einem Zustand einsamen Grübelns. Sie dachte viel über ihre Arbeit und ihre Beziehung zu Männern nach, ganz besonders über ihre Beziehung zu Harris und Götz, und manchmal dachte sie sogar wieder an Chris, ihre vielleicht größte Liebe, einen Typen, der auf einem Flughafen mit ihr Schluss gemacht hatte. Männer und Flughäfen, das war offenbar nicht so ihr Ding.

Sie ernährte sich von Lieferpizza und Döner und trank zu

viel Wein. Sie durchforstete planlos Stellenanzeigen, suchte sich einige Großkanzleien aus, die ausschließlich Wirtschaftsrecht machten, schrieb halbherzig Bewerbungen, die sie dann doch nicht verschickte. Immer wieder schreckte sie in den Nächten schreiend aus dem Schlaf.

Am 27. Dezember ging es ihr besser. Sie zwang sich, einen neuen schwarzen Hosenanzug anzuziehen und schminkte sich so sorgfältig, als hätte sie einen Gerichtstermin oder ein Mandantengespräch. Sie fuhr früh in die Kanzlei, nahm sich die rechtlich schwierigsten Fälle vor und begann, Lösungen für ihre Mandanten zu entwickeln. Als sie gerade die Rechtslage in einem besonders verzwickten Fall von Elternunterhalt geprüft hatte und ihr eine gute Idee gekommen war, wie sie diesen Prozess gewinnen konnte, sagte sie sich, dass sie nicht länger an sich zweifeln durfte. Sie hatte sich in Beckmann getäuscht. Sie hatte damals bei den Ermittlungen zu ihrem Unfall einen furchtbaren Fehler gemacht. Vielleicht hatte sie ein schlechtes Gespür, was Männer und Beziehungen anging. Aber das hieß nicht, dass sie keine gute Anwältin war oder sich nicht auf sich selbst verlassen konnte.

Sie freute sich beinahe, als Götz' Mandantin um halb neun anrief und sie eine Dreiviertelstunde lang mit ihrem Verkehrsunfall und dem Verhalten ihrer Kfz-Versicherung ablenkte. Linn verfasste ein scharfes Schreiben an die Kfz-Versicherung und fühlte sich danach jedenfalls beruflich wieder im Lot. Sie rief im Gefängnis in Zürich an und beantragte eine Besuchserlaubnis für Hamid Ruefli, die sie für den 25. Januar auch erhielt.

Die Sonne strahlte durch ihr Bürofenster, und nachdem sie einen großen Milchkaffee getrunken und ausführlich mit ihrer besten Freundin telefoniert hatte, konnte sie sich endlich wieder ihren Ermittlungen im Haug-Fall zuwenden.

Sie holte sämtliche Tatort- und Leichenfotos von Vanessa

Beckmann und Ines Schneider heraus und hängte sie an eine Wand ihres Büros. Sie würde diesen Fall lösen, wenigstens das würde sie tun, wenn ihr schon privat alles in ihrem Leben entglitten war.

Tage später war sie leider keinen Schritt weitergekommen.

Anfang Januar besuchte sie Johann Haug im Gefängnis. Er sah deutlich besser aus als bei den letzten Treffen.

»Hatten Sie ein schönes Weihnachten?«, fragte er, kaum dass sie sich gesetzt hatten.

Sie zwang sich zu einem Lächeln, ihr selbstmitleidiges Verhalten an den Feiertagen war ihr im Nachhinein schrecklich peinlich. »Ich fürchte, es war ähnlich scheußlich wie bei Ihnen.«

Ihr Mandant sah sie mit einem verständnislosen Ausdruck in den Augen an. »Bei mir war es toll«, widersprach er. »Nora war hier, wissen Sie? Wir haben uns unterhalten und … Sie glaubt mir, dass ich unschuldig bin. Wenn Sie mich hier rausgeholt haben, werden Nora und ich es noch einmal miteinander versuchen.« Er lächelte sie an. »Wegen dem Baby.«

Sie brachte es nicht übers Herz, ihm zu sagen, dass er wahrscheinlich die nächsten zwanzig Jahre nicht mehr rauskommen würde. Oder gar nicht mehr. Jedenfalls dann nicht, wenn sie nicht irgendetwas fanden, das ihn in der Schlächter-Sache entlastete. Und auch im Fall Ines Schneider hatte sie lediglich die Vermutung, dass Ines Schneider Selbstmord begangen haben könnte. Das würde nicht ausreichen.

Sie erzählte Haug von Beckmanns Alibi und davon, dass sie immerhin Hamid Ruefli gefunden hatte, und von ihren beiden letzten Besuchen in Ochsenwang, besonders von ihrer Begegnung mit der Jägergruppe. Als sie Haug die Theorie von Rösch und Beckmann wiedergab, dass möglicherweise kein Jäger aus Ochsenwang an Vanessas Tod beteiligt gewesen sein könnte, lachte er nur hämisch auf.

»Kein Wunder, dass die so was erzählen. Die versuchen immer noch mit allen Mitteln, mich zu belasten«, sagte er. »Der Typ, der Vani das angetan hat und über zwanzig Jahre damit davongekommen ist, dürfte klug genug gewesen sein, die Stöcke ein wenig anders in die Leiche zu stecken, als er es sonst immer bei seinen Rehen getan hat.«

»Das habe ich auch vermutet«, erwiderte sie und rückte ihre Notizblätter zurecht. »Wir müssen uns noch über den Gerichtstermin unterhalten. Im Mordfall Vanessa Beckmann wird es sehr schwer werden für uns, nachdem Christian Beckmann als Tatverdächtiger weggefallen ist. Ich habe nichts gefunden, um die Vorwürfe der Staatsanwaltschaft zu entkräften. Und Sie haben kein Alibi.« Sie räusperte sich. »Wir müssen darüber nachdenken, ob Sie in der Verhandlung schweigen wollen oder ob Sie sich zur Sache äußern. Ich denke, wir sollten in Erwägung ziehen, dem Gericht die Wahrheit zu erzählen. Dass Sie Vanessa in der Nacht umarmt haben. Damit wir eine Erklärung für all die Spuren liefern können, die die gegen Sie haben.«

Haug krümmte sich zusammen. Sein Knie wippte schneller. »Und zugeben, dass ich wirklich im Maar war in der Nacht?«, brachte er heraus. »Die werden mir die Wahrheit niemals glauben und dann …«

»Ich denke, wir haben nicht viele Möglichkeiten, als es zu versuchen«, wandte sie ein. »Lassen Sie sich das durch den Kopf gehen, und sagen Sie mir so schnell wie möglich Bescheid.«

Haug brummte.

»Und falls Sie die Tat doch begangen haben sollten«, fügte sie hinzu, »dann müssten wir ein Geständnis in Erwägung ziehen. Sie sind der Einzige, der die Wahrheit kennt, also denken Sie darüber nach.«

Haug schlug mit der Faust auf den Tisch. »Ich bin nicht der Einzige, der die Wahrheit kennt. Der echte Mörder kennt sie auch.« Er schluckte. »Wir sagen dem Gericht, wie es wirklich war mit Vani. Sie haben recht.«

Linn nickte. »Außerdem habe ich noch ein paar Fragen zum Tod Ihrer Pflegemutter. War sie in der Zeit, in der Sie bei ihr waren, mal alleine?«

Haug schien nachzudenken. »Ja, ein paarmal. Auf der Toilette war sie mal. Und in der Küche.«

»War Ihre Pflegemutter auch mal alleine mit der Tasche, in der die Polizei später den Insulinpen gefunden hat?«

Haug sah sie neugierig an und zuckte dann mit den Schultern. »Möglich.«

»Sie haben mir gesagt, Ihre Pflegemutter sei einfach so auf Sie losgegangen und hätte Ihnen einen Knopf abgerissen.«

»Genau so war es. Vollkommen ohne Grund.«

»Wissen Sie, ob Ihre Pflegemutter schon einmal einen Selbstmordversuch unternommen hat?«

Haug schaute sie mit Augen an, aus denen Verwunderung blitzte. »Das hat sie. Sie hat sich mal …« Er stockte. »Großer Gott, Sie glauben, dass Ines sich selbst …?« Er rieb sich über die Wange. »Sie hat es sogar schon zweimal gemacht. Einen Selbstmordversuch. Zweimal, von denen ich weiß jedenfalls. Einmal hat sie versucht, sich die Pulsadern aufzuschneiden. Im Bad. Da war ich neun. Hans hat sie in der Badewanne gefunden und … Beim zweiten Mal hat sie es mit Insulin gemacht, einen Tag vor meinem dreizehnten Geburtstag. Sie hat sich einfach eine Überdosis gespritzt. Ihre Mutter war zu Besuch, und nur deshalb hat Ines überlebt. Hans hat immer dafür gesorgt, dass sie nicht in die Psychiatrie kam. Sie konnte ihn jedes Mal überzeugen, dass sie jetzt wieder klar denken kann. Und in Kirchheim im Krankenhaus haben ein paar aus dem Dorf gearbeitet. Hans wollte nie, dass in Ochsenwang bekannt wird, dass Ines ein wenig labil … Er hat sogar ihre Abschiedsbriefe vernichtet, im Aktenvernichter seiner Praxis. Damit der Pfarrer nicht erfährt, dass Ines … Meinen Sie, das hat mein Pflegevater jetzt auch gemacht? Den Brief vernichtet und mich auf die Anklagebank geschickt, um ihren guten Ruf zu schützen?«

Haug war ganz aufgeregt. Seine Kiefer mahlten, sie konnte die Bewegung der Knochen durch die Haut erkennen.

»Haben Sie mitbekommen, dass es ihr nicht gut ging an dem Tag?«, fragte Linn.

Haug schüttelte den Kopf.

»Warum waren Sie im Schlafzimmer Ihrer Pflegemutter?«

»Ich wollte mal wieder das Haus anschauen, wie gesagt. Ich hatte vielleicht meinen Kaffee dabei. Ich habe ihn kurz auf dem Bettschränkchen abgestellt, weil Ines mich gebeten hat, eine Kiste vom Regal zu holen. Da waren alte Babyspielsachen drin.«

»Sie haben gesagt, Ines Schneider hätte Sie zur Tür gebracht, aber auf dem Foto, das ein Zeuge gemacht hat, ist Ihre Pflegemutter nicht zu sehen. Wie erklären Sie sich das?«

Haugs Augen verengten sich zu Schlitzen. »Wahrscheinlich erkennt man das auf dem Foto nur nicht. Sie stand weit hinten im Gang.«

»Sie sehen auf dem Foto aus, als seien Sie panisch weggerannt. Warum?«, hakte sie nach.

Ein düsterer Ausdruck huschte über Haugs Gesicht. Angst? Wut? Er war sofort wieder verschwunden. Ihr Mandant stammelte: »Ich stand unter Schock, weil sie auf mich losgegangen ist.«

»Sie ist also auf Sie losgegangen, und danach hat sie Sie zur Tür gebracht, als sei nichts gewesen?«

Haug zuckte mit den Schultern und nickte. »Direkt danach. Sie war vollkommen durchgeknallt. Man wusste nie, was sie als Nächstes tut.« Er schaute Linn nicht mehr an und knibbelte wieder an seinem Finger herum.

Linn fiel erst auf dem Nachhauseweg auf, dass ihr Mandant beim letzten Mal gesagt hatte, er und seine Pflegemutter hätten nach ihrem Angriff wieder Kaffee getrunken und gequatscht.

Im Büro verfasste sie einen langen Schriftsatz ans Gericht, in dem sie zunächst darlegte, dass ihr Mandant Vanessa Beckmann nach ihrem Tod angefasst hatte und dass all die Spuren so entstanden sein mussten. Sie erklärte, dass Haug Vanessa hatte helfen wollen, von ihrem Vater, der sie vergewaltigt hatte, abzuhauen. Dass Haug Vanessa im Maar gesucht hatte, weil sie nicht zum Treffpunkt gekommen war, und dass er sie gefunden hatte. Sie war bereits tot gewesen, jemand anders musste ihr begegnet sein und sie getötet haben.

Im Anschluss nahm Linn Stellung zu Ines Schneiders Tod, erläuterte, dass die Verteidigung das Ganze für einen als Mord getarnten Selbstmord hielt, dass Ines Schneider seit dem Tod ihres eigenen Sohnes Momo, den sie vielleicht selbst getötet hatte, depressiv gewesen war. Dass sie schon mehrere Selbstmordversuche begangen hatte, einen davon mit Insulin. Und dass sie ihren Pflegesohn gehasst hatte, dass sie besessen gewesen war von dem Gedanken, dass er ein Mörder war und ins Gefängnis gehörte.

Das Schreiben war sehr überzeugend und rottete selbst bei ihr beinahe alle Zweifel aus.

38

Hamid Ruefli war ein etwa fünfzigjähriger Mann mit ergrauten Haaren, der auf eine verruchte, verlebte Art immer noch gut aussah. Seine Haut war ein wenig dunkler als Linns, sein Körper durchtrainiert und muskulös. Die Gefängniskleidung wirkte an ihm wie Markenklamotten. Sein Händedruck war fest, und sein Lächeln wirkte freundlich, aber sein scharfer Blick war der eines knallharten Geschäftsmanns.

Nachdem Linn ihm erklärt hatte, wer sie war, dass sie Johann Haug vertrat und mehr über die Zeit um 1995 erfahren wollte, kaute Ruefli eine Weile ungerührt auf seinem Kaugummi herum. Schließlich sagte er: »Bevor wir uns fragen, was ich für Sie tun kann, fragen wir uns doch einmal, was Sie für mich tun können.« Er lächelte.

Linn lächelte zurück. »Ich erspare Ihnen zwei Stunden Gefängnislangeweile.«

Ruefli lachte. »Das wird vermutlich nicht reichen.«

»Vanessa Beckmann«, begann Linn. »Was können Sie mir über die sagen?«

Ruefli fuhr sich mit der Hand über die perfekt rasierten Wangen. »Nettes Mädchen.«

»Und sonst?«

»Sonst nichts.«

»Woher kannten Sie sie?«

»Ochsenwang. Gleicher Interessenkreis.«

»Wer hat zu diesem Interessenkreis gehört?«

Ruefli zuckte mit den Schultern.

»Es könnte für meinen Fall sehr wichtig sein«, sagte sie.

»Soso.« Er starrte sie Kaugummi kauend an. »Sie verteidigen Johann, haben Sie gesagt?«

»Ganz richtig.«

»Warum eigentlich? Hat er Hans und Ines endlich umgelegt?« Er lachte dröhnend. Als sie nicht mitlachte, wurde er ernst. »Hat er wirklich? Wundert mich nicht. War die kränkste Familie, die ich je gesehen habe. Konnte einem leidtun, der Bruder.«

»Dann helfen Sie ihm. Wer gehörte zu Ihrem und Vanessa Beckmanns ›Interessenkreis‹?«

Ruefli kaute ungerührt weiter. Linn wollte gerade eine andere Frage stellen, als er die Arme vor der Brust verschränkte und fragte: »Wie soll Johann das helfen?«

»Es hilft ihm, vertrauen Sie mir.«

»Wir könnten ein Geschäft machen, Schätzchen.« Ruefli grinste. Seine Hände waren nicht mit Handschellen gefesselt, schossen über den Tisch und hielten Linns Handgelenke plötzlich wie Schraubstöcke umklammert. »Du bringst ein bisschen Crack in deiner Muschi hier rein, ich rede ein bisschen über Ochsenwang.«

»Lassen Sie mich sofort los.«

»Steht der Deal?« Er leckte sich anzüglich über die Lippen. Sein Griff war schmerzhaft.

Linn beugte sich zu Ruefli über den Tisch. »Ich sage Ihnen mal, was für ein *Deal* hier steht. Sie sollen in Kürze probeweise aus dem Knast entlassen werden, stimmt's? Ein Resozialisierungsprojekt. Was glauben Sie, *Schätzchen*, wird passieren, wenn ich denen von unserem Zusammentreffen erzähle?« Sie sah den Mann fest an. »Ich biete Ihnen mein Schweigen über diesen tätlichen Angriff hier gegen Ihre Geschichte.«

Rueflis Blick war kühl. Er umklammerte weiter ihre Handgelenke. »In deine heiße Muschi passt bestimmt eine Menge Crack.«

»Das mag sein, aber bestimmt nicht Ihr Crack.« Sie lächelte immer noch. »Wir sind alleine in diesem Raum, und es gibt keine Videoüberwachung. Wenn ich jetzt so darüber nachdenke, könnte ich die Fakten meiner Geschichte an einigen Stellen sogar, nun, sagen wir, ein wenig ausschmücken. So ausschmücken, dass Sie hier in nächster Zeit garantiert nicht mehr rauskommen.« Sie unterdrückte ein Stöhnen, weil Ruefli ihr fast die Arme zerquetschte.

»So was macht eine wie du nicht.« Er hatte immer noch sein gelangweiltes Pokerface, aber seine Hände lösten sich von ihren Handgelenken.

»Darauf würde ich mich nicht verlassen. Denn wem werden die am Ende wohl glauben?«

»Ich könnte Ihnen gleich hier Ihr Maul stopfen. Dann sagen Sie gar nichts mehr.«

Sie zwang sich zu einem Schulterzucken. »Ich denke nicht, dass das klug wäre, wenn Sie hier irgendwann wieder rauswollen, aber ich kenne mich mit den Schweizer Gesetzen nicht so gut aus wie Sie.« Sie zog die Augenbrauen hoch. »Mein Angebot steht nur noch kurz: Also, wer war die Interessengruppe?«

Einen Moment saßen sie sich schweigend gegenüber.

Ruefli lehnte sich zurück. »Alex, Hartmut, Benno, ich und Vanessa. Manchmal Ute, aber Alex mochte das nicht.« Seine Stimme klang beinahe belustigt.

Linn zerquetschte fast ihren Stift, so fest umklammerte sie ihn plötzlich. »Alex und Ute Brunner, Hartmut Rösch, Benno Arnold und Vanessa Beckmann?

»Habe ich doch gerade gesagt.«

»Johann Haug auch?«

»Nicht, dass ich wüsste, nein.«

»Und was waren Ihre gemeinsamen Interessen?«

»Das hier langweilt mich.«

»Dann machen Sie es interessanter. Warum hat Vanessa Sie damals immer in der Schweiz besucht?«

Das erste Mal wirkte Ruefli verunsichert. Für einen Moment

bewegten sich seine Kiefermuskeln nicht. »Wer sagt, dass sie mich besucht hat?«

»Leute aus dem Interessenkreis.«

»Was sagen die denn noch?«

»Dass Sie möglicherweise etwas mit Vanessas Tod zu tun haben.«

Ruefli hörte abrupt auf zu kauen. »Vanessa ist tot? Seit wann?« Sein Erstaunen schien echt zu sein.

»Seit 22 Jahren. Das war damals groß in der Presse. Erzählen Sie mir nicht, dass Sie davon nichts mitbekommen haben.«

»In Basel waren Todesfälle auf der Schwäbischen Alb nicht gerade das Topthema im Fernsehen.«

Linn runzelte ungläubig die Stirn. »Aber Sie haben doch Verwandte in Ochsenwang. Die müssen Ihnen doch davon erzählt haben.«

»Ich hatte mit keinem von denen Kontakt. Seit ich dort weggegangen bin. Das war 1992 oder 93. Ich habe nur eine Mail bekommen, als Dad gestorben ist, ansonsten habe ich niemals wieder was von meiner Family gehört.«

»Aber mit Vanessa hatten Sie Kontakt, nachdem Sie weggegangen sind? Und mit den Leuten aus dem Interessenkreis?«

»Eine Weile noch, vielleicht bis 94 oder 95. Vanessa habe ich das letzte Mal vor Ewigkeiten gesehen. Sie wollte die ganze Zeit aussteigen. Hat mich also nicht gewundert, dass sie eines Tages einfach nicht mehr aufgetaucht ist. Alex hat sich auch nicht mehr gemeldet. Bei dem war's mir grade recht. Mieses Schwein, der Typ. Woran ist sie gestorben? Überdosis?«

Linn schaute erstaunt auf. »Wie kommen Sie denn darauf? Ich dachte, sie hat nur gelegentlich mal gekifft?«

»Gekifft?«, Ruefli lachte rau. Er schüttelte den Kopf. Dann spuckte er seinen Kaugummi in seine Hand und klebte ihn auf den Tisch. »Alex hat also behauptet, ich hätte was mit Vanessas Tod zu tun. Ausgerechnet der. Wenn das meine Bewährung gefährdet, lege ich das Arschloch um.« Er drückte den Kaugummi fest.

Sie stellte seinen Irrtum nicht richtig. Dass Ute Brunner ihn ins Spiel gebracht hatte.

»Es war doch Alex' Scheißidee.« Ruefli sah entrüstet aus. »Alles. Er hat das Maul nicht vollgekriegt. Ihm hat es nicht gereicht, dass wir das Zeug in Wildfleisch eingenäht schmuggeln. Er wollte hoch hinaus. Internationaler Markt, ganz groß. Aber nicht irgendwelche Länder mit damals bereits offenen Grenzen, nein, sondern richtig hardcore. Hat dafür sogar seine Kumpel und seine eigene Schwester beschissen. Hat ihnen erzählt, er hört auf.« Er faltete die Hände und lehnte sich zurück. »Wann und wo ist Vanessa denn gestorben?«, fragte er. Jetzt klang er besorgt.

»Am 29. Oktober 1995«, antwortete Linn. »Im Randecker Maar.«

»Ach was, also das ...« Ruefli runzelte die Stirn. »Das ist lange her, aber ... Muss ein paar Tage vor der Lieferung gewesen sein. Die, bei der sie nicht mehr erschienen ist.« Er wirkte nervös. »Ich habe nichts mit Vanis Tod zu tun. Ist das klar? Ich habe versucht, sie zu überreden, dass sie aufhört. Die Sache war mir zu heiß. Ich war zu dem Zeitpunkt gar nicht in Ochsenwang.«

»Ich glaube Ihnen, aber bitte erzählten Sie mir genauer, was damals passiert ist.«

Ruefli faltete die Hände und legte sie auf den Tisch. Er beugte sich zu ihr und sprach beinahe flüsternd. »Wir sind auf die Idee gekommen, als Benno mal eine Flasche Schnaps in einem toten Reh vor seiner Frau versteckt hat. Am Anfang war es ganz klein. Ein Spaß. Wir haben nur ein paar Freunde mit ›Wildfleisch‹ beliefert. Wurde dann aber größer.« Ruefli sah zufrieden aus. »Alex hatte gute Kontakte. Er hat das Zeug besorgt. Koks vom Feinsten und Heroin und manchmal ein paar Pilze und Pillen. Großartige Arbeitsteilung. Benno hat die Rehe geschossen, Ute hat das Zeug gestreckt, ich und Benno haben es in das Wildfleisch eingenäht und die Stücke verkauft und ausgeliefert. Hartmut hat dafür gesorgt, dass seine Bullenfreunde nichts mitbekommen. Da gab es nämlich einen, ich glaube, das war sogar der Vater von der Kleinen, Christian hieß er, der war ein totaler Antidrogencop. Leider war er auch passionierter Jäger und gelegentlich im Wald und uns im Weg.« Ruefli lachte angespannt. »Einmal hat dieser Christian Benno fast dabei erwischt, wie der in einem präparierten Hirsch drei Kilo Gras transportiert hat. Und Alex hat er mal rausgezogen, als der gerade die neueste Pillenlieferung abgeholt hatte. Alex hatte die Probepillen vorne drin, und er hat so getan, als seien das nur ein paar Pillen für den Eigenbedarf. Gott sei Dank war Hartmut in der Nähe. Der dämliche Antidrogencop wollte nämlich gerade das Auto durchsuchen. Hätte er den Kofferraum aufgemacht, dann gute Nacht.« Ruefli lachte erneut, diesmal klang es belustigt und fast ein wenig stolz. »Wir waren verdammt gut im Geschäft. Wir waren beliebt, weil wir sogar große Mengen tagsüber und frei Haus liefern konnten. Ganz unauffällig. Es ist uns nie einer in die Quere gekommen, und niemand hat etwas geahnt, was eine Meisterleistung ist in diesem Kaff. Wir haben das geschickt gemacht mit dem Geld. Schwaben. Wir protzen nicht. Das hat uns den Hals gerettet.« Er grinste. »Irgendwann ist Alex auf die Idee mit der Schweiz gekommen. Ich wollte damals sowieso aus Ochsenwang weg. Alex hat mich überredet, in die Schweiz zu gehen. Auf den ersten Blick eine sichere Sache. Ich habe mich um einen Ausbildungsplatz in Basel beworben. Damals haben die an der Grenze zur Schweiz noch richtig hart kontrolliert. War verdammt schwer, da Drogen reinzuschmuggeln. Das wirkt sich natürlich auf den Preis aus. Alex hat mir was vom Pferd erzählt, von wegen wir beide sind Partner und ganz großes Geld machen und Hartmut, Benno und Ute ausbooten und so.« Rueflis Gesicht wurde ernst. »Bin jedenfalls nach Basel gezogen.

Habe mich geschäftlich weiterentwickelt. Mädchen. Sehr lukrativ.« Sein Grinsen wurde schmierig. »Am Anfang fand ich Alex' Idee richtig gut. Gebe ich zu. Geld kann man nie genug haben. Alex und ich haben gemeinsam überlegt, wie wir die Drogen in die Schweiz bringen sollen. Wildfleisch ging nicht, das war zu riskant, wegen der Grenzkontrollen und weil man das Fleisch hätte verzollen müssen. Da hat Alex den Vorschlag mit der Kleinen gemacht. Mit Vanessa. Er meinte, er könne sie leicht überreden mitzumachen. Sie wollte immer überall dabei sein, und sie hat ständig Geld gebraucht. Alex meinte zu ihr, das sei leicht verdiente Kohle. Deshalb hat er ihr den Vorschlag gemacht. Für uns als Bodypackerin zu arbeiten, wissen Sie?«

Linns Herzschlag setzte für eine Sekunde aus.

»Zuerst wieder ganz klein. Ist das Erfolgsrezept von jedem guten Geschäftsmann. Sich am Anfang nicht übernehmen«, fuhr Ruefli fort. »Vanessa hat pro Fuhre ungefähr 300 bis 500 g geschluckt. Aber der Straßenpreis war damals extrem hoch hier in der Schweiz. Das Zeug war in Kondomen drin, immer ein paar Gramm pro Päckchen. Nachdem sie es zwei Mal gemacht hatte, wollte sie aussteigen. Aber Alex hat sie gezwungen, weiter mitzumachen. Weiß nicht, wie er das geschafft hat, aber er hatte sie wegen irgendwas in der Hand. Ist ein brutales Schwein.«

»Als Bodypackerin, sagen Sie?« Ihr Puls raste.

»Sie hat jedes Mal geheult vor Angst, wenn sie bei mir ankam. Ich musste sie immer aufbauen und verhätscheln. Kann ich gut. Können Sie meine Mädchen fragen.« Er wirkte selbstzufrieden. »Aber bescheißen lass ich mich nicht. Wenn es um Geld geht, hört die Freundschaft auf. Beim letzten Mal, als sie bei mir war, hat sie gesagt, dass sie endgültig aussteigen wird. Das habe ich verstanden. Ich bin kein Unmensch. Aber als sie wieder in Ochsenwang war, muss sie durchgedreht sein. Auf einmal war der Stoff nämlich weg. Unsere größte Lieferung bis dato. Ein Kilo. Sie hat es behalten. Sie hat gedroht, sie würde uns alle auffliegen lassen.« Rueflis Blick wurde misstrauisch, fast ängstlich. »Alex hat gesagt, ich soll mir keine Sorgen machen. Er hat versprochen, er holt uns das Heroin zurück. Wie ist Vanessa denn gestorben?«

»Sie wurde erschlagen«, sagte Linn.

»Ich kann nichts damit zu tun haben«, sagte Ruefli. »Ich war nie wieder auf der Alb. Die Suppe soll Alex mal schön selbst auslöffeln. Er war in Ochsenwang damals. Vanessa war sein Mädchen.«

»Hat Alex Brunner Ihnen erzählt, wie er das Heroin zurückgeholt hat?«, fragte Linn. Eiseskälte breitete sich in ihrem Inneren aus.

Ruefli schüttelte den Kopf. »Er hat mich nur ausbezahlt. Deshalb bin ich davon ausgegangen, dass Vanessa es zurückgegeben hat. Danach habe ich nie wieder was von ihm gehört. War mir nur recht.«

Linn blieb lange in der frostigen Züricher Januarluft vor dem Gefängnis stehen. Sie war sich sicher, dass sie jetzt endlich die Wahrheit kannte. Alles passte auf eine furchtbare Weise zusammen.

Vanessa Beckmann hatte, nachdem ihr Vater sie geschwängert hatte, endlich abhauen wollen, zusammen mit Johann Haug. Dafür hatte sie Geld gebraucht, und sie hatte ein Kilogramm Heroin unterschlagen. Sie hatte es vermutlich in Kondome verpackt und geschluckt, damit niemand die Drogen fand, wenn sie auf ihrem Weg in die Freiheit am Flughafen kontrolliert werden würde. Aber Alex Brunner hatte sie abgefangen, oder vielleicht hatte sie sich sogar noch mit ihm im Maar getroffen, möglicherweise, um ihn zu erpressen oder mit ihm ein Geschäft zu machen. Brunner hatte das Heroin zurückgefordert, aber Vanessa hatte es ihm nicht oder nicht umsonst zurückgeben wollen oder können. Da hatte er sie erschlagen. Er musste den

Hammer und das Messer bereits dabeigehabt haben. Und dann hatte er sie ausgeweidet, um sich sein Heroin zurückzuholen. Deshalb hatte er die Eingeweide mitgenommen. Weil darin die Heroinpäckchen gewesen waren. Der Schlächter vom Maar war kein durchgeknallter Psycho, der Innereien von Menschen aß, sondern ein Drogendealer. Linn schwitzte, obwohl ein eisiger Wind durch die Lücken in der kahlen Mauer pfiff. Sie war neulich nachts alleine mit Brunner nach Hause gefahren. Er hatte ihr nicht helfen wollen, er war nur in den Wald gekommen, um den Stand der Ermittlungen zu erfahren. Sie durfte gar nicht darüber nachdenken, was passiert wäre, hätte Brunner das Gefühl gehabt, sie wisse zu viel.

Linn rief Faber an und erzählte ihm alles, was sie herausgefunden hatte. Dann machte sie sich langsam auf den Weg zum Bahnhof. Das Problem war: Sie hatte keinen anderen Beweis als das Wort eines Drogendealers und Zuhälters. Der vielleicht nicht mal reden würde, wenn er befürchten musste, das würde seine Bewährung gefährden. Und den sie im Grunde erpresst hatte. Man hatte an der Leiche keinerlei Rückstände der Drogen gefunden. Auch der Ort, an dem Vanessa das Heroin versteckt und verpackt hatte, war unbekannt.

Linn hatte nichts in der Hand als eine weitere Theorie.

39

Der Strafprozess gegen Johann Haug begann an einem sonnigen Februarmorgen im großen Saal des Gerichts in Stuttgart. Mittlerweile hatte die Presse Wind davon bekommen, dass der Schlächterfall wiederaufgenommen worden war, und entsprechend voll und laut war es im Zuschauerbereich. Linn hatte bereits ihre Robe übergezogen und sah sich vom Platz der Verteidigung aus im Raum um. Ihr gegenüber saß Oberstaatsanwalt Faber und blätterte in einem Ordner. Rechts von ihr, in den ersten drei Reihe des Zuschauerraums, saßen die Zeugen, die nach ihrer Belehrung durch das Gericht den Saal verlassen würden, unter ihnen auch Nicolaas de Groot, Hartmut Rösch, Benno Arnold, Hans Schneider und Alex und Ute Brunner. Linn hatte keine Ahnung, ob die Polizei bereits mit Brunner wegen Rueflis Aussage gesprochen hatte, wohl eher nicht, Brunner wirkte ziemlich gelöst. Trotzdem verursachte ihr die Tatsache, dass er ganz in der Nähe war, eine Gänsehaut.

Auf einmal stand Alex Brunner auf und schlenderte in ihre Richtung. Sie versuchte, ruhig sitzen zu bleiben, während ihre Augen nach dem Wachtmeister suchten, der gerade noch hier gewesen war. Brunner blieb vor ihrem Tisch stehen. Er lächelte breit. Das Lächeln reichte nicht bis zu seinen Augen. »Ich hätte nicht gedacht, dass Sie den Hamid finden. Ist mir selbst kaum gelungen. Hat ewig gebraucht«, sagte er in leisem Plauderton. »Ich hätte auch nicht gedacht, dass Sie ihm so einen Bullshit erzählen, von wegen dass ich ihn für den Mörder von der Vani halte. Das tue ich gar nicht.«

Woher wusste Brunner das? Und wo zum Teufel war dieser Wachtmeister hingegangen?

»Herr Ruefli hat seine eigenen Schlüsse gezogen, ganz ohne

mein Zutun. Finden Sie es nicht seltsam, dass er so was denkt?«, entgegnete sie.

Brunners Lächeln wurde noch breiter. »Überhaupt nicht. Der war schon immer ein Schwätzer, der sich nur wichtig machen wollte.« Er stützte sich mit beiden Armen auf den Tisch vor Linn. »Aber jetzt tut es dem Hamid schon wieder sehr leid, dass er Lügen erzählt hat, wissen Sie? Hat der meinem Schweizer Kumpel geschworen.«

»Wie meinen Sie das?«

Brunner zwinkerte ihr zu und drehte sich weg. Blieb noch einmal stehen. »Ach«, sagte er beiläufig. »Sie wohnen ja in einer tollen Gegend von Stuttgart. Viele schöne alte Häuser. Neulich nachts, als ich Sie gefahren habe, war es schon so dunkel, ich konnte das gar nicht richtig genießen. Wäre möglich, dass ich noch einmal vorbeikommen muss.«

Ihr lief es kalt den Rücken hinunter.

Brunner ging langsam und mit vorgestreckter Brust zurück zu seinem Platz. Setzte sich und legte lächelnd einen Arm um seine Schwester Ute, die leise begann, sich mit ihm zu unterhalten.

Was hatte es zu bedeuten, dass es Ruefli leidtat? Hatte Brunner Kontakt mit ihm aufgenommen? Ihn bedroht?

Plötzlich schwoll das Gemurmel im Zuschauerraum an. Linn sah auf. Johann Haug wurde in Handschellen in den Saal geführt. Ihre Bitte, ihm die Handschellen abzunehmen, wurde abgelehnt. Daher nahm Haug gefesselt neben ihr Platz. Sein Knie wippte auf und ab. Seine Haare sahen unordentlich aus, als seien sie seit Langem weder gekämmt noch gewaschen worden, sein Anzug war ausgeleiert.

»Der Angeklagte da soll ein Mördergen in sich tragen«, tönte eine hämische Stimme aus dem Zuschauerbereich, die sie als Alex Brunners erkannte. Sie sah zu ihm hinüber und hätte ihn am liebsten geohrfeigt. Der Koch sprach mit einer Journalistin, die sich zu ihm über die Stuhllehne nach vorne beugte. »Wenn

Sie wollen, erzähle ich Ihnen gerne die Geschichte seiner leiblichen Familie, der Heitzhofsippe«, machte Brunner weiter. Sein Blick, der Linns jetzt streifte, war voller Verachtung. Seine Stimme ging in einem weiteren Anschwellen des Gemurmels und Stühlescharrens unter. Alle erhoben sich, die Berufsrichter und Schöffen betraten den Saal.

Der vorsitzende Richter war ein kräftiger Mann mit schulterlangen grauen Haaren und einem weißen Langbinder, dessen Knoten eng am Hals saß. Mit lauter Stimme eröffnete er die Verhandlung. Obwohl er sich offensichtlich um einen neutralen Gesichtsausdruck bemühte, war seinem verhärmten Blick deutlich anzumerken, dass er schon zu viele Schuldige gesehen hatte, um noch an die Unschuldsvermutung zu glauben. Vielleicht hatte er für sich auch bereits das Urteil gefällt, was nicht so selten vorkam, da das Gericht bereits in einem Vorverfahren entscheiden musste, ob die Anklage zugelassen wurde oder nicht. Es war immer schwer, dagegen anzukommen. Und in diesem Fall würde es besonders schwierig werden.

Der Vorsitzende belehrte die Zeugen, die Anklageschrift wurde verlesen, und schließlich wurde Johann Haug befragt. Er stotterte abgehackt die Daten zu seiner Person herunter. Danach erzählte er offensichtlich sehr nervös und außerdem nicht besonders überzeugend seine Geschichte von der Nacht, in der er Vanessa Beckmanns Leiche gefunden und angefasst hatte, und von dem Vormittag, an dem seine Pflegemutter gestorben war. Er pfriemelte ständig an seinen Fingern herum, sah niemandem in die Augen, und sein Knie wippte auf und ab, ein unaufhörliches Stakkato, das Linn nach kurzer Zeit auf die Nerven ging. Je länger Haug sprach, desto weniger glaubten ihm die Richter, das war deutlich von ihren Gesichtern abzulesen. Als er seinen Bericht von dem Vormittag, an dem er Ines Schneider besucht hatte, mit der er »einfach so gequatscht« hatte und die daraufhin »grundlos auf ihn losgegangen« sei, beendet hatte, zog der vorsitzende Richter die buschigen Augenbrauen hoch. »So«, sagte er. »Da hätte ich aber noch einige Fragen.«

Jedes einzelne Detail wurde durchgesprochen, Haugs kompletter Tagesablauf der Tage, an denen Vanessa Beckmann und Ines Schneider gestorben waren, abgefragt. Haug verhaspelte und versprach sich ständig. Manchmal stimmten Details nicht. Darauf angesprochen reagierte er, als habe man ihn bei einer Lüge erwischt, wurde rot und noch unsicherer.

Als das Gericht mit seinen Fragen fertig war, war es bereits halb sechs Uhr abends.

Haug hatte sich denkbar schlecht geschlagen, seine Aussagen klangen in diesem Saal unglaubwürdig, ganz anders, als sie damals in Linns Büro geklungen hatten. Der Vergleich gefiel Linn in Anbetracht der Situation nicht besonders, aber Haug hatte sich wahrscheinlich sein eigenes Grab geschaufelt. Haug schien das auch zu wissen, denn als der Richter geendet hatte, sah er Linn mit einem verzweifelten Blick an und senkte den Kopf.

Am Morgen des vierten Verhandlungstags erwartete Oberstaatsanwalt Faber sie bereits vor dem Gerichtssaal. »Wir haben ein Problem mit diesem Ruefli«, sagte er. »Die Schweizer haben uns zwar erlaubt, mit ihm zu sprechen, aber er redet nicht. Jedenfalls nicht das, was wir uns erhofft haben. Das Einzige, was er von sich gegeben hat, ist, dass er noch nie etwas von einem Drogenring gehört hat, der Heroin in toten Wildschweinen oder in Frauen schmuggelt. Das sei absurd und, ich zitiere, ›reine Einbildung der Verteidigerin‹, die, ich zitiere wieder, ›auf ihn gestanden‹ habe und ihn ›wohl gerne wiedersehen‹ wolle. Dabei hat er Kaugummiblasen gemacht und nicht so gewirkt, als ob ihm das Ganze in irgendeiner Form schlaflose Nächte bereite.« Fabers Mundwinkel zuckten.

»Ich habe trotzdem den Antrag gestellt, dass er als Zeuge vernommen werden soll«, erwiderte sie enttäuscht.

»Da gibt es weitere Probleme. Ruefli ist seit einigen Jahren Schweizer, und wir können ihn nicht zwingen, in Deutschland vor Gericht zu erscheinen. Außerdem ist er bereits wegen Meineids vorbestraft.«

Linn schlug mit der flachen Hand gegen die Wand.

»Ich halte es außerdem für möglich, dass er Sie tatsächlich angelogen hat«, bemerkte Faber. »Womöglich gab es diesen ›Interessenkreis‹ gar nicht. Alex Brunner und Hartmut Rösch haben beide angedeutet, dass man früher vielleicht das eine oder andere Mal zusammen gekifft und vielleicht auch mal ein oder zwei Gramm Gras an enge Freunde verkauft habe, aber von einem organisierten Drogenschmuggel oder Bodypacking hatten beide noch nie gehört. Niemand aus diesem Dorf. Glauben Sie wirklich, man hätte das geheim halten können?«

»Haben Sie auch mit Christian Beckmann gesprochen?«

Faber verzog das Gesicht. »Er ist der Ansicht, seine Tochter hätte Drogen nie angerührt und hätte bei so etwas sowieso niemals mitgemacht. Er kenne Ruefli noch aus seiner aktiven Zeit bei der Polizei, und er meinte, der hätte schon früher immer Geschichten erfunden, nur um sich wichtig zu machen. Beckmann steht auf dem Standpunkt, dass wir uns lieber auf den wahren Schuldigen konzentrieren sollten, als uns von den ›Scharmützeln einer Anwältin‹, auch das ist ein Zitat, ablenken zu lassen.«

»Wurden denn irgendwo in Vanessas Umfeld Drogen gefunden? Gab es Spuren an der Leiche?«

Faber schüttelte den Kopf.

»Das muss nichts zu bedeuten haben.«

»Muss es nicht«, sagte Faber. Sie sah ihm deutlich an, dass es für ihn etwas zu bedeuten hatte. Er glaubte, Hamid Ruefli habe ihr eine Lügengeschichte aufgetischt und sie habe sie leichtfertig geglaubt.

Einen Tag später wurde ihr Antrag auf Vernehmung des Zeugen Ruefli vom Gericht »wegen Prozessverschleppung« abgelehnt. Der vorsitzende Richter gab Linn in seiner Begründung deutlich zu verstehen, dass er nichts von »Konfliktverteidigern« hielt. In diesem Moment hatte Linn das erste Mal das Gefühl, dass sie den Prozess verlieren würden.

In den nächsten Tagen wurden Gutachter und Zeugen vernommen und Beweismaterial besprochen, alles deutete auf ihren Mandanten als Mörder von Vanessa Beckmann hin.

Am Morgen des neunten Prozesstages sagte Haug in einer Verhandlungspause zu ihr: »Wir werden verlieren. Ich werde unschuldig ins Gefängnis gehen.«

Sie konnte nichts dagegen vorbringen. Sie hatte getan, was sie konnte.

Am Nachmittag des gleichen Tages wurde Vanessas Vater in den Zeugenstand gerufen. Als Linn endlich mit Fragen an der Reihe war, wollte sie noch einmal wissen: »Halten Sie es für möglich, dass Ihre Tochter als Bodypackerin gearbeitet hat?«

Beckmann fuhr wütend auf. »Selbstverständlich nicht. Vanessa hatte nie etwas mit Drogen zu tun. Nie! Sie haben doch den Autopsiebericht gelesen. Es wurden keine Drogenrückstände in ihrem Körper gefunden. Johann Haug ist ein feiger und gewissenloser Mensch, der versucht, den Ruf meiner Tochter in den Schmutz zu ziehen. So sieht es aus. Und Sie sind nicht viel besser. Ihnen ist doch jedes Mittel recht, um davon abzulenken, dass Ihr Mandant ein Mörder ist.«

»Es irritiert mich, dass es Ihnen, Herr Beckmann, wichtiger zu sein scheint, dass Ihre Tochter nichts mit Drogen am Hut hatte, als ihren Mörder zu finden. Sonst müssten Sie doch wenigstens ein Interesse an dem zeigen, was wir herausgefunden haben«, bemerkte sie.

»Vielleicht ist das, was Sie da anscheinend ›herausgefunden‹ haben, was Sie *erfunden* haben, so unsinnig, dass mir nichts dazu einfällt?«, keifte Beckmann. »Es gab niemals ein Drogenkartell in Ochsenwang.«

»Sie selbst haben Alex Brunner doch einmal mit Drogen erwischt. Der Fall ist aktenkundig. Zusammen mit dem, was mir Hamid Ruefli gesagt hat, halte ich es für durchaus möglich, dass diese Drogengeschichte stimmt.«

»Ist das zutreffend?«, hakte der Richter nach. »Haben Sie den Zeugen Brunner einmal mit Drogen erwischt?«

Beckmann hob die Handflächen nach oben, als ergebe er sich, er sah entnervt aus. »Das waren drei Pillen. Drei. Alex war auf dem Weg in die Disko. Er hat ein paar Sozialstunden bekommen. Mehr war da nicht. Ich war Polizist in diesem Dorf. Ich hätte mitgekriegt, wenn da eine große Drogensache am Laufen gewesen wäre. Außerdem spielt es keine Rolle. Es hat nichts mit dem Tod meiner Tochter zu tun.«

»Aber was haben Sie neulich Abend damit gemeint, dass Herr Rösch ›Dreck am Stecken‹ habe? Dass Sie wüssten, was er bei der Jagdhütte immer gemacht habe?«

»Verdammt, da ging es um etwas ganz anderes. Ich war … Also Genaueres weiß ich eigentlich gar nicht, aber ich bin immer davon ausgegangen, dass Hartmut und Alex Fleisch falsch auszeichnen. Dass sie kranke Tiere nicht zur Kadaververbrennungsanlage gebracht haben, sondern ins Restaurant. Was für einen anderen Grund sollten Sie sonst gehabt haben für ihre Heimlichtuerei?« Beckmann klang verunsichert.

»Drogenschmuggel vielleicht?«, bemerkte Linn.

»Das ist Unsinn! Mehr sage ich dazu nicht.«

»Vani hat Drogen genommen«, mischte Haug sich an Beckmann gewandt ein.

Dessen Gesicht wurde knallrot. »Halt dein gottverdammtes Maul!«, brüllte er. »Du Mörder! Du Verleumder! Du lügst mir hier offen ins Gesicht. Ich hätte dich damals schon umlegen sollen!«

Es gelang dem vorsitzenden Richter nicht, Beckmann zu beruhigen, schließlich wurde er tobend aus dem Saal gebracht.

Auch Benno Arnold und Ute Brunner hatten anscheinend noch nie von dem Drogenschmuggel in die Schweiz gehört. Man habe »als junger, unverständiger Mensch« »gelegentlich gekifft«, das sei alles gewesen. Beide hielten es für »gänzlich abwegig«, dass Vanessa Beckmann als Bodypackerin gearbeitet haben sollte, und Linn musste an Hamid Rueflis Worte denken, dass er und Brunner den anderen aus dem »Interessenkreis« nie von der Schweizsache erzählt hatten.

Langsam fing sie trotzdem an, selbst an Rueflis Geschichte zu zweifeln.

40

Hartmut Rösch, der ebenfalls vernommen werden sollte, war, wie das Gericht am kalten grauen Vormittag des zehnten Prozesstages mitteilte, auf »unbestimmte Zeit« von seinem Arzt krankgeschrieben worden, anscheinend war er nicht in der Lage, im Moment auszusagen.

»Natürlich werden wir ihn noch vernehmen, zu gegebener Zeit. Wir sind uns darüber im Klaren, dass seine Aussage wichtig sein könnte. Aber er hatte vor drei Jahren bereits einen Herzinfarkt, wir wollen nicht, dass ihn der berufliche Stress das Leben kostet«, fauchte der vorsitzende Richter Linn an, als sie sich darüber beschwerte.

Nachdem der Prozess für diesen Tag geendet hatte, machte sich Linn daran herauszufinden, wo sich Rösch im Moment befand. Als sie die Telefonnummer eines Krankenhauses in Kirchheim/Teck in der Hand hielt, zögerte sie dennoch lange, ob sie anrufen sollte oder nicht. Egal, was sie von Rösch hielt, dass er wegen ihr an einem Herzinfarkt starb, wollte sie nun auch nicht. Schließlich wählte sie doch die Nummer und wurde zu dem Polizisten durchgestellt. Erstaunlicherweise sagte er: »Telefonieren fällt mir schwer. Kommen Sie vorbei, wenn Sie wollen.« Seine Stimme klang schwach und krank.

Es war stockdunkel und ziemlich spät, als sie nach einem kurzen Fußmarsch vom Kirchheimer Bahnhof aus durch die feuchtkalte Nacht das Krankenhaus erreichte. Die Besuchszeiten waren schon seit zwei Stunden vorbei, wie sie einem Schild am Eingang entnahm. Sie betrat dennoch den weiß gestrichenen Flur und ging in Richtung der Station im Erdgeschoss, die Rösch ihr genannt hatte, und schlich sich am Zimmer der Schwestern und Pfleger vorbei. Klopfte an die Tür. Obwohl kein

»Herein« ertönte, drückte sie nach kurzer Zeit die Klinke nach unten und öffnete die Tür einen Spalt breit. Ein Geruch nach Desinfektionsmittel und Tee kam ihr entgegen. »Herr Rösch?«, flüsterte sie.

Keine Antwort.

Sie öffnete die Tür ein Stück weiter. »Herr Rösch?« Diesmal etwas lauter.

Erneut antwortete niemand. Sie vermeinte aber, ein schwaches Stöhnen zu vernehmen, und steckte den Kopf durch die Tür. Im Zimmer war es dämmrig, und sie brauchte kurze Zeit, bis sie etwas erkennen konnte, aber dann betrat sie schnell den Raum. Der Polizist lag zusammengekrümmt neben seinem Bett mit dem Gesicht zum Boden. Die Infusionsnadel, die wohl in seinem Arm gesteckt hatte, war herausgerissen, ein Fluss aus Blut sickerte durch seine Haut. Er zitterte am ganzen Körper. Sie beugte sich zu ihm, rüttelte an seinem Arm. »Herr Rösch? Was ist mit Ihnen?«

Rösch atmete röchelnd. Schweiß glänzte auf seiner Haut.

Linn ging schnell zum Bett hinüber und drückte den Notfallknopf. Mühsam ging sie dann neben dem Polizisten in die Knie. »Es wird gleich jemand kommen«, sagte sie. »Bleiben Sie ganz ruhig.«

Rösch machte ein seltsames Geräusch, immer und immer wieder. Sie hatte das Gefühl, dass er ihr etwas sagen wollte, und beugte sich näher an sein Gesicht. »Kein Herz…medikament. Rot…stein … Heroin gedealt«, brachte er heraus.

Die Tür wurde geöffnet, eine hagere Krankenschwester betrat den Raum.

»Helfen Sie ihm!«, rief Linn.

Die Schwester reagierte sofort. Sie drückte einen Knopf an einem Gerät, das aus ihrer Kitteltasche ragte, und kniete sich neben Rösch. »Raus mit Ihnen«, befahl sie Linn.

Linn tat, wie geheißen, und humpelte langsam über den Flur

zu den Aufzügen. Sie sah einen jungen Arzt, der ihr in Richtung Röschs Zimmer entgegenrannte. Hoffentlich konnten sie ihm helfen.

Als sie am Bahnhof angekommen war, rief sie erst bei der Staatsanwaltschaft und dann bei de Groot an. Sie unterdrückte ihre leichte Wut auf den Mann, weil er ihr auf dem Ochsenwanger Weihnachtsmarkt nicht geholfen, ja nicht einmal die Polizei verständigt hatte.

»Bitte entschuldigen Sie die späte Störung«, sagte sie, als sie den Architekten am Telefon hatte. Er hatte seiner Stimme nach zu urteilen schon einiges getrunken, und außerdem schienen Leute bei ihm zu sein, im Hintergrund ertönte Lachen und Gemurmel.

»Ich muss Sie dringend etwas fragen. Was könnte ›Rotstein‹ bedeuten? Gibt es jemanden oder etwas in Ochsenwang, das so oder so ähnlich heißt?«

De Groot sagte eine Weile nichts, dann meinte er mit einem zögernden Unterton. »Frau Dr. Geller, ich habe nicht gewusst, was die Jungs vorhatten da auf dem Weihnachtsmarkt. Hartmut und Christian sind meine Freunde, und Hartmut ist außerdem Polizist, ich vertraue ihnen, also …« Er sprach nicht weiter, aber Linn verstand, dass das eine Art Entschuldigung sein sollte.

»Verstehe«, sagte sie.

De Groots Stimme wurde lebhafter. »Rotstein«, sagte er. »Das Einzige, was ich mir vorstellen kann, ist, dass es Rotenstein heißt. Warum wollen Sie das wissen?«

»Was ist Rotenstein?«

»Ein Felsbrocken in der Nähe der Neidlinger Wasserfälle«, erklärte de Groot. »Im Ersten Weltkrieg wurde da ein Deserteur erschossen. Wilhelm Roten. Deshalb heißt der Stein so. Es gibt eine Sage, wonach …«

Sie bedankte sich, legte einfach auf und betrat den Bahnsteig. Auf dem Handy schaute sie sich den Rotenstein im Internet an. Ein Felsbrocken, etwa mannshoch, der moosbewachsen und halb verborgen hinter einigen Tannen aus dem Boden ragte. Nichts Verdächtiges weit und breit. War das vielleicht der Treffpunkt der Gruppe gewesen? Oder das Drogenversteck?

Faber wartete am nächsten Morgen erneut vor dem Gerichtssaal auf Linn. Sein schwarzer Anzug unter der offenen Robe saß ein wenig zu locker, offenbar hatte er in den letzten Wochen abgenommen. Gemeinsam gingen sie in einen leeren Besprechungsraum.

»Ich weiß zwar nicht, was Sie gestern Abend im Krankenhaus in Kirchheim verloren hatten, aber es hat Herrn Rösch das Leben gerettet«, knurrte er. »Er hatte irgendein Herzmedikament im Blut, das bei seiner Erkrankung kontraindiziert war. Seine … Also die Erkrankung, weswegen er ins Krankenhaus gekommen ist, war gelinde gesagt ebenfalls auffällig. Ich habe gerade den Befund der Blutuntersuchung bekommen.« Der Staatsanwalt sah müde und grau aus. »Wir denken im Moment, jemand hat versucht, ihn zu vergiften. Die Ermittlungen laufen.« Seine Mundwinkel zuckten. »Vielleicht ist an dieser Geschichte mit dem Drogenring doch etwas dran.«

Sie nickte.

»Aber warum hat Rösch uns das neulich nicht gesagt? Warum hat er gesagt, man habe ab und zu mal gekifft?«

Linn zuckte mit den Schultern.

»Wir werden noch einmal versuchen, mit Ruefli zu sprechen. Aber er scheint eine harte Nuss zu sein«, fuhr Faber fort. »Und er wird mit Sicherheit nichts erzählen, was in irgendeiner Form seine Bewährung gefährden könnte.« Er strich über seine zuckenden Mundwinkel. »In meinem ganzen Leben habe ich noch nie so einen Fall gehabt«, fügte er tonlos hinzu.

»Ich auch nicht.« Sie warf einen Blick auf den kalten Morgen vor dem Fenster. »Wie geht es Herrn Rösch?«, erkundigte sie sich.

»Er liegt im Koma. Die Ärzte wissen nicht, ob und wann er wieder aufwacht und ob er eine Gehirnschädigung davongetragen hat.«

»Er war der einzige Zeuge, bei dem ich das Gefühl hatte, dass er jetzt endlich hätte reden wollen.«

Faber nickte. »Ich weiß.« Dann drehte er sich ruckartig um und ging mit wehender Robe aus dem Zimmer und in den gegenüberliegenden Gerichtssaal hinein.

Später am Tag wurde Alex Brunner vernommen. Er blieb vollkommen gelassen, auch als er von Linn nach dem Drogenring gefragt wurde.

»So was gab es in unserem Dorf nicht«, sagte er im Brustton der Überzeugung. »Hat Ihr Mandant diese kranke Geschichte erfunden? Weil er nicht mit seiner Schuld leben kann?« Brunner lächelte sie an. Sein Lächeln wirkte arglos und freundlich, als er sich jetzt zu den Richtern hinwandte. »Oder spinnt sich die Verteidigerin da etwas zusammen? Jetzt, wo sie nicht mehr auf dem Christian Beckmann rumhacken kann, hat sie sich offenbar mich als nächstes Opfer ausgesucht. Sie hatte einen Unfall, da ist sie ziemlich auf den Kopf gefallen, haben Sie das gewusst? Ist ein offenes Geheimnis unter den Anwälten. Das Getuschel im Flur ist schwer zu überhören.«

»Wir sprechen hier nicht über Frau Dr. Geller«, bellte Oberstaatsanwalt Dr. Faber. »Also lassen Sie bitte die beleidigenden Bemerkungen.«

»Beleidigend? Aber die Frau darf mich beleidigen, was? Die Geschichte, die sie sich zusammengesponnen hat, ist absurd.« Brunners Lächeln verschwand. »Ich verwahre mich dagegen, als Drogenbaron verdächtigt zu werden. Ich betreibe ein Restaurant, sonst nichts. Die Frau tickt nicht mehr richtig.« Seine Stimme klang bedrohlich. Er lehnte sich zurück.

Haug schlug mit der Faust auf den Tisch. Alle schauten

plötzlich in seine Richtung. »Lass meine Verteidigerin in Ruhe«, knurrte er.

»Uuuuh«, machte Brunner. Jetzt lächelte er Linn wieder breit an. »Er steht auf Sie. Da würde ich aufpassen, Frau Dr. Geller. Sie wissen ja, was der Johann mit Frauen ...«

»Sie halten jetzt den Mund, Herr Brunner! Bis Sie was gefragt werden«, fuhr der vorsitzende Richter ihn an, und auch Faber knurrte erneut etwas in seine Richtung.

»Aber es gab Drogen bei Ihnen im Dorf?«, machte Linn weiter.

»Wie überall. In einem harmlosen Maß, jedenfalls, was ich mitbekommen habe. Wir haben mal einen Joint geraucht oder so. Ich hatte bei einem unserer Gespräche den Eindruck, dass Sie das früher durchaus auch gelegentlich gemacht haben, Frau Dr. Geller.«

»Als wir uns neulich unterhalten haben, hatte ich das Gefühl, dass Sie meinen Mandanten nicht für den Mörder von Vanessa Beckmann gehalten haben«, sagte Linn, um einen Tonfall bemüht, der ihre aufkeimende Wut nicht zeigte.

»Na, und?«, sagte Brunner. »Jetzt denke ich was anderes. Meinungen können sich ändern. Das müssten Sie doch besonders gut wissen.«

»Ist es zutreffend, dass Sie Jäger sind?«, fragte Linn.

»Das ist zutreffend. Haben Sie was dagegen?« Sein Gesicht verzog sich. »Wenn Sie darauf hinauswollen, ob ich ein Tier ausweiden konnte, lautet die Antwort: Ja. Wenn Sie wissen wollen, ob ich je ein Tier oder einen Menschen aufgespreizt habe, lautet die Antwort: Nein. Und wenn Sie wissen wollen, ob ich Vanessa erschlagen habe, lautet die Antwort ebenfalls: Nein. Das habe ich doch heute schon fünf Mal erklärt. Sonst noch was?«

»Haben Sie etwas damit zu tun, dass Herr Rösch fast gestorben ist?«

Brunner lachte auf.

»Sie müssen auf eine Frage, mit der Sie sich selbst belasten könnten, nicht antworten«, bemerkte der Richter.

Brunner machte eine abwinkende Handbewegung, er wirkte nicht im Mindesten nervös. Eher verwirrt. »Ich bin nicht Gott«, sagte er. »Ich habe keinen Einfluss auf Krankheiten oder den Tod.«

Linn drehte einen Kuli in ihrer Hand. Legte eine Haarsträhne, die nach hinten gerutscht war, wieder über die Narbe auf ihrer Wange. »Rotenstein«, sagte sie. »Haben Sie dazu etwas zu sagen?«

Zum ersten Mal erschien so etwas wie leichte Verunsicherung in Brunners Augen. Aber er fing sich schnell.

»Ich weiß nicht so genau, ich glaube, das ist ein Felsen? Bei irgendeinem Wasserfall. Haben Sie vor, wandern zu gehen?«

»Herr Rösch hat mir gestern Abend etwas darüber erzählt. Und über das Heroin, mit dem gedealt wurde, hat er auch gesprochen.«

»Sie waren bei ihm? Dann wundert es mich nicht, dass er einen Herzinfarkt hatte.«

»Wie kommen Sie darauf, dass es ein Herzinfarkt war?«

»Nur eine Vermutung. Der Hartmut war seit Jahren herzkrank, das weiß jeder im Dorf.«

»Kommen wir noch einmal auf Rotenstein zurück«, sagte Linn.

Brunner wandte sich mit leidvoller Miene an den vorsitzenden Richter. »Ich habe keine Ahnung, wovon die Frau spricht.«

»Frau Dr. Geller?«, fragte der Richter. »Was ist Rotenstein?«

»Das will ich von Herrn Brunner wissen«, antwortete sie.

Brunner zuckte mit den Schultern. »Ich weiß es aber nicht.« Seine Augen funkelten, sie spürte, dass ihm diese Befragung Spaß machte. Dass er erkannt hatte, dass sie ins Blaue hinein gefragt hatte und jetzt schlechter dastand als vorher. Linn schaute zu Faber. Der sah nachdenklich auf den Tisch. Linn hatte plötzlich das Gefühl, dass, wenn Alex Brunner der Mörder war, er davonkommen würde. Und sie nichts dagegen tun konnte.

»An dem Tag, an dem Ines Schneider gestorben ist …«

»War ich auf Fuerteventura«, sagte Brunner. »Auch das habe ich heute schon mehrfach erklärt, und es wurde nachgeprüft.«

»Ich habe viele Jahre gedacht, wir wären Freunde, Alex«, machte Haug sich auf einmal bemerkbar. »Aber du bist genau wie die anderen aus dem Dorf.«

Brunner lächelte ihn an. »Ich bin alles, aber sicherlich nicht wie die anderen aus dem Dorf.«

»Warst du es, Alex? Hast du sie umgebracht?« Haug erhob sich ein wenig, wurde aber sofort von einem Wachtmeister wieder zur Ordnung gewiesen.

Brunners Lächeln gefror. »Natürlich nicht«, sagte er. »Das weißt du doch. Du warst es doch selbst. Ich finde es das Letzte, wenn man nicht mal zu seinen Taten stehen kann.«

Haug schlug mit seinen gefesselten Händen so auf den Tisch, dass Linns Ordner nach oben hüpfte.

»Haben Sie noch Fragen an den Zeugen?«,wandte sich der vorsitzende Richter an sie und Faber. Beide schüttelten den Kopf.

»Dann können Sie jetzt gehen, Herr Brunner.«

Alex Brunner lächelte offensichtlich mit sich zufrieden und stolzierte in den Zuschauerbereich.

41

Hans Schneider fühlte sich auf dem Zeugenstuhl in der Mitte des Raumes sichtlich unwohl. Immer wieder zupfte er an seinem beigen Sakko herum und strich sich über die Haare. Seinen Pflegesohn sah er nie an, immer schaute er zu Linn oder zur Richterbank, manchmal auch in den Zuschauerbereich, in dem nun auch Alex Brunner saß, lächelnd und mit verschränkten Armen.

Schneider berichtete leise und distanziert über Haugs Kindheit und Jugend, so, als sei das ein Geschehen, das er selbst nicht miterlebt oder das er zumindest kaum noch in Erinnerung habe. Insgesamt stellte er die Zeit als »unproblematisch« dar, und als Faber ihn darauf hinwies, dass Haug von seiner Pflegemutter misshandelt worden und von beiden Pflegeeltern als Träger eines Mördergens beschimpft worden war, bemerkte Schneider nur: »Johann hat meine Frau getötet. Deswegen sind wir heute hier.«

»Herr Schneider, wie ging es Ihrer Frau kurz vor ihrem Tod?«, begann Linn, als sie mit Fragen an der Reihe war. Schneider war ihre letzte Chance.

»Gut.«

»War es nicht eher so, dass es Ihrer Frau *nicht* so gut ging? Weil sie den Tod Ihres Sohnes Momo vor vielen Jahren nie überwunden hat?«

Schneider fuhr auf. »Lassen Sie bloß Momo aus dem Spiel. Sonst sage ich kein Wort mehr.« Er schaute sie an, er hatte wieder diesen seltsamen Ausdruck in den Augen. Jetzt erkannte sie es deutlich. Es war Schuld.

»Gut, dann reden wir über meinen Mandanten«, machte Linn weiter. »Hat Ihre Frau ihn gehasst? Wollte sie ihn nicht unbedingt im Gefängnis sehen?«

Schneider sah auf den Tisch. »Sie hatte vielleicht … gewisse Schwierigkeiten mit ihm, sagen wir es mal so. Und sie wollte ihn deshalb im Gefängnis sehen, weil er Vanessa Beckmann umgebracht hat. Das ist doch sehr verständlich.«

»Möglicherweise. Aber neulich meinten Sie, Ihre Frau hätte alles dafür getan, dass Ihr Sohn in den Knast …«

»Pflegesohn.« Schneiders Stimme wurde laut und bestimmend. »Nein, da müssen Sie etwas falsch verstanden haben. Johann hat meine Frau ermordet. ERMORDET!« Aufgebracht zeigte er mit dem Finger auf Haug, der nur den Kopf senkte. »Und Vanessa genauso. Er sitzt auf der Anklagebank, er, nicht ich.«

»Warum Sie glauben, dass Ihr Pflegesohn Ihre Frau getötet hat, kann ich mir noch vorstellen. Aber wie kommen Sie darauf, dass er Vanessa Beckmann umgebracht hat?«, hakte Linn nach.

»Alle wissen es.« Schneiders Körper verkrampfte sich, als habe er Bauchschmerzen.

»Und woher?«

Schneider antwortete nicht.

»Wissen Sie als ehemaliger Arzt in Ochsenwang vielleicht, ob es in Ihrem Dorf Leute gab, die mit Drogen gehandelt haben? Haben Sie vielleicht mitbekommen, dass Vanessa als Bodypackerin gearbeitet hat? War sie Ihre Patientin?« Verzweifelte Schüsse ins Blaue hinein.

Schneider sagte nichts, zusammengekrümmt saß er da.

»Herr Schneider?«, fragte der Richter. »Alles in Ordnung mit Ihnen? Sie wissen natürlich, dass Sie das Arztgeheimnis …«

»Alles in Ordnung.« Schneiders Stimme klang schmerzverzerrt.

Ihr Mandant schaute krampfhaft auf den Tisch und kratzte an seinen Händen herum, bis das Blut in kleinen Rinnsalen über seine Finger lief. »Papa?«

Schneider zuckte bei dem Wort zusammen, als habe Haug etwas Anstößiges gesagt. Er richtete sich wieder auf. »Lass mich!«

Linn legte ihrem Mandanten die Hand auf den Arm. Nicht, dass er im Eifer des Gefechts etwas sagen würde, das sich negativ auf seine Verteidigung auswirken konnte. Aber Haug ließ sich nicht stoppen.

»Bitte sag, was du weißt«, machte er weiter. »Hilf mir. Nur dieses eine Mal. Ich weiß, dass du kein schlechter Mensch bist. Du bist nur … nicht besonders stark. Meine Freundin und ich bekommen ein Kind, es soll doch nicht auch ohne seinen leiblichen Vater aufwachsen. Du wirst Großvater.«

Schneider erstarrte. »Ich habe keinen Sohn. Ich werde niemals Großvater!«

Im Saal war es totenstill. Ihr Mandant sah aus, als habe Schneider ihn geschlagen. Schneider senkte den Kopf, rührte sich nicht mehr und antwortete auch auf keine von Linns Fragen mehr.

Da es schon spät war, vertagte sich das Gericht auf den nächsten Tag. Alle verließen den Saal, Haug wurde abgeführt. Linn sortierte ihre umfangreichen Prozessunterlagen und packte sie in den Trolli.

Hans Schneider saß als Einziger noch auf seinem Stuhl, als sie endlich langsam hinaushumpelte. Er hatte den Kopf gesenkt und starrte ins Leere.

Am nächsten Morgen trug Schneider den gleichen Anzug wie am Vortag. Bartstoppeln ragten aus seiner zerfurchten Gesichtshaut. Er sah aus, als habe er die Nacht wachgelegen. Bevor ihn jemand etwas fragen konnte, sagte er: »Ich habe nichts mehr zu sagen.«

Johann Haug richtete sich auf seinem Platz auf. Linn legte ihm beruhigend die Hand auf den Arm. Brunner, der im Zuschauerbereich saß, lächelte zufrieden.

»Ach wirklich?«, fragte Haug.

»Nein.« Schneider schaute in die andere Richtung.

»Herr Schneider, ist es richtig, dass Ihre Frau besessen davon war, dass Ihr Pflegesohn ein Verbrecher ist und ins Gefängnis gehört?«, wiederholte Linn ihre Frage vom Vortag.

Schneider schwieg.

»Ist es weiterhin richtig, dass Ihre Frau bereits mehrere Selbstmordversuche begangen hat?«

Schneider antwortete nicht.

»Mindestens einen davon mit Insulin?«

Ein Raunen ging durch den Zuschauerbereich. Hans Schneider krümmte sich wieder zusammen.

»Und dass Sie das geheim gehalten haben, damit es im Dorf kein Gerede gibt? Dass Sie die Abschiedsbriefe vernichtet haben?«

Schneider presste die Lippen zusammen.

»Warum saß Ihre Frau immer bei der Ruine der Sünderkapelle?«

Schneider wurde blass, seine Augen wanderten unruhig hin und her.

»War das auch eines der Dinge, die Sie immer geheim gehalten haben?« Sie machte eine kurze Pause. »Warum hat Ihre Frau geglaubt, dass Ihr toter Sohn Momo zurückkommt, um sie zu holen? Hatte sie ein schlechtes Gewissen, weil er keines natürlichen Todes gestorben ist?«

»Momo hat nichts mit der ganzen Sache zu tun.« Es war ein Flehen.

»Doch, das denke ich schon«, erwiderte Linn. »Wussten Sie davon? Wussten Sie, dass Ihre Frau Ihren Sohn getötet hat? Und wollten es nicht wahrhaben? Genauso wenig wie die Tatsache, dass Ihre Frau Ihren Pflegesohn misshandelt hat? Oder dass sie sich umgebracht hat, weil sie ihn endgültig vernichten wollte? Ich denke, es ist an der Zeit, dass Sie endlich einmal genau hinschauen. Dass Sie anfangen zu reden. Wenigstens ein bisschen von dem wiedergutmachen, was Sie getan haben.«

Schneider hatte Schweißperlen auf der Stirn. Er wand sich förmlich. Schließlich sagte er leise, aber bestimmt: »Es sah anders aus. Als sie es selbst gemacht hat. Sie hatte schöne Kleider an, und die Wohnung war aufgeräumt, und sie … sie lag nicht einfach so da, inmitten eines Chaos. Sie hätte doch auch einen Abschiedsbrief geschrieben, wenn sie sich selbst … Sie würde mich nicht einfach ahnungslos zurücklassen.«

»Könnte dieses Chaos nicht gestellt gewesen sein? Damit Ihr Pflegesohn des Mordes verdächtigt wird?«, hakte Linn nach.

Schneiders Lippe zitterte. Tränen schimmerten in seinen Augen.

»Herr Schneider?«, fragte Linn.

Schneider sah hoch. Das erste Mal schaute er seinem Pflegesohn ins Gesicht. Lange war es still. Dann begann Hans Schneider zu sprechen. Er redete und redete. Je länger er sprach, desto ruhiger wurde seine Stimme, desto überzeugender sein Tonfall. Er erzählte von seiner Jugend, seinen Eltern, die ihn zu einem angepassten, unauffälligen, frommen Menschen hatten erziehen wollen, von der Enge des Dorfs und seinem Wunsch, dort wegzugehen, von dem Tag, an dem er Ines getroffen hatte, die Liebe seines Lebens, die er nicht glücklich hatte machen können, weil sie einen anderen geliebt hatte. Christian Beckmann. »Ich habe am Anfang immer gedacht, dass Momo … dass er Christians Sohn ist. Ich hätte es hingenommen, sogar das, aber da war ständig diese Angst, dass Ines mich wieder verlassen könnte, um mit Christian und Momo zusammenzuleben. Das hätte ich nicht ertragen.« Schneider nickte langsam. »In der Nacht, als Momo … als er gestorben ist, hat Ines mich panisch angerufen. Ich war gerade bei einer Patientin und … Als ich nach Hause kam, habe ich sofort vermutet, dass das Baby keines natürlichen Todes gestorben war. Aber Ines hat … Sie war vollkommen verzweifelt, hat mich angefleht, ihr zu helfen, hat gesagt, dass es ein Unfall gewesen ist. Ich habe ihr geglaubt und ihr geholfen. Was hätte ich denn sonst tun sollen? Der hinzugerufene Notarzt war jung und unerfahren, er hat mein Wort als Medizinerkollege nicht in Frage gestellt. Ines war so verzweifelt … Ich wollte sie nicht einer Befragung durch die Polizei aussetzen. Es hätte doch sowieso nichts gebracht. Sie hat es doch nicht mit Absicht getan. Sie ist eingeschlafen und Momo muss versehentlich unter das Kissen … Wir gehörten doch zusammen, sie und ich. Sie hat mir geschworen, dass sie mich nie wieder verlässt, dass sie nur mich liebt, dass wir in der Zukunft eine glückliche Familie werden könnten. Ich dachte, dass sie jetzt endlich mir gehörte. Ich konnte das nicht zerstören.« Seine Stimme klang trotzig.

»Ich glaube, Sie wussten genau, was mit Ihrem Säugling geschehen ist. Aber Sie haben nur daran gedacht, dass Sie jetzt etwas in der Hand hatten, mit dem Sie ihre Frau zum Bleiben zwingen konnten«, knurrte Faber in einem brutalen Tonfall dazwischen.

Schneider widersprach nicht. Er bat um einen Schluck Wasser, und als er etwas getrunken hatte, sprach er weiter. Er redete über den Tag, an dem Johann Haug zu ihnen gekommen war, weil er, Hans Schneider, eine glückliche Familie mit einem Kind gewollt hatte. Sein Rettungsanker, der zum Albtraum geworden war. Er bekannte, dass er lange weggeschaut hatte, weil er nicht hatte sehen wollen, dass seine Frau sich ganz anders verhalten hatte als von ihr versprochen. »Sie war kein böser Mensch, Johann. Sie war einfach nur … schwach«, murmelte Schneider.

Johann Haug lachte trocken. »Sie war eines bestimmt nicht: schwach. Und verzweifelt war sie auch nicht. Sie war voller Hass. Und sie hat nur an sich selbst gedacht.«

»Herr Haug, bitte warten Sie, bis Sie an der Reihe sind«, sagte der vorsitzende Richter, aber Haug ließ sich nicht bremsen.

»Ines hat dich ausgenutzt, und sie hat dich verachtet«, fuhr Haug ungerührt an Schneider gewandt fort. »Hast du dich nie gefragt, ob sie dich nicht vielleicht in der Nacht verlassen wollte, als Momo gestorben ist? Ob Momo nicht doch dein Sohn und ihr deshalb im Weg gewesen sein könnte? Weil Christian nie den Sohn eines anderen großgezogen hätte? Und dann ist etwas schiefgegangen, und sie hat dich benutzt, um ihr Verbrechen zu decken.« Die Stimme ihres Mandanten war laut und schneidend und übertönte Linn und den Richter, die erneut versuchten, ihn zum Schweigen zu bringen. »Warum, glaubst du, hat Ines Christian euer Nachbarhaus verkauft? Warum war es ihr scheißegal, wie du dich dabei fühlst?«

Schneider sagte lange nichts. »Es war nur ein Unfall mit Momo. Nur ein Unfall.« Eine Träne rann über seine Wange.

»Warum hat Ines mich eigentlich nicht auch umgebracht? Wie Momo? Ich war ihr doch nur im Weg, das hat sie ständig gesagt«, fragte Haug, während Linn eindringlich »Herr Haug, wir sollten das nicht hier besprechen« sagte.

»Weil ich ihr … klargemacht habe, dass ich sie, wenn dir etwas passieren sollte, nicht mehr vor dem Gefängnis schützen kann, und weil sie bereit war, endlich die Medikamente zu nehmen, die sie gebraucht hat«, murmelte Schneider.

»Wow«, sagte Haug. »Das war ein ziemlich riskantes Spiel. Riskant für mich.«

»Es bestand nie eine Gefahr für dich. Das mit Momo war ein Unfall, wie gesagt.«

»Nein«, wandte Linn ein, »es war kein Unfall. Und Sie wissen das auch.«

Schneider schwieg lange, in seinen Augen war wieder dieser Blick voller Schuld.

Schließlich sprach er weiter: »Ich konnte den Gedanken nicht ertragen, dass Ines … dass sie zu so etwas in der Lage gewesen sein könnte. Ich wollte es nicht sehen. Es war einfacher so.« Er schluckte. »Es war auch einfacher, Johann für einen Kriminellen zu halten und ihn des Mordes zu beschuldigen, als zuzugeben, dass die Frau, die ich geliebt habe, die ich immer noch liebe, lügt, dass sie vielleicht eine kalte, hasserfüllte Seite in sich trägt. Ich kann es nach wie vor nicht richtig glauben. Dass unser ganzes Leben eine Lüge gewesen sein soll. Sie hatte im Grunde ein gutes Herz, nur …« Er fuhr sich über den Mund. Es dauerte einen Augenblick, ehe er fortfuhr.

Im Saal war es ganz ruhig, nur das Klackern von Haugs rechtem Schuh, der immer wieder auf den Boden wippte, war zu hören.

»Ines hat immer davon geredet, dass unser toter Sohn Momo … dass er zurückkommen wird. Um sich an ihr zu rächen. Oder um seine geliebte Mutter zu sich zu holen, das hing von ihrer Stimmung am jeweiligen Tag ab.« Schneider wischte sich über die Wange. »In ihren letzten Tagen hat sie oft davon geredet, dass sie bald zu Momo gehen wird. Dass er sie zu sich holen wird. Es fällt mir sehr schwer, das zu sagen, aber es …« Er stöhnte auf. »Es wäre tatsächlich möglich, dass meine Frau Selbstmord begangen hat. Es gab durchaus Anzeichen. Das Kuscheltier zum Beispiel. Momos Kuscheltier. Sie hatte jedes Mal etwas von Momo bei sich gehabt, wenn sie …« Er brach ab.

Erneut ging ein Raunen durch den Saal. Auch die Richter schauten offensichtlich gebannt in Schneiders Richtung. Linn presste unter dem Tisch ihre Fingernägel so fest in den Handballen, dass ihre Haut schmerzte.

»Ines war depressiv, und in den letzten Jahren gab es bereits drei Selbstmordversuche, zwei davon mit Insulin«, sagte Schneider leise. »Sie wollte nur nie … Ich habe geschwiegen, weil wir nicht wollten, dass alle in Ochsenwang es wissen. Ines hatte ein enges Verhältnis zur Kirche, und ein Selbstmord hätte sie … Sie haben keine Ahnung, wie das bei uns ist. Auch heute noch.« Er schüttelte den Kopf. »Ich hätte es nicht ausgehalten, wenn sie in eine geschlossene Psychiatrie gemusst hätte. Ich habe sie gebraucht. Außerdem habe ich mir eingeredet, dass ihre Selbstmordversuche nicht ernst gemeint waren. Dass sie es nur gemacht hat, um mir … um mir ein schlechtes Gewissen zu machen. Mich dazu zu bringen, irgendwelche Dinge für sie zu tun.« Schneider flüsterte fast. »Aber eines weiß ich: Manchmal hat Ines sich das Insulin an wirklich unmögliche Stellen gespritzt. Ich halte es für möglich, dass sie es sich diesmal in die Schulter gegeben hat. Außerdem hat sie oft Dinge mit Desinfektionsmittel abgewischt, also … Ich hätte es Hartmut gleich sagen müssen. Aber ich stand völlig neben mir, und es gab diesmal keinen Abschiedsbrief, und es war viel einfacher zu glauben, dass es Johann … Dass es nicht mein Versagen war.« Er drückte sich die linke Hand auf die Augen. »Ich hätte Ines nie erlauben dürfen, diesen Pen zu behalten. Ich hätte wissen müssen, dass es gefährlich ist, wenn sie über die vierfache Dosis verfügen kann.« Eine Weile sagte er nichts, schien mit sich zu ringen. Dann sah er auf, sah erneut zu Johann Haug, der seinen Blick nur für eine Sekunde erwiderte und dann die Augen senkte. Schließlich wandte er sich Linn zu. »Als der Hammer gefunden wurde und Ines davon erfahren hat, ist sie fast durchgedreht. Sie hat stundenlang herumgeschrien, dass sie jetzt ein für alle Mal dafür sorgen wird, dass das Monster Johann weggesperrt wird. Damit Christian endlich seinen Frieden findet. Sie war so außer sich, dass ich ihr schließlich ein Beruhigungsmittel geben musste. Und es wurde von Tag zu Tag schlimmer. Ich denke, Sie haben recht, und es wäre möglich, dass Ines Ihren Selbstmord so inszeniert hat, dass es wie ein Mord aussieht. Ein Mord durch Johann. Gleichzeitig ihre letzte Rache an mir, der ich ihr das ganze Leben zur Hölle gemacht habe, wie sie mir ständig vorgeworfen hat.«

Der vorsitzende Richter beugte sich nach vorne und wollte offenbar etwas fragen, als Schneider ihm mit einer Geste zu verstehen gab, dass er noch etwas hinzufügen wollte. Der Richter wartete.

»Ich glaube, Johann hat auch Vanessa nicht getötet, das

habe ich immer gefühlt, ich wollte nur nicht … Ines war … Ich konnte es nicht ertragen, wenn sie wütend auf mich war.« Schneider sah erneut in Haugs Richtung. »Es tut mir leid, Jo. Es tut mir wirklich leid.« Er räusperte sich und sah kurz aus dem Fenster. Dann sagte er: »Ich hätte es schon viel länger sagen sollen, aber Vanessa Beckmann war meine Patientin.«

Im Zuschauerbereich beugte sich Brunner nach vorne, sein Lächeln war verschwunden. »Das ist doch Bullshit. Sie konnte dich nicht leiden«, warf er ein.

»Halten Sie bitte den Mund, Herr Brunner«, sagte Linn scharf.

»Aber der Typ erzählt Lügengeschichten.« Jede Sehne in Brunners Körper schien sich krampfhaft anzuspannen. Sein Gesicht wurde weiß und unbeweglich, es sah aus wie eine Maske.

Linn wandte sich ungerührt wieder Schneider zu. Der blickte kurz in Brunners Richtung, dann sagte er: »Vanessa hat mich einmal nach der letalen Dosis von Heroin gefragt. Wie viel man davon schlucken kann, ohne dass man stirbt. Ich habe nachgehakt, weil ich Angst hatte, sie wolle sich vielleicht etwas antun, aber sie meinte nur, sie habe vor Kurzem von einem Heroinkuchen gegessen und wolle wissen, ob das gefährlich gewesen sei. Wenn ich jetzt so darüber nachdenke …«

»Sei endlich still!« Brunners Stimme klang schneidend.

»Herr Brunner«, sagte der Richter, »ich werde Sie des Saales verweisen, wenn Sie nicht den Mund halten!«

»Natürlich gab es harte Drogen bei uns im Dorf, ich habe den einen oder anderen Einwohner nach besonders fiesen Partys bei mir in der Praxis gehabt, aber ich habe damals nicht kapiert, dass …«, setzte Schneider wieder an. »Du weißt das doch genau, Alex, wie jeder in Ochsenwang. Warum streitest du es so vehement ab? Wenn ich darüber nachdenke, im Zusammenhang … Ich frage mich gerade, was du damals eigentlich in eurem Schrebergarten …«

In diesem Moment sprang Alex Brunner auf und rannte zu Haug Pflegevater. »Du dummes Arschloch«, brüllte er und schlug Schneider mit der Faust ins Gesicht. Ein knackendes Geräusch war zu hören, Schneider stöhnte auf, Blut spritzte aus seiner Nase. Erschrockenes Gemurmel setzte im Saal ein. Brunner drehte sich um, ging mit schnellen Schritten auf Linn zu, offensichtlich außer sich vor Wut. Einer Wut, die in seinen Augen loderte und die all seine Handlungen zu kontrollieren schien. Linn war wie versteinert. Oberstaatsanwalt Faber und der vorsitzende Richter standen ruckartig auf, Stimmen schrien durcheinander. Die beiden Polizisten, die in einer entfernten Ecke des Saals vor sich hingedöst hatten, waren ebenfalls aufgesprungen und liefen nach vorne, waren aber zu langsam. Bevor irgendjemand etwas tun konnte, hatte Brunner den Tisch der Verteidigung umrundet und stand hinter Linn. Er packte sie mit der einen Hand an den Haaren und riss ihren Kopf schmerzhaft nach hinten, mit der anderen hatte er blitzschnell einen spitzen Bleistift, der neben Linns Akte lag, gepackt und richtete ihn nun auf ihr rechtes Auge, so dicht, dass die Spitze beinahe ihre Hornhaut berührte. Sie versuchte panisch, den Kopf wegzudrehen, aber Haug hielt ihre Haare wie in einem Schraubstock fest. »Steh auf, Schlampe«, sagte er. »Und ihr bleibt stehen«, knurrte er in Richtung der Polizisten. »Sonst ramme ich der Schlampe den Stift ins Gehirn.« Die beiden Polizisten blieben stehen. Der eine sprach beruhigend auf Brunner ein. Linn versuchte aufzustehen, ohne dass der Stift ihr Auge verletzte. Angst strömte durch ihren Körper. Brunner lachte, offenbar ob ihrer ungeschickten Bemühungen, es war ein gemeines, wütendes Lachen. Was hatte der Mann vor? Wieso war er nicht einfach aus dem Saal gegangen und abgehauen, als Schneider angefangen hatte zu reden? Wieso …

»Für das hier wirst du büßen, Schlampe«, zischte Brunner. »Ich bring dich um. Du bist genauso eine gottverdammte Schlampe wie Vanessa, und ich werde dich auch …« Dann holte er mit dem Stift aus, und stach zu. Im letzen Moment konnte Linn den Kopf drehen und die Hände schützend heben, der Stift verfehlte ihr Auge um einen Zentimeter und bohrte sich mit einem beißenden Schmerz in ihre Handfläche. Linn stieß einen Schrei aus, versuchte, Brunner wegzudrücken, aber sein Griff war eisern. Brunner holte bereits erneut aus, er keuchte vor Wut, wieder kam der Stift näher ... Ihr Mandant stürzte sich mit seinen gefesselten Händen auf Brunner und schlug den Stift in letzter Sekunde von Linns Auge weg. Brunner schrie wütend auf, der Stift flog auf den Boden, mit dem Fuß trat der Angreifer Haug so in den Bauch, dass dieser gegen die Wand schwankte. Im gleichen Moment erreichten die beiden Polizisten Brunner, packten ihn und befreiten Linns Haare aus dem Griff. Sie warfen ihn unsanft auf den Boden und legten ihm Handschellen an. Brunner tobte. Schließlich gelang es den Polizisten, Brunner zu bändigen, der wütendende Flüche vor sich hin brüllte. Er wurde in Handschellen abgeführt.

Haug sah ein wenig blass aus und drückte seine Hand auf den Bauch. Linn ging zu ihm und berührte anerkennend seine Schulter.

»Hey«, sagte ihr Mandant. Ein schwaches Lächeln lag auf seinen Lippen. »Einmal bin ich nicht zu spät gekommen. Einmal konnte ich jemanden retten.«

Sie drückte seine Hand. »Dafür werde ich Ihnen bis an mein Lebensende dankbar sein.«

»Im Gegenteil, ich habe Ihnen zu danken«, erwiderte ihr Mandant.

42

Linn erhielt den neuen Ermittlungsbericht in der Mordsache Vanessa Beckmann eine Woche später. Sie saß alleine in der Kanzlei, denn Götz hatte sich angewöhnt, hauptsächlich am Abend und in der Nacht zu arbeiten, so dass sie sich fast gar nicht mehr sahen. Lediglich für Mandantenbesprechungen kam er tagsüber ins Büro, war aber meistens schon wieder weg, wenn sie mit ihm reden wollte, oder brachte fadenscheinige Ausreden vor, warum er sofort wieder gehen musste. Ihr war klar, dass es so nicht weitergehen konnte, und auch Götz musste das klar sein, aber offenbar brauchte er noch mehr Zeit zum Nachdenken oder wollte ein klärendes Gespräch aus anderen Gründen hinauszögern. Hoffentlich nicht deswegen, weil er keine Zukunft mehr für ihre gemeinsame Kanzlei sah. Sie konnte sich nur schwer vorstellen, die Kanzlei alleine oder mit jemand anderem weiterzuführen.

Sie setzte sich auf ihr Fensterbrett und ließ sich von der Sonne den Rücken wärmen, während sie den Bericht las. Hamid Ruefli hatte geredet, nachdem man ihm versichert hatte, dass seine Bewährung nicht gefährdet war und dass Alex Brunner in Untersuchungshaft saß.

Die Ermittler hatten auch herausgefunden, dass Ruefli zum Zeitpunkt von Vanessas Tod tatsächlich nicht in Ochsenwang, sondern in der Schweiz gewesen war.

Alex Brunners Frau war zusammengebrochen, nachdem sie von dem Vorfall im Gerichtssaal gehört hatte. Sie hatte ausgesagt, dass sie sich zwar nicht vorstellen könne, dass *ihr Alex* etwas mit einem Mord zu tun haben könnte, aber er sei schon sehr *angespannt* gewesen, als *die den Hammer ausgegraben* hätten. Außerdem neige er gelegentlich zu unvorstellbaren Wut- und Gewaltausbrüchen, bei denen er sich nicht mehr unter Kontrolle habe, vor allem dann, wenn er sich ungerecht behandelt fühle. Es sei in ihrer ganzen Ehe zwar nur zweimal passiert, aber da habe sie um sich und die Kinder Angst gehabt. Die Polizei hatte Brunners damaliges Haus und den Schrebergarten seiner Eltern noch einmal genau untersucht. In einer Mauer der Gartenhütte waren sie fündig geworden: Sie hatten Reste von Vanessa Beckmanns teilweise mumifizierten Organen und das Messer gefunden, ebenso die Plastiktüte vom Tatort und Spuren von Heroin.

Damit konfrontiert hatte Brunner gestanden, dass Vanessa ihm Heroin im Einkaufswert von damals fast 200 000 DM gestohlen habe, der Straßenpreis sei noch viel höher gewesen. Es sei die größte Lieferung gewesen, die er jemals geplant habe. Der letzte Teil des Kaufpreises für sein Restaurant, danach habe er aussteigen wollen. Er habe Vanessa zu sehr vertraut. Vanessa habe mit Haug abhauen und das Heroin mitnehmen wollen. Das habe er nicht zulassen können. Er sei Vanessa an dem Abend gefolgt, sie habe ihn erpresst, habe gedroht, zur Polizei zu gehen. Er habe ihr sogar ein wenig Geld angeboten, aber sie sei zu gierig gewesen und habe viel zu viel gewollt. Für Heroin, dass sowieso ihm gehört habe. Im Maar sei es zum Streit zwischen Vanessa und ihm gekommen, sie habe ihm gesagt, das Heroin befinde sich an einem sicheren Ort, an den er nie im Leben gelangen könne, und er solle mal lieber zahlen. Natürlich habe er gedacht, sie habe es geschluckt. Er habe sie aber nicht getötet, das nicht, sie sei plötzlich unglücklich gestürzt, alles sei ein Unfall gewesen. Als sie sowieso schon tot gewesen sei, da habe er *mit dem Hammer ein Verbrechen inszenieren und halt mal nachschauen wollen, ob sie die Drogen im Bauch hatte.* Daher habe er sie ausgeweidet, um an den Stoff zu kommen. Deshalb habe er auch die Eingeweide mitgenommen. Er habe Vanessa aufgespreizt, um Beckmann verdächtig zu machen, der habe seine Rehe auch immer so ähnlich hingelegt und den habe er nicht leiden können. Den Hammer und Vanessas Rucksack habe er an verschiedenen Stellen vergraben, da sie zu groß zum Einmauern gewesen seien. Unglücklicherweise sei der Hammer vor ein paar Monaten gefunden worden.

Warum er einen Hammer und ein Jagdmesser im Maar dabei gehabt habe?, war er gefragt worden.

Das sei ja wohl sein Problem, hatte Brunner erwidert.

Ob er sein Heroin tatsächlich zurückbekommen hatte, hatte er nicht beantwortet, ebenso wenig wie die Frage, wie er es geschafft hatte, Vanessa dazu zu bringen, so lange als Drogenkurierin zu arbeiten, obwohl sie doch anscheinend hatte aussteigen wollen.

Das Geld zum Kauf der Drogen habe er, so führte Brunner weiter aus, immer von Hamid Ruefli geliehen bekommen, woher der es gehabt habe, wisse er nicht. Hamid sei der Kopf der Gruppe gewesen, er habe befohlen, das Heroin zurückzuholen, um jeden Preis. Von selbst sei er, Brunner, niemals auf die Idee gekommen, solche Dinge zu tun. Er sei doch nicht pervers. Er habe Frau und Kinder.

Die Ermittler hatten aber herausgefunden, dass es Brunner gewesen war, der das Geld bei der Bank aufgenommen hatte.

Für den Tod von Ines Schneider hatte Brunner, auch davon handelte der Bericht, allerdings eindeutig ein Alibi, er war mit seiner Familie auf Fuerteventura gewesen.

Rotenstein, so hatte sich herausgestellt, war das Drogenversteck der Gruppe gewesen, allerdings bevor Alex Brunner den Alleingang mit Hamid Ruefli und Vanessa Beckmann durchgezogen hatte. Rösch war im Moment noch zu geschwächt, um befragt zu werden, aber es ging ihm deutlich besser, und die Chancen standen sehr gut, dass er wieder gesund werden würde.

Alex Brunner, so kam heraus, war es auch gewesen, der Linn und Götz im Heitzhof eingesperrt hatte. Ob er sie in den Tagen davor auch beobachtet und verfolgt hatte, konnte nicht geklärt werden, genauso wenig wie die Frage, wer der vermummte Mann gewesen war, der Linn an dem Abend überfallen hatte und der auch beim Ausweiden der Wildschweine dabeigewesen war. Brunner konnte es nicht gewesen sein. Gegen den Sohn des ehemaligen Revierförsters Benno Arnold wurde gerade in der Sache ermittelt.

Linn legte die Unterlagen auf einen Stuhl neben dem Fensterbrett. Eine Last fiel von ihr ab. Haug war nicht der Schlächter vom Maar gewesen, und endlich konnte sie das auch beweisen.

Gedankenverloren ging sie die restliche Post durch. Ein kleiner Brief aus der Justizvollzugsanstalt erregte ihre Aufmerksamkeit. Es war ein Schreiben von Haugs leiblichem Vater, in dem er behauptete, zu Jesus gefunden zu haben, und dem ein zerfledderter Zettel beigefügt war. Während Linn las, weiteten sich ihre Augen vor Erstaunen und Wut, schließlich legte sie den Brief weg, kletterte vom Fensterbrett und ging in die Küche. Das, was sie da gerade gelesen hatte, war unglaublich.

An einem kühlen Dienstag Mitte März wurde Johann Haug, der begleitet von seiner Lebensgefährtin Nora im Gericht erschien, in allen Anklagepunkten freigesprochen. Nach den doch noch hitzigen Debatten der letzten Tage, besonders über die Frage, ob Ines Schneiders Tod wirklich ein Selbstmord gewesen sein konnte, wenn man alle Indizien zusammennahm, war Linn sehr erleichtert. Oberstaatsanwalt Faber hatte in seinem Schlussplädoyer nur im Fall Vanessa Beckmann einen Freispruch gefordert, im Fall Ines Schneider hingegen war er von einem Totschlag, verübt durch Haug, ausgegangen. Mordmotive hatte er nicht mehr gesehen, er glaubte, Haug habe Ines Schneider in einem Anfall von Verzweiflung umgebracht, weil sie ihn sein ganzes Leben lang gequält hatte.

Das Gericht jedoch war in allen Punkten Linns Plädoyer gefolgt, die in beiden Fällen Freispruch gefordert hatte.

»Im Fall Vanessa Beckmann ist die Unschuld des Angeklagten erwiesen«, endete der vorsitzende Richter seine Urteilsbegründung. »Im Fall von Ines Schneider bleiben zwar noch gewisse Auffälligkeiten, wie etwa die Kampfspuren im Schlafzimmer der Toten, Herrn Haugs Kaffeetasse auf dem Bettschränkchen, die Einstichstelle am Rücken und vor allem der abgewischte Insulinpen in Herrn Haugs Wohnung. Allerdings muss insbesondere bei dem Insulinpen berücksichtigt werden, unter welchen – rechtswidrigen – Umständen er gefunden wurde. Natürlich war auch die Flucht des Angeklagten aus der Wohnung von Ines Schneider, die der Fotograf durch De Groots Wintergartenscheibe versehentlich dokumentiert hatte, und die Tatsache, dass Haug höchstwahrscheinlich darüber gelogen hat, dass seine Pflegemutter ihn zur Tür gebracht hat, merkwürdig. Vielleicht können diese Ungereimtheiten aber damit erklärt werden, dass der Angeklagte Angst hatte, einige Bewohner seines ehemaligen Heimatdorfes könnten wieder eine Hexenjagd gegen ihn veranstalten, so, wie es dann ja auch geschehen ist.« Der Richter legte ein Blatt beiseite und nahm ein neues hoch. »Auch ob statt eines Tötungsdelikts jedenfalls eine unterlassene Hilfeleistung vorgelegen hat, konnte nicht abschließend geklärt werden. Dies hätte bei einigen anderen Fragen zumindest erfordert, dass der Angeklagte den gefährlichen Zustand, in dem sich Ines Schneider befand, mitbekommen hat. Ob das der Fall war, konnte aber nicht mit Sicherheit festgestellt werden, denn das Opfer hätte sich das Insulin heimlich gespritzt und zunächst keine Symptome gezeigt haben können.« Er räusperte sich. »Alles in allem bleiben für das Gericht so erhebliche Zweifel an der Schuld des Angeklagten, dass er in dubio pro reo freigesprochen werden musste.« Er lächelte Linn an. »Wir sind froh, dass ein unfassbar düsteres Kapitel im Leben eines Menschen und eines

Dorfes nun, nach so vielen Jahren, endlich ein Ende gefunden hat«, fügte er hinzu.

Faber packte grummelnd seine Akten ein. Aber dann sagte er: »Wir werden dieses Urteil nicht anfechten, Frau Dr. Geller. Auch wenn ich mir nach wie vor nicht sicher bin.« Er nickte ihr zu, es wirkte beinahe anerkennend. Nachdem der Rechtsmittelverzicht protokolliert worden war, ging der Oberstaatsanwalt mit zügigen Schritten zur Tür und verließ den Saal.

Haug, der neben Linn saß, knetete seine Finger. Als auch die Richter den Saal verlassen hatten, stand Haug auf, nahm ihre Hand und drückte sie lange. Dann ging er zu seiner Lebensgefährtin, die beiden standen immer noch eng umschlungen da, als Linn, die Robe über den Arm gehängt, aus dem Saal humpelte. Sie lächelte die Reporter an, die sie auf dem Flur mit Fragen bedrängten.

Sie wusste, wie es war, ein Außenseiter zu sein, und sie war froh darüber, dass es ihr gelungen war, einem anderen Außenseiter, der sich nicht selbst hatte befreien können, zu seinem Recht zu verhelfen.

Erst als sie wieder in der Kanzlei war, fiel ihr ein, dass sie vergessen hatte, mit Haug über den Brief seines leiblichen Vaters zu sprechen.

43

Am nächsten Tag kam Haug unangemeldet mit einer ziemlich teuer aussehenden Rotweinflasche zu Linn in die Kanzlei. Er bestand darauf, dass sie den Wein annahm. Gemeinsam gingen sie in die Küche. »Das ist wirklich gut gelaufen gestern«, sagte sie, während sie Wasser in die Kaffeemaschine füllte. »Ich muss gestehen, ein bisschen habe ich befürchtet, dass es doch noch eine unterlassene Hilfeleistung werden könnte.«

Haug zuckte mit den Schultern. »Ist es aber nicht. Und wissen Sie, was ich am Besten fand? Dass mein Pflegevater endlich mal was für mich getan hat.«

»Er hat die Wahrheit gesagt. Das war ja wohl das Mindeste, was man erwarten konnte.«

Ein Lächeln stahl sich auf Haugs Gesicht. »Nicht nur das. Er hat sogar ein bisschen für mich geflunkert. Was Vanessa angeht jedenfalls.«

Linn verschüttete etwas Kaffeepulver. »Wie meinen Sie das?«

»Na, Vanessa war nicht seine Patientin«, erklärte er. »Und sie hat ihn garantiert nicht gefragt, in welcher Dosis Heroin tödlich ist, wenn man es schluckt.«

»Vielleicht haben Sie das nur nicht mitbekommen?«

»Ich weiß, dass Vani meinen Pflegevater nicht ausstehen konnte.« Das Lächeln verschwand aus Haugs Gesicht, er zuckte mit den Schultern. »Aber es spielt sowieso keine Rolle mehr.«

Linn nickte. »Brunner hat die Tat im Grunde gestanden, und man hat die mumifizierten Organe und das Messer bei ihm gefunden.«

Haug machte ein zustimmendes Geräusch, er sah traurig aus. »Ich bin froh, dass ich jetzt endlich weiß, wer es getan hat. Das macht es seltsamerweise leichter, wissen Sie? Vielleicht kann ich nun damit abschließen.« Er lehnte sich an einen der Küchenschränke und betrachtete die Fotos, die Götz und sie beim Renovieren zeigten. »Scheint ein netter Typ zu sein, ihr Kollege«, bemerkte er.

Linn nickte. Sie hatte plötzlich einen Kloß im Hals.

»Haben Sie mich eigentlich die meiste Zeit für schuldig gehalten?«, fragte Haug.

Linn füllte noch mehr Kaffee in die Maschine und drückte den Knopf. Das Gerät begann leise zu blubbern. »Ich habe versucht, objektiv zu sein und von der Unschuldsvermutung auszugehen, aber, nun, es ist mir vielleicht nicht immer gelungen«, gab sie zu.

Haug schaute auf den Boden. »Sie haben mich trotzdem vertreten, und am Ende haben Sie mich rausgeholt. Das ist es, was zählt.«

»Trotzdem tut es mir leid.« Linn lächelte Haug an. Er schaute immer noch auf den Boden.

»Das muss es nicht. Wirklich nicht. Ich komme vom Heitzhof und trage ein Mördergen in mir, also ist es nur normal, dass man mich verdächtigt.« Er zuckte mit den Schultern.

»Unsinn.« Linn holte zwei Tassen aus dem Schrank. »Es gibt keine Mördergene. Abgesehen davon hat mir Andi Heitz etwas geschickt. Haben Sie meine Mail noch nicht gelesen?«

»Mein Erzeuger hat Ihnen geschrieben? Wieso das denn?« Haug sah auf.

»Er hat mir in seinem Brief versucht zu erklären, warum er Ihre Mutter getötet hat.«

»Da gibt es nichts zu erklären.« Haug wirkte verärgert. »Das weiß ich schon. Weil sie gewagt hat, ihm die Wahrheit zu sagen. Dass er ein Säufer und Nichtsnutz ist.«

Linn schüttelte den Kopf. »Er hat mir geschrieben, dass er sie aus Eifersucht erstochen hat. Weil sie Sex mit einem anderen hatte. Mit einem ihrer Trainer aus dem Fitnessstudio. Von ihm muss sie schwanger geworden sein.«

Haug wankte ein wenig. Er starrte sie an. Dann ließ er sich geräuschvoll auf einen der Küchenstühle fallen.

»Andi Heitz hat dem Brief an mich einen Vaterschaftstest beigelegt, den er damals heimlich hat machen lassen«, fuhr Linn fort. »Er ist seinerzeit wohl extra nach München gefahren. Das Ergebnis wurde zu einem seiner Kumpel geschickt, deshalb wusste niemand außer Andi Heitz selbst und vielleicht Ihre Mutter davon. Heitz ist überhaupt nicht Ihr Vater. Sie sind mit niemandem aus der Heitzhoffamilie verwandt.«

Haugs Gesicht wurde blass und wieder ganz rot. Es dauerte einen Augenblick, bis er »Das kann nicht sein« vor sich hin stammelte.

»Auch wenn ich nicht an Mördergene glaube, haben Sie nun den Beweis, dass Sie keines in sich tragen«, sagte sie. »Sie werden an Ihr Kind nur Gutes vererben.«

Haug schüttelte den Kopf. »Dieser Test kann nicht stimmen.«

Linn nahm Haug mit in ihr Büro und zeigte ihm das Schreiben und den Vaterschaftstest. »Heitz schreibt, dass Sie gerne kommen und den Test wiederholen können, wenn Sie ihm nicht glauben. Er wäre bereit dazu.«

»Aber warum hat er all die Jahre geschwiegen? Er hat mitgekriegt, dass die mich fast lynchen. Wenn ich das früher gewusst hätte.« Er brach ab, stieß keuchend Luft aus.

»Ich kann das auch nicht nachvollziehen. Ich denke, Sie müssen ihn selbst fragen.«

Schweigend gingen sie in die Küche zurück, und Linn schenkte ihnen beiden Kaffee ein.

»Selbst wenn Andi nicht mein Vater sein sollte, trage ich gefährliche Gene in mir, die ich weitervererben kann«, murmelte Haug. »Ich bin genau wie er und all die anderen vom Heitzhof.«

Linn war irritiert. »Wie meinen Sie das? Weil Sie ein paar Diebstähle begangen haben?«

Haug lachte bitter auf und schüttelte den Kopf. »Wie ist das eigentlich, wenn man freigesprochen wird«, fragte er nach einer Weile zögerlich, »ist man dann für immer aus der Nummer draußen oder kann man nochmal verurteilt werden?«

»Machen Sie sich keine Sorgen«, sagte Linn. »Es ist wirklich vorbei, für immer, glauben Sie mir.« Sie nahm ihre Tasse in beide Hände. Da ihr Mandant sie weiter fragend ansah, fuhr sie fort: »Ganz allgemein wäre ein Wiederaufnahmeverfahren unter sehr engen Voraussetzungen möglich, zum Beispiel, wenn ein schuldiger Angeklagter die Tat glaubwürdig gesteht. Aber Sie sind ja nicht schuldig.«

»Mit seinem Anwalt könnte ein Angeklagter aber offen reden, ohne das was passiert, oder?« In Haugs Augen flackerte Unsicherheit. »Sie unterliegen doch noch der Schweigepflicht?«

Unruhe machte sich in Linn breit, als sie zustimmend nickte.

»Ich denke, Sie haben ein Recht darauf, es zu wissen.« Ihr Mandant lehnte sich auf seinem Stuhl nach vorne. Sie blieb bei der Kaffeemaschine stehen.

»Mit Vanessas Tod habe ich nichts zu tun«, sagte er. »Ich hätte ihr nie was getan. Und mit dem Tod meiner Oma auch nicht, die ist gestorben, weil sie alt war.« Er schluckte. »Aber meine Pflegemutter hat sich nicht umgebracht. Das war ich.«

Linn umklammerte ihre Tasse. Ihr Mandant hatte sie also belogen. Die ganze Zeit.

Haug starrte auf den Tisch.

»Warum haben Sie sie getötet?«, brachte sie heraus.

»Weil … weil Ines mir etwas erzählt hat an dem Morgen.« Haugs Fuß wippte auf und ab. »Sie hat es die ganze Zeit über gewusst«, brach es aus ihm heraus. »Die ganze Zeit.«

»Was hat sie die ganze Zeit gewusst?«

»Dass ich Vanessa *nicht* umgebracht habe. Sie hat mir ins Gesicht gesagt, dass sie weiß, dass jemand anders der Mörder ist, jemand, der ein ›Seelenverwandter‹ von ihr ist, und sie mich nur deshalb beschuldigt, weil ich sowieso Abschaum bin und sie ihren ›Seelenverwandten‹ schützen will.« Er kaute auf seinem Daumennagel. »Das mit dem ›Seelenverwandten‹ hat sie ständig wiederholt, und dabei hat sie sich standhaft geweigert, mir seinen Namen zu nennen. ›Er‹ sei der einzige Mensch, der sie verstehe, hat sie gesagt, weil er genau wie sie ›einen Engel‹ gemacht habe. Ich denke mittlerweile, dass sie fälschlicherweise wohl Christian gemeint haben muss, aber ich bin mir nicht sicher. Vielleicht hat sie sich auch nur gewünscht, dass ihr Christian so ist wie sie. Oder sie hat sich den dubiosen ›Seelenverwandten‹ einfach eingebildet.« Er schnaubte. »Ines hat auch über Momo gesprochen. Sie hat gesagt, dass es nicht leicht für sie war. Dass sie Momo nicht gerne getötet hat. Dass es aber sein musste. Weil Momo ein Kind von Hans war und sie nie ein Kind von Hans wollte. Sie wollte ihn verlassen, um mit Christian zusammenzuleben. Diese Frau hat einfach so ein Baby erstickt, weil es ihr im Weg war. Sie hat ihm das Kissen auf den Mund gedrückt und später erzählt, sie hätte es tot in der Wiege gefunden. Aber ›der Widerling‹ Hans habe es herausgefunden. Er habe sie gezwungen, bei ihm zu bleiben. Er habe ihr Leben verpfuscht, weil er verhindert habe, dass sie mit Christian zusammenleben kann. Weil er ihr mich aufgedrängt habe, ein weiteres Kind, das sie nie haben wollte. Sie hasse mich. Sie hätte mich auch ersticken sollen, oft genug darüber nachgedacht habe sie. Ich … ich hatte die ganze Zeit vor, es Ihnen zu sagen, das mit Momo, aber ich wollte nicht, dass Sie mich fragen, woher ich das weiß.«

Linn schüttelte den Kopf. Sie konnte nicht glauben, was sie da hörte.

»Eigentlich wollte ich Ines an dem Tag endlich zur Rede stellen«, fuhr Haug fort. »Ich wollte wissen, warum sie mich ständig beschuldigt hat, selbst nach all den Jahren. Was sie gegen mich hat. Ich hatte gehofft, sie würde alles bereuen und vielleicht … Stattdessen hat sie mir gesagt, dass sie immer gewusst hat, dass ich unschuldig bin und dass sie trotzdem allen Leuten erzählt hat, ich trüge ein Mördergen in mir und sie sei sich sicher, dass ich Vanessa umgebracht hätte. Sie hat Kaffee gekocht, so wie Sie gerade, und dann erzählt sie mir so was.«

Linn sagte nichts dazu. Sie war wie gelähmt.

»Ines ist ins Schlafzimmer gegangen, und ich bin ihr gefolgt und dann … Es ist einfach passiert, ich weiß gar nicht mehr, es ging so schnell«, fuhr ihr Mandant fort. »Sie hat versucht, sich zu wehren, sie hat gedacht, dass ich Momo bin, der zurückgekommen ist, um sie zu holen. Ich war so wütend auf sie, ich habe sie so gehasst, und da … Ich habe ihr den Pen in den Rücken gestochen und ihn komplett geleert, dann bin ich einfach abgehauen.«

»Sie haben also nicht mit einer Kaffeetasse in der Hand abgewartet, bis sie tot war, und dann noch den Adventskranz hinuntergestoßen?«

Haug holte einmal tief Luft. »Nein«, stieß er hervor.

Sie glaubte ihm nicht, aber es spielte sowieso keine Rolle mehr. Alles in ihr fühlte sich taub an. »Warum haben Sie den Pen mit nach Hause genommen?«

Haug zuckte mit den Schultern. »Ich hatte ihn abgewischt, wollte ihn erst bei Ines lassen, aber dann habe ich ihn doch eingesteckt. Ich konnte nicht mehr klar denken. Ich dachte auch, ich habe mehr Zeit, bis die Bullen zu mir kommen.« Seine Finger rieben über die Tasse.

»Und das Kuscheltier?«, fragte Linn.

»Das lag schon auf Ines' Bett. Als ob sie es gewusst hätte.«

Linn stellte ihre Tasse auf die Spüle.

»Ich habe ein Recht auf ein anständiges Leben, wie jeder andere auch«, sagte ihr Mandant. »Ines hat mir einen Großteil meiner Zeit weggenommen. Ich wollte nicht noch mehr Zeit im Knast verschwenden, nur weil ich sie … Sie war eine Mörderin. Sie hatte den Tod verdient.«

Linn holte tief Luft. »Ich denke, wir sind hier fertig«, sagte sie. »Melden Sie sich bitte nicht mehr bei mir. Ich lege das Mandat hiermit nieder.«

Haug erhob sich. »Danke trotzdem«, sagte er.

Als Haug gegangen war, holte sie einige große Klappkartons aus dem Abstellraum und fing an, alle Kopien von den Fällen Vanessa Beckmann und Ines Schneider hineinzuwerfen. Auch nachdem sie die Kisten in den Aktenkeller gebracht hatte und nichts mehr in ihrem Büro sie an Haug erinnerte, fühlte sie sich nicht viel besser. Ines Schneider war ziemlich sicher ein sehr böser Mensch gewesen. Vielleicht hatte sie wirklich verdient, was sie bekommen hatte. Trotzdem musste Linn ständig an das Foto der toten alten Frau auf dem Bett denken. Und an Haug, der sie ohne mit der Wimper zu zucken angelogen hatte. Lange sah sie aus dem Fenster. Es war ein grauer, nasser Tag.

Ein Klopfen riss sie aus ihren Gedanken, und Götz streckte seinen Kopf durch die Tür.

»Ich habe kapiert, dass es nichts bringt, wenn ich dich ignoriere«, sagte er. »Und gleich eine andere Kanzlei aufzumachen, weil du nicht mit mir ins Theater gegangen bist, wäre mir ein wenig kindisch erschienen. Also dachte ich, wir versuchen es mal als Freunde.«

Sie musste lächeln.

»Lust auf Mittagessen? Ganz unverbindlich?«, fragte er.

Sie nickte und erhob sich von ihrem Schreibtischstuhl. Ein Mittagessen mit Götz war genau das, was sie jetzt brauchte.

Als sie durch die kalten Straßen gingen, entdeckte sie in einem Vorgarten einen Teppich aus bunten Frühlingsblumen. Der Winter war endlich vorbei.

Anmerkung der Autorin

Alle Personen und Begebenheiten sind frei erfunden. Bei Ochsenwang handelt es sich um ein fiktives Dorf, auch wenn es in der Realität an gleicher Stelle einen sehr netten und sympathischen Ort mit gleichem Namen gibt.